DIE WELT DES CHRESTOMANCI

Von Irgendwo nach Fastüberall

Diana Wynne Jones

DIE WELT DES CHRESTOMANCI

Von Irgendwo nach Fastüberall

Aus dem Englischen von
Reinhard Tiffert

CARLSEN

Außerdem bei Carlsen erschienen:
DIE WELT DES CHRESTOMANCI
Zauberstreit in Caprona
Neun Leben für den Zauberer
Sieben Tage Hexerei

1 2 3 4 03 02

Originalverlag: Methuen Children's Books, Great Britain 1988
Originaltitel: The Lives of Christopher Chant
Aus dem Englischen von Reinhard Tiffert
Umschlagtypografie: Doris K. Künster
Umschlagillustration: Sabine Wilharm
Satz: Dörlemann Satz, Lemförde
Druck: Pustet, Regensburg
ISBN 3-551-55216-9
Printed in Germany

Für Leo, der einen Schlag mit dem Kricketschläger auf den Kopf erhielt.

Hinweis: Das Geschehen in diesem Buch liegt wenigstens fünfundzwanzig Jahre vor der Geschichte, die in *Neun Leben für den Zauberer* erzählt wird.

Erstes Kapitel

Erst nach vielen Jahren erzählte Christopher überhaupt jemandem von seinen Träumen. Der Grund war schlicht der, dass er die meiste Zeit in den Kinderzimmern oben unterm Dach des großen Londoner Hauses verbrachte und dass die Kindermädchen, die sich um ihn kümmerten, immer schon nach wenigen Monaten wechselten.

Seine Eltern bekam er kaum zu Gesicht. Als kleiner Junge lebte Christopher in der Angst, er könnte seinem Papa einmal auf einem Spaziergang draußen im Park begegnen, ohne ihn zu erkennen. An den seltenen Tagen, an denen sein Vater einmal vor der Schlafenszeit aus dem Bankenviertel nach Hause kam, kniete sich Christopher immer hin und lugte durch die Stäbe des Treppengeländers in der Hoffnung, sich endlich Papas Gesicht einzuprägen. Er sah aber nie mehr als eine perspektivisch verkürzte Gestalt in langem Mantel und hohem schwarzem Zylinder mit einem stattlichen, gepflegten Backenbart. Die Gestalt reichte den Zylinder dem bereitstehenden Lakaien, ging mit raschen Schritten unter der Treppe vorüber, wobei kurz schwarzes Haar mit einem akkurat gezogenen Scheitel sichtbar wurde, und dann war sie auch schon wieder verschwunden. Außer dass der Vater größer als die meisten Lakaien war, wusste Christopher kaum etwas von seinem Papa.

An manchen Abenden stand Mama auf der Treppe und erwartete Papa. Mit ihren weiten, über und über mit Rüschen und Besätzen geschmückten Seidenröcken versperrte sie Christopher die Sicht. »Erinnern Sie den gnädigen Herrn«, sagte sie dann in eisigem Ton zu dem Lakaien, »dass heute Abend in diesem Haus ein Empfang stattfindet, bei dem er einmal in seinem Leben als Gastgeber in Erscheinung treten sollte.«

Unsichtbar hinter Mamas weiter Abendgarderobe antwortete Papa mit tiefer, düsterer Stimme: »Sagen Sie der gnädigen Frau, dass ich heute Abend eine Menge Akten aus dem Büro mit nach Hause gebracht habe. Sie hätte mir vorher Bescheid geben sollen.«

»Teilen Sie dem gnädigen Herrn mit«, antwortete Mama dann an den Lakaien gerichtet, »dass er sicherlich eine Ausrede gefunden hätte, nicht nach Hause zu kommen, wenn ich ihn vorher davon in Kenntnis gesetzt hätte. Machen Sie ihm deutlich, dass er seine Geschäfte mit meinem Geld finanziert und dass ich es ihm entziehen werde, wenn er mir diese kleine Gefälligkeit nicht erweist.«

Papa seufzte. »Sagen Sie der gnädigen Frau, dass ich mich, wiewohl unter Protest, zum Umziehen nach oben begeben werde. Sie möge mir auf der Treppe Platz machen.«

Doch zu Christophers großer Enttäuschung machte Mama nie Platz. Stattdessen raffte sie ihre Röcke und schwebte mit ihm die Treppe hinauf, um sicher zu sein, dass Papa auch tat, was sie von ihm verlangte. Mama hatte große, strahlende Augen, ein makelloses Gesicht und prächtiges braun gelocktes Haar. Die Kindermädchen sagten Christopher immer, Mama sei eine Schönheit. In dem Alter, in dem Christopher damals war, glaubte er, alle Kinder hätten solche Eltern wie er, doch im Stillen wünschte er sich, Mama würde ihm einmal einen unverstellten Blick auf Papa gönnen.

Er glaubte auch, jeder habe solche Träume wie er. Deshalb hielt er sie auch für nichts Besonderes. Die Träume begannen immer auf die gleiche Weise. Christopher stieg aus dem Bett und ging um die Ecke der angrenzenden Kammer, in der das Kindermädchen schlief – direkt bei dem offenen Kamin – und nahm dann einen felsigen Pfad, der hoch über einem Tal entlang führte. Das Tal war grün und die Berghänge fielen steil zu ihm ab. In ihrer Mitte stürzte ein Bach in Kaskaden abwärts. Christopher hatte nie den Eindruck, dass es sich lohnen könnte, dem Bach zu folgen. Stattdessen nahm er den Pfad, der sich um einen großen Felsvorsprung wand, bis er in das Gebiet kam, das in seiner Vorstellung immer als das Zwischenreich existierte. Er hielt es für ein Stück von der Welt, wie sie war, ehe jemand kam und Ordnung in ihr schuf. Hier türmten sich Felsmassen und Geröllhaufen steil und wild auf, aber nichts besaß so etwas wie Form. Auch die Farbe war unbestimmt – das meiste hatte ein schmutziges Braun, wie man es erhält, wenn man alle Farben eines Tuschkastens zusammenmischt. Über dem

Land hing ein feuchter Nebel, der die Konturenlosigkeit der Landschaft noch erhöhte. Der Himmel war nie zu sehen. Manchmal glaubte Christopher sogar, dass es hier keinen Himmel gab: Er stellte sich vor, die unförmigen Felsmassen würden endlos ansteigen und einen großen Bogen über ihm bilden. Nach längerem Nachdenken kam er aber zu dem Ergebnis, dass so etwas nicht möglich war.

Christopher wusste in seinem Traum immer, dass man über das Zwischenreich das Fastüberall erreichen konnte. Er nannte es Fastüberall, weil es dort einen Ort gab, der sich dagegen sperrte, dass man ihn betrat. Er schien ganz in der Nähe zu sein, und doch stellte er immer wieder fest, den Ort verpasst zu haben. Er krabbelte und rutschte durch eine unförmige nasse Felslandschaft, kletterte rauf und runter, bis er ein anderes Tal und einen weiteren Pfad erreichte. Von den Tälern gab es hunderte; er nannte sie Irgendwos.

Die Irgendwos unterschieden sich schon ganz beträchtlich von London. In ihnen war es wärmer oder kälter, und auch die Bäume und Häuser waren merkwürdig anzuschauen. Manchmal sahen die Menschen dort ganz normal aus, manchmal hatten sie aber bläuliche oder rötliche Haut und seltsame Augen. Doch ganz gleich wie sie aussahen, sie waren immer freundlich zu Christopher. Auf jeder Traumreise erlebte er ein neues Abenteuer. Wenn es richtig aufregend wurde, halfen ihm die Menschen bei der Flucht durch die Keller weitläufiger Häuser, oder sie standen ihm in Kriegen bei oder beim Bändigen gefährlicher wilder

Tiere. Und manchmal durfte er Neues zum Essen probieren oder er bekam Spielzeug geschenkt. Die meisten Geschenke verlor er auf dem Rückweg beim Klettern in den Felsen. Nur das schimmernde Muschelhalsband, das ihm ein paar alberne Damen geschenkt hatten, brachte er mit heim, weil er es sich um den Hals gelegt hatte.

Zu dem Irgendwo mit den albernen Damen ging er öfter. Dort gab es blaues Meer und weißen Sandstrand, der zum Buddeln und Burgenbauen bestens geeignet war. Dort lebten ganz normale Menschen, die Christopher aber nur aus der Ferne sah. Die albernen Damen kamen zutraulich näher, setzten sich auf Felsen am Meeresstrand und kicherten, während er seine Sandburgen baute.

»Oh Clistoffer«, lispelten sie. »Sag uns doch, was macht dich zum Klippstocherer.« Und dann brachen sie alle in schrilles Gelächter aus.

Diese Damen waren die einzigen, die er je ohne Kleider gesehen hatte. Ihre Haut war grünlich und ebenso ihre Haare. Anstelle von Beinen hatten sie einen großen silbrigen Schwanz, der fast so biegsam war wie bei einem Fisch. Mit den flossenbesetzten Füßen schlugen sie ins Wasser und spritzten ihn gehörig nass. Wie oft er sie auch verbesserte, für sie blieb er ein merkwürdiges Wesen namens Clistoffer.

Immer wenn er zu diesem Irgendwo gegangen war, beklagte sich das jeweilige Kindermädchen nachher über den vielen Sand im Bett. Noch mehr regten sie sich auf, wenn sein Schlafanzug vom Klettern durch das Zwischenreich ganz schmutzig, nass und zerrissen war. Deshalb nahm er schließlich Ersatzkleider mit auf den Felsenpfad und zog sich um. Jedes Jahr musste er neue Kleider mitnehmen, da er aus den schmutzigen und zerschlissenen herausgewachsen war. Das merkte aber keiner, weil die Kindermädchen so oft wechselten. Auch die seltsamen Spielzeuge, die er im Lauf der Jahre heimbrachte, blieben unbemerkt. Unter anderem hatte er von seinen Streifzügen einen mechanischen Drachen, eine Flöte in Pferdegestalt und die Muschelhalskette mitgebracht. Letztere bestand übrigens, genau betrachtet, aus einer Schnur mit vielen kleinen Perlentotenköpfen.

Christopher dachte an die albernen Damen, während er die Schuhe seines neuesten Kindermädchens betrachtete und überlegte, dass sie groß genug waren, um Flossen zu verbergen. Alles andere blieb für ihn ein Rätsel, denn Damen trugen lange Röcke. Er fragte sich oft, wie Mama und die Kindermädchen bloß auf einem großen flossenbesetzten Schwanz gehen konnten.

Die Gelegenheit, dieses Rätsel zu lösen, kam eines Nachmittags, als ihn das Kindermädchen in einen unbequemen Matrosenanzug steckte und dann in das Gesellschaftszimmer hinunterführte. Dort saßen Mama und ein paar andere Damen mit einer gewissen Lady Badgett, einer Kusine seines Papas. Lady Badgett hatte Christopher sehen wollen. Christopher betrachtete ihre lange Nase und die vielen Runzeln. »Ist das eine Hexe, Mama?«, fragte er laut.

Alle bis auf Lady Badgett – die noch runzliger wurde, als sie vorher schon war – sagten: »Still, Kind!« Aber kurze Zeit später, so stellte Christopher zu seiner Freude fest, schienen sie ihn schon vergessen zu haben. Er legte sich rücklings auf den Teppich und rollte sich von einer Dame zur anderen. Sie packten ihn schließlich, als er gerade unter dem Sofa lag und unter Lady Badgetts Unterröcke lugte. Unter Schimpfen wurde er des Zimmers verwiesen. Zu seiner Enttäuschung hatte er feststellen müssen, dass alle Damen große dicke Beine hatten. Nur Lady Badgett war eine Ausnahme: Ihre Beine waren dünn und gelb wie die eines Huhns.

Später ließ ihn seine Mama in ihr Ankleidezimmer rufen. »Oh Christopher, wie konntest du nur so etwas tun!«, empörte sie sich. »Ich hatte es endlich geschafft, Lady Badgett zum Tee einzuladen, aber jetzt kommt sie sicherlich nie wieder. Du hast die Arbeit von Jahren zunichte gemacht!«

Eine Schönheit zu sein war mit viel Arbeit verbunden, davon konnte sich Christopher jetzt überzeugen. Mama saß vor dem Spiegel und war mit allerlei Fläschchen und Schminktöpfen beschäftigt. Hinter ihr stand ein Hausmädchen und kämmte geschäftig Mamas glänzende Lockenpracht. Aus lauter Verlegenheit und Reue, alles zunichte gemacht zu haben, hantierte Christopher mit einem Schminktöpfchen herum.

Mama befahl ihm in scharfem Ton, das Töpfchen augenblicklich wieder hinzustellen. »Geld ist nicht alles, Christopher«, belehrte sie ihn. »Eine gute Position in der Gesellschaft ist sehr viel mehr wert. Lady Badgett hätte uns beiden dabei helfen können. Was meinst du wohl, warum ich deinen Papa geheiratet habe?«

Da Christopher nicht den blassesten Schimmer hatte, was Mama und Papa zusammengebracht haben könnte, streckte er wieder die Hand nach dem Schminktöpfchen aus. Gerade rechtzeitig erinnerte er sich daran, dass er das lieber bleiben lassen sollte, und griff stattdessen nach einem dicken Büschel falscher Haare. Er knetete es mit den Händen, während Mama weitersprach.

»Du wirst mit Papas gutem Namen und meinem Vermögen groß werden«, fuhr sie fort. »Versprich mir, dass du einmal einen Platz unter den Besten der Gesellschaft einnimmst. Deine Mutter erwartet von dir, dass du später ein großer Mann wirst - Christopher, hörst du mir überhaupt zu?«

Christopher hatte es aufgegeben, seine Mutter zu verstehen. So streckte er ihr das Büschel falscher Haare hin und fragte: »Wozu braucht man das?«

»Damit bekommt mein Haar mehr Fülle«, lautete die Antwort. »Bitte, Christopher, höre mir genau zu. Es ist sehr wichtig, dass du dich schon jetzt auf dein späteres Leben vorbereitest. Leg bitte das Haarteil weg.«

Christopher legte es beiseite. »Ich dachte, es sei eine tote Ratte.« Mama musste wohl irgendetwas falsch gemacht haben, denn zu Christophers Erstaunen, war das Ding auf einmal tatsächlich eine tote

Ratte. Mama und das Hausmädchen schrien beide auf. Christopher wurde hastig fortgebracht, während ein Lakai mit einer Kehrschaufel herbeieilte.

Von da an rief die Mutter ihren Sohn öfter in ihr Ankleidezimmer und redete zu ihm. Er gab sich Mühe daran zu denken, nicht mit den vielen Schminktöpfchen zu spielen, und betrachtete stattdessen sein Ebenbild im Spiegel. Er fragte sich, warum wohl seine Locken schwarz und Mamas braun waren und seine Augen viel eher tiefschwarzen Kohlenstücken glichen als die seiner Mutter. Irgendetwas verhinderte, dass noch mehr tote Ratten auftauchten, aber manchmal konnte eine Spinne dazu gebracht werden, sich genau dann vor dem Spiegel herabzulassen, wenn Mamas Ermahnungen zu bedrohlich wurden. Immerhin verstand er so viel, dass sich seine Mutter große Sorgen um seine Zukunft machte. Er wusste nun, dass er nur an der Seite der Besten in die Gesellschaft eintreten dürfe. Die einzige Gesellschaft, die er kannte, war die Gesellschaft zur Missionierung der Heiden, für die er jeden Sonntag einen Penny in den Klingelbeutel warf. War das die Gesellschaft, die seine Mutter meinte?

Christopher zog bei dem Kindermädchen mit den großen Füßen sorgfältig Erkundigungen ein. Sie sagte ihm, Heiden seien Wilde, die andere Menschen verspeisten, und Missionare die besten Menschen und diejenigen, die von den Heiden verspeist wurden. Christopher schloss daraus, dass er später einmal Missionar werden sollte. Er fand die Reden seiner Mutter immer beunruhigender und es wäre ihm lieber gewesen, wenn sie eine andere Karriere für ihn ausgesucht hätte.

Er fragte das Kindermädchen auch nach den Damen mit Fischschwanz. »Ach so, die Meerjungfrauen!«, lachte das Mädchen. »Die gibt es in Wirklichkeit gar nicht.«

Christopher wusste, dass es Meerjungfrauen nicht in Wirklichkeit gab, er begegnete ihnen ja nur in seinen Träumen. Nun aber glaubte er fest, auch Heiden anzutreffen, wenn er das falsche Irgendwo beträte. Eine Zeit lang hatte er solche Angst davor, dass er sich bei jedem neuen Tal, das er vom Zwischenreich kommend erreichte, immer erst hinlegte und das Irgendwo ausspähte, um zu sehen, was für Leute dort lebten. Als nach einer Weile aber niemand Anstalten machte, ihn zu verspeisen, meinte er, die Heiden müssten wohl in dem Irgendwo leben, zu dem man keinen Zutritt erhielt, und so machte er sich, bis auf weiteres, keine Sorgen mehr.

Mit zunehmendem Alter schenkten ihm die Leute in den Irgendwos hin und wieder Geld. Christopher lernte bald, keine Münzen anzunehmen. Kaum hatte er sie berührt, da löste sich plötzlich alles auf. Er landete mit einem Ruck in seinem Bett und erwachte mit Schweiß auf der Stirn. Das geschah auch einmal, als eine schöne, Mama nicht unähnliche Dame versuchte, ihm lachend einen Ring ans Ohr zu stecken. Christopher hätte gern das Kindermädchen mit den großen Füßen gefragt, doch das war schon längst wieder gegangen. Die meisten Kindermädchen, die nach ihr kamen, sagten bloß: »Stör mich jetzt nicht, ich bin beschäftigt!«, wenn er sie etwas fragen wollte. Bevor er lesen lernte, dachte er, dass es alle Kindermädchen so machten: Sie blieben einen Monat, hatten dabei so viel zu tun, dass sie keine Zeit zum Reden fanden, zogen schließlich den Mund schief und suchten das Weite. Wie erstaunt war er daher, als er von alten Dienern las, die ihr Leben lang bei ihrer Herrschaft blieben und lange (und manchmal sehr weitschweifige) Geschichten über die Vergangenheit der Familie erzählen konnten. In seinem Elternhaus blieben Dienstleute nie länger als ein halbes Jahr.

Der Grund dafür war wohl, dass Mama und Papa am Ende selbst auf dem Umweg über die Lakaien nicht mehr miteinander sprachen. Sie gaben den Dienern nur noch Briefchen, die diese dem Empfänger überbrachten. Da aber weder Mama noch Papa sich die Mühe machten, die Briefchen zu versiegeln, kam früher oder später ein Diener ins Dachgeschoss und las dem Kindermädchen die Mitteilungen laut vor. Christopher erfuhr auf diese Weise, dass Mama bei ihren Mitteilungen an Papa immer kurz angebunden war.

»Mister Chant wird gebeten, Zigarren nur in seinen Räumen zu rauchen.« Oder: »Mister Chant möge zur Kenntnis nehmen, dass die neue Wäschemagd sich über die Brandlöcher in seinen Hemden beklagt.« Oder: »Mister Chant brachte mich durch seinen überraschenden Abgang mitten in der Frühstücksgesellschaft in große Verlegenheit.«

Papa wartete, bis sich die Briefchen bei ihm angehäuft hatten und antwortete dann mit einer wütenden Suada. »Meine liebe Miranda, ich rauche, wo es mir gefällt, und es gehört zu den Aufgaben dieser faulen Wäschemagd, unerwünschte Folgen zu beseitigen. Doch in deiner Verschwendungssucht stellst du unfähige Faulenzer und ungehobelte Kerle als Dienstleute an, denkst aber dabei nur an deine Bequemlichkeit und nie an meine. Wenn du auf meine Anwesenheit bei deinen Gesellschaften Wert legst, dann finde endlich einen Koch, der Speck von einer Schuhsohle unterscheiden kann, und bemühe dich, nicht ständig dieses dümmliche grelle Lachen hören zu lassen.«

Papas Antworten waren gewöhnlich der Grund, weshalb die Dienstleute am folgenden Tag kündigten.

Christopher freute sich dagegen über die Einblicke, die er durch diese Briefchen erhielt. Papa schien eher ein Mann von Charakter zu sein, wenngleich er sehr kritisch war. Es war deshalb ein herber Schlag für Christopher, sich durch die Ankunft seiner ersten Hauslehrerin von dieser Nachrichtenquelle abgeschnitten zu sehen.

Mama schickte nach ihm. Sie war in Tränen aufgelöst. »Diesmal ist dein Vater zu weit gegangen«, begann sie. »Es ist Aufgabe der Mutter, sich um die Erziehung ihres Kindes zu kümmern. Ich möchte, dass du eine gute Schule besuchst, Christopher. Das ist sehr wichtig. Freilich will ich dich nicht zum Lernen zwingen, denn dein Ehrgeiz soll ebenfalls wachsen. Und nun kommt dein Vater mit seinen gusseisernen Prinzipien und bestellt hinter meinem Rücken eine

Hauslehrerin, die, wie ich deinen Vater kenne, nur schrecklich sein kann. Ach, mein armes, armes Kind!«

Christopher fürchtete, dass die Hauslehrerin der erste Schritt war, ihn zu einem Leben als Missionar vorzubereiten. Er spürte den Ernst und ihm wurde es mulmig. Doch als dann die Hauslehrerin kam, war es nur eine graue Dame mit rot geränderten Augen, die viel zu diskret war, als dass sie mit den Dienstleuten gesprochen hätte. Zu Mamas großer Freude blieb sie nur einen Monat.

»Jetzt können wir wirklich mit deiner Erziehung beginnen«, sagte Mama. »Die nächste Hauslehrerin werde ich selbst aussuchen.«

Das sollte Mama in den folgenden zwei Jahren recht häufig sagen. Die Hauslehrerinnen kamen und gingen wie vorher die Kindermädchen. Alle waren grau und diskret, so dass Christopher schon bald ihre Namen durcheinander brachte. Der Hauptunterschied zwischen einer Hauslehrerin und einem Kindermädchen bestand für ihn darin, dass die Hauslehrerinnen immer in Tränen ausbrachen, ehe sie weggingen, und dann, zum einzigen Mal überhaupt, etwas Interessantes über Mama und Papa sagten.

»Es tut mir Leid, dir das antun zu müssen«, sagte die dritte – oder war es die vierte? – Hauslehrerin unter Tränen. »Du bist so ein netter Junge, wenngleich ein bisschen unzugänglich, aber die Atmosphäre in diesem Haus! An den Abenden, an denen dein Vater zu Hause ist – was Gott sei Dank selten vorkommt –, muss ich mit beiden Herrschaften in völligem Schweigen am

Tisch sitzen. Dann gibt sie mir ein Briefchen, das ich an ihn weiterreichen soll, oder er gibt mir ein Briefchen an sie. Sie öffnen die Umschläge und werfen sich erst untereinander feindselige Blicke zu und dann mir. Das ertrage ich nicht länger!«

Die neunte – oder zehnte – Hauslehrerin wusste noch mehr zu berichten. »Ich weiß, dass sie sich beide hassen«, schluchzte sie, »aber sie hat kein Recht, auch mich zu hassen! Sie gehört zu der Sorte Frauen, die keine anderen Frauen ertragen. Außerdem ist sie eine Zauberin – ganz sicher bin ich mir allerdings nicht, weil sie nur kleinere Sachen hext. Und er verfügt über mindestens genauso viel Magie wie sie. Vielleicht ist er sogar ein großer Zauberer. Zwischen ihnen herrscht eine solche Spannung – kein Wunder, dass es die Dienstleute bei ihnen nicht lange aushalten! Oh Christopher, verzeih mir, dass ich so über deine Eltern rede.«

Alle Hauslehrerinnen baten Christopher um Verzeihung, und er vergab ihnen gern, denn nur so konnte er Neues über Mama und Papa erfahren. Er wurde das Gefühl nicht los, dass andere Kinder vielleicht nicht solche Eltern hatten wie er. Auch ahnte er, dass sich etwas zusammenbraute. Gedämpftes Donnerrollen erreichte selbst die Schulstube, auch wenn die Hauslehrerinnen ihn nicht mehr mit den Dienstleuten plaudern ließen.

Er erinnerte sich noch gut an die Nacht, als die Krise ausbrach. Er hatte damals von einem Mann mit einem gelben Regenschirm ein Geschenk bekommen, das wie ein Kerzenständer mit kleinen Glöckchen aussah. Es war so schön, dass Christopher es unbedingt mit heimnehmen wollte. Er hielt es zwischen den Zähnen, während er über die Felsen des Zwischenreichs kletterte und zu seiner großen Freude lag es neben ihm im Bett, als er am Morgen aufwachte. Im Haus dagegen knisterte es im Gebälk. Die zwölfte Hauslehrerin packte ihre Sachen und ging gleich nach dem Frühstück.

Zweites Kapitel

Noch am Nachmittag desselben Tages wurde Christopher wieder in Mamas Ankleidezimmer gerufen. Dort saß eine neue Hauslehrerin auf dem einzigen ungepolsterten Stuhl. Sie trug die übliche hässliche mausgraue Kleidung und einen Hut, der noch hässlicher als üblich war. Ihre grauen Baumwollhandschuhe lagen gefaltet auf der langweiligen Handtasche. Christopher konnte ihr nichts Interessantes abgewinnen. Seine ganze Aufmerksamkeit galt dem Mann, der hinter Mamas Stuhl stand und ihr eine Hand auf die Schulter legte.

»Christopher, das ist mein Bruder«, sagte Mama fröhlich. »Dein Onkel Ralph.«

Mama sprach es »Raf« aus. Es dauerte über ein Jahr, bis Christopher entdeckte, dass sich dahinter der Name verbarg, den er als Ralph buchstabierte. Onkel Ralph faszinierte ihn. Zuerst einmal rauchte der Onkel Zigarre. In die zarten Düfte des Ankleidezimmers mischte sich schwerer, weihrauchartiger Tabaksqualm, doch Mama rümpfte kein bisschen die Nase. Das allein schon bewies, dass Onkel Ralph eine Klasse für sich war. Ferner trug er einen Tweedanzug, einen groben auffälligen, fast fuchsroten Tweed, der hier und da schon etwas ausgebeult war, aber wunderbar zu der dunkleren Fuchsfärbung seiner Haare und dem helleren Rot seines Schnurrbartes passte.

Einen Mann im Tweedanzug hatte Christopher bisher selten gesehen, ebenso einen Mann ohne Backenbart. Am faszinierendsten aber war Onkel Ralphs Lächeln, das wie Sonnenlicht auf einem Herbstwald lag. So gewinnend war das Lächeln, dass Christopher fast von selbst zurücklächelte. »Hallo, Sportsfreund«, sagte Onkel Ralph und paffte blauen Qualm über Mamas glänzendes Haar. »Ich weiß, es gibt bessere Arten, sich mit seinem Neffen bekannt zu machen, aber ich habe Familienangelegenheiten zu ordnen und komme um ein paar einschneidende Maßnahmen nicht herum. Ich bringe dir eine neue Hauslehrerin; außerdem habe ich alles veranlasst, damit du im Herbst die Schule besuchen kannst. Deine Hauslehrerin sitzt da drüben. Miss Bell. Ich hoffe, ihr kommt so weit miteinander aus, dass ihr mir mein Vorgehen verzeiht.«

Er schenkte Christopher erneut ein sonniges Lächeln, mit dem er rasch die Bewunderung des Jungen weckte. Für Miss Bell hatte Christopher trotzdem nur einen argwöhnischen Blick übrig. Sie schaute zurück und ließ für einen Augenblick eine verborgene Schönheit aufscheinen. Dann schlug sie die Augen nieder und murmelte »Guten Tag« mit einer Stimme, die so uninteressant wie ihre Kleidung war.

»Sie wird hoffentlich deine letzte Hauslehrerin sein«, sagte Mama. Und wenn Christopher später an Miss Bell dachte, war sie für ihn immer die Letzte Hauslehrerin. »Sie wird dich auf die Schule vorbereiten. Ich hätte dich eigentlich noch zu Hause behalten wollen, aber dein Onkel sagte … – Wie dem auch sei, eine gute Erziehung ist wichtig für deine Karriere, und um offen zu reden, Christopher, dein Papa hat das Geld mit vollen Händen ausgegeben – mein Geld, wie du weißt – so dass gewaltige Verluste entstanden sind. Zum Glück hat sich dein Onkel der Sache angenommen und –«

»Wenn ich etwas verspreche, können sich die Leute auf mein Wort verlassen«, sagte Onkel Ralph mit einem raschen Seitenblick zur Hauslehrerin. Vielleicht wollte er damit andeuten, dass sie dies alles eigentlich nicht hören sollte. »Immerhin ist noch genug da, um das Schulgeld zu bezahlen. Außerdem wird deine Mutter im Ausland leben, um etwas zu sparen. Sie tut das gern, nicht wahr Miranda? Und Miss Bell findet mit ihren glänzenden Referenzen von uns sicherlich bald wieder eine andere Anstellung. Allen wird es gut gehen.«

Er schaute die Anwesenden nacheinander mit warmem, vertrauensvollem Lächeln an. Mama lachte und tupfte sich Parfüm hinter die Ohren. Die Letzte Hauslehrerin lächelte fast ein bisschen, so dass ihre verborgene Schönheit halb zum Vorschein kam. Und Christopher versuchte Onkel Ralph mit einem breiten, männlichen Grinsen zu beglücken, denn anders hätte er diese überwältigende, fast hoffnungslose Bewunderung nicht ausdrücken können, die er für ihn empfand. Onkel Ralph lachte sein goldenes Lachen, fischte in der Tasche seiner Tweedjacke und drückte seinem Neffen ein glänzendes neues Sixpencestück in die Hand. Damit hatte er das Herz des Jungen vollends erobert.

Christopher wäre eher gestorben, als dass er diese Münze ausgegeben hätte. Wenn er die Kleider wechselte, achtete er stets darauf, das Sixpencestück in eine Tasche der neuen Hose oder Jacke zu stecken. Alles aus grenzenloser Bewunderung für Onkel Ralph. Für ihn stand fest, dass der Onkel gekommen war, um Mama vor dem Ruin zu retten. Das machte ihn zum ersten guten Mann, dem Christopher in seinem Leben begegnet war. Vor allem aber war er der einzige Mensch außerhalb der Irgendwos, der sich dazu herabließ, mit ihm freundlich und vertrauensvoll zu sprechen.

Christopher versuchte, Onkel Ralph zuliebe auch der Letzten Hauslehrerin etwas abzugewinnen, doch das war nicht leicht, weil sie so schrecklich langweilig war. Sie sprach eintönig, hob niemals die Stimme und zeigte auch dann keine Ungeduld, wenn er sich beim Rechnen oder beim Schwebezauber besonders begriffsstutzig anstellte. Die letzten beiden Fächer waren bei allen anderen Hauslehrerinnen etwas zu kurz gekommen.

»Wenn ein Hering und ein halber drei Halfpence kosten, Christopher«, sagte sie mit ihrer einschläfernden Stimme, »du also eineinhalb Pennies für eineinhalb Fische zahlst. Wie viel kostet dann ein Fisch?«

»Weiß ich nicht«, sagte er und konnte nur mühsam ein Gähnen unterdrücken.

»Nun gut«, sagte die Hauslehrerin sanft. »Wir machen morgen damit weiter. Jetzt schau einmal in diesen kleinen Spiegel und probiere, ob du ihn nicht einen Zoll hoch in der Luft schweben lassen kannst.«

Doch Christopher konnte den Spiegel genauso wenig schweben lassen, wie er herausbrachte, wie viel ein Hering kostete. Die Hauslehrerin legte den Spiegel beiseite und ging dazu über, ihn mit Französisch in Verlegenheit zu bringen. Nach ein paar Tagen probierte Christopher, sie zu ärgern. Vielleicht würde sie ja ihre Fadheit verlieren, wenn sie zu schimpfen begann. Doch sie sagte bloß ganz ruhig: »Christopher, jetzt wirst du albern. Geh spielen. Aber denk daran, immer nur ein Spielzeug zur Zeit, und lege es zurück, wenn du mit einem anderen spielen willst. So lautet unsere Regel.«

Christopher hatte rasch und sehr zu seinem Verdruss mit dieser Regel Bekanntschaft gemacht. Das Vergnügen am Spielen wurde damit beträchtlich beschnitten. Außerdem blieb seine Letzte Hauslehrerin neben ihm sitzen, während er spielte. Die anderen Hauslehrerinnen hatten diese Gelegenheit stets zum Ausruhen genutzt, aber diese setzte sich auf einen Stuhl und stopfte Strümpfe. Das machte dem Vergnügen fast den Garaus. Dennoch holte er den Kerzenständer mit den Glöckchen hervor, den er besonders liebte. Je nachdem, welches Glöckchen man zuerst antippte, erklang eine andere Melodie. Nachdem er genug damit gespielt hatte, sah die Letzte Hauslehrerin von ihrer Handarbeit auf und sagte: »Das kommt in die Mitte des obersten Regals. Stell es zurück, ehe du den mechanischen Drachen herausholst.« Sie wartete auf das leise Klingeln der Glöckchen, das anzeigte, dass Christopher tat, was sie verlangte. Und während sie schon wieder mit der Nadel in den Strumpf stach, fragte sie mit ausdrucksloser Stimme: »Von wem hast du das eigentlich, Christopher?«

Noch nie hatte ihn jemand wegen der Dinge gefragt, die er aus den Irgendwos mitgebracht hatte. Er wusste gar nicht, was er antworten sollte.

»Von einem Mann mit einem gelben Regenschirm«, gab er zur Antwort. »Er sagte, sie bringen Glück ins Haus.«

»Was für ein Mann und wo?«, erkundigte sich die Letzte Hauslehrerin – freilich wieder mit einer Stimme, die nicht so klang, als wollte sie es unbedingt wissen.

»In einem Irgendwo«, sagte Christopher. »Eines von der warmen Sorte mit den fremden Gerüchen und den Schlangenbeschwörern. Seinen Namen hat der Mann nicht gesagt.«

»Das ist keine Antwort, Christopher«, sagte die Letzte Hauslehrerin sanft, stellte aber keine weiteren Fragen. Erst als Christopher zwei, drei Tage später wieder mit den Glöckchen spielte, nahm sie den Faden wieder auf: »Denk daran, wohin sie gehören, wenn du nicht mehr mit ihnen spielst«, sagte sie. »Ist dir eingefallen, wo sich der Mann mit dem gelben Schirm befand?«

»Draußen vor einem farbigen Gebäude, in dem irgendwelche Götter wohnen«, sagte Christopher, während er die kleinen silbernen Glöckchen erklingen ließ. »Er war wirklich nett. Er sagte, er wolle kein Geld dafür.«

»Sehr großzügig«, bemerkte die Letzte Hauslehrerin. »Wo stand denn dieses farbige Gebäude für Götter, Christopher?«

»Das habe ich doch schon gesagt. In einem Irgendwo«, sagte Christopher.

»Und ich habe dir gesagt, dass das keine Antwort ist«, entgegnete die Hauslehrerin. Sie räumte ihre Handarbeitssachen zusammen. »Christopher, ich bestehe darauf, dass du mir sagst, woher du diese Glöckchen hast.«

»Warum wollen Sie das wissen?«, fragte Christopher, der am liebsten in Ruhe gelassen werden wollte.

»Weil«, sagte die Hauslehrerin, nun mit unheilsvoller Stimme, »du nicht so freimütig und offen bist, wie ein guter Junge sein sollte. Ich habe den Verdacht, dass du diese Glöckchen gestohlen hast.«

Diese falsche Anschuldigung trieb Christopher die Röte ins Gesicht, und Tränen standen ihm in den Augen. »Das habe ich nicht«, rief er laut. »Er hat sie mir geschenkt! Die Leute in den Irgendwos schenken mir immer Sachen, nur verliere ich die meisten davon. Schauen Sie.« Ohne sich um die Regel zu scheren, immer nur ein Spielzeug auf einmal zu nehmen, lief er zum Schrank, holte die Flöte in Pferdegestalt, das Muschelhalsband der Meerjungfrauen und den mechanischen Drachen hervor und warf alles in ihren Nähkorb. »Da! Die hier kommen aus anderen Irgendwos.«

Die Hauslehrerin betrachtete die Sachen mit schrecklicher Gleichmütigkeit. »Soll ich annehmen, dass du diese Sachen auch gestohlen hast?«, fragte sie. Dann legte sie das Spielzeug auf den Boden und erhob sich. »Komm mit. Das muss deine Mutter erfahren.«

Sie packte Christopher am Arm und schleppte ihn, ohne auf seinen Protest zu achten, die Treppe hinunter.

Christopher stemmte die Füße in den Boden und flehte die Hauslehrerin an, es nicht zu tun. Er wusste, dass er sich vor Mama nie rechtfertigen könnte. Doch die Hauslehrerin sagte bloß: »Hör mit diesem kindischen Geschrei auf, du bist jetzt ein großer Junge.«

Darin waren sich alle Hauslehrerinnen einig gewesen. Doch das war Christopher jetzt egal. Tränen liefen ihm über die Wangen, und er rief den Namen des einen Menschen, der ihn jetzt noch retten konnte. »Onkel Ralph! Ich erkläre es Onkel Ralph!«

Die Hauslehrerin schaute zu ihm herab. Für einen Augenblick schien die verborgene Schönheit in ihrem Gesicht auf. Doch zu Christophers Entsetzen zog sie ihn vor Mamas Ankleidezimmer und klopfte an.

Mama saß vor dem Spiegel und drehte sich überrascht um. Sie schaute Christopher an, der mit gerötetem Gesicht, schluchzend und tränennass vor ihr stand. Dann wanderte ihr Blick zur Hauslehrerin. »Was ist denn los? Ist er krank?«

»Nein, gnädige Frau«, sagte die Hauslehrerin gewohnt ausdruckslos. »Aber es ist etwas geschehen, worüber ihr Bruder umgehend in Kenntnis gesetzt werden sollte.«

»Ralph?«, fragte Mama. »Sie meinen, ich soll Ralph schreiben? Oder ist es dringender?«

»Sehr dringend, gnädige Frau«, sagte sie matt. »Christopher ist bereit, seinem Onkel ein Geständnis zu machen. Wenn ich so kühn sein darf, möchte ich Sie bitten, ihn sogleich kommen zu lassen.«

Mama gähnte. Sie fand diese Lehrerin doch schrecklich lästig. »Ich versuche mein Bestes«, sagte sie, »aber ich garantiere nicht für die Laune meines Bruders. Er ist ein viel beschäftigter Mann.« Sie zog zerstreut ein braunes glänzendes Haar aus der Bürste, mit der sie sich gerade die Locken gekämmt hatte. Dann zupfte sie Haare aus einer in Silber und Kristall gefassten Dose. Die meisten Haare waren braun, doch Christopher, der schluchzend auf Mamas perlmuttartige Fingernägel schaute, entging nicht, dass eines davon ganz rot war. Dieses sortierte Mama aus und legte es über ihr Haar aus der Bürste. Dann nahm sie etwas, das wie eine Hutnadel mit einem schimmernden verdickten Ende aussah, legte es über beide Haare und tippte es mit einem Fingernagel kurz, aber energisch an. »Ralph«, sagte sie, »Ralph Weatherby Argent. Miranda braucht dich.«

Einer der Spiegel des Frisiertisches wurde plötzlich zu einem Fenster, aus dem Onkel Ralph, der sich gerade die Krawatte band, ziemlich gereizt herausschaute. »Was gibt es denn? Ich habe heute viel zu tun.«

»Wann hast du das nicht?«, fragte Mama. »Es geht um Folgendes. Die Hauslehrerin ist hier und macht wie üblich eine Miene wie drei Tage Regenwetter. Sie hat Christopher hergebracht wegen eines Geständnisses, wie sie sagt. Könntest du wohl vorbeikommen und die Sache regeln? Ich blicke da nicht durch.«

»Wirklich?«, sagte Onkel Ralph. Er beugte sich zur Seite, um durch den Spiegel – oder das Fenster – zu schauen, und als er Christopher erblickte, winkte er ihm zu und setzte sein sonnigstes Lächeln auf. »Oh weh, das sieht ja ganz schlimm aus. Ich komme gleich.«

Christopher sah, wie er aus dem Fenster verschwand und seitwärts abging. Mama wandte sich gerade mit einem »So, ich habe mein Bestes getan« an die Hauslehrerin, da ging auch schon die Tür des Ankleidezimmers auf und Onkel Ralph trat ein.

Christopher vergaß darüber sogar sein Schluchzen. Er überlegte, was sich wohl auf der anderen Seite der Wand befand. Eigentlich war dort die Treppe. Natürlich wäre es denkbar, dass Onkel Ralph eine ungefähr einen Fuß breite Geheimkammer in der Wand hatte. Doch viel näher lag ihm der Gedanke, er sei Zeuge echter Zauberei geworden. Während er noch überlegte, steckte ihm Onkel Ralph unauffällig ein großes weißes Taschentuch zu und schritt munter bis in die Mitte des Zimmers, damit Christopher Zeit hatte, sich das tränenverschmierte Gesicht abzuwischen.

»Also, worum geht es?«, fragte er.

»Ich habe keine Ahnung«, sagte Mama. »Sie wird sicherlich alles erklären.«

Onkel Ralph hob bedeutungsvoll eine rothaarige Augenbraue und schaute die Hauslehrerin auffordernd an. »Ich habe Christopher mit einem Gegenstand spielen sehen«, begann die Letzte Hauslehrerin, »wie ich ihn vorher noch nie gesehen habe. Auch das Metall, aus dem er gefertigt ist, ist mir unbekannt. Christopher sagte, er habe noch drei andere Gegenstände, jeder in seiner Art verschieden, ohne mir erklären zu können, wie er in ihren Besitz gekommen ist.«

Onkel Ralph nahm Christopher ins Visier, der das Taschentuch hinter seinem Rücken verbarg und nervös um sich schaute. »Genug, um jeden in Verlegenheit zu bringen, Sportsfreund«, sagte Onkel Ralph. »Ich schlage mal vor, du zeigst mir die Sachen und erklärst, woher du sie hast.«

Christopher atmete erleichtert auf. Er hatte gewusst, dass Onkel Ralph ihn retten würde. »Ja, gern«, sagte er.

Gemeinsam gingen sie wieder nach oben, vorneweg die Hauslehrerin, während Christopher dankbar an der großen warmen Hand des Onkels hing. Oben angekommen, setzte sich die Hauslehrerin wieder hin und fuhr fort, ihre Strümpfe zu stopfen, so als wäre ihre Pflicht in dieser Angelegenheit getan. Onkel Ralph hob die Glöckchen auf und ließ sie ertönen. »Donnerwetter!«, rief er erstaunt. »Die klingen wie nichts anderes auf der Welt!« Er hielt sie gegen das Licht und betrachtete jedes einzelne Glöckchen. »Voll ins Schwarze getroffen!«, sagte er. »Schlaues Frauenzimmer! Die sind wirklich einzigartig. Jedes Glöckchen aus einer anderen fremdartigen Legierung, vermute ich. Allem Anschein nach von Hand hergestellt.«

Er zeigte einladend auf einen Hocker am Kamin. »Setz dich doch. Und nun sei so gut und erkläre mir, wie du zu diesen Glöckchen gekommen bist.«

Christopher setzte sich und legte voller Eifer los. »Ich musste sie mit den Zähnen festhalten, als ich durch das Zwischenreich kletterte«, sprudelte er hervor.

»Nein, nein«, unterbrach ihn Onkel Ralph, »das scheint mir erst gegen Ende zu kommen. Fang am Anfang an. Was hast du zuerst gemacht, ehe du die Glöckchen bekamst?«

»Ich bin ins Tal hinunter, das zur Stadt der Schlangenbeschwörer führt«, sagte Christopher.

»Nein, noch weiter vorn. Was hast du getan, als du von hier weggingst? Zu welcher Tageszeit war das? Nach dem Frühstück? Vor dem Mittagessen?«

»Nein, nachts«, sagte Christopher. »Es war in einem Traum.«

Und so erfuhr Onkel Ralph nach und nach alles über die Träume, das Zwischenreich und die Irgendwos unten in den Tälern. Da Onkel Ralph gar nicht böse war, sondern sich über jede Einzelheit zu freuen schien, berichtete ihm Christopher alles, woran er sich erinnern konnte. Und jedes Mal, wenn Christopher in seiner Erzählung etwas übersprang, fragte er nach.

»Habe ich es nicht gesagt?«, bemerkte er, vermutlich gegenüber der Hauslehrerin. »Ich kann mich auf mein Gespür verlassen. Bei solchen Anlagen musste ja etwas Besonderes herauskommen! Donnerwetter, Christopher, Sportsfreund, du bist wahrscheinlich der einzige Mensch auf der Welt, der feste Gegenstände von einer außerkörperlichen Reise mitbringen kann! Ich bezweifle, dass selbst der alte de Witt das kann.«

Christopher strahlte, weil Onkel Ralph so zufrieden mit ihm war, konnte aber seinen Groll gegen die Hauslehrerin nicht verbergen. »Sie hat gesagt, ich hätte alles gestohlen.«

»Das hat nichts zu sagen. Frauen ziehen immer die falschen Schlüsse«, verkündete Onkel Ralph und zündete sich eine Zigarre an. Die Hauslehrerin zuckte darüber nur mit den Schultern und lächelte sanft. Ihre verborgene Schönheit zeigte sich deutlicher als je zuvor, beinahe so, als sei sie ein Mensch, der einen Scherz zu schätzen wusste. Onkel Ralph blies einen Ring blauen Dunst über beide und strahlte wie die Sonne, wenn sie durch die Wolken bricht. »Als Nächstes, Sportsfreund«, fuhr er fort, »sind ein paar Experimente nötig, um deine besondere Begabung zu testen. Kannst du deine Träume lenken? Kannst du sagen, wann du wieder zu diesen Irgendwos gehst oder kannst du es nicht?«

Christopher dachte nach. »Ich gehe, wann ich will«, sagte er.

»Dann hast du sicherlich nichts dagegen, wenn ich dich einmal auf die Probe stelle, sagen wir morgen Abend?«, fragte Onkel Ralph.

»Ich könnte schon heute Abend gehen«, bot Christopher an.

»Nein, erst morgen«, beharrte Onkel Ralph. »Ich brauche einen Tag, um alles vorzubereiten. Wenn alles so weit ist, möchte ich, dass du Folgendes tust.« Zum Zeichen, dass er es ernst meinte, lehnte er sich vor und deutete mit der Zigarre auf Christopher. »Du machst dich wie gewöhnlich auf den Weg und versuchst zwei Experimente für mich durchzuführen. Erstens richte es so ein, dass jemand im Zwischenreich auf dich wartet. Versuche, ihn zu finden. Vielleicht musst du nach ihm rufen, das weiß ich nicht. Ich selbst habe keine Erfahrung mit außerkörperlichen Reisen. Du kletterst jedenfalls dorthin und versuchst, dich mit ihm zu treffen. Wenn du ihn gefunden hast, folgt Experiment Nummer zwei. Der Mann wird dir sagen, worin es besteht. Wenn beide erfolgreich verlaufen, können wir daran denken, noch weitere zu unternehmen. Glaubst du, dass du das schaffst? Du möchtest mir doch gern behilflich sein, oder?«

»Ja!«, sagte Christopher.

Onkel Ralph klopfte ihm auf die Schulter. »Bist ein braver Junge. Lass dich von niemandem täuschen. Du hast eine große, höchst interessante Begabung. Sie ist so groß, dass ich dir rate, mit niemandem darüber zu sprechen außer mit mir und Miss Bell. Noch nicht einmal mit deiner Mutter. Abgemacht?«

»Abgemacht«, sagte Christopher. Es war fantastisch, dass Onkel Ralph ihn ernst nahm. Er war so erfreut darüber, dass er weit mehr für Onkel Ralph getan hätte, als lediglich niemandem etwas von seinen Träumen zu verraten. Das war außerdem sehr leicht, weil es einfach niemanden gab, dem er es hätte erzählen können.

»Wir haben jetzt ein Geheimnis«, sagte Onkel Ralph und wandte sich zur Tür. »Nur wir drei – und selbstverständlich der Mann, den ich auf die Reise schicke. Vergiss nicht, dass du vielleicht ausgiebig nach ihm suchen musst.«

»Das vergesse ich nicht«, versprach Christopher eifrig.

»Braver Junge«, sagte Onkel Ralph und verließ, in eine Zigarrenwolke gehüllt, das Zimmer.

Drittes Kapitel

Christopher fürchtete schon, die Zeit bis zur folgenden Nacht nie herumzubekommen. Er brannte darauf, Onkel Ralph zu zeigen, was er alles konnte. Ohne die Hauslehrerin wäre er wohl vor lauter Aufregung durchgedreht, doch sie war so langweilig, dass sie alles um sich herum ebenfalls mit Langeweile ansteckte. Als er am nächsten Abend schließlich zu Bett ging, war er so gelangweilt, dass er sich beinahe gefragt hätte, ob es sich überhaupt lohnte zu träumen.

Aber weil Onkel Ralph ihn darum gebeten hatte, träumte er doch. Er stieg wie üblich aus dem Bett, ging um die Wand beim Kamin und dann hinunter zu seinen Kleidern neben dem felsigen Pfad. Die Kleider waren mittlerweile zerschlissen und mit dem Schmutz aus hundert Irgendwos bedeckt. Auch war alles zwei Nummern zu klein. Aber Christopher zog sich rasch um, ohne sich darum zu kümmern, ob die Knöpfe in den richtigen Knopflöchern saßen. Schuhe trug er nie, weil sie ihm beim Klettern nur hinderlich waren. Barfuß kletterte er um den Felsvorsprung herum und stieg ins Zwischenreich.

Dort herrschte wie immer ein heilloses Durcheinander: Felsen ragten in alle Richtungen, wölbten sich über seinem Kopf, und über allem wallte Nebel.

Zum ständig drehenden Wind im Zwischenreich kam diesmal auch noch Regen. Christopher hoffte, an diesem unwirtlichen Ort nicht zu lange nach Onkel Ralphs Mann Ausschau halten zu müssen. Außer dass ihm Kälte und Nässe zusetzten, fühlte er sich auch noch klein und hilflos. Dennoch postierte er sich auf einem Geröllhaufen und rief: »Hallo!«

Hier im Zwischenreich klang seine Stimme nicht lauter als Vogelgezwitscher. Der wallende Nebel schien den Schall zu verschlucken. Christopher horchte auf eine Antwort, aber minutenlang war nur das Pfeifen des Windes zu hören. Er wollte schon ein weiteres Mal rufen, als ein ganz dünner klagender Ton durch die Felslandschaft zurückkam. »Hallooo!« Das war das Echo seines Rufs, Christopher war sich da ganz sicher. Seit seinen ersten Traumreisen wusste er, dass das Zwischenreich alles, was nicht hierher gehörte, wieder an seinen Ausgangspunkt zurückdrängte. Daher kam er auf dem Rückweg auch schneller voran, als wenn er sich in ein neues Tal vorwagte. Das Land schob ihn mit Macht an seinen Ausgangspunkt zurück.

Christopher überlegte. Wahrscheinlich hatte Rufen keinen Zweck. Wenn Onkel Ralphs Mann tatsächlich dort irgendwo im Nebel stand, würde er nicht lange am gleichen Platz bleiben, da ihn das Tal, aus dem er gekommen war, wieder zurückziehen würde. Der Mann musste also in einem Taleingang stehen und darauf hoffen, dass Christopher ihn irgendwann fand. Christopher seufzte. Es gab tausende und abertausende Täler, manche höher, manche tiefer gelegen, an jeder Ecke tat sich ein neues auf, und das allein hier am Eingang des Zwischenreiches. Wenn man aber weiter vordringen wollte, also zu dem Irgendwo, das keine Besucher duldete, dann würde man vermutlich auf tausende weitere Täler stoßen. Andererseits würde Onkel Ralph die Suche nicht absichtlich schwer gestalten. Der Mann musste also irgendwo in der Nähe sein.

Fest entschlossen, Onkel Ralphs Experiment wenn irgend möglich erfolgreich durchzuführen, machte sich Christopher auf den Weg. Halb kletternd, halb rutschend, zwängte er sich durch die Felslandschaft. Das erste Tal, in das er kam, war leer. »Hallo?«, rief er hinunter. Ein Fluss wand sich durch leere grüne Flächen, keine Menschenseele war zu sehen. Er ging wieder zurück und bog in das nächste Tal ein. Noch ehe er den Eingang ganz erreicht hatte, sah er dort im Nebel eine dunkle, vom Regen glänzende Gestalt stehen, die an einem Felsen nach Schutz suchte.

»Hallo?«, rief Christopher.

»Ich glaub's nicht – Christopher?«, tönte es von drüben. Es war die Stimme eines kräftigen jungen Mannes. »Gehen wir doch hinaus ins Freie, wo wir uns besser sehen können.«

Nach etwas Kletterei und Gerutsche um einen mächtigen Felsblock gelangten beide in ein weiteres Tal, in dem die Luft ruhig und warm war. Das Gras glänzte rosa im Licht der untergehenden Sonne.

»Sieh mal einer an«, sagte Onkel Ralphs Mann, »du bist ja nur halb so groß, wie ich erwartet hatte. Schön, dich zu treffen, Christopher. Ich bin Tacroy.« Er lächelte Christopher an. Tacroy war jung und kräftig wie seine Stimme, von eher untersetzter Gestalt, mit einem runden, braun gebrannten Gesicht und munteren Haselnussaugen. Christopher mochte ihn auf Anhieb – sicherlich auch deswegen, weil Tacroy der erste Erwachsene in seinem Leben war, der so einen Lockenschopf wie er selbst hatte. Nun, nicht ganz wie er. Während Christophers Haar in großen schwarzen Locken fiel, kringelte sich Tacroys Haar, als würde er einen Haufen brauner Spiralfedern auf dem Kopf tragen. Christopher dachte, welche Qualen Tacroy dulden müsste, wenn eine Hauslehrerin ihn zwänge, sich die Haare zu kämmen. Erst jetzt bemerkte er, dass Tacroys Locken ganz trocken waren. Auch seine Kleidung zeigte keine Spur von Feuchtigkeit. Tacroy trug einen grünlichen, ziemlich schäbigen Anzug, aber er war nicht einmal benetzt.

»Wie sind Sie denn so schnell trocken geworden?«, fragte ihn Christopher.

Tacroy lachte. »Ich bin hier nicht so körperlich anwesend, wie du es zu sein scheinst. Du bist ja nass bis auf die Knochen. Wie ist das passiert?«

»Der Regen im Zwischenreich«, sagte Christopher. »Aber Sie waren dort auch ganz nass.«

»Wirklich?«, sagte Tacroy. »Während der Reise hierher habe ich keine klare Sicht, es ist eher wie eine Fahrt durch tiefe Nacht mit ein paar Sternen als einziger Orientierung. Selbst hier am Weltenrand fällt es mir schwer, etwas zu erkennen – wenngleich ich dich deutlich sehe, weil wir es beide wollen.« Er merkte, dass Christopher ihn anstarrte, ohne auch nur ein Wort zu verstehen. Nachdenklich kniff er die Augen zusammen, was kleine Lachfalten in seinem Gesicht hervorlockte. Das machte ihn für Christopher noch sympathischer. »Sag mir doch, was du siehst«, bat ihn Tacroy und zeigte mit seiner Hand auf das vor ihnen liegende Tal.

»Ein Tal«, sagte Christopher und fragte sich im Stillen, was Tacroy wohl sehen konnte, »mit viel grünem Gras, und mittendurch fließt ein Bach. Die Sonne geht gerade unter, und in ihrem Licht sieht das Wasser rosa aus.«

»Tatsächlich?«, sagte Tacroy. »Dann wirst du sicherlich staunen, wenn ich dir sage, dass ich lediglich einen leicht rosa getönten Nebel sehe.«

»Wie das?«

»Weil ich hier nur geistig anwesend bin«, sagte Tacroy, »während du alles wirklich erlebst. Mein Körper liegt, in Decken gehüllt und mit einer Wärmflasche versehen, in tiefer Trance auf einer Couch in London. Daneben sitzt eine reizende junge Dame und umschmeichelt mich mit den Tönen ihrer Harfe. Mir war es wichtig, dass die junge Dame zu meinem Arrangement gehörte. Glaubst du, dass du auch unter einer warmen Decke irgendwo im Bett liegst?«

Tacroy entging nicht, dass die Frage Christopher verwirrte. Er kniff wieder die Augen zusammen. »Machen wir uns an die Arbeit«, schlug er vor. »Im nächsten Teil des Experiments gilt es herauszufinden, ob du ein bestimmtes Paket mit heimbringen kannst. Ich habe schon mein Zeichen gemacht. Mach du jetzt deins, dann gehen wir in die Welt da hinunter.«

»Mein Zeichen?«, fragte Christopher.

»Ja, dein Zeichen«, sagte Tacroy. »Wie willst du denn ohne Zeichen den Weg in diese Welt und wieder zurück finden?«

»Die Täler sind doch einfach zu finden«, behauptete Christopher. »Außerdem war ich schon mal in diesem Irgendwo. Es ist das mit dem kleinsten Bach.«

Tacroy zuckte mit den Achseln und kniff die Augen zusammen. »Junge, du machst mir Angst. Sei so gut und kratze die Zahl Neun auf einen Felsen oder sonst wo hin. Ich möchte dich auf keinen Fall verlieren.«

Christopher suchte eifrig nach einem spitzen Feuerstein und kratzte damit so lange, bis eine große krakelige Neun zu erkennen war. Als er von seiner Arbeit aufschaute, sah er, dass Tacroy ihn wie ein Gespenst anstarrte. »Was ist denn los?«

Tacroy lachte kurz auf. »Ach, nichts weiter. Ich kann es sehen, das ist alles. Das gab es bisher nicht. Kannst du mein Zeichen sehen?«

Christopher schaute überall und suchte sogar den in Sonnenuntergangfarben glühenden Himmel ab, musste aber am Ende zugeben, kein Zeichen entdeckt zu haben.

»Gott sei Dank!«, sagte Tacroy. »Wenigstens ist das normal! Aber ich frage mich immer noch, was es mit dir auf sich hat. Immerhin verstehe ich jetzt, warum dein Onkel so aus dem Häuschen war.«

Gemeinsam schlenderten sie ins Tal hinunter. Tacroy vergrub die Hände in den Hosentaschen und gab sich lässig, aber Christopher hatte trotzdem das Gefühl, dass Tacroy gewöhnlich rascher und auf ganz andere Weise in ein Irgendwo gelangte. Mehrmals ertappte er Tacroy dabei, wie dieser zu ihm schielte, so als sei er unsicher über den einzuschlagenden Weg, und wartete, was Christopher tun würde. Er schien sehr erleichtert, als sie am Ende des Tals auf die holprige Straße kamen, die unter hohen Urwaldbäumen weiterführte. Die Sonne war nun fast ganz untergegangen. Schließlich sahen sie Licht hinter den Fenstern des alten, baufälligen Gasthauses.

Dieses Irgendwo gehörte zu den ersten, die Christopher besucht hatte. Er hatte es wärmer und feuchter in Erinnerung. Die hohen Bäume hatten in frischem Grün gestanden und von den Blättern hatte es getropft. Nun schienen sie braun und welk, soweit er das im Abendlicht erkennen konnte. Während er mit Tacroy auf die grob zusammengezimmerte Holzveranda zuging, fiel ihm auf, dass die bunten Pilze, die ihn bei seinem letzten Besuch so fasziniert hatten, alle bleich und trocken geworden waren. Er fragte sich, ob der Wirt ihn überhaupt wiedererkennen würde.

»Hallo, jemand da?«, rief Tacroy. Als sich im Haus nichts regte, fragte er Christopher: »Kannst du vielleicht auf den Tisch hauen? Ich kann das nicht.«

Christopher bemerkte, dass die ausgetretenen Bretter der Veranda unter seinen Schritten knarrten, aber nicht unter Tacroys. Irgendwie schien Tacroy nicht richtig anwesend zu sein. Er hob einen Holznapf auf und klopfte damit auf den Tisch. Auch dazu machte Tacroy eine erstaunte Miene.

Schließlich kam der Wirt aus dem Haus geschlurft. Er trug mindestens drei Wollschals um den Hals und schien so krank zu sein, dass er keine Augen für Christopher hatte, geschweige denn ihn wiedererkannt hätte.

»Ralphs Bote«, meldete Tacroy. »Ich nehme an, dass Sie ein Paket für mich haben.«

»Ja, richtig«, sagte der Wirt fröstelnd. »Möchten Sie nicht hereinkommen, statt in dieser Hundekälte zu stehen? Das ist der kälteste Winter seit Jahren.«

Tacroys Augenbrauen hoben sich, und er schaute zu Christopher hinüber. »Mit ist ziemlich warm«, sagte der.

»Dann warten wir draußen«, entschied Tacroy. »Das Paket?«

»Sofort, mein Herr«, erwiderte der Wirt. »Aber möchten Sie nicht etwas Warmes trinken?«

»Ja, gern«, sagte Christopher rasch. Letztes Mal hatte er ein Getränk bekommen, das wie Schokolade schmeckte, nur viel besser. Der Wirt nickte lächelnd und schlurfte bibbernd ins Haus. Christopher setzte sich an den Tisch. Obwohl es mittlerweile fast Nacht geworden war, fühlte er sich wohlig warm. Seine Kleider trockneten rasch. Schwärme mottenähnlicher Insekten flogen gegen die erleuchteten Fensterscheiben, doch es war hell genug, um zu erkennen, dass Tacroy sich erst in die Luft setzte und dann seitwärts zum Stuhl am anderen Ende des Tisches rutschte.

»Ganz gleich, was es ist, du wirst es für mich trinken müssen«, sagte Tacroy.

»Das mache ich gern«, sagte Christopher. »Warum wollten Sie eigentlich, dass ich eine Neun schreibe?«

»Weil diese Gruppe von Welten als Serie neun bekannt ist«, erklärte Tacroy. »Dein Onkel scheint hier über gute Kontakte zu verfügen. Deshalb war es leicht, das Experiment hier vorzubereiten. Wenn es erfolgreich verläuft, plant er eine ganze Reihe von Reisen zu allen Verbundenen Welten. Aber wahrscheinlich langweile ich dich damit, oder?«

»Oh nein, ganz und gar nicht«, sagte Christopher. »Wie viele Welten gibt es denn noch?«

»Unsere Welt ist die zwölfte«, sagte Tacroy. »Dann wird rückwärts gezählt bis zu Nummer eins. Frag mich nicht, warum, die Tradition will es so.«

Christopher runzelte die Stirn. Vom Zwischenreich aus gelangte man zu vielen anderen Tälern, die alle wild durcheinander lagen, und nichts wies darauf hin, dass es gerade zwölf sein sollten. Aber er ging davon aus, dass Tacroy wusste, wovon er sprach – oder Onkel Ralph.

Der Wirt kam wieder herausgeschlurft. Er brachte zwei Tassen mit einem dunklen dampfenden Gebräu, das nach Schokolade duftete. Die Vorfreude auf die Schokolade wurde jedoch dadurch getrübt, dass der Wirt neben die Tassen noch einen runden, mit einem Riemen versehenen Lederbehälter stellte, dem ein unangenehmer Geruch entströmte. »Bitte sehr«, sagte der Wirt. »Hier ist das Paket, und das ist was zum

Aufwärmen. Ich verstehe nicht, wie ihr beide es hier draußen aushaltet.«

»Wir sind ein kühles, nebliges Klima gewohnt«, sagte Tacroy. »Vielen Dank noch mal«, rief er dem Wirt hinterher, der wieder ins Haus zurückging. »Normalerweise müssen hier tropische Temperaturen herrschen«, sagte er, als die Tür ins Schloss fiel. »Ich selbst kann als bloß geistig Anwesender nichts dazu sagen. Ich spüre weder Kälte noch Wärme. Schmeckt das da gut?«

Christopher nickte freudig. Er hatte eine Tasse schon leer getrunken. Was immer es war, es war dunkel, warm und schmeckte einfach köstlich. Jetzt zog er Tacroys Tasse zu sich herüber und trank in kleinen Schlucken, um länger etwas davon zu haben. Wenn nur nicht der runde Lederbehälter gewesen wäre, der so penetrant roch. Christopher stellte ihn schließlich etwas abseits auf den Boden.

»Wie ich sehe, kannst du ihn hochheben«, bemerkte Tacroy. »Und du kannst trinken. Dein Onkel hat mir eingeschärft, darauf zu achten, aber ich selbst habe nie daran gezweifelt. Er sagte auch, du hättest Sachen während der Reise zurück verloren.«

»Nur weil es schwer ist, sie über die Felsen mitzunehmen«, erläuterte Christopher. »Ich brauche beide Hände zum Klettern.«

Tacroy überlegte. »Das wäre eine Erklärung für den Halteriemen. Es könnte aber noch andere Gründe geben. Das würde ich gern herausbekommen. Hast du zum Beispiel schon einmal versucht, etwas Lebendiges heimzubringen?«

»Etwa eine Maus?«, schlug Christopher vor. »Die könnte ich in meine Hosentasche stecken.«

Tacroys Gesicht zeigte plötzlich ein durchtriebenes Grinsen. Er sah aus, so kam es Christopher vor, wie ein frecher Schuljunge. »Lass es uns versuchen«, sagte er. »Schauen wir, ob du als Nächstes ein kleines Tier von deiner Reise mitbringen kannst. Ich versuche deinen Onkel zu überzeugen, dass wir das unbedingt wissen müssen. Ich sterbe vor Neugier, wenn wir es nicht versuchen. Und wenn es das Letzte ist, was du für uns tust.«

Tacroys Ungeduld wurde immer größer. Schließlich erhob er sich so rasch, dass er durch den Stuhl hindurch aufstand, so als ob er gar nicht da stünde. »Bist du immer noch nicht fertig? Komm, machen wir uns auf den Weg.«

Christopher hob noch einmal die Tasse an die Lippen, damit ihm ja kein Tropfen entging. Er nahm den runden Lederbehälter und hängte ihn sich am Riemen um den Hals. Dann sprang er von der Veranda und lief die holprige Straße hinunter, voller Eifer, Tacroy die Stadt zu zeigen. Dort wuchsen Pilze wie Korallen an allen Toren. Das würde Tacroy sicherlich gefallen.

Tacroy rief ihm hinterher: »He, wo läufst du denn hin?« Christopher hielt an und erklärte es ihm. »Das geht nicht«, widersprach ihm Tacroy. »Ob die Pilze himmelblau oder rosa sind, spielt keine Rolle. Ich kann nicht länger in Trance bleiben, muss aber die Gewissheit haben, dass du sicher heimkommst.«

Das war eine Enttäuschung. Doch als Christopher

ihn sich aus der Nähe anschaute, wirkte Tacroy so durchscheinend, als ob er sich einfach auflösen oder in eines dieser mottenähnlichen Wesen verwandeln würde, die sich an den Fensterscheiben des Gasthauses gestoßen hatten. Aufgeschreckt legte Christopher eine Hand auf Tacroys Ärmel, um ihn festzuhalten. Im ersten Augenblick fühlte sich der Ärmel fast nach nichts an – wie die Staubflocken unter Christophers Bett –, aber dann gewann er an Festigkeit. Auch die Konturen von Tacroys Gestalt hoben sich wieder deutlich von den dunklen Bäumen ab. Tacroy selbst stand ganz still.

»Ich glaube«, sagte er in einem Ton, als könne er es eigentlich nicht glauben, »du hast irgendetwas getan, um mir wieder feste Gestalt zu geben. Aber was?«

»Ich habe Sie wieder festgeknetet«, sagte Christopher. »Jetzt können wir uns die Stadt anschauen. Gehen wir.«

Doch Tacroy lachte nur und packte Christopher am Arm, so fest, dass dieser fast schon wieder bereute, ihn festgeknetet zu haben. »Nein, wir können uns die Pilze ein andermal anschauen. Nun, da ich weiß, dass du auch das kannst, wird alles viel leichter. Aber für die heutige Reise habe ich nur eine Stunde zur Verfügung. Komm.«

Während sie den Hang wieder hinaufstiegen, sah sich Tacroy die ganze Zeit um. »Wenn es nicht so dunkel wäre«, sagte er, »könnte ich das hier jetzt auch alles sehen. Ich höre den Bach plätschern. Das ist fantastisch!« Doch ebenso klar war auch, dass er das Zwischenreich nicht sehen konnte. Dort angekommen ging Tacroy so weiter, als wäre er immer noch im Tal. Dann zerriss ein Windstoß den Nebel, und plötzlich war er nicht mehr da.

Christopher überlegte, ob er zurück in Nummer neun oder in ein anderes Tal gehen sollte. Doch ohne Gesellschaft schien ihm das keinen richtigen Spaß zu machen, und so ließ er sich vom Zwischenreich wieder heimwärts drängen.

Viertes Kapitel

Am Morgen darauf war Christopher richtig übel von dem Geruch – eigentlich müsste man eher von Gestank sprechen –, der aus dem Ledergefäß kam. Er hatte es nachts unter sein Bett gestellt, doch der Geruch war so penetrant gewesen, dass er schließlich hatte aufstehen und es mit einem Kissen zudecken müssen, ehe er einschlafen konnte.

Als ihn seine Hauslehrerin später weckte, verriet ihr der Geruch sofort, wo das Gefäß stand. »Gütiger Gott!«, rief sie und zog es am Lederriemen hervor. »Kaum zu glauben! Und dass dein Onkel gleich einen ganzen Lederbeutel von diesem Zeug verlangen würde. Hat er denn gar nicht an die Gefahr gedacht?«

Christopher schaute sie an. Er hatte sie nie so aufgeregt gesehen. Ihre ganze verborgene Schönheit brach hervor, während sie den Lederbeutel anstarrte, als ob sie nicht recht wüsste, ob sie böse, erschrocken oder erfreut sein sollte. »Was ist denn drin?«, wollte Christopher wissen.

»Drachenblut«, sagte die Hauslehrerin. »Ganz frisches! Ich bringe das sofort zu deinem Onkel, sonst bekommt deine Mama noch Zustände. Du ziehst dich unterdessen an.« Den Lederbeutel am Riemen schwingend, eilte sie davon. »Dein Onkel wird seine helle

Freude daran haben«, rief sie ihm noch über die Schulter zu.

Damit hatte sie ohne Zweifel Recht. Einen Tag später kam ein großes Paket für Christopher. Die Hauslehrerin brachte es zusammen mit einer Schere in die Schulstube und ließ ihn die Paketschnüre selbst durchschneiden. Das machte die Sache nur noch spannender. Das Paket enthielt eine Schachtel Pralinen, dekoriert mit einer großen roten Schleife und dem Bild eines Jungen, der Seifenblasen blies. Süßigkeiten waren so selten in Christophers Leben, dass er darüber fast den kleinen Umschlag übersehen hätte, der in der Schleife steckte. Darin war eine Goldmünze, ein Sovereign, nebst einem Kärtchen von Onkel Ralph.

»Gut gemacht!!!!«, stand da. »Nächstes Experiment in einer Woche. Miss Bell sagt dir noch Genaueres. Dein dich liebender Onkel.«

Christopher freute sich so sehr, dass er der Hauslehrerin die Gunst gewährte, sich als Erste aus der Pralinenschachtel zu bedienen. »Ich glaube«, sagte sie trocken, als sie sich eine von den Nusspralinen aussuchte, die Christopher noch nie so richtig gemocht hatte, »dass deine Mama auch gern einmal davon probieren würde, ehe schon zu viele weg sind.« Dann nahm sie Christopher das Kärtchen aus der Hand und warf es ins Feuer. Das war ein deutliches Zeichen, seiner Mutter tunlichst nicht zu erzählen, womit er sich die Pralinen verdient hatte.

Christopher aß wohlweislich die erste Schicht der Pralinen, ehe er die Schachtel auch seiner Mama anbot. »Oh Christopher, die sind so schlecht für deine Zähne!«, sagte Mama, während sie mit den Fingern erst über die mit Erdbeer gefüllten und dann die Trüffel-Pralinen strich. »Dein Onkel scheint dich sehr zu mögen. Nun, das ist nur gut so, da ich ihm mein ganzes Geld anvertrauen musste, und später wird es ja einmal dein Geld sein.« Damit griff sie sich einen Karamellbonbon. »Achten Sie darauf, dass mein Bruder ihn nicht zu sehr verwöhnt«, sagte sie zur Hauslehrerin. »Und bringen Sie ihn am besten einmal zum Zahnarzt.«

»Sehr wohl, gnädige Frau«, sagte die Hauslehrerin gehorsam.

Es war klar, dass Mama nicht ahnte, was es mit den Pralinen wirklich auf sich hatte. Christopher freute sich, Onkel Ralphs Wünsche so getreu erfüllt zu haben. Allerdings wäre es ihm lieber gewesen, wenn Mama nicht den Karamellbonbon gewählt hätte. Die übrigen Pralinen reichten nicht mehr die ganze Woche, lenkten aber Christopher ein wenig vom kommenden Experiment ab. Als die Lehrerin am Freitag vor dem Schlafengehen ganz ruhig sagte: »Dein Onkel wünscht, dass du heute Nacht wieder eine Reise unternimmst«, nahm Christopher das schon fast selbstverständlich hin. »Diesmal sollst du zu Serie zehn gehen«, teilte ihm die Lehrerin mit, »und denselben Mann treffen wie beim ersten Mal. Glaubst du, dass du das schaffst?«

»Kleinigkeit«, sagte Christopher leichthin. »Das mache ich mit links.«

»Jetzt gibst du aber an«, bemerkte die Lehrerin spitz. »Vergiss nicht, dir die Haare zu kämmen und die Zähne zu putzen. Nimm es nicht auf die leichte Schulter, das ist kein Spiel.«

Christopher bemühte sich aufrichtig, nicht übertrieben zuversichtlich zu sein, aber diese Reisen waren für ihn nun mal leicht. Nachts folgte er wieder dem Pfad, zog seine verdreckten Kleider an und durchquerte das Zwischenreich auf der Suche nach Tacroy. Die einzige Schwierigkeit bestand darin, dass die Täler nicht in der richtigen Reihenfolge angeordnet waren. Nummer zehn folgte nicht auf Nummer neun, sondern kam früher und weiter unten. Christopher fürchtete schon, es überhaupt nicht zu finden. Nachdem er aber einen langen Geröllhang hinuntergerutscht war, erblickte er schließlich eine schimmernde Gestalt im Nebel. Es war Tacroy, der unbequem am Rand des Tals hockte. Er streckte Christopher seinen vor Nässe triefenden Arm entgegen.

»Gott sei Dank!«, rief er erleichtert. »Ich dachte schon, du würdest gar nicht mehr kommen. Knetest du mich wieder fest, ja? Ich verschwinde schon wieder. Das neue Mädchen versteht sich nicht halb so gut aufs Harfespielen wie das letzte.«

Christopher ergriff Tacroys kalte Hand, die sich weich wie Wolle anfühlte. Tacroys Gestalt gewann sogleich an Festigkeit. Bald war er genauso fest und nass wie Christopher, worüber er sich sehr freute.

»Dein Onkel wollte anfangs gar nicht glauben, dass du das kannst«, berichtete er, während sie ins Tal stiegen. »Aber ich versicherte ihm, dass ich mit deiner Hilfe sogar sehen könnte – äh – was siehst du eigentlich, Christopher?«

»Das hier ist das Irgendwo, in dem ich meine Glöckchen bekommen habe«, sagte Christopher und schaute lächelnd über die steilen grünen Hänge. Er konnte sich noch genau erinnern. Durch dieses Irgendwo floss dieser seltsam geschwungene Bach. Doch irgendetwas war neu hier – ein dunstiges Gebilde neben dem Pfad. »Was ist denn das?«, fragte er und vergaß dabei ganz, dass Tacroy das Tal ja eigentlich gar nicht sehen konnte.

Doch da Christopher ihn festgeknetet hatte, konnte er es offensichtlich doch. Blinzelnd schaute er in den Dunst. »Das ist ein Teil des Experiments, das offenbar nicht geklappt hat«, erklärte er. »Eigentlich sollte das ein Fuhrwerk ohne Pferde sein. Dein Onkel hat versucht, es für uns vorauszuschicken. Was meinst du, ob du auch dem Fuhrwerk feste Gestalt geben kannst?«

Christopher ging auf das Gebilde zu und versuchte seine Hand darauf zu legen. Doch die Dunstgestalt ließ sich nicht berühren. Christophers Hand ging einfach durch sie hindurch.

»Mach dir nichts draus«, sagte Tacroy. »Dein Onkel muss die Sache eben noch einmal genau durchdenken. Und das Fuhrwerk war auch nur eines von drei Experimenten heute Abend.« Er bestand darauf, dass Christopher eine große Zehn in den Sand auf dem

Pfad schrieb, erst dann gingen sie hinunter ins Tal. »Wenn es mit dem Fuhrwerk geklappt hätte«, fuhr Tacroy fort, »hätten wir es heute mit etwas Großem probiert. Aber so versuchen wir es eben mit einem Tier. Mein Gott, bin ich froh, dass du noch rechtzeitig gekommen bist. Ich war fast nur noch so ein Dunstgebilde wie das Fuhrwerk. Daran ist nur dieses Mädchen Schuld.«

»Die reizende junge Dame mit der Harfe?«, erkundigte sich Christopher.

»Leider nein«, sagte Tacroy. »Sie bekam einen Riesenschreck, als du mich letztes Mal festgeknetet hast. Mein Körper in London soll zu einem Dunstschleier zusammengeschmolzen sein, und sie fürchtete schon, ich würde es nicht mehr lange machen. Sie schrie und ließ ihre Harfe fallen. Kaum war ich zurückgekehrt, verließ sie mich auf der Stelle. Es sei nicht ihre Aufgabe, Geister zu reanimieren, sie sei nur für eine Trance engagiert worden und weigerte sich auch für den doppelten Lohn, ein zweites Mal zu kommen. Wirklich schade. Ich hatte geglaubt, sie würde mehr vertragen. Sie erinnerte mich an eine andere junge Harfenspielerin, die der Stern meines Lebens war.« Für einen Augenblick sah er so traurig aus, wie man das mit solch einem munteren Gesicht nur konnte. Dann lächelte er wieder. »Aber keiner von beiden konnte ich meine Dachstube zumuten. Daher ist es wahrscheinlich am besten so, wie es gekommen ist.«

»Brauchen Sie denn unbedingt eine?«, fragte Christopher.

»Ohne geht es leider nicht«, sagte Tacroy. »Wer außerkörperliche Reisen so häufig wie ich macht, braucht ein Medium, das ihm als Anker in der Wirklichkeit dient. Das geht am besten mit Musik. Das Medium ruft den Reisenden im Fall von Gefahr zurück, es hält ihn warm und verhindert, dass ihn Handelsvertreter mit Rechnungen belästigen und dergleichen mehr. Dein Onkel hat dieses neue Mädchen in aller Eile aufgetrieben. Ziemlich abgebrüht ist die. Eine Stimme wie ein Waschbrett und spielt Flöte, als wenn man mit nasser Kreide auf einer Schiefertafel schreibt.« Tacroy schauderte leicht. »Wenn ich darauf achte, höre ich es die ganze Zeit über im Hintergrund.«

Auch Christopher hörte einen hohen, schrillen Ton, glaubte aber eher, dass er von den Flöten der Schlangenbeschwörer kam, die in Reihen vor den Mauern der Stadt saßen. Man konnte schon die Umrisse der Stadt erkennen. Hier war es viel wärmer als in Nummer neun. Die hohen, schmutzig wirkenden Mauern und die bizarren Kuppeln der Häuser flirrten in der Hitze, wie Gegenstände unter Wasser. In den Staubwolken, die der Wind aufwirbelte, erkannte Christopher die alten Flöten spielenden Männer, die in schmutzig weiße Gewänder gehüllt vor geflochtenen Körben saßen. Er schaute nervös auf die großen Schlangen, die mit erhobenem Kopf in den Körben hin- und herpendelten.

Tacroy lachte. »Keine Angst. Dein Onkel wünscht sich genauso wenig eine Schlange wie du!«

Die Stadt hatte ein hohes, schmales Tor. Bis die

beiden dort angekommen waren, waren sie bereits von einer dichten Staubschicht bedeckt, unter der Christopher mächtig schwitzte, während Tacroy beneidenswert kühl blieb. Innerhalb der Mauern war es sogar noch heißer. Das war der einzige Nachteil dieses ansonsten sehr angenehmen Irgendwo. Im Schatten drängten sich Menschen, Ziegen und Verkaufsstände unter farbigen Sonnenschirmen, so dass Christopher und Tacroy nichts anderes übrig blieb, als mitten auf der Straße in der prallen Sonne zu gehen. Ringsum war munteres Schreien und Reden zu hören. Die Luft war erfüllt von exotischen Gerüchen, dem Meckern der Ziegen, dem Gegacker der Hühner und einer seltsamen, schrill klingenden Musik. Helle, kräftige Farben herrschten vor, am meisten aber fielen die kleinen goldgefassten Puppenhäuser an den Straßenecken auf, vor denen Blumen und Teller voller Speisen standen. Christopher dachte, dass sie für sehr kleine Götter bestimmt sein mussten.

Eine Dame unter einem blauen Sonnenschirm schenkte ihm eine Kostprobe der Süßigkeiten, die sie feilbot. Es sah aus wie ein in Honig getauchtes Vogelnest. Christopher wollte Tacroy ein Stück abgeben, aber Tacroy meinte, auch nachdem Christopher ihn festgeknetet hatte, könne er hier nicht richtig essen, sondern nur wie im Traum.

»Soll ich für Onkel Ralph eine Ziege mitbringen?«, fragte Christopher, während er sich den Honig von den Fingern leckte.

»Das hätten wir versucht, wenn es mit dem Fuhrwerk geklappt hätte«, war Tacroys Antwort. »Was sich dein Onkel wünscht, ist eine Katze aus einem Tempel. Deshalb müssen wir den Tempel der Ascheth finden.«

Christopher führte sie zum großen Platz, auf dem sich alle großen Tempel befanden. Der Mann mit dem gelben Sonnenschirm hatte immer noch seinen Stand auf den Stufen des größten Gebäudes. »Ah. Hier sind wir richtig«, sagte Tacroy. Doch als Christopher ein Gespräch mit dem Verkäufer anfangen wollte, hielt ihn Tacroy zurück: »Nein, besser wir gehen durch einen Nebeneingang hinein.«

Sie schlängelten sich durch die engen Gassen, die um den Tempel herumführten. Der Tempel besaß aber keinen anderen Eingang und auch keine Fenster. Die kargen schmutzigen Wände ragten hoch auf und waren oben mit scharfen Eisenspitzen bewehrt. Tacroy blieb in der glühend heißen Gasse stehen, in der jemand eine Ladung welken Kohl weggeworfen hatte, und schaute vergnügt zu den Spitzen hinauf. Die Blüten von Kletterpflanzen schlangen sich von der anderen Seite der Wand kommend um die Spitzen.

»Das hier sieht gut aus«, sagte er und lehnte sich gegen die Wand. Seine freudige Miene verschwand, und Enttäuschung, ja sogar so etwas wie Ärger machte sich in seinem Gesicht breit. »Was für eine böse Überraschung«, maulte er. »Du hast mich so festgeknetet, dass ich nicht mehr durchkomme.« Er überlegte und zuckte dann mit den Achseln. »Das sollte sowieso Experiment Nummer drei sein. Dein Onkel vermutete, wenn du dich zwischen verschiedenen Welten bewegen kannst, wärest du wahrscheinlich auch im Stande, durch Wände zu gehen. Willst du es versuchen? Glaubst du, dass du es schaffst, allein hineinzugehen und eine Katze zu fangen?«

Tacroy schien sehr beunruhigt. Christopher schaute auf die abweisende Wand und machte sich wenig Hoffnung. »Ich kann's probieren«, sagte er, mehr um Tacroy zu trösten als aus Überzeugung. Dann trat er vor die sonnenheißen Mauersteine und versuchte, sich hindurchzuzwängen. Zuerst schien es tatsächlich unmöglich. Dann aber merkte er, dass er sich nur in einem bestimmten Winkel schräg zur Wand stellen brauchte, um in die Steine einzudringen. Dem besorgt blickenden Tacroy lächelte er aufmunternd zu und sagte: »Ich bin gleich wieder da.«

»Eigentlich lasse ich dich nicht gern allein gehen«, rief ihm Tacroy noch hinterher, dann gab es ein schmatzendes Geräusch und Christopher fand sich auf der anderen Seite der Wand in einem Gestrüpp von Kletterpflanzen wieder. Sekundenlang war er vom gleißenden Sonnenlicht geblendet. Er hörte und spürte, wie es vor ihm auf dem Hof von Wesen wimmelte, die rasch und fast lautlos davonstoben. Vor Schreck blieb er wie angewurzelt stehen. Schlangen!, war sein erster Gedanke. Wieder und wieder blinzelte er ins Sonnenlicht, um etwas zu erkennen.

Doch es waren nur Katzen, die er durch die Geräusche beim Gang durch die Wand aufgescheucht hatte. Bis er sie endlich sehen konnte, waren die meisten schon längst außer Reichweite. Nur eine weiße Katze war langsamer als die anderen und schlich unsicher in den Schatten. Diese oder keine, dachte Christopher und heftete seinen Blick auf sie.

Aber er musste sich erst aus den Kletterpflanzen befreien und nun hatte auch die weiße Katze Angst bekommen und lief fort. Christopher folgte ihr. Er lief durch einen Arkadengang, über dem ebenfalls Kletterpflanzen wucherten, überquerte einen weiteren, schattigeren Hof und kam an einen Eingang, der statt einer Tür nur einen Vorhang besaß. Die Katze glitt unter dem Vorhang hindurch, Christopher schob ihn beiseite und tauchte in solche Dunkelheit, dass er schon wieder nichts erkennen konnte.

»Wer bist du?«, ertönte eine Stimme aus dem Dunkel. Sie klang erstaunt und hochmütig zugleich. »Du hast hier nichts zu suchen.«

»Und wer bist du?«, fragte Christopher vorsichtig. Zu gern hätte er mehr gesehen als nur blaue und grüne Punkte.

»Ich bin die Göttin, wer sonst«, sagte die Stimme. »Die Lebende Ascheth. Was tust du hier? Außer am Tag des großen Festes dürfen mich nur die Priesterinnen sehen.«

»Ich bin wegen einer Katze hier«, sagte Christopher. »Ich gehe sofort wieder, wenn ich eine habe.«

»Das ist nicht erlaubt«, wies ihn die Göttin zurecht. »Katzen sind der Ascheth heilig. Und wenn du hinter Bethi her bist, die gehört mir und sie wird bald wieder Junge bekommen.«

Christophers Augen hatten sich nun an die Dunkelheit gewöhnt. Wenn er angestrengt in die Ecke schaute, aus der die Stimme kam, konnte er eine Gestalt erkennen, die ungefähr so groß war wie er. Sie saß auf einem Stapel Kissen und hielt die weiße Katze in den Armen. Er tat einen Schritt vorwärts, um besser sehen zu können.

»Bleib, wo du bist«, warnte ihn die Göttin, »oder ich rufe einen Feuerregen auf dich herab!«

Zu Christophers Erstaunen konnte er sich nicht mehr vom Fleck rühren. Er versuchte, mit den Füßen zu scharren, hatte aber das Gefühl, als hafteten sie wie durch einen starken Kleber fest an den Fliesen. Mittlerweile konnte er wieder richtig sehen. Die Göttin war ein Mädchen mit rundem, freundlichem Gesicht und langen, mausgrauen Haaren. Sie trug ein rostbraunes, ärmelloses Gewand und war mit viel türkisfarbenem Schmuck behängt, darunter mindestens zwanzig Armreife und eine kleine, mit Türkisen besetzte Krone. Sie sah jünger aus als er – viel zu jung, als dass man ihr solche Hexenkünste zugetraut hätte. Christopher war beeindruckt. »Wie hast du das gemacht?«, fragte er.

Die Göttin zuckte mit den Achseln. »Das ist die Macht der Lebenden Ascheth«, beschied sie ihn. »Ich bin unter allen anderen Bewerberinnen ausgewählt worden, weil ich das beste Gefäß für ihre Macht bin. Ascheth erwählte mich, indem sie mich unter der Fußsohle mit dem Zeichen der Katze versah. Schau.« Sie neigte sich auf ihren Kissen zur Seite und streckte

Christopher einen nackten Fuß mit einem Fußring entgegen. Auf der Sohle befand sich ein großes Muttermal. Christopher konnte darin keine große Ähnlichkeit mit einer Katze erkennen, selbst dann nicht, wenn er die Augen wie Tacroy zusammenkniff. »Du glaubst mir wohl nicht«, sagte die Göttin in vorwurfsvollem Tonfall.

»Ich weiß nicht so recht«, erwiderte Christopher. »Ich hatte noch nie zuvor mit einer Göttin zu tun. Was machst du denn so?«

»Ich wohne im Tempel«, erläuterte die Göttin. »Kein Mensch bekommt mich zu Gesicht, außer am Tag des großes Fests. Dann werde ich durch die Stadt gefahren und spende meinen Segen.« Christopher fand, dass das nicht besonders spannend klang, aber noch ehe er etwas dazu sagen konnte, fuhr die Göttin fort: »Das macht keinen großen Spaß, aber so ist es nun einmal, wenn einem solche Ehre zuteil wird. Die Lebende Ascheth verkörpert sich immer in einem Mädchen.«

»Hörst du dann auf, Ascheth zu sein, wenn du erwachsen bist?«, wollte Christopher wissen.

Die Göttin runzelte die Stirn. So genau wusste sie das selbst nicht. »Die Lebende Ascheth ist *nie* erwachsen, also werd ich's dann wohl nicht mehr sein – aber das hat mir keiner so genau gesagt.« Ihr rundes ernstes Gesicht hellte sich auf. »Das wär doch schön, nicht wahr, Bethi?«, sagte sie zur Katze gewandt und streichelte sie.

»Wenn ich diese Katze nicht bekommen kann, würdest du mir dann eine andere überlassen?«, fragte Christopher.

»Je nachdem«, sagte die Göttin. »Ich glaube nicht, dass ich das Recht habe, Katzen wegzugeben. Wozu brauchst du sie denn?«

»Mein Onkel möchte eine«, sagte Christopher. »Wir wollen herausfinden, ob ich ein lebendes Tier von deinem Irgendwo in unseres bringen kann. Deines ist die Nummer zehn, unseres die Nummer zwölf. Aber der Weg durch das Zwischenreich ist ziemlich schwierig. Wenn du mir also eine Katze gibst, könntest du mir dann auch einen Korb borgen?«

Die Göttin überlegte. »Wie viele Irgendwos gibt es denn?«, fragte sie, als wolle sie ihn prüfen.

»Hunderte«, sagte Christopher, »aber Tacroy behauptet, es seien nur zwölf.«

»Die Priesterinnen reden auch immer von zwölf bekannten Anderswos«, pflichtete ihm die Göttin bei. »Aber Mutter Stolzfuß ist sich sicher, dass es sehr viel mehr gibt. Gut, aber wie bist du in den Tempel gekommen?«

»Durch die Wand«, sagte Christopher. »Keiner hat mich gesehen.«

»Du kannst also kommen und gehen wie du willst?«

»Spielend!«

»Schön«, sagte die Göttin. Sie ließ die weiße Katze in die Kissen plumpsen und erhob sich mit einem Klimpern ihres Schmucks. »Ich besorge dir eine Katze«, sagte sie, »aber vorher musst du bei der Göttin Ascheth schwören, dass du mir im Tausch dafür etwas bringst, was ich mir wünsche. Andernfalls bleibst du hier am Boden kleben, und ich rufe den Arm der Ascheth herbei, dich zu töten.«

»Was möchtest du denn im Tausch?«, fragte Christopher.

»Schwöre erst.«

»Ich schwöre«, sagte Christopher. Doch das genügte nicht. Die Göttin stützte die Hände in die Hüften und schaute ihn mit harten Augen an. Sie war tatsächlich ein bisschen kleiner als Christopher, doch das machte ihren Blick kein bisschen milder. »Ich schwöre bei der Göttin Ascheth, dass ich zurückkommen und dir das mitbringen werde, was du dir im Tausch gegen die Katze wünschst – genügt das?«, sagte Christopher. »Was wünscht du dir überhaupt?«

»Bücher«, antwortete die Göttin. »Ich langweile mich schrecklich.« Sie sagte das nicht in weinerlichem Ton, sondern knapp und entschieden, woraus Christopher schloss, dass sie die Wahrheit sagte.

»Gibt's hier keine Bücher?«, fragte er.

»Hunderte«, sagte die Göttin düster, »aber alle nur mit belehrenden oder heiligen Texten. Und die lebende Göttin darf in dieser Welt nichts berühren, was sich außerhalb des Tempels befindet. Nichts aus *dieser Welt*, verstehst du?«

Christopher nickte. Er verstand ganz genau. »Welche Katze kann ich denn bekommen?«

»Throgmorten«, sagte die Göttin. Auf dieses Wort hin lösten sich Christophers Füße wieder von den

Fliesen. Er konnte neben der Göttin hergehen, als sie den Vorhang öffnete und in den schattigen Hof trat. »Ich habe nichts dagegen, dass du Throgmorten mitnimmst«, fuhr sie fort. »Er riecht schlecht, kratzt und schikaniert auch noch die anderen Katzen. Ich kann ihn nicht ausstehen. Aber wir müssen uns mit dem Einfangen beeilen. Die Priesterinnen werden in Kürze ihre Siesta beenden. Augenblick noch!« Damit eilte sie unter lautem Geklimper in einen Arkadengang und kam ebenso schnell zurück – ein Wirbelwind aus wehendem mausgrauen Haar, rostbraunem Gewand und fliegender Schärpe. In der Hand hielt sie einen Korb mit Deckel. »Damit müsste es gehen«, meinte sie. »Der Deckel hat einen festen Verschluss.« Sie führte Christopher durch den Arkadengang mit den Kletterpflanzen in den sonnenüberfluteten Innenhof. »Gewöhnlich treibt er sich hier irgendwo herum und schikaniert die anderen Katzen. Ja, da ist er – der da in der Ecke.«

Throgmorten war ein rötlich brauner Kater. Gerade starrte er eine schwarzweiß gefleckte Katze an, die sich unterwürfig vor ihm duckte und sich rückwärts davonzustehlen versuchte. Throgmorten stolzierte auf sie zu und peitschte mit seinem schlangenähnlichen Schwanz auf den Boden, bis die schwarzweiße Katze die Nerven verlor und Reißaus nahm. Dann drehte er sich um und blickte zu Christopher und der Göttin herüber.

»Ist er nicht schrecklich?«, fragte die Göttin. Sie drückte Christopher den Korb in die Hand. »Hier, halt ihn gut fest und mach den Deckel zu, sobald ich den Kater drin habe.«

Throgmorten war, das musste Christopher zugeben, ein ziemlich widerwärtiges Katzenvieh. Unverschämt starrte der Kater ihn aus gelben Augen an, und irgendetwas an seinen Ohren – deren eines höher stand als das andere – verriet Christopher, dass Throgmorten jeden, der ihm in die Quere kam, angreifen würde. Dessen ungeachtet erinnerte ihn der Kater sogleich an Onkel Ralph. Vermutlich lag es an der rötlichen Farbe.

Im gleichen Augenblick merkte Throgmorten, dass sie hinter ihm her waren. Ungläubig machte er erst einen Buckel, ehe er sich an den Kletterpflanzen nach oben hievte, bis er sich hoch über ihren Köpfen befand.

»Nein, herunter mit dir!«, befahl die Göttin.

Throgmortens gekrümmter roter Körper kam wie ein pelziger orangefarbener Bumerang aus den Kletterpflanzen geschossen und landete geradewegs im Korb. Christopher war beeindruckt – so beeindruckt, dass er den Deckel ein klein wenig zu langsam nach unten drückte. Throgmorten schoss sofort wie ein geölter Blitz über den Rand des Korbes. Die Göttin packte den Ausreißer und warf ihn wieder in den Korb zurück. Darauf ruderte eine große Anzahl roter Beine – mindestens sieben, wie Christopher verdutzt feststellte – durch die Luft und suchte Halt an Schmuck, Gewand und Beinen der Göttin. Christopher wartete auf den Augenblick, da einer von Throgmortens Köpfen – er schien drei zu haben, jeder mit mehr Reißzähnen als der andere – in seine Reichweite kam. Dann knallte er den Deckel mit aller Kraft nach unten. Für den Bruchteil einer Sekunde war Throgmorten kein kämpfender Teufel mehr, sondern eine gewöhnliche, verdutzte Katze. Die Göttin stieß ihn in den Korb und Christopher schlug den Deckel zu. Eine breite, mit rosa Krallen bewehrte Pfote schnellte mehrmals aus dem Spalt zwischen Deckel und Korb und zerkratzte Christophers Hände und Arme. Schließlich war der Korb aber verschlossen.

»Danke«, sagte Christopher und leckte an seinen Wunden.

»Ich bin froh, dass mir das Vieh aus den Augen kommt«, sagte die Göttin, die ebenfalls eine Schramme am Arm hatte. Mit einem Stück ihres zerrissenen Gewands tupfte sie das Blut ab, das aus einer Wunde am Bein tropfte.

Eine melodische Stimme schallte vom Arkadengang herüber. »Huldreiche Göttin. Wo seid Ihr?«

»Ich muss gehen«, flüsterte die Göttin. »Denk an die Bücher. Du hast es mir geschworen.« Dann wandte sie sich um. »Ich komme!«, rief sie und eilte unter Geklimper zurück in den Arkadengang.

Christopher drehte sich rasch zur Wand um und versuchte wieder schräg durch sie hindurchzugehen. Doch es ging nicht. Welchen Winkel er auch ausprobierte, es klappte einfach nicht. Es musste an Throgmorten liegen. Dass er diesen fauchenden Kater in einem Korb bei sich hatte, machte ihn zu einem Teil dieses Irgendwos und unterwarf ihn den hier geltenden Gesetzen. Was konnte er also tun? Weitere Stimmen riefen in der Ferne nach der Göttin und in mindestens zwei anderen Arkadengängen, die den Hof säumten, sah er Gestalten vorbeihuschen. Die Möglichkeit, den Korb einfach stehen zu lassen, zog er nicht ernsthaft in Betracht. Onkel Ralph wollte eine Tempelkatze. Christopher lief also in Richtung auf den nächsten, noch leeren Arkadengang.

Leider machte das wilde Hin- und Hergeschlenker des Korbs Throgmorten unmissverständlich deutlich, dass er entführt wurde. Er protestierte dagegen so laut er konnte. Christopher hätte nie gedacht, dass eine Katze solch einen Lärm machen könnte. Throgmorten füllte mit seiner Stimme die dunklen Gänge, die von den Arkaden abbogen. Erst jaulte er in den schrillsten Tönen wie ein sterbender Vampir, dann fiel er zu einem sonoren Fauchen im Bass ab, ehe er erneut in hohe Lagen wechselte. Christopher war noch keine zwanzig Schritt gelaufen, da hörte er schon Stimmen, das Klappern von Sandalen und das Stampfen nackter Füße hinter sich. Er lief so schnell er konnte, wechselte möglichst oft die Richtung, doch jedes Mal verriet Throgmorten mit seinem wütenden Protestgeheul den Verfolgern, wohin sie laufen mussten. Schlimmer noch, er alarmierte immer mehr Tempelbewohner. Die Menge der Verfolger war auf das Doppelte angeschwollen, als Christopher am Ende des Gangs Licht sah. Er stürzte hinaus, gefolgt von einer grölenden Menge.

Es war aber nicht das Tageslicht vor dem Tempel, das er gesehen hatte, sondern eine gewaltige Halle, in der sich die Gläubigen vor hohen Statuen und bemalten Säulen drängten. Das Licht fiel durch große offene, gut hundert Schritt entfernte Tore ein. Christopher erkannte die Silhouette des Mannes mit dem gelben Schirm jenseits der Tore und wusste somit genau, wo er sich befand. Er lief im Slalom um Säulen und betende Pilgergruppen herum, immer auf die Tore zu. Unterdessen stieß Throgmorten weiter sein Geheul aus.

»Haltet den Dieb!«, rief die Menge hinter ihm. »Hierher, Arm der Ascheth!«

Christopher sah, wie ein Mann mit einer Silbermaske, oder vielleicht war es auch eine Frau, mit einem Speer auf ihn zielte. Er versuchte auszuweichen, doch entweder blieb keine Zeit mehr oder der Speer folgte seinen Bewegungen. Auf jeden Fall drang er ihm mit großer Wucht mitten in die Brust.

Alles Weitere schien sehr langsam zu gehen. Christopher blieb stehen, immer noch den heulenden Korb im Arm, und schaute ungläubig auf den Speerschaft, der ihm durch das schmutzige Hemd aus der Brust ragte. Er sah ihn überdeutlich: aus poliertem Holz gefertigt, mit eingeritzten Schriftzeichen und Bildern verziert, besaß er auf halber Höhe einen glänzenden silbernen Handgriff, dessen Zeichnung vom Gebrauch fast abgeschliffen war. Dort, wo das Holz den Stoff des Hemds berührte, sickerten ein paar Tropfen Blut heraus. Die Speerspitze musste tief in ihm sitzen. Als er aufschaute, sah er die Gestalt mit der Maske triumphierend auf ihn zukommen. Hinter ihr unter dem Torbogen stand Tacroy, den der Lärm herbeigelockt haben musste, und schaute schreckensstarr zu ihm herüber.

Schwankend hob Christopher seine freie Hand und packte den Speer am Griff, um ihn herauszuziehen. Es gab einen heftigen Ruck und um ihn herum wurde alles mit einem Mal schwarz.

Fünftes Kapitel

Es war früher Morgen und wütendes Katzengejaul, das aus dem umgekippten Korb auf dem Fußboden kam, hatte Christopher geweckt. Throgmorten wollte aus seinem Gefängnis, und zwar sofort. Strahlend vor Freude setzte sich Christopher im Bett auf, hatte er doch bewiesen, dass er ein lebendes Tier aus einem Irgendwo mitbringen konnte. Dann erinnerte er sich, dass ein Speer in seiner Brust gesteckt hatte. Er schaute an sich hinunter: keine Spur von einem Speer. Auch kein Blut. Keine Schmerzen. Er zog seine Schlafanzugjacke aus, sah aber nur blasse weiche Haut und keine Wunde.

Alles an ihm war heil. Die Irgendwos waren letztlich doch nur ein Traum. Er musste lachen.

»Grr!«, machte Throgmorten wütend und brachte den Korb ins Rollen.

Christopher sah ein, dass es ratsamer war, den Kater freizulassen. Da er sich noch gut an dessen scharfe Krallen erinnerte, stand er auf und nahm die schwere Vorhangstange aus der Halterung. Das war nicht leicht, denn die Vorhänge kamen ins Rutschen, doch Christopher meinte, auf sie als Schutz vor Throgmortens Krallen nicht verzichten zu können. Er hielt den schweren Stoff zu einem Bündel gewickelt wie ein

Schild vor sich. Nach einigem Stochern gelang es ihm, das Ende der Vorhangstange unter das Schnappschloss des Deckels zu bugsieren und den Korb zu öffnen.

Das Katzengejaul hörte schlagartig auf. Throgmorten schien das Ganze für einen Trick zu halten. Christopher wartete, hüpfte leicht auf seinem Bett auf und ab und hielt Stange und Stoffbündel bereit, um Throgmortens Krallen abzuwehren. Doch nichts geschah. Christopher bückte sich, bis er in den Korb schauen konnte. Dort lag ein rötlich brauner Katzenpelz, der sich sanft hob und senkte. Throgmorten hatte sich eingerollt und schlief, als würde er sich nichts aus der Freiheit machen.

»Na gut«, sagte sich Christopher, »mir soll es recht sein!« Mit einiger Mühe bugsierte er die Vorhangstange wieder in die Halterung und legte sich erneut schlafen.

Als er wieder aufwachte, war Throgmorten dabei, das Zimmer zu erkunden. Auf dem Rücken liegend beobachtete Christopher vorsichtig, wie der Kater von einem Möbelstück zum anderen sprang. Er schien nichts weiter als neugierig zu sein. Wenn man ihn sah, wie er sich zum Sprung vom Kleiderschrank zur Vorhangstange bereitmachte, hätte man auch denken können, er wollte eine Runde im Zimmer machen, ohne den Fußboden zu berühren. So, wie sich Throgmorten mit scharfen Krallen an der Vorhangstange und den Vorhängen entlang hangelte, war sich Christopher sicher, richtig geraten zu haben.

Was dann geschah, war jedenfalls nicht Throgmortens Schuld. Christopher wusste, dass er selbst die Vorhangstange nicht richtig angebracht hatte. Das Ende der Stange, das Christopher näher war, löste sich aus der Halterung und schoss mit dem ins Rutschen gekommenen Vorhang und einem sich verzweifelt daran festkrallenden Throgmorten harpunengleich auf Christopher zu. Für einen Augenblick sah Christopher in die vor Schreck weit aufgerissenen Augen des Katers, als dieser die Stange hinuntersauste. Dann traf ihn das aus Messing gefertigte Stangenende und fuhr ihm in die Brust. Obwohl es weder besonders scharf, noch besonders schwer war, drang es wie ein Speer ein. Einen Augenblick später landete der verängstigte Throgmorten mit ausgefahrenen Krallen auf ihm. Christopher glaubte, sich schreien zu hören. Aber egal, ob er es war oder Throgmorten, auf jeden Fall war der Lärm groß genug, um die Hauslehrerin zu alarmieren. Christopher konnte sich noch erinnern, wie seine aufgeschreckte Lehrerin im weißen Nachthemd herbeigeeilt kam, mit den Händen seltsam gestikulierte und dabei merkwürdige Worte sprach.

Lange Zeit später weckte ihn das helle Nachmittagslicht. Er konnte sich an nichts Genaues erinnern, nur tat ihm die Brust etwas weh. Dann hörte er Onkel Ralphs Stimme.

»Das ist vielleicht ein Schlamassel, Effie, gerade jetzt, wo sich alles so viel versprechend anließ. Wird er wieder gesund?«

»Gewiss«, sagte die Hauslehrerin. Beide standen an seinem Bett. »Ich bin gerade noch rechtzeitig gekommen, um mit einem Zauberspruch das Schlimmste zu verhüten. Es scheint schon fast verheilt zu sein.« Während Christopher noch dachte: Komisch, ich wusste gar nicht, dass sie eine Zauberin ist!, fuhr sie fort: »Ich habe mich nicht getraut, deiner Schwester auch nur ein Sterbenswörtchen zu sagen.«

»Bloß nicht«, sagte Onkel Ralph. »Sie hat schon fertige Pläne für ihn und würde mein Vorhaben sogleich torpedieren, wenn sie dahinter käme. Dieser verfluchte Kater! Ich habe auf Grund des ersten Tests meine Vorbereitungen in allen Verbundenen Welten getroffen und möchte nicht alles wieder abblasen. Kommt er wieder auf die Beine?«

»Sicher«, antwortete die Hauslehrerin. »Im Verband wirkt ein kräftiger Zauber.«

»Ärgerlich genug, dass ich alles verschieben muss.« Onkel Ralphs Stimme klang gar nicht erfreut. »Wenigstens haben wir die Katze. Wo ist das Vieh eigentlich?«

»Unter dem Bett. Ich habe versucht, sie dort hervorzuholen, aber ein paar Kratzer waren alles, was ich für meine Mühe bekommen habe.«

»Das schwache Geschlecht!«, sagte Onkel Ralph herablassend. »Aber das Vieh krieg ich schon.« Christopher hörte, wie sich Onkel Ralph auf die Knie sinken ließ. Seine Stimme kam dumpf unter dem Bett hervor. »Komm, Miezekatze. Komm, Miez, Miez.«

Ein wütendes Fauchen war die Antwort auf diese Annäherungsversuche.

Onkel Ralph wich auf Knien zurück, dann stieß er ein paar üble Flüche aus. »Das ist ja ein richtiger Teufel«, rief er aus. »Er hat ganze Stücke aus mir herausgerissen.« Seine Stimme klang wieder weiter entfernt. »Lass ihn auf keinen Fall entwischen. Beleg das Zimmer mit einem Bann, bis ich wiederkomme.«

»Wohin gehst du?«, fragte die Hauslehrerin.

»Ich hole einen Tierarzt, und dicke Lederhandschuhe besorge ich auch«, kam die Antwort von der Tür. »Das ist eine Katze aus dem Ascheth-Tempel, eine wahre Kostbarkeit. So mancher Zauberer würde bloß für ein Stück Eingeweide oder eine Kralle fünfhundert Pfund hinblättern. Ein Auge bringt mehrere Tausend Pfund ein, also sorge für einen wirklich festen Bann. Ich brauche wahrscheinlich gut eine Stunde, um einen Tierarzt aufzutreiben.«

Dann wurde es still. Christopher schlief ein. Als er wieder aufwachte, fühlte er sich so viel besser, dass er sich im Bett aufsetzte und nach seiner Wunde schaute. Die Hauslehrerin hatte sie mit weißer Mullbinde säuberlich versorgt. Christopher riskierte einen Blick und sah ein rundes rotes Loch, das viel kleiner war, als er erwartet hatte. Es tat kaum weh.

Während er noch überlegte, wie er wohl feststellen könnte, wie tief die Wunde war, hörte er ein durchdringendes Jaulen von der Fensterbank. Er schaute sich um. Das Fenster stand halb offen – die Hauslehrerin hatte einen Frischluftfimmel – und Throgmorten kauerte auf dem Fensterbrett davor und blickte flehentlich zu ihm herüber. Als der Kater merkte, dass ihn Christopher anschaute, hob er einen krallenbewehrte Pfote und kratzte damit zwischen Fenster und Rahmen. Obwohl da nur Luft zu sein schien, gab es ein Geräusch, als ob jemand auf einer Schiefertafel kratzte.

»Mau«, machte Throgmorten in verlangendem Ton.

Christopher fragte sich, wie Throgmorten meinen konnte, er, Christopher, sei auf seiner Seite. Schließlich hätte ihn Throgmorten auf die eine oder andere Weise beinahe umgebracht.

»Miau?«, bat Throgmorten ganz sanft.

Andererseits, so überlegte Christopher, musste er zugeben, dass es beide Male, da er um ein Haar sein Leben gelassen hätte, nicht Throgmortens Schuld gewesen war. Und mochte Throgmorten auch der hässlichste und hinterhältigste Kater in allen Irgendwos sein, so schien es doch nicht in Ordnung, ihn zu kidnappen und in eine fremde Welt zu entführen, um ihn dort zu verhackstücken und an irgendwelche Zauberer zu verkaufen.

»Na schön«, sagte er und stieg aus dem Bett. Throgmorten erhob sich erwartungsfroh, den roten schlangenähnlichen Schwanz steil aufgerichtet. »Aber ehrlich gesagt weiß ich nicht, wie man so einen Zauberbann bricht.« Throgmorten wich zur Seite und machte keine Anstalten zu kratzen. Christopher tastete mit einer Hand nach draußen. Die Luft fühlte sich gummiartig an und gab nach, wenn man dagegen drückte. Gleichwohl konnte er die Hand auch unter größter Kraftaufwendung nicht richtig nach draußen bringen. So tat er das Einzige, was ihm einfiel: Er öffnete das Fenster so weit es ging. Der Bann, so schien ihm, dehnte sich wie eine Spinnwebe.

»Mau!«, machte Throgmorten anerkennend. Dann war er plötzlich weg. Christopher sah noch, wie er an einem schräg laufenden Regenrohr entlang rutschte, von dessen Ende er mit einem Sprung auf einen Erker und anschließend auf den Boden gelangte. Throgmortens rötlich braune Gestalt tapste rasch in die Büsche und zwängte sich unter dem Zaun des Nachbargrundstücks hindurch. Der Kater schien schon wieder bester Laune, auf Vogeljagd zu gehen oder andere Katzen herumzukommandieren. Christopher brachte das Fenster wieder in die Stellung, in der es vorher gewesen war, und legte sich erneut schlafen.

Beim nächsten Aufwachen stand Mama draußen vor der Tür und fragte ängstlich: »Wie geht es ihm? Ich hoffe, es ist nichts Ansteckendes.«

»Keinesfalls, gnädige Frau«, beruhigte sie die Hauslehrerin.

Darauf trat Mama ein und erfüllte das Zimmer mit ihrem Parfüm. Das war ein Glück, denn Throgmorten hatte unter dem Bett seine ganz spezielle Duftmarke hinterlassen. Sie schaute Christopher an. »Er sieht ein bisschen blass aus«, befand sie. »Sollen wir einen Arzt rufen?«

»Ich habe schon alles veranlasst, gnädige Frau«, sagte die Hauslehrerin.

»Danke«, sagte Mama. »Sorgen Sie dafür, dass dadurch die Vorbereitung auf die Schule nicht zu kurz kommt.«

Kaum hatte Mama das Zimmer verlassen, holte die Hauslehrerin ihren Regenschirm hervor und stocherte damit auf der Suche nach Throgmorten unter dem Bett und unter den übrigen Möbeln herum. »Wo hat er sich bloß versteckt?«, fragte sie laut, während sie sich streckte und über dem Kleiderschrank Lufthiebe austeilte.

»Ich habe keine Ahnung«, sagte Christopher wahrheitsgemäß, der nur wusste, dass Throgmorten mittlerweile schon weit entfernt herumstreunte. »Ehe ich mich schlafen legte, war er noch hier.«

»Er ist verschwunden!«, verwunderte sich die Hauslehrerin. »Aber eine Katze kann sich nicht einfach in Luft auflösen!«

»Es war eine Ascheth-Tempelkatze«, gab Christopher zu bedenken.

»Das ist wahr«, sagte die Letzte Hauslehrerin. »Diese Katzen sind in jeder Hinsicht magisch. Aber dein Onkel wird gar nicht erfreut sein, wenn er davon erährt.«

Christopher fühlte sich mit einem Mal schrecklich schuldig. Er konnte nicht mehr einschlafen, und als er eine Stunde später hörte, wie sich schwere Schritte der Tür näherten, setzte er sich sofort auf und fragte sich, was er wohl Onkel Ralph sagen sollte. Doch der Mann, der ins Zimmer trat, war nicht sein Onkel, sondern ein Fremder – nein, es war Papa! Christopher erkannte ihn an dem schwarzen gekämmten Backenbart. Auch Papas Gesicht war irgendwie vertraut, weil es seinem eigenen ähnelte, abgesehen von dem Backenbart und einer ernsten, besorgten Miene. Christopher war erstaunt, denn er hatte im Stillen vermutet, ohne dass es ihm irgendjemand ausdrücklich gesagt hätte, Papa habe das Haus in Schimpf und Schande verlassen müssen, nachdem irgendetwas mit dem Geld passiert war.

»Bist du wieder wohlauf, mein Junge?«, fragte Papa. Er sprach in besorgtem Ton, zugleich wirkte die Stimme gehetzt, und obendrein blickte er immer wieder nervös zur Tür. Daraus konnte Christopher unschwer schließen, dass sein Vater tatsächlich das Haus hatte verlassen müssen und nun vermeiden wollte, hier angetroffen zu werden. Papa war also ausschließlich wegen Christopher gekommen, was ihn noch mehr erstaunte.

»Danke, mir geht es so weit ganz gut«, antwortete Christopher höflich. Er wusste überhaupt nicht, wie er mit seinem Papa reden sollte, noch dazu von Angesicht zu Angesicht. Höflichkeit schien ihm da das Sicherste zu sein.

»Wirklich?«, fragte Papa und sah ihn unverwandt an. »Der Zauber, der dein Leben schützt, zeigte gewisse – nun, er hörte auf, als ob du – tja, ehrlich gesagt, ich dachte schon, du wärest tot.«

Christophers Erstaunen kannte keine Grenzen mehr. »Oh, ich fühle mich jetzt viel besser«, beteuerte er.

»Das höre ich gern!«, sagte Papa erleichtert. »Mir muss bei dem Zauberspruch irgendein Fehler unterlaufen sein – das scheint mir jetzt öfter zu passieren. Zur Sicherheit habe ich dir auch ein Horoskop erstellt und es mehrmals geprüft. Ich muss dich warnen. Die nächsten anderthalb Jahre bringen höchste Gefahren für dich, mein Junge. Du musst sehr vorsichtig sein.«

»Ja, das werde ich«, versprach Christopher. Er meinte es ernst. Wenn er die Augen schloss, sah er immer noch die Vorhangstange auf ihn zukommen. Und er musste sich regelrecht verbieten daran zu denken, wie der Speer aus seiner Brust geragt hatte.

Papa rückte näher zu ihm heran und blickte wieder nervös zur Tür. »Wie ich gehört habe, soll der Bruder deiner Mutter – Ralph Ardent – sich um ihre Geldgeschäfte kümmern. Halte dich so weit wie möglich von ihm fern, er ist kein Mensch, zu dem man Vertrauen haben kann.« Nach diesen Worten klopfte Papa Christopher auf die Schulter und eilte davon. Christopher fühlte sich erleichtert, denn sein Papa machte ihn immer verlegen. Nun war er noch unsicherer, was er Onkel Ralph sagen sollte.

Zum Glück teilte ihm wenig später die Hauslehrerin mit, Onkel Ralph würde nicht kommen. Dass Throgmorten entwischt war, habe ihn so verärgert, dass er nicht in Stimmung zu einem Krankenbesuch sei. Christopher seufzte erleichtert und entschloss sich, das Beste aus seinem Kranksein zu machen. Er malte, aß Weintrauben, las Bücher und tat alles, um die Rolle des Kranken so lange wie möglich zu spielen. Das war gar nicht so leicht, denn schon am folgenden Morgen war die Wunde nur noch eine runde schorfige Stelle, und am dritten Tag war fast gar nichts mehr zu sehen. Am vierten Tag bestand die Hauslehrerin darauf, dass er aufstehen und wie gewohnt Unterricht erhalten sollte. Doch bis dahin war es eine schöne Zeit gewesen.

Am folgenden Tag teilte ihm die Hauslehrerin mit: »Dein Onkel möchte morgen ein weiteres Experiment durchführen. Diesmal geht es darum, den Mann in Serie acht zu treffen. Fühlst du dich wieder kräftig genug?«

Christopher fühlte sich wieder in Form, und sofern ihn niemand zwang, sich erneut in die Nähe von Serie zehn zu begeben, wollte er gern eine neue außerkörperliche Reise unternehmen.

Serie acht stellte sich als das graue, steinige Irgendwo hinter Neun heraus. Bei seiner ersten Erkundung hatte sich Christopher nicht lange in dieser Gegend aufgehalten. Allein Tacroys Freude über das Wiedersehen war so groß, dass ihn das für einen weitaus schlimmeren Ort entschädigt hätte.

»Ich bin ja so froh, dich zu sehen!«, sagte Tacroy, während Christopher ihn wieder festknetete. »Ich habe schon gedacht, dass ich schuld an deinem Tod wäre. Ich hätte mich in den Hintern treten können. Wie konnte ich bloß deinen Onkel überreden, dich ein Tier von der Reise mitbringen zu lassen. Jeder weiß, dass Lebewesen stets Probleme schaffen. Ich habe ihm gesagt, dass wir dieses Experiment nicht wiederholen. Bist du wirklich wieder ganz in Ordnung?«

»Ja, wirklich«, versicherte Christopher. »Die Wunde auf der Brust war heute Morgen ganz verheilt.« Das Merkwürdige an den beiden Unfällen war, dass die

Kratzer von Throgmortens Krallen doppelt so viel Zeit zum Verheilen brauchten wie die beiden Wunden. Tacroy wollte das gar nicht glauben und erging sich in Selbstbeschuldigungen, bis es Christopher wirklich peinlich wurde und er das Thema wechselte. »Haben Sie immer noch die junge Dame, die so abgebrüht sein soll?«

»Abgebrühter denn je«, sagte Tacroy, dessen Stimmung sich rasch aufheiterte. »Dieses schreckliche Mädchen geht mir auch jetzt mit ihrem Flötenspiel mächtig auf die Nerven. Aber schau mal ins Tal hinunter. Dein Onkel ist fleißig gewesen seit – seit deinem Unfall.«

Onkel Ralph hatte das Fuhrwerk offensichtlich verbessert. Es stand deutlich sichtbar auf der dünnen, steinigen Grasnarbe neben dem Bach. Genau genommen sah es eher wie ein grob gezimmerter hölzerner Schlitten aus. Irgendetwas musste geändert worden sein, denn Tacroy konnte das Seil, das daran befestigt war, ohne Schwierigkeiten anfassen. Er zog daran, und das Fuhrwerk setzte sich in Bewegung, ohne dass es wirklich den Boden zu berühren schien.

»Das soll mit mir zurück in meine Londoner Dachstube«, erläuterte er. »Ich weiß, es ist schwer vorstellbar, aber dein Onkel schwört Stein und Bein, dass er es diesmal richtig vorbereitet hat. Die Frage lautet, ob das Fuhrwerk auch eine Ladung mit zurücknehmen kann oder ob die Ladung hier bleibt. Das soll sich bei dem Experiment heute Abend herausstellen.«

Christopher musste Tacroy helfen, das Fuhrwerk den langen steinigen Pfad auf der anderen Seite des

Tals hinauf zu ziehen. Tacroy fehlte es immer noch an Festigkeit, um richtig ziehen zu können. Nach einiger Zeit gelangten sie zu einem auf halber Höhe gelegenen grauen Bauernhaus, in dessen Hof eine Gruppe dickarmiger Frauen schweigend neben einem Haufen in Ölpapier gewickelter Pakete wartete. Die Pakete rochen merkwürdig, doch fiel das nicht weiter auf wegen des starken Knoblauchgeruchs, den die Frauen verbreiteten. Kaum war das Fuhrwerk zum Stillstand gekommen, griffen die Frauen nach den Paketen und versuchten damit das Fuhrwerk zu beladen. Aber die Pakete fielen einfach durch die Ladefläche und landeten auf dem Boden.

»So geht das nicht«, sagte Tacroy. »Ich dachte, man hätte euch informiert. Lasst das einmal Christopher versuchen.«

Es war keine leichte Arbeit. Die Frauen sahen ungläubig zu, wie Christopher die Pakete auf das Fuhrwerk lud. Tacroy versuchte zu helfen, aber seine Hände gingen einfach durch die Pakete hindurch. Christopher wurde müde und ihn fror im kalten Wind. Wie gern hätte er ja gesagt, als eine Frau ihn lächelnd fragte, ob er ins Haus kommen und etwas trinken wolle.

»Danke, nicht heute«, sagte Tacroy. »Wir sind immer noch in der Experimentierphase und wissen nicht, wie lange der Zauber anhält. Wir gehen lieber wieder zurück.« Er konnte Christopher die Enttäuschung ansehen. Während sie gemeinsam das Fuhrwerk hügelab bugsierten, sagte er zu ihm: »Ich verstehe dich ja.

Aber betrachte das hier als Geschäftsreise. Dein Onkel möchte wissen, wie dieses Fuhrwerk heute Abend funktioniert, entsprechend wird er es noch umbauen oder verbessern. Ich habe die stille Hoffnung, dass er es schafft, dem Gefährt so viel Festigkeit zu geben, dass die Einheimischen es selbst beladen können. Dann brauchen wir hierfür deine Hilfe nicht mehr.«

»Aber ich helfe gern«, beteuerte Christopher. »Außerdem, wie würden Sie es ziehen, wenn ich Sie nicht immer wieder festkneten würde?«

»Das stimmt«, gab Tacroy zu. Er dachte noch darüber nach, als sie unten im Talgrund angekommen waren und nun mit dem Seil über der Schulter einen weiteren Anstieg in Angriff nahmen. »Ich wollte dich noch etwas fragen«, sagte er keuchend. »Wirst du eigentlich auch Zauberunterricht erhalten?«

»Nicht, dass ich wüsste«, sagte Christopher.

»Das solltest du aber«, sagte Tacroy. »Ich habe bisher niemanden getroffen, der größeres Talent dazu hätte als du. Frag doch mal deine Mutter danach.«

»Mama möchte, glaube ich, dass ich Missionar werde«, entgegnete Christopher.

Tacroy hob die Augenbrauen. »Bist du dir sicher? Hast du da nicht etwas falsch verstanden?«

»Nein«, sagte Christopher. »Sie sagt, ich müsse später einmal in die Gesellschaft eintreten.«

»Ah, die Gesellschaft!«, schwärmte Tacroy. »Ich träume auch davon, in die Gesellschaft einzutreten, im Abendanzug und umgeben von Harfe spielenden jungen Damen.«

»Tragen Missionare Abendanzüge?«, fragte Christopher. »Oder trägt man das im Himmel?«

Tacroy schaute zu den sturmgepeitschten grauen Wolken auf. »Ich glaube, die Unterhaltung nimmt eine Wendung ins Absurde«, stellte er fest. »Also noch einmal. Dein Onkel sagte mir, du würdest bald auf eine Schule kommen. Wenn es eine halbwegs gute Schule ist, dann wird man dort auch Zauberei als Zusatzfach unterrichten. Versprich mir, zu fragen, ob du das Fach wählen darfst.«

»Abgemacht«, sagte Christopher. Das Wort Schule verursachte ihm ein flaues Gefühl in der Magengegend. »Wie ist das eigentlich in der Schule?«

»Jede Menge Kinder«, sagte Tacroy. »Aber ich will dich nicht beeinflussen.« Unterdessen waren sie oben auf der Anhöhe angekommen, wo die Nebel des Zwischenreichs vor ihnen wallten. »Jetzt wird's schwierig«, verriet er. »Dein Onkel meinte, das Fuhrwerk komme eher mitsamt der Ladung ans Ziel, wenn du ihm zum Abschluss einen Schubs gibst. Aber bevor ich gehe, noch einen Rat: Wenn du wieder einmal in einem heidnischen Tempel bist und jemand hinter dir her ist, dann lass alles stehen und liegen und flüchte durch die nächste Wand. Ja? So, wie es aussieht, treffe ich dich in ungefähr einer Woche wieder.«

Christopher stemmte sich mit der Schulter gegen das Fuhrwerk und schob kräftig, als Tacroy mit dem Seil in der Hand in den Nebel entschwand. Das Fuhrwerk kippte nach vorn und rutschte bergab hinter ihm her. Im Nebel wirkte es plötzlich leicht wie ein Papierdrachen, und wie ein Drachen senkte es sich auch und wirbelte davon.

In Gedanken versunken machte sich Christopher auf den Rückweg. Im Nachhinein irritierte es ihn sehr, dass er im Irgendwo der Heiden gewesen war, ohne es zu wissen. Er hatte allen Grund gehabt, wegen der Heiden ein mulmiges Gefühl zu haben. Keine zehn Pferde würden ihn noch einmal in Serie zehn bringen. Und er wünschte sich, Mama hätte nicht den Plan, aus ihm einen Missionar zu machen.

Sechstes Kapitel

Fortan bereitete Onkel Ralph jede Woche ein neues Experiment vor. Er sei, wie Tacroy berichtete, sehr zufrieden gewesen, denn die Pakete waren ohne jeden Zwischenfall sicher in Tacroys Dachstube angekommen. Danach hatten zwei Zauberer und ein Magier das Fuhrwerk so verfeinert, dass es seine feste Form in einem anderen Irgendwo bis zu einem Tag lang behielt. Die Experimente wurden so viel erholsamer. Tacroy und Christopher zogen das Fuhrwerk an den Platz, an dem es beladen werden sollte. Die Pakete hatten die für Christopher richtige Größe und wenn Christopher dann mit dem Beladen fertig war, gingen er und Tacroy auf Erkundungstour …

Tacroy legte großen Wert auf das Erkunden. »Das steht ihm zu«, sagte er zu den Leuten mit den Paketen. »Wir sind in ungefähr einer Stunde wieder zurück.« In Serie eins schauten sie sich die Berg- und Talbahn an, die in atemberaubender Fahrt über hohe Pylone führte und ein Geräusch machte, als wenn der Himmel entzweigerissen würde. In Serie zwei wanderten sie auf labyrinthisch angelegten Brücken über ein Gewirr von Flüssen, von denen aus sie auf riesenhafte Aale hinabschauten, die auf Sandbänken schliefen, während noch merkwürdigere Tiere grunzend im

Schlamm unter den Brücken wühlten. Christopher hatte das Gefühl, dass Tacroy die Erkundungen genauso genoss wie er selbst. Jedenfalls war er bei diesem Teil der Experimente immer bester Laune.

»Das ist mal was anderes als schräge Zimmerdecken und Wände, von denen die Farbe abblättert. Ich komme ja sonst wenig aus London heraus«, gestand er, während er Christopher Ratschläge gab, wie dieser seine Sandburg am Meeresstrand von Serie fünf noch verbessern könne. Serie fünf entpuppte sich als das Irgendwo, in dem Christopher die albernen Damen getroffen hatte. Es bestand nur aus Inseln. »Das hier ist besser als Urlaub in Brighton«, sagte Tacroy mit Blick auf die schaumgekrönten Wellen, die sich vor der Küste brachen. »Fast so gut wie ein Kricketspiel am Nachmittag. Ich wünschte, ich könnte mir öfter solche Ausflüge leisten.«

»Haben Sie denn Ihr ganzes Geld verloren?«, fragte Christopher mitfühlend.

»Ich hatte nie Geld, das ich hätte verlieren können«, sagte Tacroy. »Ich bin ein Findelkind.«

Christopher fragte nicht weiter, weil er hoffte, die Meerjungfrauen würden sich wieder zeigen wie bei seinem letzten Besuch. Doch so angestrengt er auch schaute, nicht eine einzige ließ sich blicken.

In der folgenden Woche in Serie sieben aber kam er darauf zurück. Während sie hinter ihrem zigeunerhaft aussehenden Einheimischen her stapften, der sie zum Großen Gletscher führen sollte, fragte Christopher, was es bedeute, ein Findelkind zu sein.

»Es bedeutet, dass mich jemand als Baby gefunden hat«, sagte Tacroy ganz munter. »In meinem Fall war es ein liebenswürdiger, frommer Kapitän, der mich als kleines Kind auf einer Insel gefunden hat. Er sagte, Gott habe mich geschickt. Meine Eltern habe ich nie gekannt.«

Christopher war beeindruckt. »Sind Sie deshalb immer so gut gelaunt?«

Tacroy lachte. »Das bin ich die meiste Zeit. Aber heute bin ich besonders guter Laune, weil ich endlich die Flötenspielerin losgeworden bin. Dein Onkel hat eine nette ältere Frau für mich gefunden, die ganz passabel Geige spielt. Vielleicht ist es das, oder es ist dein Einfluss, auf jeden Fall fühle ich mich mit jedem Schritt fester.«

Christopher betrachtete ihn, wie er auf dem Bergpfad vor ihm herging. Tacroy schien genauso hart wie die Felsen, die neben ihnen aufragten, und so wirklich wie der zigeunerhafte Mann, der ihnen den Weg wies. »Ich glaube, Sie werden immer besser«, stellte er fest.

»Schon möglich«, sagte Tacroy. »Es wird wohl wirklich dein Einfluss sein. Du musst wissen, mein lieber Christopher, bevor du kamst, galt ich im ganzen Land als der beste Mann auf diesem Gebiet.«

In diesem Augenblick rief ihnen ihr Führer etwas zu und winkte sie heran, sich das Naturwunder aus der Nähe anzuschauen. Der Große Gletscher thronte direkt vor ihnen als mächtiges schmutzig weißes V zwischen den Felsen. Christopher mochte ihn nicht besonders. Allem Anschein nach bestand er größtenteils aus schmutzigem alten Schnee – allerdings von imposanter Größe. Die riesige, fast durchsichtige Eislippe des Gletschers hing über ihnen und Wasser tröpfelte von ihr herab. Serie sieben war eine Welt aus Bergen und Schnee, aber zugleich auch überraschend warm. Dort, wo das Gletscherwasser herabtropfte, hatte sich dank der Wärme eine üppige Vegetation aus Farnsträuchern und tropischen Bäumen ausgebreitet. Aus giftgrünem Moos sprossen scharlachrote Blüten, von Tau benetzt und so groß wie Hüte. Es war, als ob man den Nordpol und den Äquator gleichzeitig vor Augen hätte. Vor dieser Kulisse wirkten die drei Wanderer geradezu winzig.

»Imposant«, sagte Tacroy. »Ich kenne zwei Menschen, die diesem Monstrum ähneln. Einer davon ist dein Onkel.«

Christopher hielt das für eine dumme Bemerkung. Onkel Ralph hatte nichts mit dem Großen Gletscher gemein und die ganze folgende Woche grollte er Tacroy deswegen. Doch dann gab ihm die Hauslehrerin ganz unvermutet einen Packen neuer Kleider, lauter praktische und robuste Sachen. »Das sollst du beim nächsten Experiment tragen«, teilte sie ihm mit. »Der Mann, den dein Onkel verpflichtet hat, soll deinetwegen einen Aufstand gemacht haben. Angeblich hast du immer bloß zerschlissene Sachen getragen, und bei der letzten Reise in den Schnee hast du die ganze Zeit mit den Zähnen geklappert. Wir wollen nicht, dass du krank wirst.«

Christopher konnte sich nicht erinnern, dass er gefroren hatte, dennoch war er Tacroy dankbar. Seine alten Kleider waren ihm schon so klein geworden, dass sie ihn beim Klettern durch das Zwischenreich behinderten. Von da an mochte er Tacroy wieder.

»Übrigens«, begann er, als er in Serie vier Pakete in einem Wellblechschuppen stapelte, »kann ich Sie nicht mal in Ihrer Dachstube besuchen? Wir wohnen nämlich auch in London.«

»Ihr wohnt in einem ganz anderen Viertel«, beeilte sich Tacroy zu sagen. »Dir würde die Gegend, in der ich wohne, bestimmt nicht gefallen.«

Christopher beteuerte, dass ihn das überhaupt nicht stören würde. Er wollte Tacroy einmal in Fleisch und Blut sehen, und er war auf dessen Dachstube neugierig. Doch Tacroy wand sich wie ein Aal und fand immer neue Ausreden. Christopher fragte mindestens zweimal bei jedem neuen Experiment, bis sie wieder zur grauen, steinigen Serie acht kamen und Christopher sich so maßlos über die warme Kleidung freute, dass er, während er sich in einem Bauernhaus am Kaminfeuer bei einer warmen Tasse Tee aufwärmte, nochmals fragte. »Oh, bitte, kann ich Sie nicht einmal in Ihrer Dachstube besuchen?«

»Hör doch endlich auf damit, Christopher«, sagte Tacroy sichtlich überdrüssig. »Ich würde dich ja gern wie einen guten Freund einladen, aber dein Onkel hat es zur Bedingung gemacht, dass du mich nur bei den Experimenten sehen darfst. Wenn ich dir verriete, wo ich wohne, wäre ich meine Arbeit los. So einfach ist das.«

»Ich könnte alle Dachstuben abklappern und nach einem gewissen Tacroy fragen, bis ich Sie gefunden habe«, erwiderte Christopher verschmitzt.

»Das würde dir nichts nützen«, sagte Tacroy, »das wäre ein Schuss in den Ofen. Tacroy ist nur der Name, den ich auf meinen außerkörperlichen Reisen trage. Im wirklichen Leben habe ich einen anderen.«

Christopher musste sich geschlagen geben, obgleich er den Grund für diese Heimlichtuerei nicht verstand.

Unterdessen rückte der Zeitpunkt des Schulantritts immer näher. Christopher versuchte, möglichst nicht daran zu denken, doch das fiel immer schwerer, weil er so viel Zeit damit verbrachte, neue Schulsachen anzuprobieren. Die Hauslehrerin nähte Namensschildchen – C. CHANT – in die Kleider und packte sie in einen glänzenden schwarzen Handkoffer, auf dem in großen weißen Buchstaben ebenfalls C. CHANT geschrieben stand. Dieser Koffer wurde wenig später von einem Träger abgeholt, dessen kräftige Arme Christopher an die Frauen in Serie acht erinnerten. Derselbe Träger brachte auch Mamas Koffer fort, nur waren ihre mit der Aufschrift Baden-Baden versehen, während auf Christophers »Penge Internat, Surrey« stand.

Tags darauf reiste Mama ab. Vorher kam sie noch einmal in Christophers Zimmer, wobei sie sich mit einem blauen Spitzentaschentuch, passend zu ihrem Reisekostüm, vorsichtig die Augen betupfte. »Sei ein braver Junge und lerne fleißig«, ermahnte sie ihn noch. »Und vergiss nicht, dass deine Mama stolz auf dich sein möchte, wenn du einmal erwachsen bist.« Sie hielt ihm die parfümierte Wange zum Kuss hin und sagte zur Hauslehrerin: »Gehen Sie einmal mit ihm zum Zahnarzt.«

»Das tue ich auf jeden Fall, gnädige Frau«, sagte die Hauslehrerin tonlos. Irgendwie kam ihre verborgene Schönheit niemals in Mamas Gegenwart zum Vorschein.

Der Besuch beim Zahnarzt war kein Zuckerschlecken. Nachdem der Weißkittel an Christophers Zähnen geklopft und gekratzt hatte, als ob er sie am liebsten herausbrechen würde, erging er sich des Langen und Breiten darüber, wie kaputt und schief Christophers Gebiss sei, so dass dieser fast dachte, er hätte Zähne wie Throgmorten. Dann bekam Christopher eine große, blitzende Zahnspange verschrieben, die er sogar nachts tragen sollte. Christopher war die Spange so zuwider, dass er darüber fast seine Furcht vor der Schule vergaß.

Die Diener bedeckten die Möbel mit Schutzbezügen und verließen dann nacheinander das Haus, bis schließlich nur noch Christopher und die Hauslehrerin zurückblieben. Am Nachmittag brachte sie ihn in einer Mietdroschke zum Bahnhof und setzte ihn in den Zug zur Schule.

Beim Warten auf dem Bahnsteig bekam es Christopher plötzlich mit der Angst zu tun. Das hier war der erste Schritt auf dem Weg zur Missionarslaufbahn und damit in den Kochtopf der Heiden. Vor Schreck schien alles Leben aus ihm zu weichen, angefangen bei seinem Gesicht, das ganz starr wurde, bis hinunter in die Beine, die ihn nicht mehr sicher tragen wollten. Seine Angst wurde noch durch die Tatsache verstärkt, dass er nicht die geringste Ahnung hatte, was ihn in der Schule erwartete.

So hörte er kaum auf das, was ihm die Hauslehrerin zum Abschied sagte: »Auf Wiedersehen, Christopher. Dein Onkel sagt, er gebe dir einen Monat Zeit, um dich im Internat einzuleben. Er erwartet, dass du dich dann wieder wie üblich mit seinem Mann triffst, und zwar am 8. Oktober in Serie sechs. Hast du verstanden, am 8. Oktober.«

»Ja«, sagte Christopher, ohne wirklich zugehört zu haben, und stieg in den Wagen wie jemand, der seine Hinrichtung erwartete.

Außer ihm saßen noch zwei andere Neulinge im Abteil. Der eine Junge hieß Fenning, war klein und dünn und stand am Fenster, weil ihm übel war. Der andere hieß Oneir und war angenehm normal. Bis der Zug sein Ziel erreicht hatte, hatte sich Christopher mit beiden angefreundet. Gemeinsam beschlossen sie, sich die Schrecklichen Drei zu nennen, tatsächlich aber nannte sie jeder auf der Schule nur Die Drei Bären. »Jemand hat auf meinem Stühlchen gesessen!«, riefen sie, wenn die drei zusammen einen Raum betraten, denn Christopher war hoch gewachsen - auch wenn er das vorher nicht von sich behauptet hätte - und Fenning klein, während Oneir sich gerade in der Mitte hielt.

Noch vor Ende der ersten Schulwoche fragte sich Christopher, wie er sich nur so sehr hatte fürchten können. Gewiss, die Schule hatte ihre Unannehmlichkeiten, wie zum Beispiel das Schulessen, manche Lehrer und auch einige ältere Schüler, aber das zählte kaum neben dem ungetrübten Spaß, mit einem Haufen gleichaltriger Jungen zusammenzuleben und dazu zwei echte Freunde zu haben. Christopher entdeckte rasch, dass man mit missliebigen Lehrern und den meisten älteren Schülern genauso verfahren konnte wie mit Hauslehrerinnen: man sagte ihnen höflich, was sie von einem gern hören wollten, so dass sie glauben mussten, sie hätten gewonnen, und einen in Ruhe ließen. Der Unterricht war leicht. Alles aufregend Neue erfuhr Christopher von den anderen Jungen. In weniger als drei Tagen war ihm klar – auch wenn er nicht genau hätte sagen können, wieso –, dass Mama nie einen Missionar aus ihm hatte machen wollen. Sein Irrtum war ihm zwar peinlich, aber er dachte jetzt sehr viel freundlicher über seine Mutter und stürzte sich voller Begeisterung ins Schulleben.

Das einzige Fach, an dem er keine Freude hatte, war die Zauberei. Zu seiner Überraschung stellte er fest, dass ihn jemand für das Wahlfach Zauberei eingeschrieben hatte, und er hatte den Verdacht, dass Tacroy dahinter stecken könnte. Allerdings zeigte Christopher keineswegs die große Begabung für Zauberei, die Tacroy bei ihm vermutet hatte. Das Einmaleins der Zaubersprüche, mit dem man ihn traktierte, langweilte ihn fast zu Tode.

»Bitte, zügle deinen Enthusiasmus, Chant«, sagte

der Zauberlehrer sarkastisch. »Ich bin es leid, deine Rachenmandeln zu sehen.« Nach zwei Wochen Unterricht legte er Christopher nahe, mit der Zauberei aufzuhören.

Christopher war versucht, diesen Rat zu befolgen. Doch unterdessen hatte er festgestellt, wie sehr er es genoss, in anderen Fächern gut zu sein, und er konnte sich nicht mit dem Gedanken anfreunden, auch nur in einem eine Niete zu sein. Außerdem hatte ihm die Göttin der Ascheth mit einem Zauberspruch die Füße am Boden festkleben können, und das hätte er gern auch gelernt. »Meine Mutter zahlt auch für dieses Fach Schulgeld«, erwiderte er folgsam. »Ich werde mich in Zukunft mehr bemühen.« Dann traf er mit Oneir eine Abmachung, wonach er dessen Rechenaufgaben erledigte, während Oneir dafür sorgte, dass die doofen Zaubersprüche endlich klappten. Von da an setzte er eine interessiert wirkende Miene auf und schaute aus dem Fenster.

»Träumst du wieder, Chant?«, fragte der Zauberlehrer regelmäßig. »Reicht es nicht einmal mehr zu einem ehrlichen Gähnen?«

Abgesehen von dieser wöchentlichen Zauberstunde entsprach die Schule so sehr Christophers Geschmack, dass er über einen Monat lang weder an Onkel Ralph noch an sonstige Dinge aus der Vergangenheit dachte. Wenn er sich später an diese Zeit erinnerte, bereute er es oft, dass er sie nicht noch viel mehr ausgenutzt hatte angesichts der Tatsache, wie kurz er in dem Internat bleiben sollte.

Anfang November erhielt er einen Brief von Onkel Ralph:

Hi Sportsfreund,

was treibst du eigentlich die ganze Zeit? Ich dachte, wir hätten eine Vereinbarung getroffen. Seit Anfang Oktober warten wir mit weiteren Experimenten auf dich, du hast unsere ganze Planung über den Haufen geworfen. Wenn etwas schief gelaufen ist und du verhindert sein solltest, dann schreib mir. Falls aber nicht, dann komm runter von der Bärenhaut und triff dich mit meinem Mann wie gewöhnlich am nächsten Donnerstag.

Dein dich liebender, aber ratloser Onkel Ralph

Der Brief verursachte Christopher tiefe Schuldgefühle. Verrückterweise vor allem gegenüber der Göttin, obwohl er wusste, dass sich Tacroy wieder und wieder vergeblich in Trance versetzt hatte. Auf der Schule hatte man ihm beigebracht, ein Versprechen nicht auf die leichte Schulter zu nehmen. Er hatte versprochen, ihr im Tausch für Throgmorten Bücher zu bringen und dann hatte er sein Versprechen nicht eingelöst und das gegenüber einem Mädchen. Nach schulischen Maßstäben war das noch schlimmer, als nicht das zu tun, was der Onkel von ihm verlangte. Zerknirscht stellte Christopher fest, dass er sich wohl von der Goldmünze, die ihm Onkel Ralph geschenkt hatte, trennen musste, um der Göttin etwas zu geben, was annähernd den Wert von Throgmorten besaß. Schade, denn mittlerweile wusste er, dass ein Sovereign ziemlich viel Geld war. Aber wenigstens blieb ihm noch Onkel Ralphs Sixpencestück.

Leider kam als weitere Schwierigkeit hinzu, dass er auf der Schule gelernt hatte, Mädchen seien rätselhafte Wesen und ganz anders als Jungen. Er hatte keine Ahnung, was für Bücher Mädchen gefallen könnten. So musste er sich bei Oneir Rat holen, weil der eine ältere Schwester hatte.

»Das übliche Gesülz«, lautete Oneirs achselzuckende Auskunft. »Ich kann mich an keinen bestimmten Titel erinnern.«

»Kannst du trotzdem mit mir in die Buchhandlung gehen und schauen, ob es dort etwas in der Art gibt?«, fragte Christopher.

»Könnte ich schon«, sagte Oneir, »aber was springt für mich dabei heraus?«

»Ich mache dir heute Abend deine Geometrie- und Rechenaufgaben«, versprach Christopher.

Unter dieser Voraussetzung ging Oneir zwischen Unterrichtsende und Teestunde mit Christopher in die Buchhandlung. Dort fiel sein Auge sofort auf eine Ausgabe von »Tausendundeine Nacht« (ungekürzte Fassung). »Das ist was Gutes«, sagte er. Als Weiteres empfahl er »Klein-Tanja und die Elfen«, ein Buch, in das Christopher nur kurz hineinschaute und sogleich wieder ins Regal stellte. »Ich weiß, dass meine Schwester das gelesen hat«, sagte Oneir beleidigt. »Wer ist eigentlich das Mädchen, für das du es brauchst?«

»Sie ist ungefähr so alt wie wir«, sagte Christopher, und weil Oneir offensichtlich noch mehr erfahren wollte, Christopher aber sicher war, dass er ihm eine Göttin der Ascheth nicht abkaufen würde, fügte er hinzu. »Meine Kusine heißt Caroline.« Das entsprach sogar der Wahrheit. Mama hatte ihm einmal eine Porträtaufnahme seiner Kusine gezeigt, ein Mädchen ganz in Locken und Rüschen. Oneir konnte ja nicht ahnen, dass die zweite Aussage mit der ersten in keinem Zusammenhang stand.

»Warte mal einen Augenblick«, sagte Oneir. »Ich gucke, ob ich eins von den wirklich schmalzigen Büchern finde.« Damit wanderte er am Regal weiter und ließ Christopher in »Tausendundeiner Nacht« blättern. Es sah gut aus, dachte Christopher. Leider konnte er an den Illustrationen erkennen, dass es in einer Gegend spielte, die dem Irgendwo der Göttin ziemlich ähnlich sah. Er befürchtete, dass sie es für belehrend halten könnte. »Na also, da sind sie ja«, rief Oneir und zeigte auf eine ganze Reihe Bücher. »Das ist hundertprozentiger Mädchenkram! Die »Nellie«-Bücher. Unser ganzes Haus ist voll davon.«

»Nellie geht zur Schule«, las Christopher, »Nellie aus Lowood House«, »Nellie spielt mit«. Er wählte einen Band aus mit dem Titel »Nellies größte Stunde«. Auf dem Umschlag waren Schulmädchen in hellen bunten Kleidern zu sehen und darunter stand in kleinen Buchstaben geschrieben: »Eine weitere erbauliche Geschichte über deine Lieblingsheldin. Du wirst mit Nellie weinen und lachen und alle bekannten Freundinnen aus dem Lowood Internat wiedertreffen ...«

»Mochte deine Schwester so was wirklich lesen?«, fragte er ungläubig.

»Sie war verrückt danach«, sagte Oneir. »Sie hat sie sogar mehrmals gelesen und jedes Mal wieder geflennt.«

Das war zwar eine seltsame Art, ein Buch zu genießen, aber Christopher meinte, dass es Oneir schließlich wissen müsse. Jeder Band kostete zwei Pfund Sixpence. Christopher wählte die ersten fünf der Reihe bis zu »Nellie in der vierten Klasse«, außerdem kaufte er für das restliche Geld die »Tausendundeine Nacht«-Ausgabe für sich selbst. Schließlich war es *sein* Sovereign. »Könnten Sie die »Nellie«-Bände in wasserfestes Papier einwickeln?«, fragte er den Verkäufer. »Ich möchte sie ins Ausland verschicken.« Der Verkäufer holte ein paar Bogen Wachspapier, packte die Bücher ein und machte von sich aus eine Schlaufe aus Schnur für das Paket.

In jener Nacht versteckte Christopher das Paket in seinem Bett. Oneir hatte aus der Küche eine Wachskerze geklaut und las beim Kerzenschein laut aus »Tausendundeiner Nacht« vor. Das Buch erwies sich als guter Kauf. Ungekürzt schien zu bedeuten, dass sich alle möglichen schlüpfrigen Stellen im Buch fanden. Christopher war so gefesselt von der Lektüre, dass er fast vergaß, sich zu überlegen, wie er denn vom Schlafsaal aus in das Zwischenreich kommen sollte.

Vielleicht war es wichtig, um eine Ecke zu gehen. Ihm schien es, die beste Ecke sei die beim Waschraum gleich neben Fennings Bett. Aber erst einmal würde er es sich gemütlich machen und Oneir zuhören, bis die Kerze heruntergebrannt war. Danach konnte seine Reise beginnen.

Umso erstaunter war er, als nichts geschah. Christopher lag im Bett und hörte stundenlang das Geschnarche und Geschnaufe der anderen Jungen. Am Ende stand er auf, nahm das Paket und schlich auf Zehenspitzen über den kalten Gang bis zu der Ecke neben Fennings Bett. Aber er wusste, dass er es nicht richtig gemacht hatte, noch bevor er sich an der Reihe mit den Waschbecken stieß. Er kehrte in sein Bett zurück und lag noch mehrere Stunden lang wach. Auch als er endlich einschlief, geschah nichts.

Der darauf folgende Tag war ein Donnerstag, der Tag, an dem er Tacroy treffen sollte. Christopher wusste, dass er zu viel zu tun haben würde, um auch noch die Bücher zu überbringen, deshalb sperrte er sie in seinen Spind ein und las laut aus »Tausendundeiner Nacht« vor. Auf diese Weise konnte er den Zeitpunkt selbst bestimmen, wann alle in den Schlaf sanken. Und so kam es auch. Alle anderen Jungen schliefen selig und schnarchten vor sich hin, nur Christopher blieb als Einziger noch wach und konnte weder ins Zwischenreich wandern noch Schlaf finden.

Das bereitete ihm wirklich Sorge. Vielleicht konnte er nur vom Kinderzimmer seines Londoner Elternhauses in ein Irgendwo gelangen. Oder er hatte die

Gabe des außerkörperlichen Reisens mit zunehmendem Alter schlicht verloren. Er dachte an Tacroy, der sich nun wieder nutzlos in Trance versetzt hatte, und an die Göttin, die die Rache der Ascheth auf ihn herabbeschwören würde. Schließlich hörte er die Vögel singen, ohne dass er in dieser Nacht auch nur ein Auge zugedrückt hätte.

Siebtes Kapitel

Am folgenden Morgen fiel Christopher der Hausmutter dadurch auf, dass er mit geröteten Augen verschlafen umhertaumelte. Sogleich stürzte sie sich auf ihn. »Du kannst nicht schlafen, stimmt's? Ich hab immer ein Auge auf die Jungs mit Zahnspangen. Die Herren Zahnärzte scheinen sich nicht im Klaren zu sein, wie unbequem diese Spangen sind. Ich komme heute Abend zu dir und nehm sie raus, ehe das Licht gelöscht wird. Morgen früh kannst du sie dir dann wieder holen. Mit Mainwright Major mache ich es genauso. Du wirst sehen, das wirkt Wunder.«

Christopher hielt gar nichts von dieser Idee. Alle wussten, dass das ein Fimmel der Hausmutter war. Doch zu seinem großen Erstaunen funktionierte es. Er nickte ein, kaum dass Fenning mit dem Vorlesen von »Tausendundeiner Nacht« begonnen hatte. Immerhin hatte er noch so viel Geistesgegenwart besessen, vorher das Bücherpaket aus seinem Spind zu holen, ehe er für diese Welt verloren war. Doch es kam noch besser. Mit dem Paket unter dem Arm stieg er aus dem Bett und durchquerte, ohne das geringste Aufsehen zu erregen, den ganzen Schlafsaal. Er ging vor Fennings Nase vorbei, doch der las, die gestohlene Kerze auf dem Kopfkissen balancierend, ungerührt weiter. Keiner schien zu bemerken, dass Christopher den Schlafsaal verließ, um die Ecke bog und den Weg ins Tal einschlug.

Seine Kleider lagen wie üblich neben dem Pfad. Er zog sie an und hängte sich das Bücherpaket an den Gürtel, um beide Hände zum Klettern frei zu haben. Und da war auch schon das Zwischenreich.

Seit Christopher das letzte Mal hier gewesen war, hatte sich so viel geändert, dass es ihm vorkam, als sähe er es zum ersten Mal. Er schaute auf das Durcheinander der Felsen und konnte sich keinen Reim darauf machen. Das Wirrwarr der Formen weckte in ihm eine unbestimmte Furcht, die durch den Wind, den Nebel und den peitschenden Regen noch verstärkt wurde. Fast noch beängstigender war die völlige Leere. Der Wind heulte, als sich Christopher auf den Weg hinab nach Serie zehn machte. Der Nebel, der sich über die Felsen legte, machte den Weg rutschig, und wie schon früher dachte Christopher, wie richtig es war, das Zwischenreich mit einem Ort zu vergleichen, der aus der Zeit vor der Erschaffung der Welten übrig geblieben war. Genauso sah es im Zwischenreich aus. Wenn er hier stürzen und sich ein Bein brechen würde, könnte er auf keine Hilfe hoffen. So erschreckte er sich fast zu Tode, als er wenig später wegen des Bücherpakets tatsächlich das Gleichgewicht verlor, hinfiel und etwa zehn Meter rutschte, ehe er wieder Halt fand. Wäre er die Strecke nicht schon hundertmal geklettert, wäre er wohl vor der Schwierigkeit der Aufgabe verzweifelt.

Wie erleichtert war er daher, als er das warme Tal erreichte und hinunter in die mauerumgürtete Stadt spazierte. Die alten Männer saßen immer noch draußen vor der lehmbraunen Mauer und betätigten sich als Schlangenbeschwörer. Drinnen empfing ihn wieder die gleiche Atmosphäre aus Gerüchen, Ziegengemecker und Menschen unter Sonnenschirmen. Und Christopher bekam wieder Angst, nur dass er jetzt fürchtete, jemand könnte mit dem Finger auf ihn zeigen und rufen: »Da ist der Dieb, der die Tempelkatze gestohlen hat!« Er spürte immer noch den Speer, der sich hier in seine Brust gebohrt hatte. Langsam ärgerte er sich über sich selbst. Es war, als ob er in der Schule hauptsächlich gelernt hätte, ständig in Angst zu sein.

In der Gasse neben dem Tempel war seine Angst so mächtig geworden, dass er kaum weitergehen konnte. Um sich durch die Mauer zu drängen, musste er seinen ganzen Mut zusammennehmen. Er zählte bis hundert und sagte sich immer wieder, dass er es einfach tun musste. Als er schon fast hindurch war, hielt er erneut inne und starrte im Schutz der Kletterpflanzen auf die Katzen, die sich im gleißenden Licht sonnten. Weitergehen schien nicht möglich. Doch die Katzen beachteten ihn gar nicht. Auch sonst war niemand zu sehen. Christopher sagte sich, es sei doch dumm, den ganzen Weg bis hierher gekommen zu sein, nur um jetzt in der Mauer stehen zu bleiben. Also verließ er das Versteck unter den Kletterpflanzen und ging auf Zehenspitzen auf den Torbogen zu. Bei jedem Schritt schlug ihm das Bücherpaket gegen die Beine.

Die Göttin saß im schattigen Hof und spielte mit einer Schar kleiner Katzen. Zwei von ihnen hatten ein rötlich braunes Fell und große Ähnlichkeit mit Throgmorten. Als die Göttin Christopher erblickte, sprang sie unter lautem Schmuckgeklimper auf, so dass die Kätzchen in alle Richtungen davonstoben.

»Du bringst mir die Bücher!«, rief sie. »Daran habe ich gar nicht mehr geglaubt.«

»Ich halte, was ich versprochen habe«, erwiderte Christopher ein wenig prahlerisch.

So als könnte sie es immer noch nicht glauben, folgte sie jeder seiner Bewegungen, als er das Paket vom Gürtel nahm. Mit zitternden Händen nahm sie das in Wachspapier gewickelte Mitbringsel und zog und riss daran, bis sich die Verpackung löste. Die Kätzchen zupften an Papier und Schnur und tollten damit herum, doch die Göttin hatte nur Augen für die Bücher. Sie fiel auf die Knie und rief entzückt: »Oh, gleich fünf!«

»Wie zu Weihnachten«, bemerkte Christopher.

»Was ist Weihnachten?«, fragte die Göttin zerstreut.

Verliebt strich sie über den Einband der Bücher. Dann öffnete sie jedes einzelne, schaute hinein und schloss es sogleich wieder, als ob der bloße Anblick schon zu viel wäre. »Ach, jetzt erinnere ich mich«, sagte sie schließlich. »Weihnachten ist ein heidnisches Fest, nicht wahr?«

»Anders herum«, verbesserte sie Christopher. »Ihr seid die Heiden.«

»Das sind wir nicht. Ascheth gibt es wirklich«, entgegnete die Göttin abwesend. »Fünf«, sagte sie. »Das müsste für eine Woche reichen, wenn ich bewusst langsam lese. Mit welchem fange ich am besten an?«

»Ich habe dir die ersten fünf mitgebracht«, sagte Christopher. »Am besten fängst du mit ›Nellie geht zur Schule‹ an.«

»Willst du damit sagen, dass es noch mehr davon gibt?«, rief die Göttin erstaunt. »Wie viele?«

»Ich habe sie nicht gezählt. Nochmal ungefähr fünf«, antwortete Christopher.

»Fünf! Möchtest du nicht noch eine Katze?«, fragte die Göttin.

»Nein«, sagte Christopher fest. »Ein Throgmorten reicht wirklich. Danke.«

»Aber ich habe nichts anderes anzubieten«, sagte die Göttin. »Und ich muss die fünf anderen Bände auch noch haben!« Sie sprang wieder auf und bemühte sich, einen schlangenähnlichen Reif von ihrem Oberarm abzustreifen. »Vielleicht merkt es Mutter Stolzfuß gar nicht, wenn einer fehlt. Drinnen habe ich noch eine ganze Schublade voll.«

Christopher fragte sich, was er ihrer Meinung nach wohl mit einem Armreif anfangen sollte. Tragen konnte er ihn auf jeden Fall nicht. »Willst du nicht erst mal die Bücher hier lesen? Vielleicht gefallen sie dir gar nicht«, gab er zu bedenken.

»Ich weiß, dass sie genau richtig sind«, erwiderte die immer noch mit dem Armreif beschäftigte Göttin.

»Die anderen Bücher schenk ich dir«, beeilte sich Christopher zu sagen.

»Aber das bedeutet, dass ich auch etwas für dich tun muss. Die Ascheth gibt stets etwas zurück.« Der Armreif löste sich mit einem schwirrenden Klang. »Hier, nimm das dafür.« Damit drückte sie Christopher den Armreif in die Hand.

Kaum hatte der Reif ihn berührt, da stürzte Christopher durch alles hindurch, was ihn umgab. Der Hof, die Kletterpflanzen, die Kätzchen, alles löste sich in Nebel auf – auch das runde Gesicht der Göttin, dessen Ausdruck von freudigem Eifer zu größter Verblüffung wechselte. Tiefer und tiefer fiel er, bis er mit Getöse im dunklen Schlafsaal auf seinem Bett landete.

»Was war denn das?«, fragte Fenning mit leicht zitternder Stimme, und Oneir murmelte im Schlaf: »Hilfe, da ist jemand von der Decke gefallen.«

»Soll ich die Hausmutter holen?«, fragte jemand.

»Macht euch nicht in die Hosen. Ich habe doch bloß geträumt«, raunzte Christopher unwirsch. Der Schreck war ihm ziemlich in die Glieder gefahren. Noch größer war seine Verblüffung, als er sah, dass er im Schlafanzug war und nicht in den Kleidern, von denen er wusste, dass er sie im Tal angezogen hatte. Nachdem sich die anderen Jungen wieder beruhigt hatten, suchte er im ganzen Bett nach dem Bücherpaket, und als er es nicht fand, tastete er nach dem Armreif, doch auch der war nicht da. Am Morgen suchte er noch einmal, wieder vergebens. Er überlegte, dass das nicht so überraschend war, wenn man bedachte, welchen Wert Throgmorten Onkel Ralphs Aussage nach darstellte. Bücher für zwölf Shilling Sixpence waren ein kümmerlicher Gegenwert für eine Katze, für die andere mehrere tausend Pfund zahlen würden. Irgendeine Macht musste dahinter gekommen sein, dass er die Göttin übers Ohr gehauen hatte.

Ihm war klar, dass er das Geld für die übrigen Bücher irgendwie auftreiben und sie der Göttin bringen musste. Unterdessen hatte er schon wieder das Treffen mit Tacroy versäumt, er musste wohl oder übel bis nächsten Donnerstag warten, aber da durfte dann nichts mehr dazwischenkommen. So richtig konnte er sich nicht freuen, denn Tacroy dürfte ziemlich verärgert sein.

Am nächsten Donnerstag hätte Christopher um ein Haar wieder Tacroy vergessen. Nur durch Zufall schlief er bei einer besonders langweiligen Geschichte aus »Tausendundeiner Nacht« ein. Das Buch war zur Lieblingslektüre im Schlafsaal geworden. Reihum musste einer der Jungen eine Kerze stiebitzen und den anderen laut vorlesen. An diesem Abend war Oneir an der Reihe, und Oneir hatte fast eine genauso monotone Stimme wie der Schulkaplan, wenn er aus der Bibel vorlas. Außerdem hatte er eine vertrackte Erzählung erwischt, in der es um Leute ging, die Kalenden hießen – Fenning brachte alle mit der Bemerkung zum Stöhnen, diese Leute hießen so, weil sie in dem Teil der Welt lebten, in dem Kalenderdaten wuchsen – und das genügte, um Christopher in tiefen Schlaf zu versetzen. Sekunden später ging er in das Tal hinunter.

Tacroy saß auf dem Pfad und neben ihm lagen Christophers Kleider. Christopher warf einen Blick auf die Kleider und wunderte sich, wie sie dorthin gelangt waren. Tacroy hielt die Knie mit den Händen umfasst, als ob er sich auf langes Warten eingestellt hätte. Er schien überrascht zu sein, Christopher hier zu sehen.

»Ich hatte nicht erwartet, dich zu treffen«, sagte er und lächelte müde.

Christopher war beschämt und verlegen. »Sie sind wahrscheinlich ziemlich sauer auf mich …«, begann er.

»Lass nur«, unterbrach ihn Tacroy. »Ich werde dafür bezahlt, mich in Trance zu versetzen, und du nicht. Ich verdiene damit Geld – obgleich ich zugebe, dass ich dich vermisst habe. Keiner kann mich wie du festkneten.« Er streckte die Beine über dem Pfad aus, und Christopher konnte durch die zerschlissene grüne Hose Steine und Gras sehen. Dann verschränkte er die Arme hinter dem Kopf und gähnte. »Du hast keine Lust mehr, mit diesen Experimenten weiterzumachen, stimmt's?«, fragte er. »Die Schule macht dir mehr Spaß, als zu nachtschlafender Zeit in Tälern herumzuklettern, nicht?«

Dass Tacroy so viel Verständnis zeigte, machte es für Christopher noch unangenehmer. Er hatte ganz vergessen, wie nett Tacroy war. Jetzt erst ging ihm auf, wie sehr er ihn mochte. »Selbstverständlich will ich weitermachen«, beteuerte er. »Wohin gehen wir heute Nacht?«

»Nirgendwo«, sagte Tacroy. »Wie die Dinge liegen, stehe ich sowieso am Ende meiner Trance. Das war nur ein Versuch, mit dir wieder Verbindung aufzunehmen. Wenn du aber wirklich weitermachen willst, schickt dein Onkel nächsten Donnerstag den Wagen in Serie sechs – du weißt doch, das Land, in dem Eiszeit herrscht. Willst du wirklich weitermachen?« Tacroy schaute Christopher mit gerunzelter Stirn an. »Du musst nicht.«

»Ja, aber ich will«, erwiderte Christopher. »Bis nächsten Donnerstag.« Und damit eilte er zurück in den Schlafsaal, wo zu seiner großen Freude endlich etwas mit den Kalenden passierte.

Das restliche Schulhalbjahr verging sehr rasch mit Unterricht, Erzählungen aus »Tausendundeiner Nacht« und den wöchentlichen Expeditionen jeweils donnerstags Nacht. Bei der Kletterpartie durch das Zwischenreich war Christopher immer noch ängstlich, doch die Gewissheit, dass Tacroy außerhalb des Tals auf ihn wartete, gab ihm schon bald die alte Zuversicht zurück und die Experimente konnten wie früher weitergehen.

Jemand hatte dafür gesorgt, dass Christopher die Weihnachtsferien bei Onkel Charles und Tante Alice, den Eltern seiner Kusine Caroline, verbringen konnte. Sie wohnten nicht weit von der Schule ebenfalls in der Grafschaft Surrey in einem großen Haus auf dem Land. Obwohl seine Kusine drei Jahre jünger und ein Mädchen war, stellte sie sich als gute Spielkameradin heraus. Christopher genoss es, sich mit den Stallknechten und Caroline Schneeballschlachten zu liefern und auf Carolines dickem Pony zu reiten. Nur eines wunderte ihn, dass niemand Papa erwähnte, obgleich Onkel Charles Papas Bruder war. Er musste wohl bei der gesamten Familie in Ungnade gefallen sein. Trotzdem sorgte Tante Alice dafür, dass Christopher schöne Weihnachten verleben konnte, und das war wirklich nett von ihr. Unter allen Weihnachtsgeschenken kam ihm ein weiterer Sovereign in einem Umschlag von Onkel Ralph besonders gelegen, denn das hieß, er konnte weitere Bücher für die Göttin kaufen.

Gleich nach Schulbeginn ging er in die Buchhandlung und kaufte die fünf letzten »Nellie«-Bücher, die er wie die anderen in Wachspapier einpacken ließ. Damit hatte er seine Schuld um weitere zwölf Shilling Sixpence abgetragen. In Anbetracht von Throgmortens Wert würde er für den Rest seines Lebens Bücher durch das Zwischenreich tragen müssen.

Bei seinem nächsten Besuch im Tempel saß die Göttin in ihrem schwach erleuchteten Zimmer und schmökerte in »Nellies größte Stunde«. Als Christopher eintrat, schrak sie zusammen und versteckte das Buch schuldbewusst unter den Kissen. »Ach, du bist es bloß«, entfuhr es ihr. »Schleich dich hier bitte nicht mehr ein, oder ich werde beim nächsten Mal eine tote Ascheth sein! Was ist denn überhaupt letztes Mal passiert? Plötzlich warst du ein Gespenst, das im Fußboden versank.«

»Keine Ahnung«, gestand Christopher. »Ich weiß nur, dass ich mit ziemlichem Getöse in mein Bett gefallen bin. Hier, ich habe dir weitere fünf Bücher mitgebracht.«

»Wunder-«, begann die Göttin begeistert. Dann besann sie sich und sagte nüchtern: »Das ist sehr freundlich von dir, aber ich bin mir nicht sicher, ob nach allem, was neulich geschehen ist, als ich dir den Armreif geben wollte, Ascheth es gern sähe, wenn ich die Bücher bekäme.«

»Also«, sagte Christopher, »ich glaube, Ascheth weiß sicherlich, dass Throgmorten mehrere tausend Pfund wert ist. Ich könnte dir die ganze Schulbücherei bringen und selbst das würde seinen Preis nicht aufwiegen.«

»Ach, wenn das so ist«, sagte die Göttin erleichtert. »Wie geht es übrigens Throgmorten?«

Da Christopher keine Ahnung hatte, sagte er nur obenhin: »Er streunt umher, schikaniert andere Katzen und kratzt Leute.« Dann wechselte er das Thema, ehe die Göttin merkte, dass er nur ins Blaue hinein redete. »Und, mochtest du die ersten fünf Bücher?«

Die Göttin lächelte breit über ihr ganzes rundes Gesicht und breitete dazu auch noch die Arme aus. »Das sind die schönsten Bücher der Welt! Es ist wirklich so, als wäre man selbst im Lowood-Internat. Ich weine jedes Mal, wenn ich sie lese.«

Oneir hatte also Recht gehabt, dachte Christopher, während er zusah, wie die Göttin das neue Paket unter Jauchzen und Schmuckgeklimper auspackte. »Oh, Nellie wird tatsächlich Klassensprecherin!«, rief sie, den Band »Nellie wird Klassensprecherin« in der Hand. »Ich habe mich die ganze Zeit über gefragt, ob sie es schaffen würde. Am Ende muss sie sich doch gegen diese Zierpuppe Delphinia durchgesetzt haben.« Liebevoll strich sie über das Buch. Dann brachte sie Christopher mit einer Frage in Verlegenheit: »Was ist eigentlich passiert, als du Throgmorten mitgenommen hast? Mutter Stolzfuß hat mir gesagt, der Arm der Ascheth habe den Dieb getötet.«

»Man hat es versucht«, sagte Christopher verlegen und um einen lässigen Ton bemüht.

»In dem Fall«, sagte die Göttin, »warst du sehr tapfer, dein Wort trotzdem einzulösen. Du hast dir eine Belohnung verdient. Möchtest du eine Belohnung – ohne Gegenleistung?«

»Was denn?«, fragte Christopher vorsichtig.

»Komm mit«, ermunterte ihn die Göttin. Sie erhob sich unter Geklimper, legte die fünf neuen Bücher und das alte auf einen Stapel und sammelte das Packpapier und die Schnur zusammen. Dann warf sie den ganzen Stapel gegen die Wand. Alles, die sechs Bücher und das Papier, drehte sich und verschwand, so als ob sich der Deckel einer unsichtbaren Kiste geschlossen hätte. Nichts deutete darauf hin, dass hier eben noch Bücher oder Papier gewesen waren. Christopher hatte wieder einmal Grund zum Staunen. »Das mache ich, damit Mutter Stolzfuß nichts merkt«, erläuterte die Göttin, während sie ihn in den schattigen Hof führte. »Ich mag sie ja sehr, aber sie ist streng und hat ihre Augen überall.«

»Und wie bekommst du die Bücher zurück?«, fragte Christopher.

»Ich winke einfach den Band herbei, den ich haben möchte«, sagte die Göttin, während sie zwischen den Kletterpflanzen des Torbogens hindurchging. »Ist manchmal ganz praktisch, die Lebende Ascheth zu sein.«

Sie führte ihn über den gleißend hellen Hof, durch die Schar der Katzen zu einem Bogengang, an den er sich nur zu gut erinnerte. Hier hatte er mit dem jaulenden Throgmorten im Korb Zuflucht gesucht. Christopher fürchtete immer mehr, dass die Belohnung, die sich die Göttin ausgedacht hatte, nicht seiner Vorstellung entsprach. »Werden da nicht viele Leute sein?«, fragte er, ein paar Schritte zurückhängend.

»Im Augenblick nicht. In der Mittagshitze schlafen sie mehrere Stunden«, sagte die Göttin zuversichtlich.

Christopher folgte ihr nur widerwillig durch eine Reihe dunkler Gänge. Das war nicht ganz der Weg, den er damals genommen hatte, dachte er, obgleich er sich nicht sicher war. Schließlich standen sie vor einem großen Torbogen mit fast durchsichtigen Vorhängen. Dahinter war helles Tageslicht zu sehen. Die Göttin zog die Vorhänge beiseite und winkte Christopher hindurchzugehen. Vor ihnen stand etwas, das wie ein alter dunkler Baum aussah, der ganz von Würmern zerfressen schien und die meisten seiner Äste bereits verloren hatte. Außerdem hing ein Geruch wie von Weihrauch in der Luft, nur viel dichter und stärker. Die Göttin ging um den Baum herum und einige niedrige Stufen hinunter, dem Tageslicht entgegen, das aber ein paar Schritte weiter von gelben Vorhängen gedämpft wurde. In der Mitte dieses goldenen Raums drehte sie sich um und schaute auf den Baum.

»Das ist das Heiligtum der Ascheth«, verkündete sie. »Nur Eingeweihte dürfen es betreten. Das ist deine Belohnung. Schau, das bin ich.«

Christopher drehte sich um und fühlte sich betrogen. Von dieser Seite aus betrachtet, entpuppte sich der Baum als monströse Statue einer Frau mit vier Armen. Von vorn gesehen schien die Statue aus purem Gold. Offensichtlich hatte es die Tempelpriesterschaft nicht für nötig befunden, die Rückseite der Holzstatue mit Gold zu verkleiden, dafür aber hatte sie die Vorderseite umso mehr herausgeputzt. Jeder Quadratzentimeter der Statue glänzte in buttergelbem Gold, außerdem war sie mit goldenen Ketten, Armreifen, Fußkettchen und Ohrringen behängt. Ihr Gewand war aus Goldbrokat und ein großer Rubin saß in der Innenfläche jeder ihrer vier Hände. Weitere Edelsteine glänzten von einem Diadem herab. Das Heiligtum war so angelegt, dass das von schräg oben einfallende Tageslicht jeden Edelstein erreichte. Zugleich wurde aber das Licht durch den Rauch gedämpft, der aus den Weihrauchfässchen zu Füßen der Statue aufstieg. Das Ganze machte einen entschieden heidnischen Eindruck.

Die Göttin ließ Christopher eine Weile Zeit, etwas zu sagen. Als er weiter schwieg, erklärte sie ihm: »Das ist Ascheth. Sie ist ich und ich bin sie, das ist ihre göttliche Erscheinung. Ich dachte, es würde dir gefallen, mich so zu sehen, wie ich wirklich bin.«

Christopher schaute die Göttin an, so als wollte er sagen: Nein, so bist du nicht, du hast nicht vier Arme. Doch die Göttin stand in dem rauchverhangenen gelben Raum und hielt die Arme genauso ausgestreckt wie das obere Paar Arme der Statue. Außerdem hatte sie tatsächlich vier Arme. Das untere Paar war wie aus Dunst und ließ die gelben Vorhänge durchscheinen, doch auch diese Arme trugen die gleichen Reife und waren in der gleichen Position wie das untere Paar der Statue. Offensichtlich waren sie genauso wirklich wie Tacroy, ehe ihn Christopher festknetete. Also schaute er der Statue in das glatte goldene Gesicht. Er fand, dass sich hinter der maskenhaften Starre ihres Blicks Härte und vielleicht so etwas wie Grausamkeit verbargen.

»Sie sieht nicht so schlau aus wie du«, sagte er schließlich. Das war das Einzige, was ihm einfiel, ohne etwas Unhöfliches zu sagen.

»Sie hat ihre besonders dumme Miene aufgesetzt«, sagte die Göttin. »Lass dich dadurch nicht täuschen. Sie möchte nicht, dass Leute wissen, wie klug sie eigentlich ist. Das ist eine sehr nützliche Kunst. Ich wende sie oft in Unterrichtsstunden an, wenn Mutter Stolzfuß oder Mutter Wünschelrute mich langweilen.«

Eine solche Miene war Gold wert, dachte Christopher, viel besser als der gelangweilte Blick, den er gewöhnlich bei den Zauberlektionen zeigte. »Wie kriegst du den hin?«, fragte er interessiert.

Doch ehe die Göttin antworten konnte, waren Schritte hinter der Statue zu hören. Eine kräftige

Stimme, singend, aber scharf im Ton, rief: »Göttin? Was macht Ihr um diese Zeit im Heiligtum?«

Christopher und die Göttin gerieten jeder auf seine Art in Panik. Christopher drehte sich um und wollte auf der anderen Seite durch die gelben Vorhänge flüchten, doch auch dort war das Geräusch von Sandalen zu hören. Er wandte sich wieder zur Göttin. Diese zischte wütend: »Zum Teufel mit Mutter Stolzfuß! Ihr kleiner Finger scheint ihr zu sagen, wo ich mich gerade aufhalte.« Hektisch zappelnd versuchte sie sich einen Armreif vom Oberarm zu ziehen.

Ein schmaler nackter Fuß und der größte Teil eines Beins in einem rostbraunen Gewand kam hinter der goldenen Statue zum Vorschein. Christopher sah sich schon verloren. Doch die Göttin, der klar wurde, dass sie den Reif nie rechtzeitig vom Arm bekommen würde, ergriff seine Hand und drückte sie gegen den ganzen klimpernden Schmuck, den sie trug.

Wie beim letzten Mal verwandelte sich alles in Dunst, und Christopher stürzte wieder geradewegs in sein Bett im Schlafsaal. Krach!

»Muss das sein?«, sagte Fenning, der wieder aus dem Schlaf hochgefahren war. »Kannst du solche Träume nicht abstellen?«

»Doch«, sagte Christopher, über sein knappes Entkommen noch ganz atemlos. »Das war das letzte Mal, dass ich so was geträumt habe.« Die Situation war schon dumm – ein lebendiges Mädchen, das vorgab eine Göttin zu sein, die wiederum nichts anderes war als eine wurmzerfressene hölzerne Statue. Gegen die

Göttin selbst hatte er eigentlich nichts. Er bewunderte ihren Scharfsinn, und er hätte gern von ihr gelernt, wie man diese besonders dumme Miene aufsetzt oder wie der Trick funktioniert, Bücher verschwinden zu lassen. Doch sich dafür nochmals dieser Gefahr auszusetzen, lohnte sich nicht.

Achtes Kapitel

Von da an ging Christopher regelmäßig mit Tacroy in die Irgendwos, versuchte aber nicht mehr, eines davon auf eigene Faust zu erkunden. Onkel Ralph hatte eine systematische Versuchsreihe angelegt. Christopher traf sich mit Tacroy in Serie eins, drei, fünf, sieben und neun, anschließend in acht, sechs, vier und zwei, immer in dieser Reihenfolge, aber nicht immer am gleichen Ort oder außerhalb desselben Tals. In jedem Irgendwo warteten Leute mit einem Stapel Pakete, die nach dem Gewicht zu urteilen und danach, wie sie sich anfühlten, jedes Mal etwas anderes enthielten. Die Pakete aus Serie eins waren immer knubbelig und schwer, die aus Serie vier kamen dagegen stets in glatten Boxen. Die Pakete aus Serie zwei und fünf fühlten sich weich an und rochen nach Fisch, was irgendwie zusammenpasste, denn in beiden Irgendwos gab es viel Wasser. In Serie acht rochen die Frauen stets nach Knoblauch, und auch die Pakete verbreiteten denselben penetranten Geruch wie beim ersten Mal. Darüber hinaus schien es aber keine Regeln zu geben. Mit der Zeit freundete sich Christopher mit den meisten Leuten, die die Pakete lieferten, mit denen er das Fuhrwerk belud, fast ein wenig an. Von Experiment zu Experiment verbesserten Onkel Ralphs Zauberer das

Gefährt, so dass es sich gegen Ende des Schulhalbjahres aus eigener Kraft fortbewegte. Christopher und Tacroy brauchten es nun nicht mehr talaufwärts ins Zwischenreich schieben.

Die Experimente waren so sehr zur Routine geworden, dass sie kaum noch eine Abwechslung vom Schulalltag bedeuteten. Christopher dachte an anderes, wenn er arbeitete, so wie er es beim Zauber- oder Englischunterricht oder bei der Sonntagsandacht in der Schule tat.

»Warum gehen wir nie in Welt elf?«, fragte er Tacroy, als sie wieder einmal mit einer Ladung knubbeliger, schwerer Pakete aus Serie eins kamen.

»Niemand geht in Elf«, beschied ihn Tacroy. Christopher merkte, dass Tacroy das Thema wechseln wollte, trotzdem fragte er nach. »Weil die Leute dort eigenartig und unfreundlich sind«, sagte Tacroy, »sofern man sie überhaupt Leute nennen kann. Niemand weiß Genaueres über sie, weil sie darauf achten, dass keiner sie zu sehen bekommt. Mehr weiß ich auch nicht, außer dass Elf keine Serie ist. Dort gibt es nur eine Welt.« Sehr zu Christophers Verdruss weigerte sich Tacroy, mehr zu sagen, gleichwohl hatte Christopher das Gefühl, Tacroy wisse noch mehr. Doch sein Gefährte war in dieser Woche in schlechter Stimmung. Seine Geige spielende ältere Dame hatte die Grippe, deshalb musste er mit dem Flöte spielenden ernsten Fräulein vorlieb nehmen. »Irgendwo in unserer Welt«, seufzte er, »gibt es eine junge Dame, die Harfe spielt und die es nicht stört, wenn ich durchscheinend werde, doch leider ist der Graben zwischen uns zu tief, viel zu tief.«

Wahrscheinlich waren es solche Reden, die Christopher veranlassten, sich ein sehr romantisches Bild von Tacroy zu machen. Er sah seinen Gefährten als unglücklich verliebten Hungerleider in einer Dachstube dahinschmachten. »Warum will Onkel Ralph nicht, dass ich Sie in London besuche?«, fragte er.

»Ich habe dich gebeten, nicht wieder damit anzufangen, Christopher«, fuhr ihm Tacroy über den Mund. Darauf trat er, den Wagen im Schlepptau, in den Nebel des Zwischenreichs und unterband so jedes weitere Gespräch.

Tacroys romantisches Schicksal beschäftigte Christopher das ganze Schuljahr über. Aus den Reaktionen auf eine Bemerkung, die Christopher versuchsweise im Schlafsaal gemacht hatte, ging hervor, dass keiner der Schüler jemals Bekanntschaft mit einem Findelkind gemacht hatte. »Ich wünschte, ich wäre eines«, sagte Oneir, »dann brauchte ich nicht in das Geschäft meines Vaters einzusteigen.« Und Christopher hatte das Gefühl, dass ihm noch nicht einmal das Flöte spielende Fräulein etwas ausmachen würde.

Doch solche Gedanken waren wie weggeblasen, als sich herausstellte, dass über die Ferienpläne zu Ostern ein heilloses Durcheinander herrschte. Mama schrieb ihm, er solle zu ihr nach Genua kommen, doch im letzten Augenblick warf sie alles über den Haufen und wollte nach Weimar fahren, wo sie aber für Christopher keinen Platz hatte. Deshalb musste er, nachdem alle anderen Schüler nach Hause gefahren waren, fast eine Woche allein in der Schule bleiben. Unterdessen hatte die Schulleitung Onkel Charles benachrichtigt und dieser einigte sich mit Papas anderem Bruder Conrad, dass jener Christopher in vier Tagen bei sich aufnehmen werde. Da die Schule schloss, schickte man ihn bis dahin zu Onkel Ralph nach London.

Zu Christophers großer Enttäuschung war der Onkel auf Reisen. Die meisten Zimmer des Hauses waren verschlossen, und außer dem Hausmeister gab es keine weiteren Bewohner. Christopher war sich für vier Tage selbst überlassen und unternahm allein Streifzüge durch London.

Das war fast so aufregend wie Expeditionen in ein Irgendwo. Hier gab es außer Parks und Bauwerken auch Straßenmusikanten und in jeder Gasse, so eng sie auch war, drängten sich hochrädrige Karren und Wagen. Am zweiten Tag kam Christopher in die Nähe von Covent Garden, wo er bis zum Abend blieb und zwischen Bergen von Obst und Gemüse fasziniert den Trägern bei der Arbeit zuschaute. Jeder konnte mindestens sechs gefüllte Körbe auf dem Kopf balancieren, ohne das Gleichgewicht zu verlieren. Als er sich schließlich auf den Heimweg machte, sah er plötzlich eine vertraute stämmige Gestalt in einem abgetragenen grünen Anzug, die vor ihm die enge Straße hinunterging.

»Tacroy!«, rief Christopher hinter ihm herlaufend. Aber Tacroy schien ihn nicht zu hören. Er ging weiter, den Lockenkopf eher mutlos gesenkt, und bog in die nächste enge Gasse ab, ehe Christopher ihn eingeholt hatte. Als Christopher um die Ecke raste, war von Tacroy nichts mehr zu sehen. Doch er war sich sicher, seinen Gefährten gesehen zu haben. Dessen Dachstube musste hier ganz in der Nähe sein. Christopher verbrachte die restlichen beiden Tage in London in den Straßen um Covent Garden in der Hoffnung, Tacroy noch einmal zu begegnen. Vergebens. Tacroy ließ sich nicht blicken.

Danach besuchte Christopher seinen Onkel Conrad in dessen Haus in Wiltshire. Die größte Enttäuschung dort war sein Vetter Francis. Er war zwar genauso alt wie Christopher, gehörte aber zu der Sorte Jungen, die Fenning als »hochnäsige Plappermäuler« bezeichnete. Christopher verachtete Francis deswegen und Francis verachtete Christopher, weil dieser in der Stadt aufgewachsen war und nie an einer Hetzjagd teilgenommen hatte. Tatsächlich gab es aber noch einen weiteren Grund, wie Christopher erfuhr, als er zum siebten Mal vom friedlichsten Pony des ganzen Stalls fiel.

»Kannst wohl nicht zaubern, wie?«, höhnte Francis und schaute dabei vom Sattel seines kastanienbraunen Wallachs auf Christopher hinunter. »Kein Wunder. Das kommt daher, dass dein Vater diese schreckliche Frau aus der Argent-Sippe geheiratet hat. Keiner aus meiner Familie will noch irgendetwas mit deinem Vater zu tun haben.«

Da sich Christopher ziemlich sicher war, dass Francis ihn durch Zauberkraft aus dem Sattel gehoben hatte, konnte er nicht viel mehr tun, als die Zähne zusammenzubeißen und sich einzugestehen, dass Papa bei diesem Zweig der Chant-Familie abgemeldet war. Er war richtig froh, wieder in die Schule gehen zu dürfen.

Mehr als das sogar, denn die Kricketsaison hatte begonnen. Christopher begeisterte sich fast über Nacht für Kricket. Oneir ging es genauso. »Kricket ist das größte aller Spiele«, sagte Oneir ehrfurchtsvoll und kaufte sich jedes Buch zu diesem Thema, das er sich leisten konnte. Er und Christopher nahmen sich vor, später einmal professionelle Kricketspieler zu werden. »Zum Henker mit dem Geschäft meines Vaters!«, trompetete Oneir.

Christopher war derselben Meinung, nur ging es in seinem Fall um die Gesellschaftspläne seiner Mutter. Das ist allein meine Entscheidung, sagte er sich. Es war so, als wäre er von einem Gelübde befreit worden. Er war geradezu überrascht, wie entschlossen und ehrgeizig er plötzlich sein konnte. Er und Oneir übten jeden Tag, und Fenning, der selbst kein richtiges Talent hatte, ließ sich zum Ballholen ködern. Untereinander fachsimpelten sie die meiste Zeit über Kricket, und nachts hatte Christopher wieder ganz gewöhnliche Träume – alle über Kricket.

Es kam ihm fast wie eine störende Unterbrechung vor, als er am Donnerstag seine Kricketträume aufgeben musste, um Tacroy in Serie fünf zu treffen.

»Ich habe Sie in London gesehen«, platzte Christopher heraus. »Ihre Dachstube ist in der Nähe von Covent Garden, stimmt's?«

»Covent Garden?«, sagte Tacroy kühl. »Keineswegs. Du musst mich mit jemand anderem verwechselt haben.« Und dabei blieb er, auch als Christopher die Straße genau beschrieb und sich über Einzelheiten in Tacroys Aussehen ausließ. »Nein«, beharrte dieser, »du musst hinter einem Fremden hergelaufen sein.«

Christopher war sich ganz sicher, dass es Tacroy gewesen war. Das verwirrte ihn. Doch offenbar hatte es keinen Sinn, mit Tacroy weiter zu streiten. Also belud er das Fuhrwerk mit den nach Fisch riechenden Paketen und dachte wieder an Kricket. Da er mit seinen Gedanken nicht bei der Sache war, blieb es nicht aus, dass er ein Paket zu früh losließ. Es fiel durch Tacroy hindurch und klatschte auf den Boden, wo es einen noch fischigeren Geruch verbreitete. »Puh!«, machte Christopher. »Was ist da bloß drin?«

»Keine Ahnung«, sagte Tacroy. »Ich bin nur der Bote deines Onkels. Aber was ist denn mit dir los? Wo bist du heute Nacht mit deinen Gedanken?«

»Tschuldigung«, sagte Christopher und hob das Paket wieder auf. »Ich dachte gerade an Kricket.«

Tacroys Miene leuchtete auf. »Bist du Werfer oder Schlagmann?«

»Schlagmann«, sagte Christopher. »Ich möchte später mal professionell spielen.«

»Ich selbst bin Werfer«, sagte Tacroy, »und kein schlechter, auch wenn es nach Selbstlob klingt. Ausgefeilte Beindrehung. Ich spiele ziemlich viel für – na ja, es ist bloß eine Dorfmannschaft, aber meist gewinnen wir. Ich schaffe es, durchschnittlich sieben Schlagmänner ins ›Aus‹ zu bringen. Und schlagen kann ich auch. Was ist deine Spezialität? Öffner?«

»Nein. Ich halte mich eher für einen guten Läufer.«

Während Christopher den Wagen belud, unterhielten sie sich die ganze Zeit nur über Kricket. Danach gingen sie am Strand spazieren, und auch hier vor der tosenden Brandung redeten sie nur vom Schlagen und Werfen. Tacroy versuchte mehrmals, einen Kieselstein aufzuheben, um damit sein Geschick als Werfer zu demonstrieren, doch fehlte ihm die Festigkeit, um den Stein zu halten. Schließlich fand Christopher ein Stück Treibholz, das ihm als Schläger diente, und Tacroy gab ihm Tipps zur Schlagtechnik.

Fortan bekam Christopher in jedem Irgendwo, in dem sie sich gerade befanden, eine Trainingsstunde, und sie redeten ununterbrochen über Kricket. Tacroy war ein guter Trainer. Von ihm lernte Christopher weitaus mehr als von seinem Sportlehrer in der Schule. Während er dort den Ball gegen die Bande schmetterte, verfolgte er immer höher fliegende Pläne, einmal professionell für Surrey oder anderswo zu spielen. Mit Tacroys Hilfe machte er immerhin solche Fortschritte, dass er sich ganz reale Hoffnungen machte, in die Schulmannschaft aufgenommen zu werden.

Sie lasen jetzt Oneirs Kricketbücher laut im Schlafsaal vor. Die Hausmutter hatte den Band »Tausendundeine Nacht« entdeckt und beschlagnahmt, doch keiner machte sich etwas daraus. Jeder Junge im Schlafsaal, Fenning eingeschlossen, war Kricketfan, aber keiner so sehr wie Christopher.

Doch das Unglück ließ nicht lang auf sich warten. Es begann damit, dass Tacroy eines Tages sagte: »Übrigens hat sich die Planung geändert. Kannst du mich nächsten Donnerstag in Serie zehn treffen? Irgendjemand scheint die Experimente deines Onkels durchkreuzen zu wollen, deshalb müssen wir die Reihenfolge ändern.«

Dazu kamen leichte Schuldgefühle, die Christopher in seiner Kricketleidenschaft störten, denn er wusste, dass er weitere Zahlungen für Throgmorten zu leisten hatte. Nun fürchtete er, die Göttin könnte durch übernatürliche Kräfte erfahren, dass er in Serie zehn war, ohne ihr Bücher mitzubringen. Bedrückt machte er sich auf den Weg ins Tal.

Tacroy war nicht dort. Erst nach einer gut einstündigen Kletterei fand ihn Christopher am Eingang eines anderen Tals. Tacroys Gestalt war schon erkennbar durchscheinend und weich geworden.

»Du Träumer«, sagte Tacroy, als Christopher ihn eilig wieder festknetete. »Noch einen Augenblick länger und ich wäre aus der Trance gefallen. Du weißt doch, dass es in einer Serie mehr als ein Tal gibt. Was ist los mit dir?«

»Wahrscheinlich habe ich wieder an Kricket gedacht«, sagte Christopher.

Der Ort in dem neuen Tal hatte überhaupt nichts von dem primitiven und heidenmäßigen Aussehen der Stadt, in der die Göttin lebte. Vor ihm erstreckten sich große Hafenanlagen mit gewaltigen Kränen. Riesige rostige Schiffe, größer als alles, was Christopher bislang gesehen hatte, und seltsam geformt, waren mit Tauen, so dick wie Baumstämme, am Kai festgemacht. Er wusste aber, dass er immer noch in Serie zehn war, als ihn ein Mann, der neben einem eisernen Karren voller kleiner Fässer stand, mit den Worten ansprach: »Ascheth sei Lob und Preis! Ich dachte schon, du kämst überhaupt nicht mehr!«

»Ja, beeil dich«, sagte Tacroy. »Der Ort hier ist sicherer als die heidnische Stadt, aber trotzdem könnten Feinde in der Gegend lauern. Außerdem, je rascher du mit der Arbeit fertig bist, desto eher können wir mit deiner Vorwärtsverteidigung weitermachen.«

Christopher beeilte sich die Fässer vom eisernen Karren zu rollen und auf das Fuhrwerk umzuladen. Nachdem alle Fässer Platz gefunden hatten, verknotete er die Riemen, mit denen die Ladung gesichert werden sollte. Da er es aber so eilig hatte, kam, was kommen musste: Ein Riemen glitt ihm aus der Hand und rutschte zurück auf die andere Seite des Wagens. Um das Riemenende zu erreichen, musste er sich ganz über die Ladung beugen. Er hörte in der Ferne das Kreischen von aneinander reibendem Eisen und ein paar Rufe, dachte sich aber nichts dabei, bis Tacroy plötzlich neben ihm auftauchte.

»Weg hier! Schnell weg!«, rief Tacroy und zog mit durchscheinenden Händen vergeblich an Christopher.

Christopher, der noch immer über den Fässern lag, blickte nach oben und sah einen gewaltigen Haken an einer Eisenkette, die in Windeseile von oben auf ihn zu fiel.

Das war alles, was er mitbekam. Als Nächstes lag er, wie er verschwommen wahrnahm, auf dem Pfad in seinem vertrauten Tal und neben ihm lag sein Schlafanzug. Der eiserne Haken musste ihn am Kopf getroffen haben. Es war noch ein Glück, dass er auf der Ladefläche gelegen hatte, sonst hätte ihn Tacroy wohl nie zurückbringen können. Etwas wackelig auf den Beinen, zog er den Schlafanzug an. Mit brummendem Schädel begab er sich wieder in sein Bett im Schlafsaal.

Am folgenden Morgen war der Kopfschmerz wie weggeblasen. Christopher vergaß die ganze Episode und ging nach dem Frühstück mit Oneir und sechs weiteren Jungen sofort auf das Kricketfeld.

»Ich bin erster Schlagmann!«, rief er.

Alle schrien gleichzeitig. Aber Oneir hatte das Schlagholz auf das Spielfeld mitgebracht und dachte nicht daran, es loszulassen. Alle, auch Christopher, zerrten an ihm. Unter viel Gelächter entspann sich eine Balgerei, die erst endete, als Oneir das Schlagholz zur Abschreckung im Kreis um sich schwang.

Es traf Christopher mit einem trockenen Knall am Kopf. Das tat weh! Er meinte noch andere knackende Geräusche gerade über dem linken Ohr gehört zu haben, so als ob die Schädelknochen an dieser Stelle wie ein Eisloch geborsten wären, bevor lange Zeit nichts mehr kam, ganz so wie nach der nächtlichen Episode in Serie zehn.

Als er wieder aufwachte, ahnte er, dass es viel später sein musste. Zwar war das Bettlaken irgendwie über sein Gesicht geraten, aber er sah das Abendlicht durch ein Fenster hoch oben in der Ecke einfallen. Ihm war sehr kalt, vor allem an den Füßen. Offenbar hatte man ihm vor dem Zubettbringen Schuhe und Strümpfe ausgezogen. Aber wohin hatte man ihn gebracht? Für den Schlafsaal war das Fenster an der falschen Stelle und auch für alle anderen Räume, in denen er bisher geschlafen hatte. Er schob das Bettlaken beiseite und richtete sich auf.

Er befand sich auf einer Marmorplatte in einem kühlen, dämmrigen Raum. Kein Wunder, dass ihm kalt war. Außerdem trug er nur Unterwäsche. Um ihn herum gab es noch weitere Marmorplatten, die meisten davon leer. Auf manchen aber lagen, regungslos und mit weißen Tüchern bedeckt, andere Menschen.

Christopher dämmerte langsam, wo er sich befinden könnte. Er hüllte sich in das Tuch, das aber nur wenig Wärme gab, stieg von seiner Marmorplatte und ging zur nächsten, auf der ein Mensch lag. Vorsichtig zog er das Tuch weg. Zum Vorschein kam ein alter Landstreicher und der war mausetot – Christopher drückte einen Finger in das stoppelige kalte Gesicht, um sich davon zu überzeugen. Er sagte sich, er müsse die Ruhe bewahren, was sicherlich sehr vernünftig war, doch dazu war es zu spät: Er befand sich bereits in der größten Panik seines Lebens.

Am anderen Ende des Raums war eine große Eisentür. Christopher legte die Hand auf die Klinke und drückte sie herunter. Die Tür war verschlossen. Er trat dagegen, hämmerte mit den Fäusten und zerrte an der

Klinke. Immer noch ermahnte er sich, vernünftig zu bleiben, doch er zitterte wie Espenlaub.

Nach einer Weile wurde die Tür von einem dicken, angetrunken wirkenden Mann im weißen Arbeitsanzug geöffnet. Der Mann schaute verärgert in den Raum, ohne Christopher gleich zu erblicken. Er sah einfach über dessen Kopf hinweg, da er einen Erwachsenen erwartet hatte.

Christopher wickelte sich vorwurfsvoll in das Leichentuch. »Wozu schließen Sie ab?«, fragte er. »Alle hier drin sind tot und werden wohl kaum entwischen.«

Der Mann schaute zu Christopher hinab und stöhnte leise. Er verdrehte die Augen, sein schwerer Körper sank an der Tür hinab und lag im nächsten Augenblick wie tot zu Christophers Füßen.

Christopher glaubte, auch er sei tot. Das war zu viel. In Panik sprang er über den reglosen Körper des Mannes und lief den Gang hinunter, bis er sich in einem Krankenhaus wiederfand. Dort versuchte ihn eine Krankenschwester aufzuhalten, doch Christopher war für Vernunft nicht mehr zugänglich. »Wo ist die Schule?«, schrie er sie an. »Ich verpasse das Kricket-training!« Für die folgende halbe Stunde stand das Krankenhauspersonal Kopf, denn jeder versuchte eine etwa ein Meter fünfzig große, nur in ein weißes Tuch gehüllte Leiche wieder einzufangen, die durch die Gänge lief und dabei unentwegt schrie, sie verpasse das Krickettraining.

Schließlich erwischte man ihn vor der Entbindungsstation, wo ihm ein Arzt eine Beruhigungsspritze verpasste. »Beruhige dich, Junge«, sagte er. »Schau, auch für uns ist das ein Schock. Als ich dich das letzte Mal gesehen habe, sah dein Kopf wie ein überfahrener Kürbis aus.«

»Aber ich verpasse das Krickettraining«, war alles, was Christopher hervorbrachte.

Am folgenden Tag wachte er in einem normalen Krankenhausbett auf. Mama und Papa waren ebenfalls da und saßen sich gegenüber, dunkler Anzug und Backenbart auf der einen Seite, Parfüm und helle Farben auf der anderen. Als wollten sie Christopher deutlich machen, dass dies eine schwere Krise war, sprachen sie sogar wieder miteinander.

»Unfug, Cosimo«, sagte Mama gerade. »Der Arzt hat sich einfach geirrt. Christopher hatte nur eine schlimme Gehirnerschütterung, und wir beide haben uns umsonst geängstigt.«

»Die Hausmutter sagte, er sei tot«, sagte Papa düster.

»Sie ist eine flatterhafte Person«, bemerkte Mama. »Ich glaube ihr kein Wort.«

»Ich schon«, setzte Papa dagegen. »Christopher hat mehr als ein Leben, Miranda. Das wäre auch die Erklärung für bestimmte Seiten seines Horoskops, die mir bisher ein Rätsel geblieben sind –«

»Ach, komm mir nicht mit deinen schrecklichen Horoskopen!«, rief Mama. »Kein Wort mehr davon.«

»Ich werde nicht dort schweigen, wo ich die Wahrheit kenne!«, schrie Papa mehr oder weniger laut. »Ich habe getan, was getan werden musste, und seinetwegen de Witt ein Telegramm geschickt.«

Das wiederum brachte Mama aus dem Häuschen. »Wie konntest du nur!«, zischte sie. »Und ohne mich zu fragen! Ich sage dir, Cosimo, ich gebe Christopher nicht in die Hände deiner düsteren Mitverschworenen!«

Hier wurden Mama und Papa so zornig, dass Christopher die Augen schloss. Da das Mittel, das der Arzt ihm verabreicht hatte, immer noch wirkte, fiel er gleich wieder in Schlaf, wenngleich er immer noch den Streit seiner Eltern hörte. Schließlich stieg er aus dem Bett, schlich sich an Mama und Papa vorbei, ohne dass sie irgendetwas merkten, und ging in das Zwischenreich. Dort fand er ein neues Tal, in dem gerade ein Zirkus gastierte. Niemand dort sprach seine Sprache, aber er schlug sich durch, wie schon früher manchmal, indem er vorgab, taub und begriffsstutzig zu sein.

Bei seiner Rückkehr drängten sich im Zimmer dunkel gekleidete Personen, die gerade im Begriff waren, zu gehen. Christopher drückte sich an einem ernsten jungen Mann mit Stehkragen und einer Dame im grauen Kostüm vorbei, die eine schwarze Instrumententasche trug. Keiner merkte, dass er hier war. Allem Anschein nach war der Teil von ihm, der im Bett lag, gerade von einem Spezialisten untersucht worden. Christopher schlich sich hinter Mama vorbei ins Bett zurück, während sich der Spezialist draußen vor der Tür mit Papa und einem anderen Herrn mit Bart unterhielt.

»Es war richtig von Ihnen, mich in dieser Situation hinzuzuziehen«, hörte Christopher eine alte, spröde

Stimme sagen, »doch hier ist nur ein Leben gegenwärtig, Mr Chant. Ich gebe zu, dass verrückte Dinge geschehen können, aber wir haben den Bericht des Zauberlehrers der Schule, der unseren Befund stützt. Ich bin leider gar nicht überzeugt …« Die alte Stimme verklang langsam, während offenbar alle den Gang entlang gingen, alle außer Mama.

»Gott sei Dank«, sagte Mama. »Christopher, bist du wach? Ich dachte schon, dieser widerliche alte Mann würde dich in die Finger bekommen, was ich deinem Vater nie verziehen hätte. Nie! Ich will nicht, dass aus dir eine langweilige gesetzestreue Gendarmenseele wird. Mama möchte stolz auf dich sein, Christopher.«

Neuntes Kapitel

Am folgenden Tag ging Christopher wieder in die Schule. Er fürchtete zwar, Mama könnte enttäuscht sein, falls aus ihm einmal ein professioneller Kricketspieler würde, aber das änderte nichts an seinem Ehrgeiz.

In der Schule behandelten ihn alle wie ein Wunder. Und Oneir bat mit Tränen in den Augen um Entschuldigung. Das war das Einzige, was ihn verlegen machte, ansonsten genoss er die Aufmerksamkeit, die er bekam. Er bestand darauf, genau wie vorher Kricket zu spielen, und konnte kaum den nächsten Donnerstag erwarten, um Tacroy von seinen Abenteuern zu berichten.

Am Mittwochmorgen ließ der Direktor Christopher zu sich kommen. Zu seiner Überraschung war außer dem Direktor auch Papa anwesend. Beide standen verlegen neben dem großen Mahagonischreibtisch.

»Tja, Chant«, begann der Direktor, »wir bedauern sehr, unser Wunderkind so rasch zu verlieren. Aber dein Vater ist gekommen, um dich abzuholen. Wie es aussieht, sollst du in die Obhut eines Privatlehrers kommen.«

»Wie? Ich soll die Schule verlassen?«, fragte Christopher entgeistert. »Aber heute Nachmittag ist doch Krickettraining!«

»Ich habe deinem Vater vorgeschlagen, dass du noch bis zum Ende des Schuljahres bleibst«, fuhr der Direktor fort, »aber damit scheint der große Dr. Pawson nicht einverstanden zu sein.«

Papa räusperte sich. »Diese Cambridge-Koryphäen«, sagte er. »Nun, wir kennen sie beide, Herr Direktor.« Beide Männer tauschten ein falsches Lächeln aus.

»Die Hausmutter wird dir etwas zu essen für unterwegs einpacken«, sagte der Direktor. »Dein Koffer und die Schulzeugnisse werden dir nachgeschickt. Doch nun müssen wir Abschied voneinander nehmen, da der Zug, wie ich gehört habe, in einer halben Stunde abfährt.« Er schüttelte Christopher die Hand, ein kurzer, kräftiger Händedruck, wie man es von einem Schuldirektor erwartet, und dann wurde Christopher von seinem Vater in eine Mietdroschke verfrachtet, ohne auch nur Gelegenheit zu haben, sich von Oneir und Fenning zu verabschieden. Im Zug betrachtete er finster das väterliche Profil mit Backenbart und dachte darüber nach, wie man gerade mit ihm umgegangen war.

»Ich wäre sicher in die Schulmannschaft gekommen«, sagte er unvermittelt, da Papa offenbar keine Erklärung abgeben wollte.

»Genug davon«, sagte Papa. »Es wird noch andere Kricketmannschaften geben, sei unbesorgt. Deine Zukunft ist wichtiger als Kricket, mein Sohn.«

»Meine Zukunft ist Kricket«, versetzte Christopher unerschrocken. Es war das erste Mal, dass er gegenüber einem Erwachsenen offen über seinen ehrgeizigen Plan sprach. Ihm wurde heiß und kalt vor lauter Kühnheit, so mit seinem Vater zu sprechen. Doch er freute sich auch, denn damit hatte er einen wichtigen Schritt auf dem Weg zur Profikarriere getan.

Papa lächelte melancholisch. »Ich wollte früher einmal Lokomotivführer werden«, sagte er. »Das sind Grillen, die wieder vorübergehen. Du musst unbedingt vor Ende des Schuljahrs Dr. Pawson vorgestellt werden. Deine Mutter plant dich dann nämlich mit ins Ausland zu nehmen.«

Christopher knirschte vor Zorn so heftig mit den Zähnen, dass ihm seine Zahnspange in die Lippen schnitt. Kricket sollte eine bloße Grille sein! »Warum ist das so wichtig?«

»Dr. Pawson ist der größte Seher im ganzen Land«, sagte Papa. »Ich musste meine Beziehungen spielen lassen, ehe er sich dazu bewegen ließ, dir so kurzfristig einen Termin einzuräumen. Doch als ich ihm deinen Fall geschildert hatte, sagte er von sich aus, dass alles darauf ankomme, de Witt keine Zeit zu lassen, dich zu vergessen. De Witt wird sein Urteil über dich ändern, wenn er selbst erkennt, dass du eine Begabung zur Magie hast.«

»Aber ich kann doch gar nicht zaubern«, entfuhr es Christopher.

»Und dafür muss es einen Grund geben«, sagte Papa. »Eigentlich sollte deine Begabung enorm sein, denn ich bin ein Magier, wie übrigens auch meine Brüder, während deine Mutter – so viel muss ich ihr zugestehen – eine Erzzauberin ist. Und ihr Bruder, Argent, dieser elende Schuft, ist ebenfalls Magier.«

Christopher betrachtete die Häuser, die hinter Papas Profil vorüberhuschten, während der Zug durch die Vororte von London fuhr. Was er da hörte, war nicht leicht zu verdauen. Niemand hatte ihn vorher über seine Herkunft aufgeklärt. Allerdings nahm er an, dass es auch in den größten Magierfamilien Nieten gab. Er glaubte, dass er so eine Niete war. War Papa wirklich ein Magier? Christopher suchte misstrauisch an seinem Vater nach Zeichen von Macht und Reichtum, die ein Magier seiner Meinung nach besaß. Doch Fehlanzeige, sein Vater wirkte schäbig und glanzlos. Die Ärmel seines Gehrocks waren abgenutzt und auch sein Hut deutete nicht auf Reichtümer hin. Sogar der schwarze Backenbart war dünner als in Christophers Erinnerung und von ein paar grauen Haaren durchsetzt.

Doch ob Magier oder nicht, Papa hatte ihn mitten in der Kricketsaison aus der Schule geholt und nach dem, was der Direktor gesagt hatte, bestand keine Aussicht, dass er dorthin zurückkehren würde. Aber warum? Was hatte Papa bewogen, ihm das anzutun?

Christopher brütete immer noch über dieser Frage, als der Zug in den Südbahnhof einfuhr. Papa schleppte ihn durch die Menschenmenge in eine Mietdroschke. Auf der Fahrt Richtung St. Pancras Cross wurde ihm bewusst, dass es sogar schwierig werden würde, sich mit Tacroy zu treffen und auf diese Weise sein Kricketspiel zu verbessern. Papa hatte ihm nämlich den

Umgang mit Onkel Ralph verboten und Papa war ein Magier.

Im kleinen schmutzigen Abteil auf der Fahrt nach Cambridge fragte Christopher schließlich vorwurfsvoll: »Papa, warum willst du mich eigentlich zu Dr. Pawson bringen?«

»Ich dachte, das hätte ich schon erklärt«, sagte Papa, und eine Weile schien es so, als würde er es bei dieser Bemerkung bewenden lassen. Dann aber sah er seufzend Christopher an, und Christopher merkte, dass sich sein Vater für ein ernstes Gespräch gesammelt hatte. »Letzten Freitag«, begann er, »warst du, mein Sohn, von zwei Ärzten und einer Reihe anderer Leute für tot erklärt worden. Doch als ich am Samstag zur Identifizierung deiner Leiche kam, warst du gesund und munter und zeigtest keine Spuren von Verletzungen. Das gab mir die Gewissheit, dass du über mehr als ein Leben verfügst – umso mehr, als ich vermute, dass dies schon einmal geschehen ist. Ganz ehrlich, Christopher, als es vergangenes Jahr hieß, du seist von einer Vorhangstange durchbohrt worden, da warst du doch auch tödlich verletzt, oder? Du kannst es mir ruhig sagen, ich bin dir deswegen nicht böse.«

»Ja«, gab Christopher zögernd zu, »ich glaube, so war es.«

»Dachte ich es mir doch!«, sagte Papa mit finsterer Genugtuung. »Nun, mein Sohn«, fuhr er fort, »Personen, die das Glück haben, über mehrere Leben zu verfügen, sind immer und ausnahmslos hoch begabte Magier. Das ist mir vergangenen Samstag richtig klar geworden. Deshalb habe ich Gabriel de Witt benachrichtigen lassen. Monsignor de Witt –«, hier senkte Papa die Stimme und blickte sich im Eisenbahnwagen um, als ob Monsignor de Witt sie hätte hören können, »ist der größte Magier auf der ganzen Welt. Er hat neun Leben. Neun, Christopher. Das gibt ihm die Macht, die Zauberei in dieser Welt und in einer Reihe anderer Welten zu überwachen. Der Staat hat ihn mit diesem Amt betraut. Deswegen nennen ihn manche Leute auch den Chrestomanci. Der Titel ist mit diesem Amt verknüpft.«

»Aber«, sagte Christopher, »was haben dieses Amt und der Kresstomanzi damit zu tun, mich von der Schule zu nehmen?«

»Weil ich mir wünsche, dass sich de Witt für dich interessiert«, sagte Papa. »Ich bin jetzt ein mittelloser Mann. Ich kann nichts mehr für dich tun. Ich habe beträchtliche Opfer gebracht, um Dr. Pawsons Honorar aufzubringen, denn ich glaube, de Witt war im Irrtum, als er sagte, du seiest ein ganz gewöhnlicher Junge mit nur einem Leben. Meine Hoffnung besteht darin, dass Dr. Pawson beweisen kann, dass de Witt sich geirrt hat und dass dieser sich dazu entschließt, dich in seinen Mitarbeiterstab aufzunehmen. Dann wäre deine Zukunft gesichert.«

Mich in seinen Stab aufnehmen, dachte Christopher. Wie Oneir, der ins Geschäft seines Vaters einsteigen und dort als Laufbursche anfangen soll. »So habe ich mir meine gesicherte Zukunft eigentlich nicht vorgestellt«, sagte er.

Sein Vater warf ihm einen kummervollen Blick zu. »Aus dir spricht deine Mutter«, sagte er. »Eine gute Schulbildung sollte dich von dieser Leichtsinnigkeit heilen.«

Solche Worte waren nicht dazu angetan, Christopher mit Papas Plänen zu versöhnen. Aber ich habe das aus eigenen Stücken gesagt, dachte er verärgert. Das hatte nichts mit Mama zu tun! Er grollte noch immer, als der Zug in Cambridge einfuhr. Dann ging er mit seinem Vater durch die Straßen voller junger Leute, die ähnliche lange Gewänder wie die Bewohner von Serie sieben trugen, und vorbei an großen, mit Türmen versehenen Gebäuden, die ihn an den Tempel der Ascheth erinnerten, nur dass die Häuser in Cambridge mehr Fenster hatten. Papa hatte Zimmer in einer Pension gemietet, einem düsteren, schäbigen Haus, in dem es nach abgestandenem Essen roch.

»Wir bleiben hier, solange Dr. Pawson dich seinen Tests unterzieht«, kündigte er an. »Ich habe reichlich Unterlagen mitgebracht, so dass ich hier arbeiten und mich persönlich um dein Wohlbefinden kümmern kann.«

Das hatte Christopher zu seinem Unglück noch gefehlt. Er fragte sich, ob er es wohl wagen würde, am nächsten Donnerstag in das Zwischenreich zu gehen, um Tacroy zu treffen, wenn ein ausgewachsener Magier ein wachsames Auge auf ihn hatte. Zu allem Überfluss war das Bett in der Pension noch schlechter als das im Internat und knarrte bei der kleinsten Bewegung. Er ging mit dem Gefühl ins Bett, noch nie so arm dran gewesen zu sein. Das war, ehe er Dr. Pawson gesehen hatte und erkennen musste, dass seine Pechsträhne gerade erst begonnen hatte.

Papa brachte ihn am folgenden Morgen gegen zehn zu Dr. Pawsons Haus in der Trumpington Road. »Dr. Pawsons Gelehrsamkeit ist der Grund für sein manchmal etwas absonderliches Verhalten«, warnte Papa. »Aber ich vertraue meinem Sohn, dass er dennoch ein höfliches Betragen an den Tag legt.«

Das verhieß nichts Gutes. Christophers Knie zitterten, als ihn das Hausmädchen in Dr. Pawsons Praxis führte. Es war ein helles Zimmer, das mit einem ungeheuren Wust von Dingen vollgestopft war. Aus diesem Gerümpel ließ sich eine schroffe Stimme vernehmen.

»Halt!«

Christopher blieb wie angewurzelt stehen.

»Keinen Schritt weiter. Und hör auf, mit den Knien zu zittern. Mein Gott, wie der Junge bibbert!«, bellte die Stimme. »Wie soll ich dich begutachten, wenn du nicht still stehst? Na, was sagen wir?«

Der größte Brocken unter dem ganzen Gerümpel war ein schwerer Sessel. Darin saß Dr. Pawson, ohne auch nur einen Muskel zu rühren, abgesehen von einem Zucken seiner großen geröteten Backen. Wahrscheinlich war er zu dick, um sich überhaupt noch zu bewegen. Seine Leibesfülle war gewaltig. Sein Bauch glich einem Berg, über dem sich eine karierte Weste spannte. Seine Hände erinnerten Christopher an rote Bananen, die er einmal in Serie fünf gesehen hatte.

Sein Gesicht war lang gezogen und ebenfalls rot, und heraus blitzten zwei gnadenlose wässrige Augen.

»Guten Tag, Sir«, sagte Christopher, da sein Vater auf höflichem Verhalten bestanden hatte.

»Nein, nein!«, rief Dr. Pawson. »Das ist eine Untersuchung, kein Höflichkeitsbesuch. Wo fehlt es denn – Chant heißt du, nicht wahr? Also, Chant, wo drückt der Schuh?«

»Ich kann nicht zaubern, Sir«, sagte Christopher.

»Das geht vielen Leuten so. Das ist eben ihr Los«, schnauzte Dr. Pawson. »Versuch es besser zu machen, Chant. Zeig mir, wie du nicht zaubern kannst.«

Unsicher geworden, zögerte Christopher.

»Na los, Junge!«, fuhr ihn Dr. Pawson an. »Mach es nicht!«

»Ich kann doch nicht etwas nicht machen, was ich nicht kann«, sagte Christopher völlig verstört.

»Aber klar kannst du das!«, rief Dr. Pawson. »Das ist das Wesen aller Magie. Schau, da neben dir ist ein Spiegel auf dem Tisch. Bring ihn zum Schweben, hurtig!«

Wenn Dr. Pawson gehofft hatte, Christopher so zum Erfolg zu treiben, hatte er sich getäuscht. Christopher stolperte bis zum Tisch, schaute in den Spiegel mit dem zierlichen Silberrahmen und probierte alle Zauberformeln und Gesten, die er in der Schule gelernt hatte. Nichts geschah.

»Hm«, machte Dr. Pawson. »Mach es noch einmal nicht.«

Christopher begriff, dass er einen weiteren Versuch

unternehmen sollte. Mit zitternden Händen und unsicherer Stimme probierte er es noch einmal, während er immer mehr verzweifelte. Es war hoffnungslos. Er hasste seinen Vater, weil der ihn zuerst aus der Schule weggeschleppt und dann der Willkür dieses beängstigend dicken Mannes ausgesetzt hatte. Am liebsten hätte er losgeheult, erinnerte sich dann aber, als ob er seine eigene Gouvernante wäre, dass er dafür schon zu alt war. Der Spiegel lag immer noch an der gleichen Stelle.

»Hm«, machte Dr. Pawson. »Dreh dich mal, Chant. Nein, ganz herum, Junge, und langsam, damit ich dich von allen Seiten sehen kann. Halt!«

Christopher stand still und wartete. Dr. Pawson schloss seine wässrigen Augen und senkte den Kopf. Christopher dachte schon, sein Gegenüber sei eingeschlafen. Im Zimmer herrschte vollkommene Stille, nur das Ticken verschiedener Uhren war zu hören. Bei zweien war die Mechanik sichtbar, außerdem gab es eine Standuhr und einen klotzigen Chronometer, der aussah, als ob er schon einmal als Grabbeigabe gedient hätte. Vor Schreck zuckte er zusammen, als Dr. Pawson mit Donnerschall rief: »Leere deine Taschen, Chant!«

Wie?, dachte Christopher. Doch er wagte nicht zu widersprechen. Hastig leerte er seine Taschen. Onkel Ralphs Sixpencestück, das er immer bei sich hatte, einen eigenen Shilling, ein nicht mehr ganz weißes Taschentuch, ein Zettel von Oneir wegen einer Algebraaufgabe. Dann war er schon bei beschämendem Krimskrams angekommen wie Schnüren und Gummiringen und fusseligen Karamellbonbons. Er zögerte.

»Alles!«, schrie Dr. Pawson. »Alles aus jeder Tasche. Leg es hier auf den Tisch.«

Christopher kramte weiter: ein angeknabberter Radiergummi, ein Bleistiftstummel, Erbsen für Fennings Erbsenpistole, ein silbernes Dreipencestück, von dem er gar nichts wusste, eine Hustenpastille, Fusseln, eine weitere Schnur, eine Murmel, eine Bleistiftspitze, weitere Gummiringe, noch mehr Fusseln, noch mehr Schnur. Und das war alles.

Dr. Pawson sah ihn mit funkelnden Augen an. »Nein, das ist nicht alles! Was hast du noch bei dir? Eine Krawattennadel. Auch die muss weg.«

Widerwillig trennte sich Christopher von der hübschen silbernen Krawattennadel, die ihm Tante Alice zu Weihnachten geschenkt hatte. Doch Dr. Pawsons stechender Blick ließ ihn immer noch nicht los.

»Ah!«, sagte Dr. Pawson. »Dieser alberne Draht, den du da im Mund hast. Der muss auch raus. Leg ihn hier auf den Tisch. Wozu brauchst du so was überhaupt?«

»Damit meine Zähne nicht schief wachsen«, verteidigte sich Christopher ein wenig verschnupft. Zwar mochte er die Zahnspange selbst auch nicht, aber noch weniger mochte er es, wenn ihretwegen an ihm herumgenörgelt wurde.

»Was ist denn so schlimm an schiefen Zähnen?«, brüllte Dr. Pawson und bleckte dabei seine Hauer. Christopher zuckte bei ihrem Anblick zurück. Dr. Pawsons Zähne waren braun und standen so kreuz und quer wie ein Zaun, über den eine Kuhherde getrampelt war. Während Christopher noch auf die Zähne starrte, forderte Dr. Pawson ihn auf: »Jetzt probier den Schwebezauber noch einmal!«

Christopher knirschte mit den Zähnen – die ihm im Vergleich ziemlich gerade schienen und sich ohne Spange auch sehr glatt anfühlten – und wandte sich wieder dem Spiegel zu. Noch einmal schaute er hinein, sagte die Zauberworte und hob die Arme empor. Gleichzeitig spürte er, wie sich etwas mit Macht löste.

Alles im Zimmer schwebte nach oben, ausgenommen Christopher, der Spiegel, die Krawattennadel, die Zahnspange und die Silbermünze. Diese Sachen glitten auf den Boden, als sich der Tisch hob, wurden aber von dem emporfliegenden Teppich aufgefangen. Christopher sprang rasch vom Teppich und sah staunend zu, wie alles nach oben drängte: die Uhren, mehrere Tische, Stühle, Teppichläufer, Bilder, Vasen, sonstiger Zimmerschmuck und auch Dr. Pawson. In seinem Sessel sitzend schwebte er majestätisch wie ein Fesselballon nach oben und stieß gegen die Zimmerdecke. Die Zimmerdecke wölbte sich nach außen und der Kronleuchter drückte sich seitlich dagegen. Aus den oberen Stockwerken kamen Schreie, Geklirr und mahlende Geräusche. Christopher spürte, wie sich das Dach des Hauses löste und in die Lüfte erhob, gefolgt vom Dachboden. Das Gefühl war ganz unglaublich.

»Schluss damit!«, brüllte Dr. Pawson. Christopher nahm betroffen die Arme herunter.

Sogleich fiel alles wieder herab. Tische, Teppiche, Vasen, Bilder und Uhren landeten auf dem Fußboden. Dr. Pawsons Sessel stürzte mit den anderen Gegenständen und Teilen des Kronleuchters herunter, nur Dr. Pawson selbst schwebte sanft nach unten, da er offenbar vorausschauend einen Gegenzauber für seine eigene Person gesprochen hatte. Von ganz oben kam auch das Dach mit Getöse wieder herab. Dachziegel und Schornsteine gingen krachend zu Bruch, und aus den oberen Stockwerken war erneut Geklirr und Geschrei zu hören, weil nun alles nach unten zu sausen schien. Die Wände barsten, Gips rieselte herab, die Fensterrahmen bogen sich und zerbrachen. Nach etwa fünf Minuten hatte das Gekrache und Geklirre ein Ende, nur bis sich der Staub gelegt hatte, dauerte es noch eine Weile. Dr. Pawson saß von einer Staubwolke umgeben in den Trümmern und starrte Christopher an. Christopher starrte zurück und hätte am liebsten laut losgelacht.

Plötzlich erschien im Sessel, der Dr. Pawson gegenüberstand, eine kleine alte Dame in weißem Nachthemd und mit einem Spitzhäubchen über dem weißen Haar. Sie zeigte Christopher ein stählernes Lächeln. »Also du warst das, Kind«, sagte sie zu ihm gewandt. »Mary-Ellen ist außer sich. Tu das nie wieder oder ich belege dich mit einem Heimsuchungszauber. Ich bin immer noch für meine Heimsuchungen berühmt.« Darauf verschwand sie so plötzlich wie sie gekommen war.

»Das ist meine hochbetagte Mutter«, sagte Dr. Pawson. »Gewöhnlich ist sie bettlägrig, doch wie du eben selbst sehen konntest, ist sie erschüttert, wie alles andere hier auch.« Er fixierte Christopher noch eine Weile, und Christopher kämpfte weiterhin gegen einen Lachanfall an. »Silber«, sagte Dr. Pawson schließlich.

»Silber?«, fragte Christopher.

»Ja, Silber«, wiederholte Dr. Pawson. »Das war es, was dich blockiert hat, Chant. Frag mich jetzt nicht, warum. Vielleicht werden wir diese Frage nie klären können, aber die Tatsache als solche ist unumstößlich. Wenn du zaubern willst, musst du dich von allen Münzen außer Kupfer- und Goldmünzen trennen. Ferner musst du die Krawattennadel und diese alberne Zahnspange wegwerfen.«

Wütend und enttäuscht dachte Christopher an Papa, die Schule und Kricket. »Aber ich weiß ja gar nicht, ob ich zaubern will, Sir«, stieß er hervor.

»Doch, das wirst du, Chant«, erwiderte Dr. Pawson. »Wenigstens für den nächsten Monat.« Und während Christopher noch überlegte, wie er ihm widersprechen könnte, ohne zu unhöflich zu sein, brüllte Dr. Pawson erneut los: »Aber vorher bringst du hier alles wieder in Ordnung, Chant!«

Damit waren Christophers Aufgaben klar. Den Rest des Vormittags ging er durch alle Stockwerke des Hauses und dann in den Garten, begleitet von Dr. Pawson, der im Sessel neben ihm schwebte und ihm zeigte, welche Zaubersprüche er zu verwenden hatte, um den Einsturz des Hauses zu verhindern. Dr. Pawson schien diesen Sessel nie zu verlassen. Die ganze Zeit, die

Christopher bei ihm war, sah er ihn nicht einmal gehen. Gegen Mittag glitt Dr. Pawson mit seinem Sessel in die Küche, wo das Hausmädchen trübselig zwischen vergossener Milch, zerbrochenen Schüsseln und verbeulten Pfannen saß und sich mit der Schürze die verheulten Augen tupfte.

»Dir ist hier drin nichts passiert, oder?«, raunzte Dr. Pawson. »Ich habe vorsorglich einen Schutzzauber gesprochen, damit der Herd nicht platzen und das ganze Haus in Brand geraten konnte. Das hat gehalten, nicht? Alle Wasserleitungen in Ordnung?«

»Ja, Sir«, schluckte das Hausmädchen. »Aber das Mittagessen ist nicht mehr zu retten.«

»Dann nehmen wir heute mit den Resten vorlieb«, knurrte Dr. Pawson. Sein Sessel drehte sich und er starrte Christopher an. »Bis heute Abend«, kommandierte er, »ist diese Küche wieder heil. Und nicht bloß geflickt, sondern wie neu. Ich zeige dir, wie man das macht. Die Küche muss wieder tipptopp sein. Das ist das Wichtigste am ganzen Haus.«

»Das muss wohl so sein«, sagte Christopher mit Blick auf Dr. Pawsons beeindruckenden Bauchumfang.

Dr. Pawson funkelte ihn an. »Ich kann auch im College essen«, versetzte er, »aber meine Mutter braucht ihre Schonkost.«

Den Rest des Tages war Christopher mit dem Reparieren der Küche beschäftigt. Er setzte die Scherben des irdenen Geschirrs wieder zusammen, sammelte vergossene Milch und zum Kochen verwendeten Sherry wieder ein, beseitigte Beulen aus Töpfen und verschloss einen gefährlichen Riss an der Rückwand des Herds. Währenddessen saß Dr. Pawson in seinem Sessel neben dem Herdfeuer und wärmte sich. Dabei rief er Befehle wie: »Jetzt mach die Eier wieder ganz, Chant. Zuerst nimmst du den Zauber, der sie wieder einsammelt. Dann die Formel zum Entfernen von Schmutz, die du schon für die Milch benutzt hast. Erst dann kannst du mit dem Wiederherstellen beginnen.« Während Christopher beim Zaubern ins Schwitzen kam, bemühte sich das Küchenmädchen, das sich noch mehr als Christopher vor Dr. Pawson zu fürchten schien, einen Kuchen zu backen und den Braten für das Abendessen herzurichten.

Zweifellos lernte Christopher an diesem Tag mehr praktische Zauberkunst als vorher in einem ganzen Schuljahr. Gegen Abend war er völlig erschöpft. »Du kannst jetzt zu deinem Vater zurückgehen. Morgen Punkt neun bist du wieder hier. Das übrige Haus muss ebenfalls noch in Ordnung gebracht werden.«

»Um Gottes willen!«, stöhnte Christopher, zu erschöpft, um noch höflich zu sein. »Kann mir denn niemand dabei helfen? Ich habe meine Lektion doch gelernt.«

»Wie kommst du darauf, dass du nur eine Lektion lernen brauchtest?«, fauchte ihn Dr. Pawson an.

Christopher wankte zurück in die Pension, in der Hand die Zahnspange, die Münzen und die Krawattennadel, säuberlich in ein Taschentuch eingewickelt. Papa schaute vom Tisch auf, auf dem er Horoskopblätter ausgebreitet hatte. »Nun?«, fragte er neugierig.

Christopher sackte auf einen schäbigen Stuhl. »Silber«, sagte er. »Silber ist schuld, dass ich nicht zaubern kann. Hoffentlich habe ich mehr als nur ein Leben, denn Dr. Pawson bringt mich um, wenn das so weitergeht.«

»Silber?«, fragte Papa. »Ojemine!« Während des ganzen Abendessens, das aus Kohlsuppe und Würstchen bestand, blieb er traurig und still. Nach dem Essen sagte er: »Mein Junge, ich muss dir etwas beichten. Es ist meine Schuld, dass dich Silber am Zaubern hindert. Ich habe dir bei deiner Geburt nicht nur dein Horoskop gestellt, sondern ich habe alle mir bekannten Zaubersprüche benutzt, um deine Zukunft zu erkennen. Du kannst dir denken, welchen Schreck ich bekam, als sich herausstellte, dass jedes Orakel im Zusammenhang mit Silber Gefahr und Tod für dich voraussagte.« Papa hielt inne und trommelte mit den Fingern auf den Horoskopblättern. »Argent«, sagte er gedankenverloren. »Argent bedeutet Silber. Sollte ich es falsch verstanden haben?« Dann riss er sich wieder zusammen. »Wie dem auch sei, nun ist es zu spät, um noch etwas dagegen zu tun. Ich kann dich nur noch einmal eindringlich mahnen, Onkel Ralph aus dem Weg zu gehen.«

»Aber warum sollte es deine Schuld sein?«, fragte Christopher, dem die Richtung, die Papas Gedanken nahmen, gar nicht gefiel.

»Dem Schicksal kann man nicht entgehen«, sagte Papa, »das hätte ich eigentlich wissen müssen. Ich habe meinen stärksten Zauber zu Hilfe genommen und meine ganze Macht eingesetzt, um Silber für dich unschädlich zu machen. Silber – und zwar jede Berührung mit diesem Metall – scheint dich umgehend in einen gewöhnlichen Menschen ohne Zauberkraft zu verwandeln. Aber auch das kann, wie ich jetzt sehe, Gefahren mit sich bringen. Ich nehme an, du kannst zaubern, wenn du nicht mit Silber in Berührung bist?«

Christopher lachte matt. »Oh ja. Und wie.«

Papas Gesicht hellte sich ein wenig auf. »Das erleichtert mich. Dann war mein Opfer nicht ganz vergebens. Wie du weißt, Christopher, habe ich das Vermögen deiner Mutter und mein eigenes bei Spekulationen verloren, zu denen ich mich durch meine Horoskope habe hinreißen lassen.« Er schüttelte traurig den Kopf. »Horoskope sind eine verzwickte Sache, besonders wenn es um Geld geht. Doch wie dem auch sei, damit bin ich fertig. Ich betrachte mich als gescheitert. Du bist alles, wofür zu leben sich für mich noch lohnt. Wenn mir überhaupt noch Erfolg beschieden sein sollte, dann nur durch dich.«

Wenn Christopher nicht so müde gewesen wäre, hätte er das sicherlich bedrückend gefunden. Aber auch durch seine Benommenheit hindurch war ihm der Gedanke, für seinen Vater und nicht für sich selbst leben zu müssen, deutlich unangenehm. Wäre es recht, wenn er seine magischen Kräfte benutzte, um ein berühmter Kricketspieler zu werden? Er könnte den Ball in jede Richtung schicken. Würde Papa das als Erfolg ansehen? Er wusste genau, dass sein Papa das nicht so sehen würde.

Mittlerweile fielen ihm die Augen schon von selbst zu und der Kopf sackte ihm auf die Brust. Und kaum hatte ihn sein Vater ins Bett geschickt, da fiel Christopher schon auf die quietschende Matratze und schlief wie ein Murmeltier. Er hatte wirklich vorgehabt, in das Zwischenreich zu gehen und Tacroy alles zu berichten, was geschehen war, doch dazu war er entweder zu müde oder er hatte zu große Angst, dass sein Vater es herausbekommen könnte. Auf jeden Fall hatte er in dieser Nacht keinen wie auch immer gearteten Traum.

Zehntes Kapitel

In den folgenden drei Wochen nahm Dr. Pawson Christopher beim Reparieren des Hauses so hart heran, dass der Junge jeden Abend vor Müdigkeit sogleich in traumlosen Schlaf fiel. Wenn Christopher morgens bei Dr. Pawson ankam, saß der schon im Flur in seinem Sessel und wartete auf ihn.

»An die Arbeit, Chant!«, polterte er.

»Wirklich, Sir? Ich dachte, wir würden uns wie gestern einen faulen Lenz machen«, war gewöhnlich Christophers Antwort darauf. Das Merkwürdige an Dr. Pawson war nun, dass er solche Bemerkungen überhaupt nicht übel nahm. Nachdem Christopher mit ihm vertraut geworden war, merkte er, dass Dr. Pawson Menschen mochte, die ihm die Stirn boten, und als ihm das aufgegangen war, fand er den alten Doktor gar nicht mehr so hassenswert. Er verglich ihn eher mit einem schweren Unwetter, in das man zufällig geraten war. Auch machte ihm das Reparieren des Hauses eigentlich Vergnügen. Das Zaubern mochte er vor allem dann, wenn es tatsächlich etwas bewirkte. Jeder Zauberspruch, den er anwendete, hatte einen wirklichen Nutzen. Dadurch wurde das Zaubern viel interessanter als die albernen Übungen, die er in der Schule beigebracht bekommen hatte. Die anstrengende Arbeit wurde auch dadurch erträglicher, dass er zu Dr. Pawson Dinge sagen durfte, für die ihn seine Lehrer in der Schule an den Ohren gezogen oder mit Stockschlägen bedroht hätten.

»Chant!«, rief Dr. Pawson von seinem Sessel aus, der mitten auf dem Rasen stand. »Chant! Die Schornsteinklappen auf der rechten Seite sind schief.«

Im Wind fröstelnd, balancierte Christopher auf den Dachziegeln. Es regnete an diesem Tag, deshalb benötigte er während der Arbeit an den Schornsteinen einen Regenschutzzauber für Dach und Rasen. Die Schornsteinklappen hatte er schon viermal gerade gebogen. »Ja, Sir, wird gemacht!«, rief er zurück. »Soll ich sie auch noch gleich vergolden?«

»Durchaus nicht. Nur wenn ich es von dir verlange«, entgegnete Dr. Pawson.

Als Christopher schließlich auch das Zimmer von Dr. Pawsons Mutter wieder in Ordnung bringen sollte, machte er den Fehler, die alte Dame ebenso zu behandeln wie Dr. Pawson. Sie saß ruhig und gelassen in ihrem Bett, inmitten des Kalks, der von der Decke gerieselt war, und strickte an etwas Langem und Gestreiftem. »Ich habe den Spiegel retten können, mein liebes Kind«, sagte sie mit freundlichem Lächeln, »aber weiter reichten meine Kräfte nicht. Sei so gut und mache zuerst den Nachttopf wieder ganz. Du kannst von Glück sagen, dass er nicht benutzt worden war. Du findest ihn unter dem Bett.«

Christopher fand ihn in drei Stücke zerbrochen und machte sich an die Arbeit.

»Mach ihn aber richtig heil«, sagte die alte Dame unter dem Klimpern ihrer Stricknadeln. »Der Griff darf nicht krumm und der Goldrand oben herum nicht unregelmäßig sein. Und dass mir keine Beulen oder unansehnlichen Dellen bleiben, Kind.«

Mit ihrer sanften, freundlichen Stimme unterbrach sie ihn ständig beim Zaubern. Am Ende fragte Christopher entnervt: »Soll der Topf auch mit Diamanten verziert sein? Oder soll ich am Boden ein Rosensträußchen als Dekor anbringen?«

»Danke, mein Kind«, sagte die alte Dame. »Das Rosensträußchen scheint mir eine ganz entzückende Idee.«

Dr. Pawson saß daneben und war voller Schadenfreude über Christophers Verwirrung. »Sarkasmus zahlt sich nicht aus, Chant«, lachte er dröhnend. »Für die Rosen ist ein besonderer Zauberspruch nötig. Hör gut zu.«

Danach musste Christopher das Zimmer des Hausmädchens in Angriff nehmen und anschließend waren die sanitären Anlagen fällig. Dr. Pawson gab ihm an Sonntagen frei, damit Papa ihn mit in die Kirche nehmen konnte. Nun, da Christopher wusste, wozu er in der Lage war, spielte er mit dem Gedanken, die Kirchturmspitze wie eine Kerze schmelzen zu lassen, doch als er seinen Vater so ernst neben sich gehen sah, ließ er es lieber doch bleiben. Stattdessen probierte er andere Kunststücke aus. Wenn er morgens die Trumpington Road hinunterging, versuchte er die Chausseebäume in ein anderes Muster zu zwingen. Er entwickelte solches

Geschick, dass er die Bäume schon bald in eine lange Reihe entlang der Häuser oder zu einem Wäldchen am Straßenende arrangierte. Abends konnte er trotz größter Müdigkeit nicht widerstehen, das fade Pensionsessen etwas schmackhafter zu machen. Doch das war ein schwieriges Gebiet der Magie. »Was man neuerdings nicht alles in die Wurst tut«, wunderte sich sein Vater. »Die hier hat Erdbeergeschmack.«

Dann kam der Morgen, an dem Dr. Pawson von seinem Sessel im Flur aus verkündete: »Gut, Chant, von jetzt ab reparierst du nur noch am Nachmittag. Den Vormittag über lehren wir dich die Kunst der Beherrschung.«

»Beherrschung?«, fragte Christopher verständnislos. Das Haus war jetzt fast wieder im gleichen Zustand wie vorher, und er hatte gehofft, dass Dr. Pawson bald mit ihm fertig sein würde.

»Du hast richtig gehört«, knurrte Dr. Pawson. »Du dachtest doch wohl nicht etwa, dass ich dich auf die Menschheit loslassen würde, ohne dir vorher beizubringen, wie du deine Zauberkräfte im Zaum hältst. In deiner jetzigen Verfassung bist du eine Gefahr für die Allgemeinheit. Und mach mir nicht weis, du hättest noch nicht ausprobiert, was du alles damit anstellen kannst, denn ich würde dir doch nicht glauben.«

Christopher schaute betreten auf seine Schuhspitzen und dachte daran, was er gerade mit den Bäumen in der Trumpington Road angestellt hatte. »Ich habe fast nichts gemacht.«

»Fast nichts! Was wissen Jungen denn von Mäßigkeit?«, fragte Dr. Pawson. »Ab in den Garten. Wir lassen einen Wind entstehen, und du wirst lernen, es so zu machen, dass sich dabei nicht einmal ein Grashalm rührt.«

Sie gingen in den Garten, wo Christopher einen Wirbelwind entstehen ließ. Ihm schien, dass dies genau seinen Gefühlen entsprach. Zum Glück war es nur ein kleiner, der nur ein Rosenbeet zerzauste. Dr. Pawson brachte ihn mit einem Klatschen seiner purpurroten Bananenhände zum Erliegen. »Versuch es noch einmal, Chant.«

Es war langweilig, Beherrschung zu lernen, aber sehr viel erholsamer als die anderen Übungen vorher. Dr. Pawson wusste das offenbar, denn er gab Christopher von nun ab Hausaufgaben für den Abend auf. Dennoch fühlte Christopher zum ersten Mal, dass ihm noch Raum zum eigenen Denken blieb, auch nachdem er die verschiedenen Zaubersprüche, die seine Hausaufgaben bildeten, entwirrt hatte. Er dachte vor allem an die Sache mit dem Silber. Dass er Onkel Ralphs silbernes Sixpencestück immer in seiner Hosentasche herumgetragen hatte, hatte ihn an vielem gehindert. Und diese schreckliche Zahnspange hatte ihr Übriges dazu getan. Was für eine Vergeudung! Kein Wunder, dass er der Göttin die Bücher nicht bringen konnte, bis ihn die Hausmutter schließlich von der Zahnspange erlöst hatte.

Er musste in all den Jahren, in denen er in die Irgendwos gegangen war, magische Kräfte benutzt haben, ohne es zu wissen – wenngleich er es vielleicht unterbewusst geahnt hatte. Tacroy hatte es jedenfalls gewusst und war beeindruckt gewesen. Auch die Göttin musste etwas gemerkt haben, als ihr silberner Armreif Christopher in einem Phantom verwandelte. Christopher versuchte an die Göttin zu denken, doch seine Gedanken blieben bei Tacroy hängen. Sein Gefährte auf den Reisen in die Irgendwos war nun schon drei Wochen hintereinander vergeblich in Trance gefallen. Tacroy war nicht der Typ, der so etwas schwer nahm, aber Christopher vermutete, dass solch eine Trancereise einem Menschen einiges abforderte. Er hätte gern Onkel Ralph mitgeteilt, was geschehen war.

Mit einem Auge zu Papa schielend, der unter der großen Öllampe eifrig geheimnisvolle Symbole mit einem besonderen Stift in Horoskope eintrug, begann Christopher einen Brief an Onkel Ralph und tat dabei so, als machte er seine Hausaufgaben. Die Schatten, die die Öllampe auf Papas Gesicht warf, nahmen ihm den Eindruck des Schäbigen und ließen ihn freundlich und ernst aussehen. Christopher redete sich ein, dass sein Vater und Onkel Ralph sich einfach nicht mochten. Und jedenfalls hatte Papa ihm nicht ausdrücklich verboten, Onkel Ralph zu schreiben.

Dennoch brauchte er mehrere Abende für den Brief. Christopher wollte seinen Vater nicht hintergehen. Am Ende schrieb er schlicht, Papa habe ihn von der Schule genommen, damit er von Dr. Pawson Unterricht erhalte. Das war viel Mühe für solch einen kurzen Brief. Als er ihn am folgenden Tag auf dem Weg durch die Trumpington Road in einen Briefkasten warf, fühlte er sich erleichtert und tugendhaft zugleich.

Drei Tage darauf bekam Papa einen Brief von Mama. Christopher konnte an Papas Miene erkennen, dass Onkel Ralph Mama mitgeteilt hatte, wo sie sich aufhielten. Papa warf den Brief ins Feuer und griff nach seinem Hut. »Christopher«, sagte er, »heute gehe ich mit dir zu Dr. Pawson.«

Daraus schloss Christopher, dass Mama ebenfalls in Cambridge war. Während er neben Papa die Trumpington Road hinaufging, versuchte er sich über seine Gefühle klar zu werden, doch ihm blieb nicht viel Zeit zum Nachdenken. Ein starker, nach Rosen duftender Wind griff nach den beiden, schleuderte Christopher zur Seite und riss Papa den Hut vom Kopf. Papa wollte schon dem Hut hinterherlaufen – der im nächsten Augenblick unter einen Brauereiwagen geriet –, doch dann drehte er sich um und fasste stattdessen Christopher am Arm. »Hüte sind ersetzbar«, sagte er. »Geh weiter, mein Junge.«

Sie gingen weiter, obwohl der Wind um sie herum tobte. Christopher spürte förmlich, wie er ihn umschlang und fortreißen wollte. Hätte Papa ihn nicht festgehalten, wäre er sicher über die Straße geschleift worden. Das machte Eindruck auf ihn. Nie hätte er gedacht, dass Mama über solche Zauberkräfte verfügte.

»Ich kann den Wind besänftigen, wenn du willst«, rief er durch das Sausen seinem Vater zu. »Dr. Pawson hat mir beigebracht, wie man den Wind beherrscht.«

»Nein, Christopher«, keuchte Papa, der mit dem flatternden Mantel und den in alle Richtungen abstehenden Haaren fast befremdlich und ganz und gar nicht würdig aussah. »Ein Gentleman wendet seine magischen Kräfte nie gegen eine Frau und schon gar nicht gegen die eigene Mutter.«

Gentlemen, dachte Christopher, machten sich das Leben unnötig schwer. Der Wind wurde immer stärker, je näher sie dem Eingang von Dr. Pawsons Haus kamen. Christopher fürchtete schon, dass sie die letzten Schritte bis zum Haus nie schaffen würden. Papa musste sich am Pfosten der Pforte festklammern, damit beide nicht wegflogen, während er den Riegel der Pforte wegschob. Schon wollten Christopher die Füße entgleiten, er war im Begriff in die Lüfte aufzusteigen. Aber im letzten Augenblick machte er sich so schwer wie möglich. Es war wie bei einem Wettkampf, und er wollte nicht zu den Verlierern gehören. Gern hätte er jetzt Mama gesehen. Er hoffte nur, Papa würde die tiefen Mulden nicht bemerken, die er mit seinen Füßen im Boden vor der Pforte hinterlassen hatte.

Hinter der Pforte wehte kein Wind mehr. Papa strich sich das Haar glatt und klingelte.

»Aha!«, rief Dr. Pawson aus seinem Sessel, als das Hausmädchen Mary-Ellen die Tür öffnete. »Der erwartete Ärger ist also eingetroffen. Chant, sei so gut und geh hoch zu meiner Mutter. Lies ihr etwas vor, während ich mich mit deinem Vater unterhalte.«

Christopher ging so langsam wie möglich die Treppe hinauf in der Hoffnung, etwas von dem aufzuschnappen, worüber sie sich unterhielten. Was er mitbekam, war jedoch nur, wie Dr. Pawson sagte: »Ich war eine Woche lang fast täglich mit ihnen in Verbindung, aber sie können immer noch nicht –« Dann wurde die Tür geschlossen. Christopher nahm die restlichen Stufen und klopfte an der Tür, hinter der die alte Mrs Pawson wohnte.

Sie saß aufrecht im Bett und strickte. »Komm, setz dich auf den Stuhl hier, damit ich dich hören kann«, sagte sie mit sanfter Stimme und lächelte ihn an. »Die Bibel liegt hier auf dem Nachttischchen. Du kannst mit dem Anfang des Buches Genesis beginnen. Dann schauen wir, wie weit du kommst. Ich vermute, dass sich die Verhandlungen hinziehen werden. Das ist immer so.«

Christopher setzte sich hin und begann zu lesen. Er kämpfte sich gerade durch das Kapitel, in dem Leute andere Leute zeugten, als Mary-Ellen mit Kaffee und Keksen hereinkam und ihm eine willkommene Pause bescherte. Zehn Minuten später nahm die alte Dame ihr Strickzeug wieder in die Hand und sagte: »Lies weiter, Kind.« Christopher war weit in das Sodom-und-Gomorra-Kapitel vorgedrungen und wurde zunehmend heiser, als die alte Dame den weißhaarigen Kopf hob und sagte: »Das genügt, Kind. Du wirst jetzt unten im Arbeitszimmer erwartet.«

Erleichtert und neugierig legte Christopher die Bibel weg und eilte ins Erdgeschoss hinunter, wo sich Papa und Dr. Pawson in dessen voll gestopftem Zimmer gegenübersaßen. Das Durcheinander war in den letzten Wochen noch gewachsen, denn Teile von Uhren und Schmuckgegenstände aller Art warteten hier darauf, von Christopher repariert zu werden. Nun sah es sogar noch bunter aus als sonst. Tische und Teppiche waren an die Wände geschoben worden, um die blanken Dielenbretter frei zu lassen, auf die etwas mit Kreide gezeichnet war. Christopher betrachtete es mit Interesse und fragte sich, was das wohl mit Mama zu tun hatte. Es war ein fünfzackiger Stern in einem Kreis. Er schaute erst zu Papa, der sich offensichtlich über etwas freute, und dann zu Dr. Pawson, der so aussah wie immer.

»Neuigkeiten für dich, Chant«, sagte Dr. Pawson. »Ich habe dich in den letzten Wochen einer Reihe von Tests unterzogen - mach keine großen Augen, Junge, du wusstest nicht, was ich mit dir anstellte - und jeder Test bestätigte, dass du neun Leben hast. Neun Leben und eine magische Kraft, die zu den stärksten gehört, die mir je untergekommen sind. Selbstverständlich habe ich mich mit Gabriel de Witt in Verbindung gesetzt. Zufällig weiß ich, dass er seit Jahren schon nach einem Nachfolger sucht. Wie nicht anders zu erwarten, bekam ich den ganzen Sermon zu hören, man habe dich bereits geprüft und für unbegabt befunden. So sind Beamte eben. Die brauchen Feuer unterm Hintern, ehe sie ihre Meinung ändern. Heute nun, nachdem der Ärger mit deiner Mutter uns die passende Entschuldigung lieferte, habe ich dem ganzen Verein einmal tüchtig die Leviten gelesen. Und sie haben klein beigegeben, Chant. Sie schicken jemanden, der dich nach Schloss Chrestomanci bringen wird.«

Hier schaltete sich Papa ein, so als könne er sich nicht mehr zurückhalten. »Genau das habe ich immer gehofft, mein Junge! Gabriel de Witt wird dein gesetzlicher Vormund, und wenn alles gut geht, wirst du der nächste Chrestomanci.«

»Der nächste Chrestomanci?«, echote Christopher. Er starrte Papa an und wusste, dass er jetzt keine Möglichkeit mehr besaß, selbst über seine Karriere zu entscheiden. Alles war schon festgelegt. Die Bilder, die er sich von einer Zukunft als berühmter Kricketspieler ausgemalt hatte, verblassten. »Aber ich will doch gar nicht –«

Papa dachte, Christopher habe nicht richtig verstanden. »Du wirst ein bedeutender Mann«, sagte er. »Du wachst über alle Magie in dieser Welt und sorgst dafür, dass kein Missbrauch mit ihr getrieben wird.«

»Aber –«, empörte sich Christopher.

Doch es war zu spät. Eine schemenhafte Gestalt tauchte innerhalb des fünfzackigen Sterns auf und verdichtete sich bald zu einem blassen, untersetzten jungen Mann mit langem Gesicht. Er trug einen dezenten grauen Anzug und einen steifen Kragen, der viel zu eng für ihn zu sein schien. In der Hand hielt er so etwas wie ein Teleskop. Christopher erinnerte sich, ihn schon einmal gesehen zu haben. Er war unter den Leuten im Krankenzimmer gewesen, als Christopher von allen schon für tot gehalten worden war.

»Guten Morgen«, grüßte der junge Mann und trat

aus dem Stern. »Mein Name ist Flavian Temple. Monsignor de Witt schickt mich, um den Kandidaten zu untersuchen.«

»Ihn untersuchen?«, donnerte Dr. Pawson. »Das habe ich bereits getan. Für wen haltet ihr mich eigentlich?« Er wandte sich mit zornigem Blick an Papa. »Beamte!«

Flavian Temple fand Dr. Pawson nicht weniger Furcht einflößend als Christopher. Er zuckte ein wenig zusammen. »Ja, Herr Doktor, wir wissen das. Doch ich habe Anweisung, Ihren Befund vor dem weiteren Vorgehen zu überprüfen. Wenn der junge Mann bitte in das Pentagramm treten möchte.«

»Nur zu, mein Junge«, sagte Papa. »Stell dich in den Stern.«

In ohnmächtiger Wut trat Christopher in den Kreidekreis und blieb dort stehen, während Flavian Temple das Teleskop auf ihn richtete. Es muss einen Trick geben, so zu erscheinen, als habe man nur ein Leben, dachte er. Das muss es geben! Aber er hatte keine Ahnung, wie man das anstellte.

Flavian Temple runzelte die Stirn. »Ich kann nur sieben Leben erkennen.«

»Er hat schon zwei eingebüßt, Tölpel!«, schnauzte Dr. Pawson. »Hat man Ihnen das nicht gesagt? Sag du es ihm, Chant.«

»Ich habe schon zwei Leben verloren«, hörte sich Christopher sagen. Auf dem Kreidekreis musste irgendein Zauber liegen, sonst hätte er alles abgestritten.

»Na also«, triumphierte Dr. Pawson.

Flavian Temple gelang es, ein Zucken in eine höfliche Verbeugung zu überführen. »Ja, in der Tat, Herr Doktor. Ich werde den Jungen selbstverständlich zu Monsignor de Witt bringen, damit er sich mit ihm unterhalten kann. Die endgültige Entscheidung liegt bei Monsignor de Witt.«

Christopher spitzte die Ohren. Vielleicht war noch gar nichts entschieden. Nur Papa schien das zu denken. Er kam zu Christopher und legte ihm einen Arm um die Schultern. »Auf Wiedersehen, mein Junge. Du hast mich stolz und glücklich gemacht. Verabschiede dich jetzt von Dr. Pawson.«

Dr. Pawson tat ebenfalls so, als ob alles entschieden wäre. Er glitt in seinem Sessel zu Christopher heran und hielt ihm seine Hand mit den dicken Bananenfingern hin. »Wiedersehen, Chant. Achte gar nicht auf das bürokratische Getue. Dieser Flavian ist ein törichter Beamter wie alle anderen dort auch.«

Als Christopher die mächtige Pranke schüttelte, saß die alte Mrs Pawson plötzlich in ihrem gestärkten weißen Nachthemd auf der Sessellehne und hielt etwas Gestricktes in der Hand, das zu einem gestreiften Bündel gerollt war. »Auf Wiedersehen, Kind«, sagte sie. »Du hast sehr schön vorgelesen. Hier ist ein Geschenk, das ich für dich gestrickt habe. Es ist voller Schutzzauber.« Sie beugte sich vor und legte das Gestrickte um Christophers Hals. Es war ein zwei Meter langer Schal in den Farben des Regenbogens.

»Danke«, sagte Christopher höflich.

»Mach ein wenig Platz, äh, Christopher, aber bleib

im Pentagramm«, sagte Flavian. Er trat zurück in die Kreidezeichnung und nahm mehr als die Hälfte des freien Raums ein. Dann fasste er Christopher am Arm, um ihn innerhalb der Umrisszeichnung zu halten. Die alte Mrs Pawson winkte ihnen zu. Und ohne dass noch ein weiteres Wort gefallen wäre, sah sich Christopher plötzlich an einem ganz anderen Ort. Das war noch verstörender, als von Papa von der Schule genommen zu werden.

Er und Flavian standen in einem sehr viel größeren Pentagramm, das aus weißen Ziegeln oder Fliesen gefertigt und in den Fußboden eines weiten mit einer hohen gläsernen Kuppel überwölbten Saales eingelassen war. Unter der Glaskuppel führte eine prächtige rosa Marmortreppe ins darüber liegende Stockwerk. Der Saal hatte ringsum paneelierte Türen mit Statuen über dem Türsturz – über der prächtigsten Tür war obendrein eine Uhr angebracht – und von der Mitte der Kuppel hing ein großer Kristalllüster an einer langen Kette herab. Als Christopher sich umdrehte, sah er eine breite Eingangstür. Er befand sich in der Eingangshalle eines sehr großen Herrenhauses, doch keiner der Anwesenden fühlte sich bemüßigt, ihm zu sagen, wo genau er war.

Rings um das geflieste Pentagramm warteten mehrere Personen auf sie. Und auch sie sahen düster und würdevoll aus. Sie waren allesamt in schwarz oder grau gekleidet. Die Männer trugen dazu blendend weiße Kragen und Manschetten und die Frauen zierliche schwarze Spitzenhandschuhe. Christopher spürte ihre abschätzigen Blicke auf sich ruhen. In ihren Augen schien er zu einem kleinen schmutzigen Jungen zusammenzuschrumpfen, und erst jetzt fiel ihm auf, dass er seit dem Verlassen der Schule immer die gleiche Kleidung getragen hatte.

Kaum hatte er sich umgeschaut, da trat ein Mann mit einem kleinen grauen Spitzbart auf ihn zu und nahm ihm den gestreiften Schal ab. »Den braucht er hier nicht«, sagte er mit leicht entsetztem Unterton.

Christopher dachte, der Mann sei Gabriel de Witt und hatte schon einen richtigen Hass auf ihn, als Flavian Christopher entschuldigte: »Nein, selbstverständlich nicht, Dr. Simonson, die alte Mrs Pawson hat ihm den Schal geschenkt. Soll ich –«

Christopher mochte den bärtigen Mann trotzdem nicht.

Dann trat eine der Damen vor, eine kleine rundliche Person. Mit einem »Danke, Flavian« verabschiedete sie den jungen Mann. »Ich bringe Christopher jetzt zu Gabriel de Witt. Komm mit, mein Junge.« Sie drehte sich um und ging mit raschen Schritten auf die rosa Marmortreppe zu. Flavian stupste Christopher, worauf dieser aus dem gefliesten Pentagramm stieg und der Dame folgte. Es kam ihm vor, als sei er nur ein spannenlanger Wicht und obendrein verdreckt. Er wusste, dass sein Kragen an einer Seite abstand und dass seine Schuhe staubig waren. Außerdem spürte er, wie das Loch in seinem linken Strumpf aus dem Schuh lugte. Alle konnten es sehen, als er mit der Dame die Treppe hinaufging.

Oben war eine sehr hohe, massiv aussehende Tür, die als einzige unter allen Türen schwarz gestrichen war. Die Dame rauschte geradewegs auf diese Tür zu und klopfte an. Sie öffnete und schob Christopher energisch hinein. »Hier ist er«, sagte sie. Dann schloss sie die Tür hinter ihm und ging. Christopher fand sich in einem ovalen Zimmer wieder, in dem ein Zwielicht wie in der Dämmerung oder bei Sonnenuntergang herrschte.

Das Zimmer war ganz mit dunkelbraunem Holz getäfelt, auch der Teppich auf dem Boden war braun. Das einzige Möbelstück schien ein dunkler Schreibtisch zu sein. Als Christopher hereinkam, erhob sich eine schmale, hohe Gestalt hinter dem Schreibtisch – ein zwei Meter großer knochiger alter Mann, wie Christopher mit klopfendem Herzen feststellte. Der alte Mann hatte eine weiße Löwenmähne und das blasseste Gesicht und die blassesten Hände, die Christopher je gesehen hatte. Die Augenbrauen wölbten sich und die Wangenknochen sprangen vor, so dass die starr blickenden Augen eingesunken wirkten. Zwischen ihnen ragte eine imposante Adlernase hervor. Das übrige Gesicht lief in eine schmale scharfe Spitze aus, über der ein grimmiger Mund saß. Der Mund öffnete sich und sagte: »Ich bin Gabriel de Witt. So sehen wir uns also wieder, Master Chant.«

Christopher wusste, dass er diesen alten Mann, hätte er ihn jemals vorher gesehen, nicht vergessen hätte. Gabriel de Witt war eine noch markantere Gestalt als Dr. Pawson. »Ich habe Sie noch nie in meinem Leben gesehen, Sir«, sagte er.

»Doch, wir sind uns schon begegnet«, bekräftigte Gabriel de Witt. »Beim ersten Mal warst du allerdings nicht bei Bewusstsein. Das ist wohl der Grund, weshalb wir uns so in dir getäuscht haben. Jetzt hingegen sehe ich auf den ersten Blick, dass du sieben Leben hast und eigentlich neun haben solltest.«

Das dämmrige Zimmer hatte erstaunlich viele Fenster. Christopher zählte sechs, die nahe der Decke im Halbkreis angeordnet waren. Die Decke war in einem Orangeton gehalten, der alles Licht von den Fenstern auf sich zu sammeln schien. Christopher blieb es dennoch ein Rätsel, wie ein Zimmer mit so vielen Fenstern so dunkel sein konnte.

»Allerdings«, fuhr Gabriel de Witt fort, »bin ich nach wie vor im Zweifel, ob ich dich aufnehmen soll. Die Geschlechterlinien, die sich in dir vereinen, lassen das Schlimmste befürchten. Die Chants gelten als ein Geschlecht ehrenwerter Magier, bringen allerdings in jeder Generation ein schwarzes Schaf hervor. Und die Argents sind trotz unbestrittener Talente Leute, die ich auf der Straße nicht grüßen würde. Diese Merkmale sind im Charakter deiner beiden Eltern zum Tragen gekommen. Soviel ich weiß, ist dein Vater bankrott, während sich deine Mutter als rücksichtslose Aufsteigerin entpuppt.«

Selbst Christophers Vetter Francis hatte sich nicht so deutliche Worte erlaubt. Zorn stieg in Christopher auf. »Oh, vielen Dank«, versetzte er. »Solch einen freundlichen Empfang hatte ich gar nicht erwartet.«

Die Adleraugen des alten Mannes funkelten. Er schien verblüfft. »Ich hielt es für angebracht, offen mit dir zu sprechen«, sagte er. »Du sollst wissen, dass ich mich bereit erklärt habe, dein gesetzlicher Vormund zu sein, weil wir weder deinen Vater noch deine Mutter für geeignet halten, für die Erziehung des künftigen Chrestomanci zu sorgen.«

»Ja, Sir«, sagte Christopher, zorniger denn je. »Aber die Mühe hätten Sie sich sparen können. Ich will gar nicht der nächste Chrestomanci werden. Lieber verliere ich alle meine restlichen Leben.«

Gabriel de Witt zeigte sich nur leicht ungehalten. »Ja, ja, so gebärden wir uns anfangs alle, bis wir merken, dass wir einfach in der Pflicht stehen«, sagte er. »Ich selbst habe auch zuerst abgelehnt, und ich war immerhin schon in den Zwanzigern, während du noch ein Kind bist und noch weniger in der Lage, eine begründete Entscheidung zu fällen. Im Übrigen haben wir in der Sache gar keine Wahl. Du bist der einzige Magier mit neun Leben in den Verbundenen Welten.« Er winkte leicht mit einer Hand. Ein Glöckchen ertönte irgendwo und die rundliche junge Dame kam wieder ins Zimmer gerauscht. »Miss Rosalie, hier ist mein Junior«, verkündete Gabriel de Witt. Dann fuhr er an Christopher gewandt fort: »Sie wird dir dein Zimmer zeigen und sich um alles weitere kümmern. Ich habe Flavian Temple zu deinem Lehrer und Mentor bestimmt, obgleich ich ihn nur schwer entbehren kann. Selbstverständlich erhältst du auch von mir Unterricht, zweimal die Woche.«

Christopher folgte Miss Rosalies raschelndem Rock. Erst ging es an ein paar Türen vorbei und dann einen langen Gang hinunter. Keiner schien sich um seine Gefühle zu kümmern. Er überlegte, ob er ihnen dadurch Ausdruck verleihen sollte, dass er einen Wirbelwind verursachte. Doch über dem ganzen Ort lag ein Zauber, ein sehr starker sogar. Nach dem Unterricht bei Dr. Pawson hatte Christopher ein Gespür für Zaubersprüche entwickelt, und obwohl er nicht genau wusste, wie sich dieser hier äußerte, war er sich ziemlich sicher, dass ein Wirbelwind wirkungslos bliebe. »Ist das hier Schloss Chrestomanci?«, fragte er zornig.

»So ist es«, bestätigte Miss Rosalie. »Das Schloss ging vor zweihundert Jahren in staatliche Hände über, nachdem der letzte wirklich böse Magier enthauptet worden war.« Sie lächelte ihn über die Schulter an. »Gabriel de Witt ist ein Engel. Gewiss, anfangs wirkt er etwas spröde, aber wenn man ihn ein bisschen kennt, erweist er sich als wahrer Schatz.«

Christopher staunte nur. »Engel« und »Schatz« waren gewiss nicht die Ausdrücke, die er benutzen würde, um Gabriel de Witt zu beschreiben.

Miss Rosalie schien seine Verwunderung nicht zu bemerken. Sie öffnete eine Tür am Ende des Ganges. »Hier«, sagte sie stolz. »Ich hoffe es gefällt dir. Wir sind nicht gewöhnt, bei uns Kinder zu beherbergen. Wir haben uns alle den Kopf zerbrochen, was nötig wäre, damit du dich wie zu Hause fühlst.«

Offenbar ohne viel Erfolg, dachte Christopher, als er in das große braun getäfelte Zimmer schaute, in dem ein hohes weißes Bett ziemlich einsam in einer Ecke stand. »Danke«, brachte er bedrückt hervor. Nachdem Miss Rosalie gegangen war, entdeckte er ein kleines, spartanisch eingerichtetes Badezimmer, ebenfalls braun, am anderen Ende des Zimmers. Neben dem Fenster stand ein Regal, darin ein Teddybär, ein Brettspiel und ein Exemplar von »Tausendundeiner Nacht« in einer Ausgabe für die Jugend. Er nahm die Sachen, legte sie auf einen Haufen und trampelte darauf herum. Er wusste, dass er Schloss Chrestomanci hassen würde.

Elftes Kapitel

In der ersten Woche dachte Christopher immer nur, wie sehr er Schloss Chrestomanci und seine Bewohner hasste. Für ihn war es eine Verbindung der schlimmsten Seiten von Schule und Elternhaus, angereichert mit einigen Abscheulichkeiten eigener Art. Der Bau war groß und weitläufig, und Christopher musste, abgesehen von den Unterrichtsstunden, stets allein die langen Gänge auf und ab gehen. Er trauerte Oneir, Fenning und den anderen Jungen nach und vermisste das Kricketspielen sehr. Unterdessen gingen die anderen Schlossbewohner ihren Erwachsenenbeschäftigungen nach und taten so, als ob Christopher überhaupt nicht da wäre. Fast alle Mahlzeiten musste er allein in der Schulstube einnehmen, ganz wie früher zu Hause, nur dass der Blick hier auf den leeren, kurz geschnittenen Rasen des Schlossgartens ging.

»Wir dachten, du wärest froh, nicht unseren Erwachsenengesprächen zuhören zu müssen«, erklärte ihm Miss Rosalie bei der Rückkehr vom sonntäglichen Kirchgang. »Aber selbstverständlich isst du sonntags an unserer Tafel.«

So saß Christopher mit allen anderen im feinen Sonntagsstaat an der langen Tafel und dachte, es wäre gar nicht aufgefallen, wenn er gefehlt hätte. Stimmengewirr übertönte das Klingen von Messern und Gabeln, aber niemand sprach mit ihm.

»Und zum Sublimieren brauchen Sie Kupfer, ganz gleich was die Lehrbücher sagen«, bemerkte der bärtige Dr. Simonson gegenüber Flavian Temple. »Aber dann können Sie es meiner Meinung nach mit einem Quäntchen Feuer sofort ins Pentagramm geben.«

»Das illegale Drachenblut, das die Bande des ›Geistes‹ einschmuggelt, überschwemmt förmlich den Markt«, sagte eine junge Dame vom anderen Ende der Tafel. »Sogar die ehrlichen Händler melden es nicht, weil sie wissen, dass sie auf diese Weise Steuern sparen.«

»Aber die passende Formel stellt ein Problem dar«, sagte Dr. Simonson zu Flavian.

»Gewiss, Statistiken führen in die Irre«, sagte ein junger Mann neben Christopher, »aber meine letzte Stichprobe wies das Zweifache des gesetzlichen Grenzwerts an Giftbalsam auf. Eine einfache Hochrechnung genügt, um zu erkennen, wie viel die Diebesbande einschleust.«

»Die Feuertinktur muss anschließend mit Gold veredelt werden«, verkündete Dr. Simonson, ehe sich eine andere Stimme über seine legte: »Diese magische Pilzessenz kam sicherlich aus Serie zehn, aber ich glaube, die Falle, die wir dort aufgestellt haben, hat dem illegalen Treiben ein Ende gesetzt.« Dr. Simonson war wieder zu hören: »Wenn Sie ohne Kupfer auskommen wollen, werden Sie feststellen, dass das Verfahren viel komplizierter wird.«

Miss Rosalies durchdringende Stimme tönte vom anderen Ende der Tafel herüber: »Aber Gabriel, man hat ein ganzes Volk von Meerjungfrauen niedergemetzelt! Ich weiß, dass unsere Zauberer nicht ganz unschuldig daran sind, weil sie bereit sind, ein Vermögen für Meerjungfrauenfilets zu zahlen, doch dem ›Phantom‹ und seinen Kumpanen muss das Handwerk gelegt werden!«

Gabriel antwortete mit spröder Stimme aus einiger Entfernung: »Diese Umtriebe konnten unterbunden werden. Was uns zurzeit die größte Sorge bereitet, sind die Waffen, die aus Serie eins hereinkommen.«

»Wenn ich Ihnen raten darf«, dozierte Dr. Simonson weiter, »beginnen Sie mit Pentagramm und Feuer und benutzen Sie die einfachere Formel zur Eröffnung, aber dann …«

Christopher saß still dabei und dachte, wenn er wirklich der nächste Chrestomanci werden sollte, dann würde er als Erstes verbieten, bei Tisch Fachgespräche zu führen. Auf jeden Fall. Er war froh, als er die Erlaubnis erhielt, vom Tisch aufzustehen. Dann konnte er freilich nichts anderes tun, als umherzuwandern und all die Verbots- und Schutzzauber zu spüren, die ihm hier wie Mückenstiche zusetzten. Im repräsentativen Teil des Gartens sorgten spezielle Bann- und Zauberformeln dafür, dass das Unkraut nicht wucherte und Regenwürmer angelockt wurden. Die Riesenzedern auf dem Rasen blieben dank besonderer Zauberformeln gesund, mögliche Eindringlinge wurden abgeschreckt. Christopher glaubte, er hätte die verschiedenen Zauber leicht durchbrechen und davonlaufen können, wenn ihn das besondere Gespür, das er bei Dr. Pawson entwickelt hatte, nicht davor gewarnt hätte. Er hätte damit bestimmt Alarmglocken ausgelöst, in der Pförtnerloge am Tor und wahrscheinlich überall im Schloss.

Das Schloss selbst bestand aus einem altehrwürdigen Teil mit Türmchen und einem neueren schlichteren Teil, die zu einem weitläufigen Gebäudekomplex verwachsen waren. Außerdem gab es noch einen Bau, der etwas abseits inmitten der Gärten lag und ganz verfallen aussah. In der Ruine wuchsen Bäume aus den zerborstenen Mauern. Christopher hätte nur zu gerne diesen abgelegenen Teil erkundet, aber ein starker Fehlleitungszauber hatte zur Folge, dass immer dann, wenn er versuchte, in Richtung der Ruine zu gehen, diese hinter oder seitlich von ihm zu liegen schien. Schließlich gab er auf und streifte stattdessen durch das Schlossinnere. Hier stach der Zauber nicht, sondern lastete wie ein Gewicht auf ihm. Der Schlosszauber war ihm besonders zuwider, weil er verhinderte, dass Christophers Zorn sich so heftig zeigte, wie er ihn eigentlich fühlte. Alles erschien stumpf und gedämpft. Statt seinem Zorn freien Lauf zu lassen, verlegte sich Christopher mehr und mehr auf stumme Verachtung. Sprach man ihn an und musste er antworten, so bemühte er sich um möglichst sarkastische Erwiderungen.

Das verflog auch nicht bei Flavian Temple. Flavian

war ein freundlicher Lehrer und Mentor, der seine Aufgabe ernst nahm. Unter gewöhnlichen Umständen hätte ihn Christopher sogar gemocht, obgleich Flavian seine Kragen zu eng trug und peinlich darauf achtete, ebenso diskret und würdig zu erscheinen wie alle anderen Mitarbeiter aus dem Stab um Gabriel de Witt. Doch eben, weil Flavian zu diesen Leuten gehörte, hasste Christopher ihn ebenfalls – und schon bald entdeckte er, dass Flavian überhaupt keinen Humor besaß.

»Sie würden einen Witz wahrscheinlich nicht mal dann erkennen, wenn man Sie mit der Nase drauf stoßen würde, nicht?«, sagte Christopher am zweiten Nachmittag. Die Nachmittage waren für die Theorie und Praxis der Magie reserviert.

»Oh, ich weiß nicht recht«, antwortete Flavian. »Letzte Woche habe ich über eine Karikatur im ›Punch‹ schmunzeln müssen. Aber um auf unser Thema zurückzukommen – was glaubst du, aus wie vielen Welten die Verbundenen Welten bestehen?«

»Zwölf«, sagte Christopher, denn er erinnerte sich, dass Tacroy die Irgendwos manchmal die Verbundenen Welten nannte.

»Sehr gut!«, lobte ihn Flavian. »Obwohl es, genau genommen, mehr als zwölf sind, denn jede Welt ist in Wirklichkeit eine Vielzahl von Welten, die wir eine Serie nennen. Unter allen Welten ist nur Elf eine singuläre Welt, doch damit brauchen wir uns jetzt nicht befassen. Alle Welten waren wahrscheinlich anfangs eine Welt. Aber irgendwann einmal, weit zurück in der Vorgeschichte, geschah etwas, das zwei einander widersprechende Ergebnisse hätte haben können. Nehmen wir an, ein Kontinent bricht auseinander. Oder aber er bricht nicht auseinander. Beides kann nicht zur gleichen Zeit in ein und derselben Welt wahr sein. So wurden aus einer Welt zwei, die getrennt nebeneinander bestanden, eine mit nur einem Kontinent, die andere mit zwei. Und so ging es immer weiter, bis es schließlich zwölf Welten waren.«

Christopher hörte hierbei sogar interessiert zu, weil er sich früher schon gefragt hatte, woher die Irgendwos eigentlich gekommen waren. »Und sind die Serien ebenso entstanden?«, fragte er.

»Ja genau«, sagte Flavian, der wohl dachte, dass Christopher ein sehr guter Schüler sei. »Nehmen wir Serie sieben, das ist eine gebirgige Serie. In grauer Vorzeit muss sich die Erde dort viel häufiger aufgefaltet haben als hier in unserer Welt. Oder Serie fünf, wo das Festland aufbrach und Inseln bildete, manche größer als Frankreich. Diese sind in jeder Welt der Serie gleich, doch der Gang der Geschichte ist in jeder Welt anders. Die Geschichte ist für die Unterschiede verantwortlich. Das einfachste Beispiel ist unsere eigene Serie, Zwölf. Unsere Welt, die wir Welt A nennen, ist von Magie geprägt – was für die meisten Welten das Normale ist. Aber die nächste Welt, Welt B, spaltete sich im vierzehnten Jahrhundert ab und schlug eine Entwicklung zu Wissenschaft und Technik ein. Die übernächste Welt, Welt C, spaltete sich in der Römerzeit ab und erlebte eine Aufteilung in große Reiche.

Und so ging es weiter, ganze neun Mal. Üblicherweise besteht eine Serie aus neun Welten.«

»Warum sind sie in umgekehrter Reihenfolge nummeriert?«, fragte Christopher.

»Weil wir denken, dass Eins ursprünglich allen zwölfen zu Grunde lag«, erläuterte Flavian. »Ganz gleich, ob das zutrifft oder nicht, es waren die Großen Weisen aus Eins, die als Erste die anderen Welten entdeckten und die auch die Nummerierung einführten.«

Das war eine sehr viel bessere Erklärung als die, die Tacroy gegeben hatte. Christopher fühlte sich im Gegenzug verpflichtet, Flavians nächste Frage: »Was meinst du, ist wohl der Grund, weshalb wir diese zwölf Welten die Verbundenen Welten nennen?«, zu beantworten.

»Weil in allen die gleiche Sprache gesprochen wird.«

»Sehr gut«, begeisterte sich Flavian. Sein sonst so blasses Gesicht wurde rosa vor freudiger Überraschung. »Du bist wirklich ein guter Schüler!«

»Oh, ich bin einsame Spitze«, bemerkte Christopher spöttisch.

Das galt freilich nicht für die praktische Zauberei, die Flavian an den anderen Nachmittagen unterrichtete, denn da war Christopher alles andere als Spitze. Bei Dr. Pawson hatte er sich an Zauberformeln gewöhnt, die eine praktische Wirkung zeigten. Mit Flavian kehrte er jedoch zu elementarer Hexerei zurück, wie er sie schon auf der Schule gelernt hatte. Christopher langweilte sich zu Tode. Er gähnte und war unaufmerksam, behielt aber seine undurchschaubare Miene, so dass Flavian nicht merkte, dass er den geforderten Effekt zu Stande brachte, ohne auch nur die Hälfte aller Schritte der Zauberprozedur auszuführen.

»Oh nein«, protestierte Flavian, als er dahinter kam. »Das ist höhere Magie. Damit beginnen wir erst in ein paar Wochen. Zuerst musst du elementare Zauberei lernen. Für dich ist es von größter Bedeutung, zu wissen, ob eine Hexe oder ein Zauberer die Zauberkunst missbraucht, wenn du erst einmal der nächste Chrestomanci bist.«

Das war der Kummer mit Flavian. Immer kam er mit dem Satz »Wenn du erst einmal der nächste Chrestomanci bist«. Diesen Satz hasste Christopher. »Gibt es denn Hinweise, dass Gabriel de Witt bald sterben wird?«, wagte er zu fragen.

»Nicht dass ich wüsste. Ihm bleiben noch acht Leben«, sagte Flavian. »Warum fragst du?«

»Es war nur so eine Laune«, sagte Christopher, während er zornig an Papa dachte.

»Ojemine«, seufzte Flavian. Er machte sich Sorgen, weil es ihm offenbar nicht gelang, seinen Schüler bei der Stange zu halten. »Gut, dann gehen wir jetzt in den Garten und befassen uns mit den Eigenschaften bestimmter Pflanzen. Vielleicht gefällt dir dieser Teil der Zauberei besser.«

Dann gingen sie unter einem grau verhangenen Himmel durch den Garten. Es war einer jener Sommer, die schlimmer als manche Winter sind. Flavian blieb unter einer mächtigen Zeder stehen und erzählte Christopher die alte Legende über das Holz der Zedern. Christopher fand es tatsächlich spannend, zu erfahren, dass der Scheiterhaufen, aus dem der Vogel Phönix wiedergeboren wurde, aus Zedernholz bestanden haben soll, doch das hätte er sich nie anmerken lassen. Während Flavian erzählte, fiel Christophers Blick auf die etwas abseits gelegene Ruine. Er wusste genau, dass er, wenn er Flavian gefragt hätte, was es mit der Ruine auf sich habe, zur Antwort bekäme, Fehlleitungszauber stünden erst nächsten Monat auf dem Lehrplan. Das brachte ihn auf eine andere Sache, die er gern wissen wollte.

»Wann werde ich eigentlich Fesselzauber lernen?«, fragte er.

Flavian sah ihn von der Seite an. »Mit Zauberformeln, die auf andere Menschen gerichtet sind, befassen wir uns erst nächstes Jahr«, sagte er. »Gehen wir jetzt zu den Lorbeersträuchern und schauen wir uns die näher an.«

Christopher seufzte, als er Flavian zu den hohen Lorbeersträuchern neben dem Zufahrtsweg begleitete. Gewiss würde ihm dieser Flavian nie etwas Nützliches beibringen. Während sie sich dem ersten Strauch näherten, kam plötzlich eine Katze mit rötlich braunem Fell unter den glänzenden Blättern hervor, streckte sich und warf feindselige Blicke um sich. Als sie Flavian und Christopher sah, trabte sie mit angelegten Ohren kampfentschlossen auf die beiden zu.

»Achtung!«, rief Flavian.

Christopher brauchte nicht gewarnt werden. Er wusste, wozu diese besondere Katze fähig war. Doch war er so erstaunt, Throgmorten hier im Garten von Schloss Chrestomanci zu sehen, dass er ganz vergaß sich zu rühren. »Wer – wem gehört diese Katze?«, fragte er.

Nun erkannte auch Throgmorten Christopher. Er stellte den Schwanz auf, dünner und schlangenartiger denn je, hielt inne und schaute ihn gebannt an. »Miau?«, machte er ungläubig. Dann kam er näher, aber nur getragenen Schrittes wie ein Premierminister, der ein ausländisches Staatsoberhaupt begrüßte. »Miau.«

»Vorsicht!«, warnte Flavian und hielt sich ängstlich hinter Christopher. »Das ist eine Ascheth-Tempelkatze. Am besten kommt man ihr nicht zu nahe.«

Das wusste Christopher sehr wohl, aber Throgmorten war so offenkundig freundlich gesinnt, dass Christopher keine Angst hatte, sich hinzukauern und ihm behutsam die Hand entgegenzustrecken. »Ja, guten Tag«, grüßte er den Kater. Throgmorten hob seine rosa Nase, die aussah, als hätten Motten an ihr genagt, und stubste damit gegen Christophers Hand.

»Du lieber Himmel! Das Ungeheuer mag dich ja!«, entfuhr es Flavian. »Jeder andere macht einen großen Bogen um ihn. Gabriel musste alle Angestellten, die draußen arbeiten, mit einem besonderen Schutzzauber ausstatten, andernfalls hätten sie gekündigt. Gewöhnlicher Schutzzauber hindert dieses Ungeheuer nicht, sich an Menschen zu vergreifen.«

»Wie ist er hierher gekommen?«, fragte Christopher und ließ sich von Throgmorten die Hand beschnuppern.

»Das weiß keiner so recht«, antwortete Flavian, »wenigstens nicht, wie er geschafft hat, aus Serie zehn hier einzuwandern. Mordecai fand ihn in London und brachte ihn in einem Korb hierher, ziemlich mutig von ihm. Er erkannte ihn an der Aura des Tiers und sagte, wenn er es könne, dann seien auch die meisten Zauberer dazu in der Lage, und die würden ihn wegen seiner magischen Eigenschaften töten. Die meisten von uns meinen, dass das kein großer Verlust wäre, aber Gabriel stimmte mit Mordecai überein.«

Christopher kannte immer noch nicht die Namen aller dunkel gewandeten Männer an der sonntäglichen Tafel. »Wer ist denn Mr Mordecai?«, erkundigte er sich.

»Mordecai Roberts ist ein enger Freund von mir, aber du bist ihm noch nicht begegnet. Zurzeit arbeitet er für uns in London.«

In dem Augenblick kam ein befremdliches Geräusch aus Throgmortens Hals, ein Geräusch wie von hölzernen Zahnrädern, die nicht richtig ineinander passen. Throgmorten schnurrte. Wider Erwarten war Christopher gerührt. »Hat er auch einen Namen?«, fragte er.

»Die meisten nennen ihn einfach das Katzenvieh«, sagte Flavian.

»Ich nenne ihn Throgmorten«, sagte Christopher

und sogleich ließen sich Throgmortens Zahnräder noch lauter vernehmen.

»Das passt zu ihm«, befand Flavian. »Schön, und nun schau dir doch bitte mal diesen Lorbeerstrauch an.«

Mit einem Throgmorten, der artig neben ihm umhersprang, fand Christopher es nun gleich viel erträglicher zuzuhören. Flavian erzählte ihm alles über Lorbeersträucher und achtete darauf, Throgmorten nicht zu nahe zu kommen, was Christopher sehr amüsierte.

Von nun an war Throgmorten auf distanzierte Weise Christophers einziger Freund im Schloss. Beide schienen die gleiche Meinung über dessen Bewohner zu haben. Christopher sah einmal, wie Throgmorten Gabriel de Witt begegnete, als dieser gerade die rosa Marmortreppe herunterkam.

Throgmorten fauchte und ging auf Gabriels lange dünne Beine los. Zu Christophers nicht geringer Freude, kehrten diese langen Beine auf der Treppe um und machten sich eilig davon.

Christopher hasste Gabriel nach jeder Lektion bei ihm ein bisschen mehr. Er glaubte nun auch den Grund zu kennen, weshalb Gabriels Zimmer trotz der vielen Fenster stets so dunkel wirkte: Das passte zu Gabriels düsterem Charakter. Gabriel lachte nie. Er hatte kein Verständnis für Begriffsstutzigkeit oder Fehler, vielmehr schien er zu erwarten, dass Christopher alles, was er ihm beibrachte, gleich auf Anhieb verstand. Und in der ersten Woche, als Flavian und Gabriel ihm Unterricht über die Verbundenen Welten gaben, da hatte Christopher tatsächlich alles von seinen Reisen in die Irgendwos gewusst. Das schien Gabriel zu der Annahme verleitet zu haben, dass Christopher ein rasches Auffassungsvermögen habe. Dann aber gingen seine Lehrer zu den verschiedenen Formen der Zauberei über, und nun wollte Christopher nicht begreifen, weshalb Zauberei und die Kunst der Magie nicht ein und dasselbe waren oder inwiefern sich Zauberei von Hexerei unterschieden und beide wiederum nicht mit der höheren Magie verwechselt werden durften.

Für Christopher war es stets eine Erlösung, wenn die Stunden mit Gabriel zu Ende waren. Danach ließ er für gewöhnlich Throgmorten heimlich ins Schloss, und gemeinsam erkundeten sie das weitläufige Gebäude. Throgmorten wurde drinnen nicht geduldet, aber gerade deshalb hatte ihn Christopher gern bei sich. Ein-, zweimal hatten sie es mit Glück und vereinter List geschafft, dass Throgmorten die Nacht am Fußende von Christophers Bett verbrachte, wo er behaglich schnurrte. Doch irgendwie hatte Miss Rosalie einen Riecher dafür, wo Throgmorten sich aufhielt. Fast immer kam sie, die Hände in Gärtnerhandschuhen, und scheuchte Throgmorten mit einem Besen aus dem Zimmer. Zum Glück war Miss Rosalie nach den Unterrichtsstunden meist beschäftigt, so dass Throgmorten neben Christopher die langen Gänge entlangspringen, durch die Dachstuben stöbern, den Kopf in dunkle Ecken stecken und gelegentlich sein »Miau!« hören lassen konnte.

Das Schloss hatte riesige Ausmaße. Der schwere, komplizierte Zauber lastete auf dem größten Teil der gesamten Anlage, aber es gab auch Ecken, die von niemandem mehr benutzt wurden, und dort schien der Zauber seine Wirkung fast verloren zu haben. Christopher und Throgmorten waren hier immer besonders glücklich. In der dritten Woche entdeckten sie ein großes rundes Zimmer in einem der Türme, das allem Anschein nach einmal einem Zauberer als Laboratorium gedient hatte. An den Wänden liefen rundum Regale, drei lange Werkbänke standen im Raum, und auf den Steinfußboden war ein Drudenfuß aufgemalt. Alles machte einen verlassenen, staubigen Eindruck, und der Geruch nach sehr alter Magie hing in der Luft.

»Miau«, machte Throgmorten freudig.

»Ja«, pflichtete Christopher bei. Eine Schande, dachte er, so ein schönes Zimmer einfach vergammeln zu lassen. Wenn ich der nächste Chrestomanci werde, sorge ich dafür, dass es wieder benutzt wird. Im nächsten Augenblick ärgerte er sich über sich selbst, denn er wollte ja eben nicht der nächste Chrestomanci werden. Er hatte die Redeweise von Flavian übernommen. Aber ich könnte mein eigenes geheimes Zauberlaboratorium daraus machen, dachte er. Ich könnte nach und nach Sachen einschmuggeln.

Am folgenden Tag suchten er und Throgmorten nach neuen Dachstuben, in denen es Gerümpel gab, um das Turmzimmer auszustaffieren. Bei der Gelegenheit entdeckten sie einen weiteren Turm, der über eine schmale Wendeltreppe zu erreichen war. Der Zauber, der einmal darauf gelegen hatte, war inzwischen fast ohne alle Kraft, weil der Turm nur noch als Ruine weiterbestand. Er war kleiner als der erste, und sein Dach war zur Hälfte eingestürzt. Der halbe Fußboden war noch nass vom Nachmittagsregen. Auf der anderen Seite waren die Reste eines längs geteilten Fensters zu erkennen. Jetzt war davon nur noch bröckeliges, nasses Mauerwerk übrig, aus dem ein steinerner Pfeiler ragte.

»Miau, Miau!«, kommentierte Throgmorten. Er tapste über den nassen Steinboden und sprang auf die geborstene Mauer.

Christopher folgte ihm begeistert. Beide kletterten bis zu der leeren Fensterhöhle und schauten auf den Rasen und die Wipfel der Zedern. Christopher bekam sogar etwas von dem weiter abgelegenen Schlossgebäude zu sehen, auf dem der Fehlleitungszauber lag. Es war über dem geborstenen Mauerwerk des Turms kaum zu erkennen, aber er dachte, wenn er noch etwas höher stiege, müsste er über die Baumwipfel schauen können. Er hielt sich am Fensterpfeiler fest und stieg weiter hinauf und lehnte sich, um besser sehen zu können, weit nach vorn.

Da brach der Pfeiler entzwei.

Christopher kam auf den losen Steinen ins Rutschen. Er fühlte, wie er ins Leere fiel und sah bei seinem Sturz die Zedern an sich vorübersausen. Mist!, dachte er noch, wieder ein Leben futsch! Später erinnerte er sich, dass sein Sturz mit einem fürchterlichen Aufprall ein jähes Ende nahm. Auch hatte er das Gefühl, dass Throgmorten ihm irgendwie gefolgt war und noch Luft für ein haarsträubendes Jaulen gefunden hatte.

Zwölftes Kapitel

Es hieß, diesmal habe sich Christopher das Genick gebrochen. Miss Rosalie berichtete ihm, der auf dem Schloss liegende Zauber hätte ihn eigentlich vor einem Sturz bewahren oder wenigstens die Leute alarmieren sollen, als er ins Leere fiel. Doch da der Zauber an der Stelle seine Kraft fast verloren hatte, war es erst Throgmortens Geheul, das einen entsetzten Gärtner herbeieilen ließ. In Anerkennung dieses Verdiensts hatte man Throgmorten erlaubt, die Nacht am Fußende von Christophers Bett zu verbringen, bis die Dienstmädchen am folgenden Morgen über den Gestank klagten. Daraufhin war wieder Miss Rosalie mit Gärtnerhandschuhen und Besen erschienen und hatte Throgmorten an die frische Luft gesetzt.

Christopher kam zu der bitteren Erkenntnis, dass in der Art und Weise, wie die Schlossbewohner Throgmorten und ihn behandelten, kein großer Unterschied bestand. Der bärtige Dr. Simonson war, wenn er einmal nicht seine Mitmenschen darüber aufklärte, wie Tinkturen durch Feuer zu veredeln waren, Arzt und Magier. Er kam am darauf folgenden Vormittag und untersuchte ziemlich unwillig und nur oberflächlich Christophers Genick.

»Ich dachte es mir schon«, sagte er. »Jetzt, wo das

neue Leben in dir Platz gegriffen hat, gibt es keine Anzeichen mehr für eine Fraktur. Wegen des Schocks solltest du allerdings heute im Bett bleiben. Gabriel wird wegen dieser Eskapade noch ein Wörtchen mit dir reden wollen.«

Dann ging er fort und keiner kam zu Christopher außer den Dienstmädchen mit Tabletts und Flavian, der aber in der offenen Tür stehen blieb und vorsichtig schnuppernd die Nase ins Zimmer steckte, weil er den Geruch erkannte, den Throgmorten hinterlassen hatte.

»Keine Angst«, beruhigte ihn Christopher. »Miss Rosalie hat ihn gerade weggescheucht.«

»Gut«, sagte Flavian und trat mit einem Arm voll Bücher an Christophers Bett.

»Ach, wie schön«, sagte Christopher mit Blick auf die Bücher. »Arbeit zuhauf. Ich brenne schon darauf, mit Algebra weiterzumachen.«

Flavian sah ein wenig gekränkt aus. »Nein, da liegst du falsch«, sagte er. »Das hier sind Bücher aus der Schlossbibliothek, von denen ich annahm, sie könnten dir gefallen.« Und damit verließ er ihn.

Christopher ging die Bücher durch und fand, dass sie Geschichten aus den verschiedensten Teilen der Welt enthielten. Einige waren sogar von anderen Welten. Alle sahen recht viel versprechend aus. Christopher hätte nicht gedacht, dass es in der Schlossbibliothek überhaupt interessante Lektüren geben könnte. Als er es sich zum Lesen gemütlich gemacht hatte, nahm er sich vor, morgen einmal selbst dort nachzuschauen.

Doch Throgmortens Geruch unterbrach das Lesevergnügen schnell, denn die Verbindung von seinem Geruch und Büchern brachte Christopher die Göttin wieder in Erinnerung, und das wiederum erinnerte ihn daran, dass er noch nicht einmal den hundertsten Teil für Throgmorten gezahlt hatte. Es kostete ihn einige Anstrengung, Serie zehn zu verdrängen und sich wieder auf das Buch zu konzentrieren. Kaum war ihm das gelungen, kam Miss Rosalie erhitzt und atemlos von der Verfolgungsjagd, die sie sich mit Throgmorten geliefert hatte, zu ihm ins Zimmer und unterbrach ihn wieder.

»Gabriel möchte dich wegen dieses Sturzes sprechen«, sagte sie. »Du sollst morgen um neun Uhr bei ihm im Büro sein.« Schon wieder zum Gehen gewandt, schloss sie an: »Wie ich sehe, hast du Bücher bekommen. Kann ich dir sonst noch etwas besorgen. Brettspiele? Du hast ›Mensch ärgere dich nicht‹, oder?«

»Zum Spielen muss man zu zweit sein«, bemerkte Christopher scharf.

»Ach je«, seufzte Miss Rosalie. »Leider verstehe ich nicht viel von Spielen.« Und schon war auch sie wieder weg.

Zornig auf das Schloss und seine Bewohner legte Christopher das Buch beiseite und blickte sich in dem braunen leeren Zimmer um. Dort stand inzwischen auch sein Schulkoffer und erinnerte ihn an seine Freunde, die er so sehr vermisste. Zwischen Koffer und Kamin gab es eine fast ideale Ecke für seine außerkörperlichen Reisen in die Irgendwos. Er wünschte sich, an einem Ort zu sein, wo selbst Magie ihn nicht finden könnte, und nie wieder zurückzukehren.

Dann ging ihm auf, dass er sich auf gewisse Weise durch eine Reise in ein Irgendwo aus dem Staub machen könnte. Er fragte sich, warum er das seit seiner Ankunft im Schloss nicht schon längst versucht hatte. Er schob es auf die vielen Zauber, die das Schloss umgaben, wahrscheinlich knebelten sie das eigene Denken. Nun aber, sei es durch den Schock, sich das Genick gebrochen zu haben, sei es durch das neue Leben, das er mächtig in sich pulsieren fühlte, begann er wieder zu denken. Vielleicht konnte er in ein Irgendwo gehen und dort für immer bleiben.

Die Schwierigkeit bestand nur darin, dass er stets etwas von sich selbst in seinem Bett zurücklassen musste. Aber es *musste* auch möglich sein, mit der ganzen Person zu reisen. Aus dem, was Flavian und Gabriel in Gesprächen über die Verbundenen Welten gesagt hatten, schloss Christopher, dass einige Leute genau das taten. Er brauchte nur zu warten und zu lernen, wie man dabei vorzugehen hatte. Und bis dahin gab es nichts, was ihn daran hätte hindern können, sich nach einem passenden Irgendwo als Fluchtort umzusehen.

Christopher las artig seine Bücher, bis das Dienstmädchen kam und das Gaslicht löschte. Dann lag er still da, starrte ins Dunkle und versuchte den Teil seiner selbst zu lösen, der die Reise zu den Irgendwos immer machte. Eine ganze Weile gelang ihm das nicht. Der Schlosszauber lastete schwer auf ihm und drückte sein ganzes Wesen fest zusammen. Dann aber, je schläfriger er wurde, fand er doch einen Weg, stahl sich seitlich davon und schlich um die Ecke zwischen Koffer und Kamin.

Dort hatte er das Gefühl, wie gegen eine Gummiwand zu laufen, die ihn ins Zimmer zurückstieß. Das musste der Zauber sein, der auf dem Schloss lag. Christopher biss die Zähne zusammen, drückte eine Schulter gegen die Gummiwand und stemmte sich dagegen. Vorsichtig, um niemanden im Schloss zu wecken, drückte er immer wieder dagegen, und mit jedem Stoß kam er ein Stückchen weiter voran. Nach einer halben Stunde hatte er den Zauber so dünn auseinander gezogen, wie es überhaupt ging. Dann nahm er einen Zipfel davon in jede Hand und riss ihn langsam durch.

Was für ein wunderbares Gefühl war es doch, durch diesen Spalt in das Tal zu wandern und dort die Kleider zu finden, die ein wenig feucht und wieder etwas zu klein geworden waren, aber doch am üblichen Ort lagen. Er zog sie an. Statt aber ins Zwischenreich zu gehen, schlug er den Weg talwärts in die andere Richtung ein. Alles sprach dafür, dass dieses Tal in eine andere Welt der Serie zwölf führte. Christopher hoffte, dass es Welt B sein würde. Er hielt es für eine besonders schlaue Idee, sich in der Nähe, in der nichtmagischen Welt zu verstecken, wo er sicher war, dass niemand, nicht einmal Gabriel de Witt, ihn suchen würde.

Wahrscheinlich war es Welt B, doch blieb er nicht

länger als eine halbe Minute. Am Ausgang des Tals angelangt, begann es zu regnen, dann zu gießen und schließlich schüttete es ununterbrochen wie aus Kübeln. Christopher fand sich in einer von Maschinen starrenden Stadt wieder. Um ihn herum stampfte und keuchte es. Maschinen sausten auf Schienen an ihm vorbei und zischten auf der nassen schwarzen Bahn. Von einem lauten Dröhnen aufgeschreckt, wandte er den Kopf und sah gerade noch rechtzeitig eine mächtige rote Maschine durch den Regenschleier auf ihn zukommen. Er erkannte eine Nummer darauf und die Aufschrift TUFNELL PARK. Während Wasserkaskaden auf ihn herabströmten, suchte er hektisch das Weite.

Triefend vor Nässe kletterte Christopher wieder talaufwärts. Welt B war die schlimmste Gegend, in die er je geraten war. Aber er hatte noch eine andere Idee, nämlich zur Welt elf zu gehen, in die Welt, die niemand je betrat. Er erreichte den Felsvorsprung oben im Tal, umkletterte ihn und war im Zwischenreich.

So trostlos war es hier, so formlos und leer, dass er wohl auf der Stelle umgekehrt wäre, wenn er nicht gerade eine noch viel schrecklichere Welt verlassen hätte. Christopher kam der gleiche einsame Schrecken, den er verspürt hatte, als er das erste Mal von der Schule aus in das Zwischenreich gegangen war. Doch er verdrängte das Gefühl und marschierte fest entschlossen in Richtung auf das Irgendwo, das jeden von sich abwies. Er war sich sicher, dass dies Nummer elf sein musste.

Der Weg führte durch den Anfang seines Tals abwärts und dann eine steile, rutschige Felswand hinauf. Mit Fingern und Zehen, die schon von dem Besuch in Welt B kalt und nass waren, musste sich Christopher hier hochhangeln. Das Irgendwo über ihm leistete mächtigen Widerstand, und der Wind, der ihm um die Ohren blies, erinnerte ihn an Mamas Angriff in Cambridge. Nach oben ziehen, festhalten. Einen festen Tritt für den Fuß suchen. Dann einen Halt für die Hand. Nach oben ziehen, festhalten.

Auf halber Höhe rutschte er mit einem Fuß aus. Eine neue Windböe ließ seine kalten Finger so erstarren, dass er sich nicht länger halten konnte und abstürzte.

Er fiel tief, weit über den Punkt hinaus, von dem aus er den Aufstieg begonnen hatte. Unten landete er auf dem Hinterkopf. Als er sich mühsam aufrappelte, fühlte er, wie etwas im Nacken knirschte und der Kopf wackelte. Es fühlte sich sehr merkwürdig an.

Aber irgendwie schaffte er den Weg zurück bis zum Felsvorsprung. Die Eigenart des Zwischenreichs, ihn immer dorthin zu schieben, woher er gekommen war, half ihm dabei. Er zog seinen Schlafanzug wieder an, drängte sich durch den Spalt in der Zauberwand und fand den Weg in sein Bett. Beim Einschlafen hatte er den starken Verdacht, sich wieder das Genick gebrochen zu haben. Auch gut, dachte er. Dann brauche ich morgen früh nicht bei Gabriel de Witt anzutanzen.

Doch als er am nächsten Morgen aufwachte, fehlte

ihm nichts. Christopher hätte sich wohl darüber sehr gewundert, wenn ihn der Gedanke, Gabriel gegenüberzutreten, nicht so beschäftigt hätte. Er schlich sich zum Frühstückstisch und fand auf dem Tablett einen hübschen, parfümierten Brief von seiner Mama vor. Christopher hob ihn gespannt auf, hoffte er doch, das würde den Gedanken an Gabriel vertreiben. Aber das tat er nicht, jedenfalls nicht sogleich. Wie er sehen konnte, war der Brief geöffnet und dann wieder verschlossen worden. Er spürte noch den Zauber, der an dem Brief haftete. Mit einer noch größeren Wut auf die Schlossbewohner öffnete er den Brief.

Lieber Christopher!

Die Gesetze sind so ungerecht. Die Unterschrift deines Papas genügte, um dich zu diesem abscheulichen alten Mann in die Sklaverei zu schicken. Das habe ich deinem Papa immer noch nicht verziehen. Dein Onkel spricht dir sein Mitgefühl aus und hofft, bis nächsten Donnerstag von dir zu hören. Sei höflich zu ihm, mein Schatz.

Deine dich liebende Mama

Es bereitete Christopher großes Vergnügen sich vorzustellen, dass Gabriel sich als den »abscheulichen alten Mann« hatte wiedererkennen müssen. Auch beeindruckte ihn, wie klug es Onkel Ralph verstanden hatte, eine nur für Christopher bestimmte Nachricht durch Mamas Brief mitzuteilen. Während er frühstückte, freute er sich an dem Gedanken, Tacroy am folgenden

Donnerstag wieder zu sehen. Wie gut, dass er diesen Spalt in der Zauberwand gemacht hatte! Und »Sklaverei« traf es genau, dachte er, als er sich auf den Weg zu Gabriels Büro machte.

Doch unterwegs fiel ihm wieder die Göttin ein, und diesmal hatte er ein sehr schlechtes Gewissen. Er sollte ihr wirklich noch mehr Bücher bringen. Throgmorten war eine Katze, die ihren Preis wert war.

Im Zwielicht des Büros stand Gabriel von seinem großen Schreibtisch auf. Das war ein schlechtes Zeichen, doch Christopher hatte so viele andere Dinge im Kopf, dass er sich gar nicht so sehr fürchtete, wie er es eigentlich erwartet hätte. »Wirklich, Christopher«, sagte Gabriel in ärgerlichem Ton, »ein Junge deines Alters sollte eigentlich wissen, dass er nicht in einem einsturzgefährdeten Turm herumklettern darf. Die Folge davon ist, dass du töricht und achtlos ein weiteres Leben vergeudet hast. Jetzt bleiben dir nur noch sechs. Du wirst sie noch brauchen, wenn du einmal der nächste Chrestomanci bist. Was hast du zu deiner Verteidigung vorzubringen?«

Christopher wurde fuchsteufelswild. Zugleich aber spürte er, dass sein Zorn durch den Zauber, der über dem ganzen Schloss lag, gedämpft wurde, und das machte ihn nur noch zorniger. »Warum machen Sie nicht Throgmorten zum nächsten Chrestomanci?«, sagte er. »Er hat noch alle seine neun Leben.«

Gabriel starrte ihn einen Augenblick lang an. »Die Lage ist nicht zum Scherzen angetan«, versetzte er dann. »Begreifst du gar nicht, welche Scherereien du uns machst? Ich muss Personal aus meinem Stab dazu abstellen, die Türme, Dachstuben und Keller auf Gefahrenstellen zu untersuchen für den Fall, dass es dir wieder einfallen sollte, dort herumzuklettern.« Christopher musste daran denken, dass Gabriels Leute dann sicherlich auch den Spalt finden und ihn verschließen würden. Dann würde er einen neuen machen müssen. »Nimm bitte zur Kenntnis«, fuhr Gabriel fort, »dass ich zurzeit nur sehr schwer Personal entbehren kann. Du bist noch zu jung, um das zu verstehen, aber wir arbeiten alle mit ganzer Kraft an der Ergreifung einer Verbrecherbande, die ihr Unwesen zwischen den verschiedenen Welten treibt.« Er blickte Christopher scharf an. »Du hast sicherlich schon von dem ›Phantom‹ und seiner Bande gehört.«

Nach drei sonntäglichen Mittagessen, bei denen Christopher sich fast zu Tode gelangweilt hatte, glaubte er alles über diese Bande zu wissen. Das Thema war schließlich in aller Munde. Aber er merkte, dass Gabriel sich von seiner Absicht, ihm eine Standpauke zu halten, ablenken ließe, wenn Christopher ihm Gelegenheit gäbe, sich über den ›Phantom‹ zu verbreiten. Deshalb sagte er: »Nein, noch nicht.«

»Es handelt sich um eine Diebesbande«, hob Gabriel an. »Wir wissen, dass sie von London aus operiert, aber das ist bisher auch alles, denn sie sind aalglatt und schlüpfen durch alle Maschen. Irgendwie gelingt es ihnen, trotz unserer Wachsamkeit und der Fallen, die wir aufgestellt haben, weiterhin illegal magische Stoffe zentnerweise durch alle Verbundenen Welten zu schmuggeln. Sie haben karrenweise Drachenblut, narkotischen Tau, Zauberpilze und Aalleber aus Serie zwei, Giftbalsam aus sechs, Traumsaft aus neun und ewiges Feuer aus zehn hereingebracht. Wir haben in Zehn eine Falle aufgestellt, die zumindest einem ihrer Agenten zum Verhängnis wurde, aber das hat sie nicht am Weitermachen gehindert. Den einzigen Erfolg hatten wir in Serie fünf, wo die Bande Meerjungfrauen gemetzelt und portionsweise in London verkauft hatte. Wir erhielten Hilfe von der dortigen Polizei und konnten dem Unwesen einen Riegel vorschieben. Aber –« Und hier schaute Gabriel ins Licht der untergehenden Sonne auf der Zimmerdecke und schien ganz in Gedanken versunken. »Aber nun«, fuhr er fort, »haben wir Berichte über Furcht einflößende Waffen erhalten, die die Bande aus Serie eins hereinbringt. Mit jeder dieser Waffen kann man den stärksten Magier vernichten, und wir konnten der Bande immer noch nicht das Handwerk legen.« Zu Christophers Schrecken schaute ihm Gabriel hier direkt ins Gesicht. »Siehst du jetzt, was für Schaden du mit deiner achtlosen Kletterei anrichten konntest? Während wir deinetwegen ständig rund um das Schloss Wache stehen müssen, könnten wir unsere eventuell einzige Chance vertun, die Bande zu ergreifen. Du musst lernen, an andere zu denken, Christopher.«

»Das tue ich ja«, sagte Christopher bitter, »aber keiner von Ihnen denkt an mich. Die meisten Menschen werden, wenn sie ihr Leben verlieren, nicht dafür ausgescholten.«

»Geh in die Bibliothek«, befahl Gabriel, »und schreibe hundertmal ›Ich muss erst schauen, bevor ich springe‹. Und schließe bitte die Tür, wenn du das Zimmer verlässt.«

Christopher ging zur Tür, machte sie auf, schloss sie aber nicht hinter sich. Er ließ sie halb offen stehen, damit Gabriel hören konnte, was er sagte, als er auf die rosa Marmortreppe zuging. »Ich dürfte der einzige Mensch auf der ganzen Welt sein«, rief er entrüstet, »der jemals dafür bestraft wurde, sich das Genick gebrochen zu haben!«

»Mau!«, pflichtete Throgmorten bei, der auf dem Treppenabsatz auf ihn gewartet hatte.

Christopher sah Throgmorten nicht rechtzeitig. Er stolperte über ihn und fiel holterdiepolter die Treppe hinunter. Noch im Sturz hörte er Throgmorten erneut heulen. Oh nein!, war sein einziger Gedanke.

Als sein nächstes Leben begann, lag er auf dem Rücken neben dem Pentagramm in der Eingangshalle und schaute zur Glaskuppel hinauf. Gleich das Erste, was er wahrnahm, war die Uhr über der Bibliothek, die halb zehn zeigte. Es schien so, als ob jedes neue Leben dem gerade verlorenen immer rascher und leichter folgte. Dann bemerkte er, dass alle Schlossbewohner im Kreis um ihn standen und ihn anschauten. Wie bei einer Beerdigung, dachte er.

»Habe ich mir wieder das Genick gebrochen?«, fragte er.

»Ja«, sagte Gabriel de Witt, trat zu ihm heran und beugte sich über ihn. »Und das nach allem, was ich dir gerade gesagt habe. Wirklich zu dumm! Kannst du aufstehen?«

Christopher drehte sich um und kniete sich hin. Er fühlte sich ein wenig benommen, aber sonst schien alles in Ordnung. Dr. Simonson kam hinzu und betastete Christophers Nacken. »Die Fraktur ist schon verschwunden«, stellte er fest. Aus der Art und Weise, wie der Arzt das sagte, entnahm Christopher, dass er diesmal nicht im Bett bleiben durfte.

»Schön«, sagte Gabriel. »Dann geh jetzt in die Bibliothek und schreibe außerdem noch hundertmal ›Mir bleiben nur noch fünf Leben‹. Das soll dich lehren, vorsichtiger zu sein.«

Christopher humpelte zur Bibliothek, setzte sich an einen der mit rotem Leder überzogenen Tische und schrieb die Strafarbeit auf Papier mit dem Aufdruck »Staatliches Eigentum«. Beim Schreiben schweiften seine Gedanken ab. Er dachte darüber nach, wie merkwürdig es war, dass Throgmorten immer dabei war, wenn er ein Leben verlor. Und dann war da der Aufenthalt in Serie zehn. Kurz bevor er von dem eisernen Haken getroffen worden war, hatte ein Mann den Namen der Ascheth erwähnt. Christopher fürchtete, dass er Opfer eines Fluchs der Ascheth geworden sein könnte. Ein Grund mehr, der Göttin weitere Bücher mitzubringen.

Nach getaner Schreibarbeit stand Christopher auf und inspizierte die Bücherregale. Die Bibliothek war geräumig und hoch und schien tausende von Büchern zu enthalten. Er entdeckte, dass hier tatsächlich zehnmal mehr Bücher standen als die, die man auf den ersten Blick sah. Am Ende jedes Regals befand sich eine magische Platte. Legte Christopher die Hand darauf, bewegten sich die Bücher nach rechts und verschwanden, während von links neue Bücher nachrückten. Christopher fand die Regale mit erzählender Literatur und ließ die Bücher so lange per Handdruck an sich vorüberziehen, bis er etwas Passendes gefunden hatte.

Eine ganze Reihe bestand aus dicken Büchern von einer Schriftstellerin namens Angela Brazil. Die meisten hatten »Schule« im Titel. Christopher erkannte mit einem Blick, dass er hier das Richtige für die Göttin gefunden hatte. Er nahm drei heraus und verteilte die übrigen so, dass die Lücken geschlossen wurden. Jedes trug ein Etikett mit der Aufschrift »Rarität: Importiert aus Welt XII B«. Das ließ Christopher hoffen, die Bücher könnten so kostbar sein, dass sich mit ihnen Throgmortens Wert endlich aufwiegen ließe.

Versteckt in einem Stapel anderer Bücher, die er für sich selbst ausgesucht hatte, brachte er die für die Göttin auf sein Zimmer. Wie der Zufall es wollte, stieß er im Gang mit Flavian zusammen. »Heute Nachmittag Unterricht wie üblich«, sagte Flavian aufgeräumt. »Dr. Simonson glaubt nicht, dass es dir schaden könnte.«

»Sklaverei wie üblich«, brummte Christopher, als er sein Zimmer betrat.

Aber erstaunlicherweise verlief dieser Nachmittag gar nicht so schlecht. Mitten in der Zauberübung sagte Flavian plötzlich: »Interessierst du dich eigentlich für Kricket?«

Was für eine Frage! Christopher strahlte, auch wenn er betont kühl antwortete: »Nein, ich spiele es nur leidenschaftlich gern. Warum?«

»Gut«, sagte Flavian. »Das Schloss tritt am Samstag unten auf dem Dorfanger gegen die Mannschaft aus dem Dorf an. Wir dachten, du würdest vielleicht gern die Anschreibetafel führen.«

»Nur wenn mich jemand durch die Pforte begleitet«, sagte Christopher sarkastisch. »Der Zauberbann über dem Schloss hindert mich nämlich, selbst hindurchzugehen. Ansonsten, gern.«

»Oh Gott! Ich hätte dir einen Passierschein besorgen sollen!«, fiel es Flavian an. »Ich habe gar nicht daran gedacht, dass du vielleicht gern rausgehen könntest. Ich mache immer lange Wanderungen. Wenn ich das nächste Mal gehe, nehme ich dich mit. Bei der Gelegenheit können wir alle möglichen Zaubereien im Freien machen. Nur meine ich, du solltest vorher den Hexenblick beherrschen.«

Es war klar, dass Flavian ihn bestechen wollte. Sie waren jetzt bei höherer Magie angelangt und Christopher hatte ohne Schwierigkeiten gelernt, wie man Dinge von einem Platz zum anderen zaubert – das war wie der Schwebezauber, der ihm bei Dr. Pawson so sensationell gut gelungen war. Auch dem Winderzeugen war es nicht unähnlich. Ebenso leicht fiel es ihm, Dinge unsichtbar zu machen. Er dachte, dass auch das Herbeizaubern von Feuer für ihn kein Problem darstellen würde, wenn ihm Flavian einen Versuch erlauben würde. Aber irgendwie bekam er den Bogen für den Hexenblick nicht heraus. Dabei sei es doch ganz einfach, sagte ihm Flavian immer wieder. Der Trick bestand lediglich darin, durch eine magische Verkleidung hindurch den realen Gegenstand zu erkennen. Aber immer, wenn Flavian einen Illusionszauber über seine rechte Hand legte und sie als Löwenpranke ausgab, sah Christopher nichts anderes als eine Löwenpranke.

Flavian führte den Trick immer wieder vor. Christopher gähnte und sein Blick wurde vage, aber er sah weiterhin immer nur die Löwenpranke. Das einzig Gute war, dass er ganz plötzlich auf die richtige Idee kam, wie er die Bücher für die Göttin beim Weg durch das Zwischenreich trocken halten könne.

Dreizehntes Kapitel

Als Christopher in dieser Nacht um die Ecke zwischen Koffer und Kamin ging, rechnete er fest damit, die Zauberwand erneut durchstoßen zu müssen. Zu seiner Überraschung stellte er aber fest, dass der alte Spalt immer noch da war. Allem Anschein nach hatten die Schlossbewohner nicht gedacht, dass er überhaupt so etwas fertig bringen könnte. Behutsam riss er zwei lange Streifen, einen breiten und einen schmalen, vom Rand des Spalts ab. Mit den leicht schimmernden Zauberstreifen in beiden Händen ging er zu den Büchern zurück und wickelte sie in den breiten Streifen ein. Den schmalen benutzte er als Band zum Verschnüren des Pakets und hob sich ein Stück auf, um das Ganze an seinem Gürtel zu befestigen. Er spuckte auf das Paket und sah, dass der Speichel in kleinen Tröpfchen abperlte. Sehr gut.

Dann ging alles wie in alten Zeiten. In Kleidern, die seit der vorangegangenen Nacht noch kürzer geworden schienen, kletterte er auf dem altbekannten Pfad durch die Felsen. Christopher beunruhigte es überhaupt nicht, dass er beim letzten Mal gestürzt war, diesen Weg kannte er wie seine Westentasche. Auch die alten Schlangenbeschwörer saßen wieder draußen vor der Stadtmauer. Wahrscheinlich machten sie das aus religiösen Gründen, dachte Christopher, denn sie schienen kein Geld für ihre Beschwörungskünste zu erwarten. Im Innern der Stadtmauern herrschte immer noch das bekannte Chaos aus Lärm und Gerüchen, Ziegen und Sonnenschirmen, und vor den kleinen Heiligtümern an den Straßenecken türmten sich die Opfergaben. Der einzige Unterschied bestand darin, dass es nicht mehr so heiß war wie beim letzten Mal, obgleich es für jemanden, der aus einem englischen Sommer kam, immer noch warm genug war.

Und doch fühlte sich Christopher nicht richtig wohl. Nicht, dass er sich vor Speere werfenden Kriegern gefürchtet hätte. Aber nun, da er an den geräuschlosen, diskreten Umgang der stets in gedeckten Farben gekleideten Schlossbewohner gewöhnt war, zerrte das quirlige städtische Leben, das hier herrschte, an seinen Nerven. Schon bevor er überhaupt den Tempel der Ascheth erreichte, tat ihm der Kopf weh. Er musste sich erst einmal auf einen Haufen alter Kohlköpfe setzen und ausruhen, ehe er sich aufraffen konnte, sich einen Weg durch die Wand und die Kletterpflanzen zu bahnen. Drinnen im Hof sonnten sich wie gewohnt die Katzen. Keine Menschenseele war zu sehen.

Er traf die Göttin in einem entlegeneren Zimmer als dem, in dem sie sich gewöhnlich aufhielt. Sie lag auf einem großen weißen Kissen, vielleicht ihrem Bett, und wurde von weiteren weißen Kissen gestützt. Trotz der Hitze war sie mit einem großen Tuch zugedeckt. Sie war gewachsen, wenngleich nicht ganz so viel wie Christopher. Aber sie machte einen kränklichen Eindruck, wie sie so da lag und in die Luft starrte. Auch war ihr Gesicht nicht mehr so rund wie früher und um einiges blasser.

»Oh, vielen Dank«, sagte sie mit abwesendem Blick, als Christopher das Bücherpaket neben sie legte. »Ich habe aber nichts zum Tauschen.«

»Ich zahle immer noch für Throgmorten«, entgegnete Christopher.

»War er denn so kostbar?«, fragte die Göttin. Mit matter Hand löste sie den Zauberstreifen von den Büchern. Christopher stellte fest, dass sie nicht mehr Mühe hatte als er, den Zauber auseinander zu reißen. Eine Verkörperung der Ascheth zu sein bedeutete offensichtlich, über starke magische Kräfte zu verfügen. »Das scheinen gute Bücher zu sein«, sagte die Göttin höflich. »Ich werde sie lesen – wenn ich die nötige Konzentration dazu habe.«

»Du bist krank, nicht wahr?«, sagte Christopher. »Was hast du denn?«

»Nichts Ansteckendes«, antwortete die Göttin schwach. »Es ist wegen des Festes. Du weißt doch, das ist der einzige Tag im Jahr, an dem ich nach draußen gehe. Nach all den Monaten in Stille und Dämmerlicht komme ich plötzlich hinaus in die Sonne, sitze im offenen Wagen, in schwere Gewänder gekleidet, mit Juwelen behängt und das Gesicht geschminkt. Die Menschen um mich herum schreien, springen auf den Wagen und versuchen mich zu berühren – weil das angeblich Glück bringen soll, und nicht etwa wegen meiner Person.« Tränen liefen ihr die Wangen hinunter. »Ich glaube, die merken gar nicht, dass ich lebendig bin. Und das geht den ganzen Tag über so, das Geschrei, die Sonne, die Hände, die nach mir greifen, bis ich mich ganz zerschlagen fühle.« Der Tränenstrom schwoll an. »Als ich noch kleiner war, fand ich das aufregend«, bekannte sie, »aber jetzt wird es mir zu viel.«

Die weiße Katze der Göttin kam ins Zimmer gesprungen und legte sich besitzergreifend in ihren Schoß. Die Göttin streichelte sie nur halbherzig. Wie wenn Throgmorten auf meinem Bett sitzt, dachte Christopher. Tempelkatzen wissen, wenn es ihren Herrchen oder Frauchen nicht gut geht. Nach dem, was er selbst gerade in der Stadt erlebt hatte, konnte er immerhin ein bisschen nachfühlen, wie sich die Göttin bei dem Fest gefühlt haben musste.

»Ich glaube«, sagte die Göttin und streichelte Bethi, »dass es daran liegt, dass ich das ganze Jahr über eingeschlossen bin und dann plötzlich nach draußen unter Menschen gehen muss.«

Christopher hatte sich eigentlich vorgenommen zu fragen, ob ein Fluch der Ascheth die Ursache dafür war, dass er ein Leben nach dem anderen verlor, aber jetzt war einfach nicht der richtige Augenblick dafür. Die Göttin musste auf andere Gedanken gebracht werden. So setzte er sich neben die Kissen auf den gefliesten Boden. »Ziemlich schlau, dass du erkannt hast, dass Silber mich am Zaubern hindert«, sagte er. »Ich wusste das selber nicht, bis Papa mich zu Dr. Pawson brachte.« Und dann erzählte er ihr die ganze Geschichte.

Die Göttin lächelte. Als Christopher von der alten Mrs Pawson und ihrem Nachttopf berichtete, schaute sie ihn zum ersten Mal wieder an und hätte fast gelacht. Die Geschichten taten ihr offensichtlich so gut, dass er weitermachte und sogar einiges Witzige vom Schloss und Gabriel de Witt erzählte. Als er ihr dann schilderte, wie er immer wieder eine Löwenpranke dort erkannte, wo es nur eine Hand zu sehen gab, lachte sie schließlich los.

»Aber wie kannst du nur so dumm sein?«, amüsierte sie sich. »Wenn mir manche Sachen bei Mutter Stolzfuß nicht gelingen, tue ich einfach so, als könnte ich sie. Sag ihm einfach, dass du seine Hand siehst. Er glaubt dir das bestimmt.«

»Darauf wäre ich nie gekommen«, gestand Christopher.

»Nein, du bist eben zu ehrlich«, sagte sie und schaute ihn genau an. »Silber zwingt dich, die Wahrheit zu sagen. Die Gabe der Ascheth verrät mir das. Daher hast du dir angewöhnt, nie zu lügen.« Die Erwähnung der Ascheth ernüchterte sie wieder. »Danke, dass du mir von dir erzählt hast«, sagte sie ernst. »Dein Leben war ja sogar noch schlimmer als meines!« Und plötzlich brach sie wieder in Tränen aus. »Die Leute suchen nur das in uns, was nützlich für sie ist«, schluchzte sie. »Bei dir sind es die neun Leben und bei mir die Attribute der Gottheit. Wir stecken beide in einer Falle, gefangen in einem Leben, dessen Zukunft von anderen entworfen wurde – wie ein langer Tunnel ohne Ausgang.«

Christopher hätte das nie so formuliert, obwohl er sich bei dem Gedanken, in das Amt des nächsten Chrestomanci gedrängt zu werden, ganz genauso fühlte. Er erkannte, dass die Göttin die meiste Zeit von sich selbst sprach. »Du hörst immerhin auf, die Lebende Ascheth zu sein, sobald du erwachsen bist«, sagte er.

»Ach, ich möchte so gerne damit aufhören«, weinte sie. »Am liebsten jetzt gleich! Ich will lieber zur Schule gehen wie Nellie aus deinen Büchern. Ich will die Schule besuchen und klumpigen Haferbrei essen und Französischvokabeln lernen und Hockey spielen und Strafarbeiten machen –«

»Strafarbeiten willst du sicherlich nicht machen«, widersprach ihr Christopher. Er war ziemlich irritiert, wie sehr sie sich von ihren Gefühlen hinreißen ließ. »Ehrlich, das kannst du dir doch nicht wünschen.«

»Kann ich wohl«, rief die Göttin. »Ich will frech zu den Vertrauensschülern sein und bei Erdkunde-Tests schummeln und meine Freundinnen verpetzen! Ich will auch einmal böse sein, nicht nur immer gut. Ich will zur Schule gehen und richtig fies sein. Hörst du?«

Mittlerweile kniete sie auf ihrem Kissen und weinte dicke Tränen in den Pelz der weißen Katze. Dabei machte sie mehr Lärm als Throgmorten in seinem Korb, damals als Christopher mit ihm durch den Tempel gerannt war. Kein Wunder, dass sie nun hörten, wie jemand in Sandalen aus den hinteren Räumen herbeieilte und atemlos rief: »Meine süße Göttin, was fehlt Euch denn?«

Christopher drehte sich um und hechtete durch die nächste Wand, ohne überhaupt erst aufzustehen. Er landete mit dem Gesicht nach unten in dem sonnenheißen Hof voller Katzen. Dort stand er auf und sprintete zur Umfassungsmauer. Danach lief er so lange, bis er das Stadttor erreicht hatte. Mädchen, dachte er, sind und bleiben rätselhaft! Man stelle sich vor, Strafarbeiten schreiben zu wollen!

Als Christopher aber den Talhang hinaufging und durch das Zwischenreich kletterte, ertappte er sich dabei, wie er ernsthaft über die Worte der Göttin nachdachte. Sein Leben schien wirklich ein endloser Tunnel zu sein, den andere für ihn geplant hatten. Und der Grund, weshalb er alle im Schloss so hasste, war eben, dass er für sie nur ein nützliches Ding war, ein Ding mit neun Leben, aus dem man eines Tages den nächsten Chrestomanci machen würde. Er nahm sich vor, mit Tacroy darüber zu reden. Tacroy würde das verstehen. Morgen war wieder Donnerstag, da würde er Tacroy treffen. Ihm schien, als habe er sich noch nie so sehr auf einen Donnerstag gefreut.

Außerdem wusste er jetzt, dass er den Hexenblick bloß vorzutäuschen brauchte. Als ihm Flavian am folgenden Nachmittag wieder eine Löwenpranke vorspiegelte, sagte Christopher: »Das ist Ihre Hand. Jetzt kann ich es sehen.«

Flavian war entzückt. »Dann machen wir morgen eine schöne lange Wanderung«, versprach er.

Christopher war sich nicht ganz sicher, ob er sich darauf freuen sollte. Hingegen konnte er es kaum erwarten, Tacroy wieder zu sehen. Tacroy war der einzige Mensch, der ihn nicht wie ein Ding benutzte. Er stieg, kaum hatte er sich zum Schlafen gelegt, wieder aus dem Bett und drängte sich durch den Spalt in der Zauberwand. Er hoffte, Tacroy würde es merken und rechtzeitig an Ort und Stelle sein.

Und Tacroy war da. Er lehnte mit gekreuzten Armen an dem Felsvorsprung und sah aus, als ob er sich auf langes Warten eingestellt hätte. »Hallo!«, sagte er zur Begrüßung. Es klang, als ob er überrascht wäre, Christopher hier zu sehen.

Christopher musste sich eingestehen, dass es schwieriger sein würde als ursprünglich gedacht, Tacroy von seinem Kummer zu erzählen. Dennoch strahlte er Tacroy an, als er in seine Kleider stieg. »Schön, Sie wieder zu sehen«, sagte er. »Ich habe Ihnen viel zu erzählen. Wohin gehen wir heute Abend?«

Geradezu vorsichtig sagte Tacroy: »Das Fuhrwerk wartet in Acht. Willst du wirklich hingehen?«

»Selbstverständlich«, sagte Christopher, während er sich den Gürtel schnallte.

»Du kannst mir deine Neuigkeiten auch hier erzählen«, meinte Tacroy.

Der Vorschlag verblüffte Christopher. Er blickte auf und sah, dass Tacroy ungewöhnlich ernst war. Die Falten um seine Augen kamen nicht von einem Lächeln.

In der Lage war nicht daran zu denken, Tacroy irgendetwas zu erzählen. »Was ist denn passiert?«, fragte Christopher.

Tacroy zuckte mit den Achseln. »Tja«, begann er, »zunächst einmal, als ich dich das letzte Mal sah, war dein Kopf zertrümmert –«

Christopher hatte das ganz vergessen. »Oh, ich habe Ihnen gar nicht dafür gedankt, dass Sie mich wieder hierher gebracht haben.«

»Keine Ursache«, sagte Tacroy. »Obwohl es das Schwerste war, was ich jemals getan habe. Ich musste ganz allein meine Körpergestalt so fest bewahren, dass ich den Wagen durch die Zwischenwelt bringen und dich hier absetzen konnte. Und die ganze Zeit über fragte ich mich, warum ich das tat, denn du sahst ziemlich mausetot aus.«

»Ich habe neun Leben«, prahlte Christopher.

»Auf jeden Fall hast du mehr als eines«, pflichtete Tacroy grinsend bei, als ob er nicht so recht daran glaubte. »Sag mal, hat dich dieser Unfall nicht nachdenklich gemacht? Dein Onkel hat nun schon hunderte von diesen Experimenten unternommen, ohne dass für dich etwas dabei herausspringt, statt dessen riskierst du immer wieder Kopf und Kragen.«

Tacroy war es wirklich ernst, wie Christopher erkennen konnte. »Das macht mir nichts aus«, beteuerte er. »Ehrlich. Außerdem hat mir Onkel Ralph zwei Sovereigns gegeben.«

Tacroy warf den Kopf in den Nacken und lachte. »Zwei Sovereigns! Manches von den Sachen, die wir für ihn besorgt haben, war hunderte Pfund Sterling wert – wie zum Beispiel die Katze aus dem Ascheth-Tempel.«

»Ich weiß«, sagte Christopher, »aber ich will trotzdem mit den Experimenten weitermachen. Wie die Dinge liegen, sind sie das einzige Vergnügen, das ich habe.« So, dachte er. Nun muss Tacroy mich fragen, was für Kummer ich habe.

Doch Tacroy seufzte nur. »Dann mal los.«

Im Zwischenreich konnte er nicht mit Tacroy reden. Während Christopher keuchend kletterte und rutschte, begleitete Tacroy ihn als waberndes, durchscheinendes Phantom, ein Spielball von Wind und Regen. Er bekam erst am Eingang des Tals wieder festere Gestalt, dort wo er vor langer Zeit einmal eine große Acht in den Schlamm des Wegs geschrieben hatte. Die Acht war immer noch da, so als hätte er sie erst tags zuvor geschrieben. Weiter drüben schwebte das Fuhrwerk. Es war immer wieder verbessert worden und hatte dazu einen hübschen Anstrich in Taubenblau bekommen.

»Alles steht bereit, wie ich sehe«, sagte Tacroy. Sie stiegen hinab und ergriffen das Zugseil des Fuhrwerks. Sogleich folgte es ihnen geräuschlos talabwärts. »Was macht das Kricketspielen?«, fragte Tacroy in verbindlichem Ton.

Das war die Gelegenheit für Christopher, seinen Kummer loszuwerden. »Ich habe nicht gespielt«, sagte er düster, »seitdem Papa mich von der Schule genommen hat. Bis gestern dachte ich, im Schloss hätte man noch nie etwas von Kricket gehört – wissen Sie überhaupt, dass ich jetzt im Schloss wohne?«

»Nein«, sagte Tacroy. »Dein Onkel hat mir nie viel über dich erzählt. In welchem Schloss denn?«

»Schloss Chrestomanci«, sagte Christopher. »Aber gestern teilte mir mein Privatlehrer mit, dass diesen Samstag ein Spiel gegen die Dorfmannschaft stattfindet. Kein Mensch ist auf die Idee gekommen, mich zu fragen, ob ich mitspielen wolle, aber ich darf immerhin die Anschreibetafel führen.«

»Wirklich?«, fragte Tacroy. Wieder legten sich Falten um seine Augen.

»Selbstverständlich wissen sie nicht, dass ich hier bin«, versicherte Christopher.

»Davon bin ich überzeugt!«, versetzte Tacroy, und der Ton, in dem er es sagte, machte der Unterhaltung schlagartig ein Ende. Schweigend gingen sie weiter, bis sie an den lang gestreckten Berghang mit dem Bauernhof in der Senke kamen. Der Ort wirkte düsterer und einsamer denn je vor dem wolkenverhangenen grauen Himmel, unter dem die Landschaft aus Hügeln und Moor gelblich aussah. Ehe sie den Bauernhof erreichten, blieb Tacroy stehen und schob das Fuhrwerk, das ihm von hinten in die Beine fuhr, zur Seite. Sein Gesicht war so finster und gelblich wie die Moorlandschaft. »Hör mal, Christopher«, sagte er, »die Leute vom Schloss Chrestomanci werden nicht erfreut sein, wenn sie erfahren, was du hier machst.«

Christopher lachte. »Gewiss nicht! Aber sie kriegen das nicht raus.«

»Sei dir da nicht so sicher«, mahnte Tacroy. »Schließlich verstehen sie sich auf Magie jeder Art.«

»Das macht die Rache an ihnen ja gerade so süß«, erklärte Christopher. »Hier bin ich vor ihren Schnüffelnasen sicher, während sie glauben, sie hätten mich in der Tasche. Für sie bin ich nur ein Ding, das sie für ihre Zwecke benutzen.«

Die Bewohner des Bauernhauses hatten sie bereits kommen sehen. Eine kleine Gruppe von Frauen eilte aus dem Haus und postierte sich neben einem Haufen Pakete. Eine der Frauen winkte ihnen zu. Christopher winkte zurück, und da sich Tacroy nicht so für seine Gefühle zu interessieren schien, wie er das gehofft hatte, ging er weiter. Damit setzte er auch das Fuhrwerk wieder in Bewegung. Tacroy eilte ihm nach. »Ist dir nicht schon mal der Gedanke gekommen«, sagte er, »dass dich auch dein Onkel ausnutzen könnte?«

»Nicht so wie die Schlossbewohner«, entgegnete Christopher. »Ich mache diese Experimente aus freiem Willen.«

Tacroy schaute zum wolkenverhangenen Himmel hinauf. »Sag nachher nicht, ich hätte dich nicht gewarnt!«, bemerkte er.

Die Frauen rochen wie immer nach Knoblauch, als sie Christopher im Hof begrüßten. Und wie immer verband sich ihr Knoblauchatem mit dem Geruch der Pakete, die er nun auf die Ladefläche lud. Die Pakete in Acht rochen wie immer – ein penetranter, an Kupfer erinnernder Geruch. Doch diesmal, nach dem Unterricht bei Flavian schnupperte Christopher gezielt und überlegte. Diesen Geruch kannte er doch. Das war Drachenblut! Er war überrascht, denn das war das gefährlichste und mächtigste Zaubermittel überhaupt. Das nächste Paket legte er sehr viel vorsichtiger auf die Ladefläche des Wagens. Während er behutsam weiterarbeitete, schaute er zu Tacroy hinüber, um zu sehen, ob der wusste, was in den Paketen war. Aber der lehnte nur an der Hofmauer und schaute düster den Berg hinauf. Tacroy hatte gesagt, er habe sowieso keinen ausgeprägten Geruchssinn, wenn er ohne seinen Körper unterwegs sei.

Gerade als Christopher zu ihm hinüberschaute, riss Tacroy entsetzt die Augen auf und sprang von der Mauer weg. »Achtung!«, rief er.

Eine Frau schrie auf und zeigte auf den Berg. Christopher wandte den Kopf, um zu sehen, was es dort gebe. Mit einem Paket in der Hand stand er da und schaute und kam aus dem Staunen nicht heraus. Ein Ungeheuer von purpurner Farbe bewegte sich mit großer Geschwindigkeit auf den Bauernhof zu. Im ersten Augenblick konnte Christopher nicht erkennen, wie groß es wirklich war, weil es gerade seine lederartigen mächtigen Schwingen gefaltet und die mit Krallen versehenen Füße zum Landen vorgestreckt hatte. Nun glitt es rasch den Berghang hinunter. Während Christopher noch dachte, dass da ein haushohes Ungeheuer auf ihn zukam, war es bereits hinter dem Bauernhaus angelangt und überragte es sogar noch zum großen Teil.

»Das ist ein Drache!«, schrie Tacroy. »Christopher, geh in Deckung! Schau weg!«

Die Frauen neben Christopher liefen zur Scheune. Eine kam mit einem schweren altmodischen Gewehr zurück und versuchte hektisch, die Waffe, die sie mit beiden Händen festhalten musste, auf einen Dreifuß zu setzen. Kaum hatte sie es geschafft, fiel das Gewehr wieder herunter.

Während sie es wieder aufhob, senkte der Drache seinen mächtigen, zackenbekrönten Kopf auf das Dach und zerdrückte es ohne Mühe. Dann richtete er seine großen, grünlich schimmernden Augen auf den Hof.

»Der ist ja riesig!«, staunte Christopher. So etwas hatte er noch nie gesehen.

»Runter!«, schrie Tacroy.

Der Drache schenkte Christopher einen beinah seelenvollen Blick. Zwischen den Trümmern des zerstörten Dachs riss das Ungeheuer sein gewaltiges Maul auf. Es schien, als ob eine Tür aufging, die geradewegs ins Sonneninnere führte. Eine weiß glühende Feuerwolke sonderte sich ab, ein mächtiger gebündelter Strahl schoss auf Christopher zu. Es zischte fürchterlich. Christopher fühlte sich wie in einem Glutofen. Seine Haut schmorte. Im Augenblick größter Pein dachte er noch, Oh Gott! Noch eine Strafarbeit!

Das Erste, was Christopher nach einer Weile hörte, war Tacroys keuchender Atem. Er spürte, wie dieser sich abmühte, ihn von dem verkohlten Fuhrwerk hinunter auf den Weg zu zerren. Ganz in der Nähe des Bündels, zu dem Christophers Schlafanzug geknäult war.

»Alles in Ordnung«, versicherte Christopher, während er sich zitternd aufsetzte. Die Haut schmerzte ihm überall. Seine Kleider mussten ihm wohl am Leib verbrannt sein. Was er von seinem Körper sehen konnte, war ein zartes Rosa, hier und da mit Ruß geschwärzt. »Danke«, brachte er hervor, denn ihm wurde klar, dass ihn Tacroy erneut gerettet hatte.

»Keine Ursache«, keuchte Tacroy. Er verblasste zu einem Schatten seiner selbst. Die Augen geschlossen, der Mund zu einem schmalen Grinsen verzogen, und dabei so durchsichtig, dass das Gras der grünen Berghänge durch sein Gesicht schimmerte. Dann nahm er noch einmal alle Kraft zusammen. Für einen Augenblick wurde seine Gestalt deutlich und fest. Er beugte sich über Christopher. »Das war's!«, sagte er. »Solche Spritztouren machst du nicht noch mal. Du hörst auf damit. Solltest du noch einmal hierher kommen, bin ich nicht mehr zur Stelle.« Dann begann er schon wieder zu verblassen, erst grau, dann milchweiß. »Ich regle das mit deinem Onkel«, hauchte er nur noch. Christopher musste erraten, dass das letzte Wort »Onkel« gewesen war. Von Tacroy war schon nichts mehr zu sehen.

Christopher schwang sich vom Wagen und der verschwand ebenfalls. Zurück blieb ein leeres, friedliches Tal, über dem ein starker Brandgeruch hing.

»Aber ich will ja gar nicht damit aufhören«, sagte

Christopher. Seine Stimme klang so spröde und brüchig, dass er sie über dem Rauschen des Bachs kaum hörte. Ein paar Tränen hinterließen schmierige Spuren auf seinem Gesicht, während er seinen Schlafanzug anzog und dann durch den Spalt in der Zauberwand zurückkehrte.

Vierzehntes Kapitel

Und wieder fehlte Christopher nichts, als er am Morgen erwachte. Er hörte Flavian am Vormittag mit höflicher, aber ausdrucksloser Miene zu, während er sich in Gedanken immer noch über den Drachen wunderte. Seine Verwunderung wurde allerdings immer wieder durch Anwandlungen von Trübsal unterbrochen – er würde Tacroy nie wieder sehen! – und deshalb musste er sich sehr anstrengen, den Drachen vor seinem geistigen Auge zu behalten. Das Ungeheuer hatte es in sich. Um so etwas überhaupt einmal gesehen zu haben, lohnte es sich fast, ein Leben zu verlieren. Er fragte sich nur, wie lange es dauern würde, bis jemand aus dem Schloss merkte, dass er ein weiteres Leben eingebüßt hatte. Und in einem verborgenen Winkel seines Herzens ließ sich eine ängstliche Stimme vernehmen: Habe ich es denn schon verloren?

»Ich habe angeordnet, uns ein paar belegte Brote einzupacken«, verkündete Flavian fröhlich. »Außerdem hat der Hausmeister altes Ölzeug ausgegraben, das dir eigentlich passen müsste. Wir machen uns auf die Socken, sobald du mit deinen Französisch-Aufgaben fertig bist.«

Es regnete ziemlich stark. Christopher ließ sich Zeit bei seinem Französisch in der stillen Hoffnung,

Flavian würde auch finden, es sei zum Wandern zu nass. Doch als Christopher beim besten Willen nichts mehr einfiel, um die Geschichte vom Füllfederhalter seiner Tante noch weiter auszuspinnen, sagte Flavian: »Ein bisschen nass zu werden, hat noch niemandem geschadet.« Und damit machten sie sich kurz nach zwölf bei dichtem Sprühregen auf den Weg.

Flavian war aufgeräumter Stimmung. Mit dicken Strümpfen und einem Rucksack ausgestattet im Regen durch die Gegend zu marschieren, schien seiner Vorstellung von höchstem Glück zu entsprechen. Christopher fing das Wasser mit der Zunge auf und tröstete sich damit, dass er wenigstens aus dem Schloss heraus war. Aber wenn er schon Wind und Regen trotzen musste, dann hätte er das lieber im Zwischenreich getan. Das brachte ihn wieder auf Tacroy und sogleich musste er gegen Trübsal ankämpfen. Er versuchte an den Drachen zu denken, aber es war einfach zu nass. Während sie Meile um Meile durch Heideland marschierten, dachte Christopher immer nur daran, wie sehr er Tacroy vermissen würde und dass die triefend nassen Stechginsterbüsche ebenso trübselig aussahen, wie er sich fühlte. Er hoffte, dass sie bald zum Essen eine Rast machen würden, was ihn auf andere Gedanken bringen würde.

Sie kamen an den Rand der Heide. Flavian zeigte munter auf einen Berg in grauer Ferne. »In dem Wald dort drüben, da rasten wir zum Essen.«

»Aber das ist ja noch meilenweit entfernt!«, rief Christopher ganz bestürzt.

»Nur rund fünf Meilen. Wir gehen einfach ins Tal hinunter und auf der anderen Seite wieder hinauf.« Und damit schritt Flavian wieder tüchtig aus.

Lange bevor sie jenen Berg erreichten, dachte Christopher schon nicht mehr an Tacroy, sondern nur noch daran, wie sehr ihn Nässe, Kälte und Hunger plagten. Er hatte den Eindruck, dem Fünf-Uhr-Tee deutlich näher zu sein als dem Mittagessen, als er sich endlich hinter Flavian zur Lichtung jenes fernen Waldes schleppte.

»So«, sagte Flavian, schnallte den Rucksack ab und rieb sich die Hände. »Das ist die Gelegenheit für eine praktische Übung in Zauberei. Du sammelst Stöcke und schichtest sie zu einem Stoß auf und dann versuchst du, ein Feuer herbeizuzaubern. Haben wir erst mal ein munteres Feuer, können wir zum Mittagessen Würstchen auf Stöcke stecken und braten.«

Christopher schaute nach oben in die Äste, an denen schwere dicke Regentropfen hingen. Dann ging sein Blick hinunter auf das nasse Gras. Schließlich sah er Flavian an, um herauszubekommen, ob sein Lehrer es darauf abgesehen hatte, fies zu sein. Nein. Flavian dachte offenbar, das würde ihm genauso viel Spaß machen. »Aber die Stöcke sind alle nass«, wandte Christopher ein. »Der ganze Wald trieft vor Nässe.«

»Umso größer die Herausforderung«, sagte Flavian.

Christopher sah ein, dass es keinen Zweck hatte, Flavian zu sagen, dass er vor Hunger kurz vor dem Umfallen sei. Verbissen sammelte er Stöcke, schichtete sie zu einem Stoß, der gleich wieder zusammenfiel, machte einen neuen und kniete sich endlich hin, um ein Feuer zu zaubern. Lächerlich. Während ihm kaltes Regenwasser in den Hemdkragen tropfte und die Nässe vom Boden die Knie erreichte, gelang ihm mit Mühe ein gelbes rauchendes Flämmchen, das nach einer Sekunde erlosch. Die Stöcke waren davon nicht einmal warm geworden.

»Du musst deinen Willen konzentrieren, während du die Hände beschwörend erhebst«, belehrte ihn Flavian.

»Das weiß ich doch«, sagte Christopher und konzentrierte seinen Willen so stark er nur konnte. Feuer, mehr Feuer, noch mehr Feuer!

Der Holzstoß ging dröhnend in einer meterhohen Stichflamme auf. Und wieder spürte Christopher, wie seine Haut verbrutzelte. Auch das nasse Ölzeug wurde ein Raub der Flammen. In Sekundenbruchteilen war er Teil eines brennenden Scheiterhaufens. Das ist also das Leben, das der Drache verbrannt hat, dachte er in seiner Qual.

Als sein sechstes Leben begann, was seinem Gefühl nach rund zehn Minuten später geschah, hörte er Flavian hysterisch ausrufen: »Ja, ich weiß, aber eigentlich hätte es absolut sicher sein müssen. Der ganze Wald triefte nur so vor Nässe. Deswegen habe ich ihn ja ermuntert, es hier einmal zu versuchen.«

»Dr. Pawson meinte, dass es Sicherheit nicht gebe, wenn sich Christopher der Sache annehme«, bemerkte eine spröde Stimme aus einiger Entfernung.

Christopher drehte sich in eine andere Lage. Man hatte ihn mit Flavians Ölzeug bedeckt, die Haut darunter schien ganz rosa und zart zu sein. Der Boden vor ihm war, obwohl er nach Regen roch, schwarz verbrannt. Die Blätter der Zweige über ihm sahen braun und angesengt aus. Ein paar Schritte entfernt saß Gabriel de Witt im Schutz eines großen schwarzen Regenschirms auf einem Faltstuhl und schaute verärgert drein. Kaum hatte Christopher ihn gesehen, lohten kleine rötliche Flammen im noch rauchenden Gras neben dem Faltstuhl auf. Gabriel betrachtete die Flammen mit gerunzelter Stirn. Sogleich verwandelten sie sich in qualmende Asche.

»Ah, wieder zurück unter den Lebenden?«, sagte er. »Sei so gut und lösche den Waldbrand, den du verursacht hast. Das Feuer ist ungewöhnlich hartnäckig und ich möchte nicht, dass die ganze Landschaft in Glut und Asche aufgeht.«

»Kann ich erst einmal etwas zu essen bekommen?«, bat Christopher. »Ich sterbe vor Hunger.«

»Geben Sie ihm ein belegtes Brot«, sagte Gabriel zu Flavian. »Ich erinnere mich, als ich ein Leben verlor, brauchte das neue am Anfang sehr viel Energie.« Er wartete, bis Flavian Christopher ein mit hart gekochten Eiern belegtes Brot gereicht hatte. Während dieser das Brot hinunterschlang, fuhr Gabriel fort: »Flavian sagte, er übernehme die Verantwortung für diesen neuesten Streich. Du kannst dich bei ihm dafür bedanken, dass ich nachsichtig mit dir bin. Allerdings weise ich dich darauf hin, dass ich deinetwegen just in dem Augenblick fortgerufen wurde, als wir dabei waren, ein Mitglied der Diebesbande zu fassen. Wenn er uns durch die Maschen geht, ist das deine Schuld, Christopher. Und nun steh bitte auf und lösch das Feuer.«

Christopher erhob sich erleichtert. Er hatte befürchtet, dass Gabriel ihm verbieten würde, die Anschreibetafel für das Kricketspiel am nächsten Tag zu führen. »Löschen ist das Gegenteil von Entfachen, also muss man beim Zaubern umgekehrt vorgehen«, dozierte Flavian. Christopher hielt sich daran. Es war ganz leicht, nur dass er in seiner Erleichterung darüber, das Kricketspiel nicht zu versäumen, immer wieder Flämmchen rund um die Lichtung hervorbrechen ließ.

Nachdem schließlich auch der Rauch verschwunden war, sagte Gabriel: »Ich muss dich jetzt eindringlich warnen, Christopher. Noch ein Vorfall dieser Art, ob mit oder ohne fatale Folgen, und ich werde einschneidende Maßnahmen gegen dich ergreifen.« Damit stand Gabriel auf und klappte seinen Faltstuhl zusammen. Mit dem Stuhl unter dem Arm griff er nach dem Regenschirm, um ihn zusammenzufalten. Kaum faltete sich der Schirm, da fand sich Christopher und mit ihm Flavian innerhalb des Pentagramms in der Eingangshalle des Schlosses wieder. Miss Rosalie stand auf der Treppe.

»Er ist uns entwischt, Gabriel«, teilte sie mit. »Aber wenigstens wissen wir jetzt, wie die Schufte vorgehen.«

Gabriel warf Christopher einen vernichtenden Blick zu. »Bringen Sie ihn in sein Zimmer, Flavian«, sagte er, »und kommen Sie anschließend gleich zu einer Besprechung zu mir.« Dann wandte er sich an Miss Rosalie: »Sagen Sie Frederick, er soll sich sofort für eine Trance fertig machen. Ich will, dass künftig der Weltenrand ständig überwacht wird.«

Christopher trottete unter dem Ölzeug frierend neben Flavian her. Sogar seine Schuhe waren verbrannt. »Du sahst aus wie ein Kartoffelchip!«, sagte Flavian. »Ich war hell entsetzt!« Christopher wollte ihm gern glauben. Dieser Drache hatte ihn völlig versengt. Er hatte nun die Gewissheit, dass es nicht richtig zählte, wenn er ein Leben in einem Irgendwo verloren hatte, so dass er das betreffende Leben noch einmal »richtig« in seiner Welt auf eine dem Vorfall im Irgendwo möglichst ähnliche Weise verlieren musste. Die Moral für ihn lautete, künftig in den Irgendwos vorsichtig zu sein. Und während er sich anzog, hüpfte er vor Freude darüber, dass Gabriel ihm nicht das Kricketspiel verboten hatte. Nur fürchtete er, dass man das Spiel wegen des Regens absagen könnte. Es goss immer noch in Strömen.

In der Nacht hörte es auf zu regnen, wenngleich das Wetter weiterhin grau und kühl blieb. Am nächsten Tag ging Christopher mit der Schlossmannschaft zum Dorfanger hinunter. Die zusammengewürfelte Mannschaft bestand aus Zauberern, einem Lakaien, einem Gärtner, einem Stallburschen, Dr. Simonson, Flavian, einem jungen Hexenmeister, der eigens aus

Oxford angereist war, und zu Christophers Überraschung, Miss Rosalie. Letztere sah in ihrem weißen Kricketdress und den weißen Handschuhen richtig entzückend aus. Sie kam in weißen Schuhen dahergetrippelt und beklagte laut, dass die Falle, die man den Dieben gestellt hatte, nicht den erhofften Erfolg gebracht hatte. »Ich hatte Gabriel schon die ganze Zeit über gesagt, wir sollten den Weltenrand überwachen lassen«, sagte sie. »Ist das Diebesgut erst einmal in London, verfügen die Banditen über zu viele Verstecke.«

Gabriel kam persönlich zum Dorfanger. In der einen Hand hielt er seinen Faltstuhl, in der anderen ein Telegramm. Er hatte extra einen gestreiften Blazer angezogen, der aussah, als wäre er hundert Jahre alt, und einen breiten Panamahut aufgesetzt. »Eine schlechte Nachricht«, verkündete er. »Mordecai Roberts hat sich die Schulter verrenkt und kann nicht kommen.«

»Oh nein!«, riefen alle tief bestürzt.

»Das ist wieder mal typisch!«, kommentierte Miss Rosalie. Sie eilte auf Christopher zu. »Kannst du schlagen? Wenigstens so viel, dass du falls nötig gegen Schluss einspringen kannst?«

Christopher wollte sich nichts anmerken lassen, doch es gelang ihm nicht. »Ich denke schon«, sagte er strahlend.

Der Nachmittag war die reine Freude für ihn. Ein Stallknecht lieh ihm seine viel zu große Kricketkluft, die ein Zauberer aus dem Schloss hinunter auf den

Dorfanger zauberte. Im Spiel erhielt er einen der hinteren Plätze. Die Dorfmannschaft war zuerst mit Schlagen dran, und sie erzielten ziemlich viele Punkte, weil mit Mordecai Roberts der beste Werfer der Schlossmannschaft fehlte. Christopher fror im kalten Wind, doch dann gelang ihm etwas, wovon er immer geträumt hatte: Er fing den Ball, ehe dieser den Boden berührte und brachte damit den Dorfschmied ins Aus. Die Anhänger der Schlossmannschaft, die warm eingemummelt um das Spielfeld standen, applaudierten begeistert.

Als das Schloss mit Schlagen drankam, wartete Christopher mit der übrigen Mannschaft auf seinen Einsatz – oder genauer gesagt, er hoffte, überhaupt noch eine Chance zu bekommen. Fasziniert sah er, dass Miss Rosalie eine brillante Schlagfrau war. Sie schmetterte die Bälle genau so über das Feld, wie es Christopher immer gern getan hätte. Leider entpuppte sich der Schmied als ein teuflisch guter Werfer, der seinen Bällen einen tückischen Drall verlieh. Er beherrschte alle Tricks, die Tacroy so oft Christopher beschrieben hatte. Er brachte erst Dr. Simonson ins Aus und dann den Hexenmeister aus Oxford. Danach blieb nur noch Miss Rosalie. Und sie hielt sich wacker, obwohl sich ihre Frisur an einer Seite gelöst hatte und ihr Gesicht vor Anstrengung glühte. Als Flavian als zehnter und vorletzter zum Schlagen kam, brauchte die Schlossmannschaft dank Miss Rosalies Einsatz nur noch zwei Punkte zum Spielgewinn. Christopher schnallte sich die geliehenen Beinschützer mit dem sicheren Gefühl an, nicht mehr als Schlagmann dranzukommen.

»Man kann nie wissen«, sagte der Schuhputzjunge, der nun anstelle von Christopher die Anschreibetafel führte. »Schau ihn dir an. Mit dem ist es hoffnungslos.«

Bei Flavian war tatsächlich Hopfen und Malz verloren. Noch nie hatte Christopher so einen schlechten Kricketspieler gesehen. Entweder stocherte Flavian mit dem Schlagstock wie ein Blinder herum oder er holte mit mächtigem Schwung in die falsche Richtung aus. Es war klar, dass er jeden Augenblick ins Aus gebracht würde. Christopher nahm hoffnungsvoll das geliehene Schlagholz in die Hand. Statt Flavian traf es aber Miss Rosalie, die der Schmied förmlich aus dem Spiel schmiss. Die Dörfler, die in dichten Reihen am Spielfeldrand standen, jubelten siegessicher. Während sie schrien, stand Christopher auf.

»Viel Glück!«, wünschten ihm die Anhänger der Schlossmannschaft. Der Schuhputzjunge war der Einzige, der glaubte, dass Christopher wirklich noch eine Chance hatte.

Unter Schreien und Pfiffen schritt Christopher bis in die Mitte des Spielfelds und klapperte dabei mit den Beinschützern, die ihm zwei Nummern zu groß waren. »Hals- und Beinbruch«, wünschte ihm Miss Rosalie im Vorübergehen, als sie sich auf dem Spielfeld begegneten. Christopher ging weiter und wunderte sich, dass er überhaupt nicht nervös war.

Als er seinen Posten bezog, rieben sich die Dörfler

schon die Hände. Sie stellten sich dicht um ihn auf und warteten gespannt. Wo er auch hinschaute, überall sah er zum Fangen bereite schwielige Hände und braun gebrannte grinsende Gesichter.

»Oh weh!«, sagte Flavian am anderen Ende. »Er ist doch noch ein Schuljunge!«

»Ja eben!«, entgegnete der Kapitän der Dorfmannschaft und grinste nur noch breiter.

Der Schmied warf ihm verächtlich einen langsamen Ball zu. Während Christopher die Flugbahn des Balls verfolgte, hatte er Zeit genug, sich an Tacroys gute Ratschläge zu erinnern. Und da die gesamte Dorfmannschaft sich wie ein Ring um ihn gelegt hatte, wusste er, dass er den Ball bloß über diesen Ring hinauszuschlagen brauchte, um Punkte zu erzielen. Das Leder hatte nur wenig Drall. Er drosch es kraftvoll über das Spielfeld.

»Zwei!«, rief er forsch zu Flavian hinüber.

Flavian blickte ihn verdutzt an und rannte los. Christopher rannte ebenfalls mit klappernden Beinschützern. Die Dorfmannschaft jagte hektisch dem Ball hinterher, doch blieb Flavian und Christopher genug Zeit, um zwei Punkte zu erzielen. Am Ende schafften sie sogar drei Punkte, und damit hatte ihre Mannschaft gewonnen. Christopher glühte vor Freude und Stolz.

Die Leute vom Schloss jubelten. Gabriel gratulierte ihm. Der Schuhputzjunge schüttelte ihm die Hand. Miss Rosalie, deren Haar immer noch über die Schulter hinabhing, gab ihm einen Klaps auf den Rücken. Alle drängten sich um Christopher und versicherten, sie brauchten Mordecai Roberts eigentlich gar nicht mehr. Als dann auch noch die Sonne hinter dem Kirchturm hervorkam und zum ersten Mal an diesem Tag schien, dachte Christopher, dass das Leben im Schloss doch nicht so schrecklich war.

Doch spätestens am Sonntag zur Mittagszeit lief alles wieder in den alten Gleisen. Die Unterhaltung bei Tisch ging ausschließlich über Strategien, wie die Diebesbande dingfest gemacht werden könnte. Nur Mr Wilkinson, ein älterer Zauberer, der sich um die Schlossbibliothek kümmerte, fiel dadurch aus der Reihe, dass er mehrmals von drei seltenen Büchern sprach, die er immer noch vermisste. »Ich kann mir nicht vorstellen, wer sich drei Mädchenbücher aus Welt B unter den Nagel reißen wollte, gleichwohl kann ich die Bücher nirgendwo im Schloss finden.« Da es sich um Mädchenbücher handelte, war klar, dass Mr Wilkinson nicht Christopher verdächtigte. Tatsächlich erinnerte sich weder er noch sonst jemand daran, dass Christopher mit am Tisch saß. Nur hin und wieder wurde er gebeten, das Salz herüberzureichen.

Am Montag hielt Christopher es nicht mehr aus. »Hat noch niemand daran gedacht«, bemerkte er herausfordernd gegenüber Flavian, »dass ich auch mithelfen könnte, die Diebe zu fassen?« Noch nie zuvor hatte er sich so nahe an eine Erwähnung der Irgendwos gewagt. Das war sicher wegen des Spiels am Sonntag.

»Um Gottes willen!«, rief Flavian entsetzt. »Verbrecher, die Meerjungfrauen in Stücke schneiden, würden kurzen Prozess mit dir machen.«

Christopher seufzte. »Meerjungfrauen haben nicht mehr als ein Leben«, stellte er fest. »Ich schon.«

»Der ganze Zirkus um das ›Phantom‹ und seine Diebesbande macht mich krank«, sagte Flavian und wechselte das Thema.

Christopher hatte mehr denn je das Gefühl, in einem Tunnel ohne Ausgang zu stecken. Er war noch schlimmer dran als die Göttin, denn sie hörte auf, die Lebende Ascheth zu sein, wenn sie erst einmal erwachsen war. Er hingegen musste immer weitermachen und würde schließlich eine Gestalt wie Gabriel de Witt werden. Seine Stimmung besserte sich auch nicht, als er im Lauf der Woche einen Brief von Papa erhielt. Auch dieser war geöffnet und wieder verschlossen worden, doch anders als der Brief von Mama hatte er die tollsten Briefmarken. Papa war in Japan.

Mein Sohn!

Wie ich aus meinen Horoskopen entnehmen kann, kommt eine Zeit größter Gefahr auf dich zu. Ich bitte dich inständig, vorsichtig zu sein und deine Zukunft nicht aufs Spiel zu setzen.

Dein dich liebender Papa

Aus dem Poststempel ging hervor, dass der Brief vor einem Monat geschrieben worden war. »Ich pfeif auf meine Zukunft!«, sagte Christopher. »Die Gefahr, von der er spricht, bezieht sich wahrscheinlich auf die Leben, die ich sowieso schon verloren habe.« Und das Schlimmste von allem war, dachte er beim Gedanken an sein ganzes Elend, dass er sich nicht einmal mehr darauf freuen konnte, sich mit Tacroy zu treffen.

Trotzdem schlich sich Christopher Donnerstagnacht durch den Spalt in der Zauberwand. Er hoffte, Tacroy könnte vielleicht doch drüben sein. Aber das Tal war leer. Eine Weile stand er dort unschlüssig herum. Dann machte er sich auf den Weg zur Göttin. Von allen, die er kannte, war sie die Einzige, die nicht versucht hatte, ihn auszunutzen.

Fünfzehntes Kapitel

Die Göttin war in ihrem Schlafzimmer, wo sie mit untergeschlagenen Beinen auf weißen Kissen saß und, das Kinn in die Hände gestützt, vor sich hin grübelte. Zwar sah sie nicht mehr krank aus, doch brütete sie irgendetwas anderes aus.

Die Göttin klimperte mit ihrem Schmuck, als sie zu ihm aufblickte. »Gut, dass du da bist«, sagte sie. »Ich hatte gehofft, du würdest bald zurückkommen. Ich muss mit dir reden. Unter allen Menschen, die ich kenne, bist du der Einzige, der mich verstehen wird.«

»Das Gleiche gilt für mich«, sagte Christopher und setzte sich mit auf den gefliesten Fußboden. »Du wirst hier von deinen Priesterinnen eingesperrt gehalten, und mich halten Gabriels Leute im Schloss gefangen. Wir sind beide in einem Tunnel –«

»Aber da liegt gerade mein Problem«, unterbrach ihn die Göttin. »Ich bin mir nicht sicher, ob es für mich ein Tunnel ist. Tunnel haben nämlich im Allgemeinen einen Ausgang.« Ihre Stimme bekam einen ominösen Klang, als ob etwas Gefährliches in der Luft liege. Die weiße Katze spürte es auch. Sie erhob sich aus den Kissen und kletterte mühsam in den Schoß der Göttin.

»Was meinst du damit?«, fragte Christopher. Wieder dachte er, was für rätselhafte Wesen Mädchen doch waren.

»Die arme Bethi«, seufzte die Göttin, während sie die weiße Katze unter dem rhythmischen Klingklang ihrer Armreifen streichelte. »Sie bekommt schon wieder Junge. Ich wünschte, sie würde damit aufhören – es laugt sie nur aus. Ja, also seit ich krank war, habe ich viel nachgedacht. An alles Mögliche habe ich gedacht und auch an dich und daran, wie du es schaffst, aus einer anderen Welt hierher zu kommen. Ist das nicht schwer?«

»Nein, es ist ganz leicht«, sagte Christopher. »Wenigstens für mich. Ich glaube es hängt damit zusammen, dass ich mehrere Leben habe. Wenn ich es richtig sehe, lasse ich eines im Bett zurück und gehe mit den anderen auf Wanderschaft.«

»Du Glückspilz!«, sagte die Göttin. »Aber ich wollte eigentlich wissen, was genau du machst, um in diese Welt zu gelangen.«

Christopher berichtete ihr von dem Tal und dem Zwischenreich und dass er in dem Zimmer, in dem er schlief, stets eine Ecke brauchte, um die er herumgehen konnte.

Die Augen der Göttin wanderten nachdenklich über die dämmrigen Gewölbe ihres Zimmers. »Ich wünschte, ich hätte auch mehr als ein Leben«, seufzte sie. »Doch in meinem Fall – erinnerst du dich noch, was du gesagt hast, als du letztes Mal hier warst? Ich würde aufhören, die Lebende Ascheth zu sein, wenn ich erst einmal erwachsen wäre.«

»Du warst doch diejenige, die mir das gesagt hat, als ich zum ersten Mal hierher kam«, erinnerte er sie. »Du sagtest: ›Die Lebende Ascheth ist immer ein kleines Mädchen.‹ Erinnerst du dich nicht?«

»Doch, doch. Aber niemand zuvor hat es so klar ausgesprochen wie du«, versetzte die Göttin. »Das hat mich nachdenklich gemacht. Was geschieht mit der Lebenden Ascheth, wenn sie kein kleines Mädchen mehr ist? Ich bin nicht mehr klein. Ich habe fast das Alter erreicht, in dem andere Mädchen offiziell als Frauen gelten.«

Das musste in Serie zehn erstaunlich früh sein, dachte Christopher. Er wünschte, er wäre offiziell auch schon ein Mann. »Wirst du denn nicht zur Priesterin geweiht?«

»Nein«, erwiderte die Göttin. »Ich habe genau zugehört und die Quellen studiert – keine Priesterin war vorher die Göttin.« Die Finger, mit denen sie der Katze durch das Fell fuhr, zitterten leicht. »Wenn ich Mutter Stolzfuß frage«, fuhr sie fort, »antwortet sie immer, ich brauche mir keine grauen Haare wachsen lassen, weil Ascheth für alles sorge. Was glaubst du wohl, was das bedeutet?«

Christopher hatte den Eindruck, dass sie sich gleich wieder aufregen würde. »Ich nehme an«, sagte er beruhigend, »man schmeißt dich aus dem Tempel und du darfst nach Hause gehen.« Bei der Vorstellung wurde er geradezu neidisch. »Aber du hast doch die vielen Gaben der Ascheth. Mit deren Hilfe müsstest du das doch rausfinden können.«

»Was glaubst du wohl, was ich die ganze Zeit über versucht habe?«, entgegnete die Göttin fast schreiend. Ihre Armreife klirrten, als sie die unglückliche Bethi zur Seite warf und mit funkelnden Augen auf die Füße sprang. »Du Einfaltspinsel! Ich habe mir die ganze Woche über das Hirn zermartert, bis mein Kopf brummte!«

Christopher stand ebenfalls rasch auf und drückte sich mit dem Rücken gegen die Wand. Falls die Göttin ihm ans Leder wollte, war er bereit, durch die Wand zu verschwinden. Doch sie begnügte sich damit, vor ihm schreiend hin und her zu springen.

»Denk dir doch aus, wie ich hier herauskomme, wenn du so schlau bist. Denk nach!«

Wie immer wenn die Göttin schrie, wurde Fußgetrappel aus den angrenzenden Räumen lauter und eine atemlose Stimme rief: »Ich eile, meine Göttin. Was gibt es denn?«

Christopher drang ungehindert und rasch in die Wand ein. Die Göttin bedachte ihn mit einem kurzen, fast triumphierenden Blick und warf sich in die Arme der knochigen alten Frau, die vor der Tür erschien. »Oh, Mutter Stolzfuß, ich hatte wieder einen ganz schrecklichen Traum.«

Christopher stellte entsetzt fest, dass er in der Wand feststeckte. Er konnte sich weder vorwärts noch rückwärts bewegen. Ihm blieb nichts anderes übrig, als sich an die Lektion zu erinnern, die Flavian ihm einmal im Sich-unsichtbar-Machen gegeben hatte. Er versuchte es auf der Stelle. Da er sich mit dem Rücken in die Wand gedrückt hatte, ragte der größte Teil seines Kopfes noch heraus. Ob unsichtbar oder nicht, er fühlte sich wie eine der Jagdtrophäen, die im Speisesaal des Schlosses an der Wand hingen. Wenigstens konnte er sehen, hören und atmen, dachte er benommen. Er war erstaunt und auch wütend, dass die Göttin ihn schon wieder verhext hatte.

Diese ließ sich unter einlullenden Worten in einen der angrenzenden Räume führen. Nach zehn Minuten kam sie äußerlich wieder vollkommen ruhig zurück. Christopher hatte unterdessen bereits einen steifen Nacken und einen Krampf im Bein.

»Bemüh dich gar nicht erst, unsichtbar sein zu wollen«, sagte sie. »Jeder hier verfügt über den Hexenblick, auch wenn du es nicht merkst. Schau, es tut mir wirklich Leid, aber ich brauche unbedingt Hilfe. Ich verspreche dir, dich gehen zu lassen, wenn du mir geholfen hast.«

Christopher machte sich trotzdem nicht wieder sichtbar. Er fühlte sich so sicherer. »Du brauchst keine Hilfe – du brauchst leichte Schläge auf den Hinterkopf«, sagte er wütend. »Wie soll ich dir, eingeklemmt wie ich bin, überhaupt helfen? Es ist höllisch unbequem.«

»Also gut, mach es dir erst bequem, aber dann hilf mir«, befahl ihm die Göttin.

Christopher konnte sich nun ein wenig bewegen. Die Wand um ihn herum schien sich in Gelee zu verwandeln, so dass er sich strecken, die Arme ein wenig bewegen und sich gerade hinstellen konnte. Dann versuchte er sich mit ein paar raschen Bewegungen herauszuwinden, doch das Gelee gab nicht genug nach. Was ihn hier in der Wand festhielt, musste der gleiche Zauber sein, mit dem die Göttin bei der ersten Begegnung seine Füße an den Boden gefesselt hatte. »Wie soll ich dir denn helfen?«, fragte er schließlich resigniert.

»Indem du mich in deine Welt mitnimmst«, lautete die Antwort der Göttin, »damit ich in die Schule gehen kann wie das Mädchen in den ›Nellie‹-Büchern. Ich dachte mir, du könntest mich in eurem Schloss verstecken, bis ich eine Schule gefunden habe.«

Christopher sah schon Gabriel de Witts Miene vor sich, wenn dieser die Göttin in einer Dachstube entdeckt hatte. »Nein«, sagte er. »Das kann ich nicht, wirklich nicht. Und vor allem will ich es auch nicht. So und nun lass mich hier heraus.«

»Du hast doch Throgmorten hinausgeschmuggelt«, sagte die Göttin. »Da kannst du doch wohl auch mich mitnehmen.«

»Throgmorten ist ein Kater«, wandte Christopher ein. »Er hat neun Leben, so wie ich. Ich sagte dir doch bereits, dass ich nur deshalb hierher kann, weil ich eines meiner Leben in meiner Welt zurücklasse. Du hast nur ein Leben, folglich kann ich dich nicht in meine Welt mitnehmen, weil du sterben würdest, wenn ich es täte!«

»Das ist der springende Punkt!«, giftete die Göttin. Er merkte, dass sie schwer mit sich kämpfte, um nicht wieder loszuschreien. Tränen liefen ihr über die Wangen. »Ich weiß sehr wohl, dass ich nur ein Leben habe und gerade das möchte ich nicht verlieren. Nimm mich mit.«

»Damit du in die Schule gehen kannst, wie du es in den Büchern gelesen hast!«, fauchte Christopher zurück. Er fühlte sich immer mehr wie ein präparierter Tierkopf an der Wand. »Sei doch nicht so dumm!«

»Dann bleibst du so lange in der Wand, bis du dich eines Besseren besonnen hast!«, entschied die Göttin und stürmte unter Geklingel und Geklimper wieder davon.

Christopher versank langsam im Gelee der Wand und verwünschte den Tag, an dem er der Göttin die »Nellie«-Bücher gebracht hatte. Dann verwünschte er sich selbst, weil er geglaubt hatte, die Göttin habe Mitgefühl mit ihm. Sie war genauso selbstsüchtig und rücksichtslos wie alle anderen auch. Er reckte und streckte und wand sich, um sich zu befreien, doch da er keinen Schimmer hatte, wie dieser Zauber zusammengesetzt war, war alle Mühe vergebens.

Doch es kam noch schlimmer, denn nun, da das Tempelvolk von seinem Mittagsschlaf aufwachte, belebte sich der Ort. Christopher konnte hinter sich im sonnenbeschienenen Hof eine Gruppe von Menschen hören, die die Katzen zählten und sie fütterten. Durch dieses Gemurmel und die Geräusche hindurch bellte eine weibliche Stimme Befehle, worauf das Scheppern eiserner Rüstungen und das Pochen von Speerschäften auf dem Boden zu hören war. Christopher fürchtete, dass sein Hintern in den Hof hinausragen könnte.

Er wurde die Vorstellung nicht los, dass sich ein Speer in seinen Rücken bohren könnte, und so kämpfte er weiter gegen das zähe Gelee. Dabei wusste er nicht, was er mehr fürchten sollte: das Gefühl, von einem Speer durchbohrt zu werden oder den Zorn Gabriels, wenn Christopher ein weiteres Leben verlöre.

Auf der anderen Seite des Eingangs hörte er die Göttin mit mindestens drei Priesterinnen sprechen, anschließend murmelten ihre Stimmen gemeinsam Gebete. Warum hatte ihm Flavian so gar keine nützlichen Zauberkünste beigebracht? Sicherlich gab es an die sechshundert Möglichkeiten, diesen Zauber zu brechen und unbemerkt aus der Wand zu schlüpfen, aber er, Christopher, kannte keine einzige. Er überlegte, ob er sich vielleicht freisprengen sollte, indem er die Zauber für Schweben, Sturmwind und Feuer gleichzeitig anwandte. Vielleicht klappte es, obwohl es nicht leicht wäre, da er keine Hand frei hatte. Außerdem könnten ihn die Tempelwächter immer noch mit ihren Speeren verfolgen. So entschloss er sich, zuerst Logik und List anzuwenden.

Kurze Zeit später kam die Göttin wieder herein, um zu sehen, ob er sich anders entschieden hatte.

»Ich hole es, meine Liebe«, sagte eine Priesterin vor dem Eingang.

»Nein, ich möchte zugleich noch einmal nach Bethi schauen«, sagte die Göttin über die Schulter hinweg. Der Ehrlichkeit halber ging sie zu der weißen Katze hinüber, die auf den Kissen lag, schwer atmete und sich selbst zu bemitleiden schien. Die Göttin streichelte erst die Katze und kam dann zu Christopher und sah ihm aus nächster Nähe in die Augen.

»Na? Wirst du mir nun helfen?«

»Was passiert eigentlich«, fragte Christopher, »wenn irgendjemand aus dem Tempel hier hereinkommt und mein Gesicht aus der Wand ragen sieht?«

»Am besten stimmst du zu, ehe jemand hereinkommt«, flüsterte ihm die Göttin zu. »Man würde dich sonst töten.«

»Aber tot nütze ich dir nichts mehr«, stellte Christopher klar. »Lass mich gehen oder ich schreie.«

»Versuch's doch!«, sagte die Göttin und stürmte wieder davon.

Doch Christopher fehlte der Mut. Diese Masche zog also nicht. Als die Göttin wieder ins Zimmer kam, versuchte er es auf eine andere Art. »Schau«, begann er, »ich bin wirklich wahnsinnig rücksichtsvoll. Ich könnte spielend ein großes Loch in den Tempel sprengen und auf der Stelle verduften. Wenn ich es nicht tue, so deshalb, weil ich dich nicht in Schwierigkeiten bringen will. Ascheth und ihre Priesterinnen würden es gar nicht gern sehen, wenn herauskäme, dass du dich in eine andere Welt absetzen möchtest.«

Die Göttin brach in Tränen aus. »Ich verlange wirklich nicht viel«, sagte sie und drehte hilflos an einem Armreif. »Ich dachte, du wärest nett.«

Dieser Stich blieb nicht ohne Wirkung. »Ich hab keine andere Wahl. Ich werde in Kürze den Tempel in die Luft jagen müssen, wenn du mich nicht gehen lässt«, drohte Christopher. »Wenn ich nicht bis morgen früh zurück bin, wird einer aus dem Schloss in mein Zimmer gehen um nachzusehen und nur eines meiner Leben im Bett vorfinden. Darauf wird er sofort Gabriel de Witt benachrichtigen, und dann bekommen wir beide Schwierigkeiten. Ich habe dir doch schon gesagt, dass er in andere Welten reisen kann. Wenn er hier auftaucht, hast du nichts zu lachen.«

»Du bist ja so gemein!«, entrüstete sich die Göttin. »Du hast überhaupt kein Mitgefühl – du hast bloß Angst!«

Nun war es an Christopher, die Fassung zu verlieren. »Lass mich gehen, oder ich sprenge den ganzen Tempel in die Luft!«

Die Göttin wischte sich mit einem Zipfel ihres Gewands die Tränen ab und lief einfach aus dem Zimmer.

»Stimmt etwas nicht, meine Liebe?«, fragte eine Priesterin draußen.

»Nein, nein«, hörte Christopher die Göttin sagen. »Bethi geht es nicht gut, sonst ist nichts.«

Sie blieb eine ganze Weile fort. Wahrscheinlich musste sie die Priesterinnen davon abhalten, ins Zimmer zu kommen und nach der weißen Katze zu schauen. Doch dann verbreitete sich der Geruch von würzigen Speisen in der Luft. Christopher konnte sich seine Unruhe nicht verhehlen. Die Zeit verstrich, bald würde im Schloss der Morgen anbrechen. Dann würde es für ihn brenzlig werden. Noch mehr Zeit verstrich. Er hörte, wie die Leute im Hof die Katzen zählten und sie wieder fütterten. »Bethi fehlt«, sagte jemand.

»Sie ist noch bei der Göttin«, sagte eine andere Stimme. »Sie bekommt bald Junge.«

Und noch mehr Zeit verstrich. Als die Göttin endlich wieder auftauchte, hatte Christopher aus Verzweiflung seine Meinung geändert. Er sah ein, dass er der Göttin in irgendeiner Form behilflich sein musste, auch wenn er das nicht wollte. Andernfalls würde er nie vor dem Morgen von hier wegkommen.

Die Göttin hielt sich womöglich noch für gütig, weil sie diesmal etwas zu essen mitbrachte, eine warme Speise aus Fleisch und Gemüse, um die ein scharfgewürzter dünner Maisfladen gewickelt war. Sie riss Stücke von dem Fladen ab und steckte sie in Christophers Mund. Der Pfeffer war so scharf, dass ihm das Wasser in die Augen trat. »Bitte«, brachte er schwer schluckend hervor, »was hast du jetzt vor? Wieso erwartest du Hilfe von mir?«

»Das habe ich dir doch schon gesagt!«, sagte die Göttin ungeduldig. »Es war die Bemerkung, die du machtest, als ich krank war. Dass ich nicht mehr die Lebende Ascheth sein werde, wenn ich erwachsen bin. Von da ab hatte ich nur noch einen Gedanken: Was wird dann mit mir geschehen?«

»Darüber willst du also Gewissheit haben?«, fragte Christopher.

»Ja, mehr als über alles andere in der Welt!«, sagte die Göttin.

Christopher verlegte sich aufs Feilschen. »Du lässt mich also gehen, wenn ich dir dabei helfe, herauszufinden, was dann wirklich mit dir geschieht? Ich kann dich nicht in meine Welt mitnehmen – du weißt, dass ich es nicht kann – aber ich kann dir bei dem anderen helfen.«

Die Göttin knetete das letzte Stückchen Fladen mit ihren Fingern. »Ja«, sagte sie, »abgemacht. Aber ich sehe nicht, wie du es eher herausfinden willst als ich.«

»Kein Problem«, versicherte Christopher. »Du brauchst nur vor das goldene Standbild zu treten und es zu fragen, was mit dir geschieht, wenn du einmal nicht mehr die Lebende Ascheth bist. Wenn es stumm bleibt, weißt du, dass nichts Schlimmes passieren wird und dass du dann den Tempel verlassen und zur Schule gehen kannst.« Diesen Einfall hielt er für ziemlich schlau, da er davon ausging, dass ein goldenes Standbild nicht sprechen konnte.

»Warum bin ich darauf nicht selbst gekommen!«, rief die Göttin. »Das ist wirklich schlau! Aber« – sie knetete wieder das Fladenstück – »aber Ascheth spricht nicht zu den Menschen, jedenfalls nicht richtig. Sie drückt alles durch Zeichen aus. Symbolhafte Zeichen und Andeutungen. Und sie antwortet nicht immer, wenn sie gefragt wird.«

Das war ärgerlich. »Aber dir wird sie ein Zeichen geben«, sagte Christopher zuversichtlich. »Schließlich sollst du sie ja verkörpern. Du brauchst sie lediglich zu bitten, dir etwas in Erinnerung zu rufen, was ihr beide schon wisst. Geh also zu ihr und bitte sie um ein Zeichen – aber setze ihr eine Frist, damit du weißt, bis wann du eine Antwort erwarten kannst.«

»Ja, das mache ich«, stimmte die Göttin bei. Sie steckte Christopher das letzte Stückchen Fladen in den Mund und putzte sich mit lautem Geklimper die Hände ab. »Ich mache mich auf der Stelle auf den Weg.« Und damit schritt sie klingklang, klingklang aus dem Zimmer, so, als gehöre sie zu den Soldaten in ihren scheppernden Rüstungen, die hinter Christophers Rücken draußen im Hof marschierten.

Er spuckte den Fladen wieder aus, schloss die Augen, um das Wasser herauszupressen und wünschte sich, er könnte die Daumen drücken.

Fünf Minuten später kehrte die Göttin mit munterer Miene zurück. »Erledigt!«, verkündete sie. »Zuerst wollte sie nicht. Ich musste sie erst unter Druck setzen. Ich sagte ihr, sie solle aufhören, sich dumm zu stellen und mich täuschen zu wollen. Am Ende gab sie nach.« Das, so gab sie mit einem erstaunten Blick auf Christopher zu, sei ihr bisher noch nie gelungen.

»Ja, schön. Aber was hat sie denn gesagt?«, wollte Christopher wissen. Hätte er nicht in der Wand gesteckt, wäre er vor Ungeduld wohl umhergehüpft.

»Oh, bis jetzt noch gar nichts«, sagte die Göttin. »Aber ich verspreche hoch und heilig, dass ich dich gehen lasse, wenn sie es tut. Sie sagte, sie könne sich nicht sofort äußern und wolle bis morgen warten. Ich entgegnete, dass mir das viel zu lang dauere. Darauf sagte sie, der früheste Zeitpunkt für ein Zeichen sei heute um Mitternacht.«

»Mitternacht!«, rief Christopher.

»Bis dahin sind es nur noch drei Stunden«, sagte

die Göttin beschwichtigend. »Und ich habe ihr deutlich gesagt, dass sie pünktlich sein muss, sonst würde ich wirklich böse. Du musst freilich auch ihren Standpunkt verstehen – sie muss Schicksal spielen und das braucht seine Zeit.«

Mit sinkendem Mut rechnete Christopher aus, bis zu welchem Zeitpunkt er dann im Schloss zurück sein könnte. Frühestens um zehn Uhr vormittags. Aber vielleicht würde das Dienstmädchen, das gewöhnlich morgens an seine Tür klopfte, einfach denken, er sei müde. Erst nach einer Stunde oder noch später würde sie sich Sorgen machen und Flavian oder sonst jemanden benachrichtigen. Bis dahin sollte er aber mit ein bisschen Glück zurückgekehrt sein. »Also gut, Mitternacht«, seufzte er. »Und du musst mich dann gehen lassen oder ich rufe einen Wirbelwind herbei, stecke alles in Brand und decke das Dach des Tempels ab.«

In den folgenden drei Stunden fragte er sich immer wieder, warum er seine Zauberkräfte nicht sofort einsetzte. Dass er kein weiteres Leben verlieren wollte, erklärte sein Verhalten nur zum Teil. Er fühlte sich verpflichtet, zu warten und der Göttin ihre Seelenruhe zurückzugeben. Durch seine Bemerkung hatte er sie in Zweifel gestürzt und davor hatte er durch die Bücher mit den Schulgeschichten ihre Unzufriedenheit geschürt. Er wusste, wie sie sich in ihrem ungewöhnlichen, einsamen Leben fühlte. Und selbstverständlich war da auch Papas Mahnung, ein Gentleman wende gegen eine Dame keine Magie an. Alles zusammengenommen hatte zur Folge, dass Christopher in halb sitzender Lage geduldig in der Wand ausharrte.

Einen Teil der Stunden bis Mitternacht saß die Göttin auf ihren Kissen und streichelte nervös die weiße Katze, so, als ob sie jeden Augenblick das Zeichen der Ascheth erwartete. Die meiste Zeit aber war sie beschäftigt. Erst rief man sie zu einer Übung, dann zu Gebeten und schließlich sollte sie auch noch baden. Während sie fort war, hatte Christopher die verzweifelte Idee, er könnte vielleicht mit dem Leben, das in seinem Bett im Schloss lag, Kontakt aufnehmen. Er überlegte, wie er sein anderes Selbst dazu bringen könnte, aufzustehen und für ihn zum Unterricht zu gehen. Obwohl er durchaus das Gefühl hatte, dass noch ein anderer Teil seines Selbst existierte, schien er doch nicht damit verbunden zu sein – oder wenn er es doch sein sollte, dann wusste er nicht wie. Geh zum Unterricht!, dachte er. Steh auf und verhalte dich ganz wie ich! Und dann fragte er sich zum hundertsten Mal, warum er nicht einfach den Tempel in die Luft sprengte und wegging.

Schließlich kam die Göttin in einem langen weißen Nachthemd und mit nur zwei Armreifen wieder. Sie gab Mutter Stolzfuß einen Gutenachtkuss vor der Tür und legte sich in die Kissen, die Arme liebevoll um ihre weiße Katze geschmiegt. »Es dauert jetzt nicht mehr lange«, sagte sie zu Christopher.

»Das sollte es auch besser nicht«, versetzte er. »Ehrlich gesagt, ich verstehe nicht, warum du über dein Leben murrst. Wie gerne würde ich Flavian oder Gabriel gegen deine Mutter Stolzfuß tauschen!«

»Ja, vielleicht ist das wirklich töricht von mir«, stimmte die Göttin, schon ein wenig schläfrig, zu. »Andererseits weiß ich auch, dass du nicht an Ascheth glaubst und daher stellt sich für dich vieles anders dar als für mich.«

Christopher erkannte an ihrer Atmung, dass sie eingeschlafen war. Am Ende musste auch er eingenickt sein. Die geleeartige Wand war gar nicht so unbequem.

Ein hohes Piepsen weckte ihn wieder auf. Es klang seltsam verzweifelt und erinnerte an Vogeljunge, die um Futter betteln. Hellwach geworden sah Christopher einen Strahl milchigweißen Mondlichts, das auf die Fliesen des Fußbodens fiel.

»Da, sieh mal!«, sagte die Göttin. »Das ist das Zeichen.« Mit ihrem ausgestreckten Arm, an dem ein einzelner Reif klimperte, deutete sie auf Bethi. Die Katze lag lang und steif im Mondlicht. Etwas Kleines, Schneeweißes kroch mühsam auf ihr herum und stieß jene verzweifelten hohen Piepstöne aus.

Die Göttin fuhr von ihrem Lager hoch, kniete sich hin und hob das Häuflein Unglück auf. »Es friert«, sagte sie. »Bethi hat ein Junges bekommen und –« Sie schwieg lange. »Christopher«, setzte die Göttin neu an und bemühte sich, ruhig zu klingen. »Bethi ist tot. Das bedeutet, dass ich auch sterben muss, wenn man eine neue Lebende Ascheth gefunden hat.«

Neben der toten Katze kniend, erhob sie ein lautes Geschrei.

Flackernder Kerzenschein war zu sehen, Schritte waren auf den Fliesen zu hören. Christopher versuchte, sich so tief wie möglich in die Wand zu drücken. Er wusste, wie sich die Göttin fühlte. Er hatte sich genauso gefühlt, als er im Leichenschauhaus aufgewacht war. Dennoch hätte er sich gewünscht, sie würde mit dem Schreien aufhören. Als die dürre Mutter Stolzfuß mit zwei anderen Priesterinnen ins Zimmer gestürzt kam, machte sich Christopher zu einem Schwebezauber bereit.

Doch die Göttin hielt ihr Versprechen. Immer noch schreiend, wich sie vor Bethis Katzenkadaver zurück, als ob sie entsetzt wäre, und warf einen Arm theatralisch empor, so dass ihr klimpernder Armreif gegen Christophers unsichtbare Nase stieß. Zum Glück war der Reif aus Silber.

Mit dem üblichen Getöse landete Christopher wieder in seinem Bett im Schloss. Er war fest und sichtbar und hatte seinen Schlafanzug an. Nach dem Licht im Zimmer zu urteilen, war es fast Mittag. Rasch richtete er sich auf. Auf dem Stuhl am anderen Ende des Zimmers saß Gabriel de Witt und schaute ihn finsterer denn je an.

Sechzehntes Kapitel

Gabriel hatte die Ellbogen auf die Armlehnen des Stuhls gelegt und die langen, knotigen Hände zu einem Dach unter seiner Adlernase geformt. Die darüber liegenden Augen schauten ihn so durchdringend an wie die des Drachen.

»Du bist also auf einer außerkörperlichen Reise gewesen«, sagte er. »Ich vermute, dass du das regelmäßig treibst. Das würde einiges erklären. Würdest du wohl die Güte haben, mir mitzuteilen, wo du gewesen bist und warum die Rückkehr so lange gedauert hat?«

Christopher blieb nichts anderes übrig, als alles zu beichten. Dabei wäre er lieber gestorben. Ein Leben zu verlieren war nichts im Vergleich zu den Blicken, mit denen Gabriel ihn durchbohrte.

»Der Tempel der Ascheth!«, sagte Gabriel. »Du dummer Junge! Ascheth ist eine der gefährlichsten und rachsüchtigsten Göttinnen in den Verbundenen Welten. Ihr bewaffneter Arm ist dafür bekannt, Menschen viele Jahre lang durch mehrere Welten zu verfolgen, und das wegen geringerer Anlässe, als du ihr gegeben hast. Gott sei Dank bist du davor zurückgeschreckt, ein Loch in ihren Tempel zu sprengen. Und ich bin erleichtert, dass du so viel Verstand besessen hast, die Lebende Ascheth ihrem Schicksal zu überlassen.«

»Ihrem Schicksal? Man wird sie doch nicht etwa wirklich umbringen?«, fragte Christopher.

»Selbstverständlich wird man das«, sagte Gabriel so ruhig und trocken, wie es seine Art war. »Nichts anderes bedeutete das Zeichen: Die alte Göttin stirbt, wenn die neue Lebende Ascheth erwählt ist. Die dahinter stehende Anschauung ist wohl die, dass die ältere bei ihrem Tod ihre Macht der Gottheit mitgeben wird. Diese Lebende Ascheth ist für sie besonders wertvoll, da sie selbst über große magische Kraft verfügt.«

Christopher war entsetzt. Er erkannte plötzlich, dass die Göttin gewusst oder doch geahnt hatte, was mit ihr geschehen sollte. Deshalb hatte sie ihn um seine Hilfe gebeten. »Wie können Sie nur so ruhig bleiben?«, fragte er. »Die Göttin hat nur ein Leben. Können Sie ihr nicht irgendwie helfen?«

»Mein lieber Christopher«, entgegnete Gabriel. »Alle Serien innerhalb der Verbundenen Welten bestehen zusammengenommen aus über hundert Welten, und in mehr als der Hälfte dieser Welten herrschen Zustände, die jeden zivilisierten Menschen mit Abscheu erfüllen. Wenn ich meine Zeit und mein Mitgefühl für die Belange all dieser Welten vergeudete, bliebe mir nichts mehr für die Aufgabe übrig, für die ich bezahlt werde – nämlich den Missbrauch von Magie in *unserer* Welt zu verhindern. Deshalb muss ich nun dich zur Verantwortung ziehen. Gibst du zu, deine Zauberkraft missbräuchlich verwendet zu haben?«

»Ich –«, begann Christopher.

»Du hast es mit Sicherheit getan«, sagte Gabriel. »Du musst mindestens drei Leben in anderen Welten verloren haben – und du könntest alle sechs bei außerkörperlichen Reisen verloren haben, was weiß ich. Doch da das äußerliche Leben, also dasjenige, das du eigentlich hättest verlieren sollen, hier im Schlaf lag, mussten die Gesetze der Natur gebeugt werden, damit du es noch einmal richtig verlieren konntest. Würdest du so weitermachen, wärst du bald ein Unikum in Serie zwölf.«

»Diesmal habe ich aber gar kein Leben verloren«, sagte Christopher zu seiner Verteidigung.

»Dann musst du es bei deiner letzten Reise eingebüßt haben«, sagte Gabriel. »Dir fehlt mit Sicherheit eines. Und das darf sich nicht wiederholen, Christopher. Sei so nett und zieh dich sofort an, und dann komm mit mir in mein Büro.«

»Äh –«, machte Christopher. »Ich habe noch nicht gefrühstückt. Darf ich –«

»Nein«, beschied ihm Gabriel.

Aus der Antwort schloss Christopher, dass es diesmal wirklich ernst war. Er zitterte, als er aufstand und ins Badezimmer ging. Die Tür ließ sich nicht schließen. Christopher konnte sich denken, dass Gabriel sie mit einem Zauber offen hielt, damit er nicht auf die Idee kam, zu flüchten. Unter Gabriels wachsamem Auge wusch er sich und zog sich so rasch an wie noch nie in seinem Leben.

»Christopher«, sagte Gabriel zu ihm, während dieser sich hastig die Haare kämmte, »sei versichert, dass ich mir große Sorgen um dich mache. Es geht nicht an, dass du deine Leben so verschleuderst.«

»Ich tue es nicht, um Sie zu ärgern«, sagte Christopher bitter, »falls Sie das denken sollten.«

Gabriel seufzte. »Ich bin vielleicht kein guter Vormund, aber ich kenne meine Pflichten. Also komm mit.«

Ohne ein weiteres Wort setzte sich Gabriel in Bewegung, während Christopher beinahe laufen musste, um mit ihm Schritt zu halten. Was war mit seinem sechsten Leben passiert? Christopher überlegte mit dem Rest von Verstand, der nicht vor Angst gelähmt war. Er neigte zu der Auffassung, Gabriel könnte sich verzählt haben.

Im Dämmerlicht des Büros warteten Miss Rosalie und Dr. Simonson und mit ihnen einer der jüngeren Männer aus dem Mitarbeiterstab. Alle waren in einen schimmernden Lichtschein gehüllt. Christophers Blick wanderte ängstlich von den Verzauberten zu der schwarzen Ledercouch, die in der Mitte des Zimmers auf dem dunklen Fußboden stand. Das Möbel erinnerte ihn an einen Zahnarztstuhl. Daneben befand sich eine Vorrichtung mit zwei Vakuumglocken. Die linke enthielt eine große Spule, die an etwas Unsichtbarem aufgehängt war, während die rechte bis auf einen Gardinenring oder etwas Ähnliches am Grund des Behälters leer zu sein schien.

»Was haben Sie vor?«, fragte Christopher mit einer leicht piepsigen Stimme.

Miss Rosalie trat an Gabriel heran und reichte ihm auf einem gläsernen Tablett ein Paar Handschuhe. Während Gabriel die Handschuhe anzog, gab er folgende Erläuterung: »Das ist die einschneidende Maßnahme, die ich dir nach dem Brand angedroht habe. Ich werde jetzt dein neuntes Leben entfernen, ohne dass du oder dieses Leben dabei Schaden nehmt. Danach schließe ich es im Schlosstresor ein und belege es mit einem neunfachen Bann, den nur ich wieder lösen kann. Da du dieses Leben nur wiedererlangst, wenn du zu mir kommst und mich um Aufhebung des neunfachen Banns bittest, wird das ein Ansporn sein, mit den dir verbliebenen zwei Leben vorsichtiger umzugehen.«

Miss Rosalie und Dr. Simonson hüllten nun Gabriel in den gleichen schimmernden Zauber wie sich selbst. »Ein Leben zu entfernen, ohne dass es dabei Schaden nimmt, das kann nur Gabriel de Witt«, verkündete Miss Rosalie stolz.

Zu Christophers Verwunderung versuchte Dr. Simonson freundlich zu sein. »Dieser Zauber hier ist eine rein hygienische Maßnahme«, behauptete er. »Schau nicht so ängstlich drein. Leg dich jetzt auf die Couch. Ich verspreche dir, dass es kein bisschen wehtut.«

Das sagten die Zahnärzte auch immer!, dachte Christopher, als er sich auf die Couch legte.

Gabriel drehte sich hin und her, damit sich der Zauber fest an ihn schmiegte. »Der Grund, weshalb Frederick Parkinson hier ist und nicht am Weltenrand

Wachdienst versieht, wie er eigentlich sollte, ist ganz einfach der, dass er Acht geben wird, dass du während der Operation keine verbotenen Reisen unternimmst. Das würde dich nämlich in größte Gefahr bringen, Christopher. Bleib also bitte in dieser Welt, während wir operieren.«

Einer der Anwesenden versetzte Christopher in einen Zauberschlaf. Dr. Simonson hatte die Wahrheit gesagt. Christopher spürte mehrere Stunden lang überhaupt nichts. Als er dann wieder zu Bewusstsein kam, hatte er außer einem Bärenhunger und einem leichten Jucken tief im Inneren nur das Gefühl, getäuscht worden zu sein.

Wenn man ihn schon um ein Leben erleichtern musste, hätte er gern zugesehen, wie man das machte.

Gabriel und die anderen standen vor dem schwarzen Schreibtisch und tranken Tee. Sie machten einen erschöpften Eindruck. »Du hast die ganze Zeit versucht, auf Reisen zu gehen«, berichtete ihm Frederick Parkinson. »Ich hatte alle Hände voll zu tun, dich davon abzuhalten.«

Miss Rosalie beeilte sich, auch Christopher eine Tasse Tee zu bringen. »Wir haben dich im Schlafzustand gehalten, bis wir dein ganzes Leben auf der Spule hatten«, sagte sie. »Es wickelt sich gerade in den Goldring ab – schau.« Sie zeigte auf die beiden Vakuumglocken. Die Spule in der linken Glocke war fast voll mit einem glänzenden rosafarbenen Faden und drehte sich langsam und majestätisch in der Luft.

Der Ring in der rechten Glocke hatte vom Grund abgehoben und drehte sich rasch und munter. »Wie fühlst du dich jetzt, Christopher?«, fragte Miss Rosalie.

»Spürst du etwas? Bist du wohlauf?«, erkundigte sich Gabriel. Seine Stimme klang mitfühlend.

Dr. Simonson schien ebenfalls besorgt. Er nahm Christophers Puls und testete dann seine geistigen Fähigkeiten, indem er ihm Additionsaufgaben stellte. »Es scheint ihm so weit ganz gut zu gehen«, sagte er zu den anderen.

»Gott sei Dank!«, sagte Gabriel, der sich mit der Hand über das Gesicht wischte. »Rufen Sie Flavian. Nein, er ist ja draußen am Weltenrand. Frederick, wären Sie so freundlich, Christopher ins Bett zu bringen und dann der Wirtschafterin Bescheid zu sagen, dass er wieder etwas Festes zu sich nehmen darf?«

Daraus, dass alle so nervös waren und sich Sorgen um ihn machten, schloss Christopher, dass man vorher noch nie versucht hatte, jemandem ein Reserveleben zu entfernen. Er wusste nicht, was er davon halten sollte. Was hätten sie wohl getan, wenn die Operation nicht erfolgreich verlaufen wäre?, fragte er sich, während er aufrecht im Bett saß und so viel Hühnchen und Pasteten in sich hineinstopfte, wie überhaupt hineinpassen wollten. Frederick saß neben ihm und blieb auch den ganzen Abend über bei ihm. Christopher wusste nicht, was ihm lästiger war: Frederick oder das merkwürdige Jucken tief in seinem Inneren. Er schlief früh ein, um beide Plagen loszuwerden.

Mitten in der Nacht wachte er auf. Er war allein und das Gaslicht brannte noch. Sofort stieg er aus dem Bett, um nachzuschauen, ob der Spalt in der Zauberwand verschlossen worden war. Zu seiner Überraschung war alles noch wie vorher. Offenbar hatte niemand bemerkt, von wo aus er seine Reisen in die Irgendwos unternahm. Er wollte schon durch den Spalt schlüpfen, als er zufällig einen Blick zurück auf sein Bett warf. Der Junge, der dort in den zerwühlten Laken lag, sah so gespenstisch aus wie Tacroy, bevor ihn Christopher festknetete. Der Anblick rüttelte ihn auf. Er hatte also wirklich nur noch zwei Leben. Das letzte war nun im Schlosstresor deponiert, und er kam ohne Gabriels Erlaubnis nicht heran. Mit einem noch größeren Groll auf Gabriel kehrte Christopher in sein Bett zurück.

Am Morgen brachte Flavian ihm das Frühstück. »Sollen wir heute mit dem Unterricht weitermachen?«, fragte er vorsichtig. »Wir könnten uns auch ein bisschen schonen. Ich hatte gestern einen ziemlich anstrengenden Tag, musste Wache am Weltenrand schieben, ohne dass dabei etwas herausgekommen wäre. Ich könnte mir gut einen gemütlichen Vormittag vorstellen. Ich dachte daran, mit dir in die Bibliothek zu gehen und die gängigen Nachschlagewerke anzuschauen: den *Almanach* von Moore, die Prynnesche *Liste*, und so weiter.«

Das Jucken in Christophers Bauch war vorbei. Er fühlte sich gut, wahrscheinlich sogar besser als Flavian, der blass und müde aussah. Er ärgerte sich darüber, dass ihn alle so überwachten, doch wusste er auch, dass es zwecklos gewesen wäre, sich zu beschweren. Also aß er sein Frühstück und zog sich an. Dann folgte er Flavian zu der rosa Marmortreppe.

Auf halbem Weg hinunter sahen sie, wie sich das Pentagramm im Saal plötzlich mit Leben füllte. Als Erster sprang Frederick Parkinson aus dem fünfzackigen Stern. »Endlich haben wir ein paar von ihnen erwischt!« Sein Jubelruf hallte noch in der Eingangshalle wider, als Miss Rosalie erschien. Sie hatte alle Mühe, eine wütende alte Frau festzuhalten, die mit einer Geige nach ihr schlug. Hinter ihr folgten zwei Polizisten. Sie trugen einen Mann, einer am Kopf, der andere an den Füßen. Sie machten einen Bogen um Miss Rosalie und die sich heftig wehrende alte Frau herum und legten den Mann behutsam auf die Fliesen, wo er mit ausgestreckten Beinen wie ein Schlafender liegen blieb, den braunen Lockenkopf friedlich zur Treppe gewendet.

Christopher schaute hinab auf seinen alten Gefährten Tacroy.

Im selben Augenblick rief Flavian: »Mein Gott! Das ist ja Mordecai Roberts!«

»Ja, leider«, rief Frederick Parkinson zu ihm hinauf. »Er gehört tatsächlich zur Bande des ›Phantoms‹. Ich bin ihm den ganzen Weg in Serie sieben gefolgt. Dann bin ich wieder umgekehrt und habe seinen Körper ausfindig gemacht. Er war einer ihrer Boten und hatte Diebesgut bei sich.« Weitere Polizisten erschienen mit Kisten und jenen wasserdichten Paketen, die Christopher nur zu gut kannte.

Gabriel de Witt eilte an Christopher und Flavian vorbei und starrte, unten angekommen, wie ein schwarzer Raubvogel auf Tacroy hinab: »Roberts war also der Bote«, sagte er. »Kein Wunder, dass wir in der Sache nicht vorwärts kamen.« Unterdessen hatte sich die Halle gefüllt: Noch mehr Polizisten kamen, Gabriels übriger Mitarbeiterstab, Diener, der Butler und eine Schar neugierig schauender Dienstmädchen. »Bringen Sie ihn in das Trance-Zimmer«, sagte Gabriel zu Dr. Simonson, »aber geben Sie ihm keinen Anlass zum Misstrauen. Wenn irgend möglich, möchte ich alles, was er von seiner Schmuggeltour mitbringen wollte.« Dann wandte er sich an Christopher. »Christopher, du solltest, sobald Roberts wieder in seinen Körper zurückgekehrt ist, bei dessen Verhör dabei sein. Das wird eine wertvolle Erfahrung für dich sein.«

Christopher schlängelte sich an Flavians Seite durch die Halle und fühlte sich, als bewege er sich ebenfalls außerhalb seines Körpers. Er war bestürzt. Das verbarg sich also hinter Onkel Ralphs Experimenten! Das konnte doch nicht wahr sein!, dachte er. Wenn das Ganze doch ein Irrtum wäre!

Es gelang ihm nicht, sich in der Bibliothek zu konzentrieren. Immer wieder hörte er Miss Rosalies Stimme: »Aber Gabriel, sie haben ein ganzes Volk von Meerjungfrauen abgeschlachtet!«, worauf er in Gedanken wieder bei den nach Fisch riechenden Paketen war, die er in Serie fünf auf das Fuhrwerk geladen hatte, und dann bei den albernen Damen, die geglaubt hatten, er sei so etwas wie ein Klippstocherer. Er sagte sich, die Pakete hätten keine Meerjungfrauenfilets enthalten. Alles sei ein schrecklicher Irrtum. Dann aber fiel ihm wieder ein, dass Tacroy ihn gewarnt hatte, nicht nur das eine Mal, als der Drache kam, sondern schon mehrere Male vorher, und da wusste er, dass es kein Irrtum war. Ihm wurde übel.

Flavian ging es kaum besser. »Stell dir vor, Mordecai!«, sagte er immer wieder. »Er gehört seit vielen Jahren zum Mitarbeiterstab des Schlosses. Ich mochte ihn wirklich!«

Beide erhoben sich erleichtert von ihren Plätzen, als ein Lakai kam, um sie in den Mittleren Salon zu führen. Wenn alles herauskommt, dachte Christopher, während er hinter Flavian durch die Halle ging, erwartet wenigstens niemand mehr, dass er der nächste Chrestomanci wird. Aber der Gedanke schien ihm doch nicht so tröstlich, wie er gehofft hatte.

Im Salon saß Gabriel, einem alten schwarz und grau gekleideten König gleich, auf einem vergoldeten Sessel. Rechts und links waren halbkreisförmig weitere Sessel aufgestellt. Neben ihm saßen auf der einen Seite Polizisten mit Notizbüchern und machten ernste, gewichtige Mienen sowie drei Männer mit Aktenmappen, die alle noch imposantere Backenbärte trugen als Papa. Flavian flüsterte ihm zu, die Männer seien von der Regierung. Auf der anderen Seite des Halbkreises saßen Miss Rosalie und Gabriels übrige Mitarbeiter. Christopher wurde ein Sessel etwas außerhalb angewiesen. Von seinem Platz aus wurde er Zeuge, wie zwei kräftige Lakaien Tacroy hereinbrachten und ihn den anderen gegenüber auf einen Stuhl setzten.

»Mordecai Roberts«, sagte einer der Polizisten, »Sie befinden sich in polizeilichem Gewahrsam. Ich weise Sie darauf hin, dass alles, was Sie sagen, protokolliert und später gegen Sie verwendet werden kann. Wünschen Sie einen Anwalt als juristischen Beistand?«

»Nein, das ist nicht nötig«, sagte Tacroy. In seinem wirklichen Körper war er nicht ganz der Tacroy, den Christopher kannte. Statt des alten grünen Anzugs trug er einen viel modischeren braunen Anzug mit einer blauen Seidenkrawatte und einem dazu passenden Einstecktuch. Seine maßgefertigten Stiefel waren aus Kalbsleder. Zwar hatte sich an seinen Locken nichts geändert, aber sein Gesicht zeigte Züge, die er von Tacroys Geistergestalt nicht kannte, Lachfalten, die frech und fast zynisch wirkten. Er lümmelte sich auf den Stuhl, wippte lässig mit einem Stiefel und gab sich betont sorglos. Freilich spürte Christopher, dass Tacroy alles andere als sorglos war. »Wozu ein Anwalt?«, sagte er. »Sie haben mich auf frischer Tat ertappt. Ich bin seit Jahren als Doppelagent tätig. Wie könnte ich das abstreiten?«

»Aber was hat Sie dazu gebracht, das zu tun?«, rief Miss Rosalie.

»Geld«, sagte Tacroy lapidar.

»Könnten Sie das wohl etwas genauer erklären?«,

fragte Gabriel. »Als Sie das Schloss verließen, um sich in die Diebesbande einzuschleichen, hat Ihnen die Regierung ein fürstliches Salär gezahlt und obendrein eine luxuriöse Wohnung in der Baker Street verschafft. Beides haben Sie noch.«

Das war also die Dachstube beim Covent Garden!, dachte Christopher bitter.

»Ach, das war ganz am Anfang«, sagte Tacroy. »Damals trieben sich Diebe nur in Serie zwölf um. Ihr Kopf, das ›Phantom‹, konnte mir nicht genug bieten, um mich in Versuchung zu führen. Doch sobald er seine Tätigkeit auch auf die übrigen Verbundenen Welten ausdehnte, versprach er mir alles, was ich mir nur wünschte.« Er nahm ein Seidentaschentuch aus der Tasche und putzte damit sorgfältig nicht erkennbaren Staub von seinen teuren Stiefeln. »Ich bin nicht sofort auf das Angebot eingegangen«, beteuerte er, »sondern nach und nach hineingerutscht. Man gewöhnt sich sehr schnell an einen lockeren Umgang mit Geld.«

»Wer ist das ›Phantom‹?«, fragte Gabriel. »Sie sind es der Regierung schuldig, diese Frage zu beantworten.«

Tacroy wippte mit dem Fuß. Er faltete sorgfältig sein Taschentuch zusammen und blickte lässig in die Runde der Leute, die ihm gegenübersaßen. Christopher bemühte sich um eine möglichst ausdruckslose Miene. Tacroys Blick wanderte über ihn wie über alle anderen hinweg, so als hätte Tacroy ihn nie zuvor gesehen. »Da muss ich leider passen«, sagte er. »Der

Mann gibt seine Identität nicht preis. Ich hatte es immer nur mit seinen Untergebenen zu tun.«

»Wie mit dieser Effisia Bell, der das Haus in Kensington gehört, in dem Ihr Körper entdeckt wurde?«, fragte einer der Polizisten.

Tacroy zuckte mit den Achseln. »Ja, sie war eine von ihnen.«

Miss Bell, die Letzte Hauslehrerin, dachte Christopher. Sie musste auch dazugehören. Seine Miene blieb weiterhin so ausdruckslos, dass ihm das Gesicht fast erstarrte, als wäre er die goldene Statue der Ascheth.

»Wen können Sie uns sonst nennen?«, fragte ein anderer Polizist.

»Niemanden, leider«, lautete Tacroys Antwort.

Mehrere andere Personen stellten ihm dieselbe Frage in unterschiedlichem Zusammenhang, doch Tacroy wippte immer nur mit dem Fuß und sagte, er wisse es nicht. Schließlich beugte sich Gabriel vor. »Wir haben einen Blick auf das Fuhrwerk geworfen, auf dem Ihr Bandenchef das Diebesgut transportiert hat«, sagte er. »Eine bestechende Konstruktion, Roberts.«

»Nicht wahr?«, pflichtete Tacroy bei. »Es muss eine Weile gedauert haben, das Ganze zur Einsatzreife zu bringen. Sie verstehen, es musste flüssig genug sein, um den Weltenrand zu passieren, aber andererseits auch wieder so stabil, dass die Leute in den anderen Welten es beladen konnten, wenn es zu ihnen kam. Mir schien es so, als habe das ›Phantom‹

warten müssen, bis das Fuhrwerk einsatzfähig war, ehe er die Operationen in die Verbundenen Welten ausdehnen konnte.«

Stimmt nicht!, dachte Christopher. Und außerdem musste ich immer aufladen! Er lügt das Blaue vom Himmel herunter!

»Mehrere Zauberer müssen daran mitgewirkt haben, Mordecai«, stellte Miss Rosalie fest. »Wer waren sie?«

»Da bin ich leider überfragt«, sagte Tacroy. »Nein, einen Augenblick. Effie Bell hat einmal einen Namen erwähnt. Phelps, kann das sein? Oder Felper? Felperin?«

Gabriel und die Polizisten sahen einander an. Flavian murmelte: »Die Brüder Felperin! Wir haben sie seit Jahren in Verdacht, krumme Sachen zu drehen.«

»Noch etwas ist uns aufgefallen, Roberts«, fuhr Gabriel fort. »Wie wir schon bei oberflächlicher Betrachtung feststellen konnten, muss das Fuhrwerk um ein Haar einmal verbrannt sein.«

Christopher stockte der Atem.

»Ich vermute, dass in der Werkstatt etwas schief gelaufen ist«, fiel Tacroy dazu ein.

»Drachenfeuer, Mordecai«, sagte Dr. Simonson. »Ich habe das sofort erkannt.«

Tacroy funkelte alle im Halbrund mit lachenden Augen an. Christopher konnte immer noch nicht atmen. Aber wieder wanderte Tacroys Blick über Christopher hinweg, als habe er ihn nie zuvor gesehen. Er lachte. »Ich habe nur Spaß gemacht. Mich sticht der Hafer, wenn ich Sie alle hier über mich zu Gericht sitzen sehe. Ja, das Fuhrwerk wäre beinah durch den Feuerstrahl eines Drachen verbrannt, der etwas dagegen hatte, dass ich eine Ladung Drachenblut aus Serie acht abholte. Das war vor ungefähr einem Jahr.« Christopher atmete auf. »Ich verlor die ganze Ladung«, fuhr Tacroy fort, »und hätte wegen der Verbrennungen beinahe nicht mehr in meinen Körper zurückgefunden. Wir mussten den Schmuggel fast den ganzen Herbst einstellen, bis das Fuhrwerk wieder repariert war. Ich habe Ihnen damals berichtet, das ›Phantom‹ scheine den Import eingestellt zu haben.«

Christopher tat mehrere tiefe Atemzüge, ohne dass es aufgefallen wäre. Dann sprach einer von den backenbärtigen Regierungsvertretern: »Waren Sie bei diesen Fahrten immer allein?« Christopher hielt wieder die Luft an.

»Selbstverständlich war ich allein«, entgegnete Tacroy. »Wozu hätte ich einen Reisegefährten gebraucht? Wohlgemerkt, ich habe keine Ahnung, wie viele andere Fuhrwerke das ›Phantom‹ losschickt. Es könnten hunderte sein.«

Auch das war Stuss, dachte Christopher. Unser Fuhrwerk war das einzige, sonst hätten sie nicht im vergangenen Herbst den Schmuggel einstellen müssen, als ich auf die Schule kam und darüber alles vergaß. Wenn er bis dahin noch nicht gemerkt hätte, dass Tacroy ihn deckte, dann hätte er es spätestens nun erkannt. Das Verhör ging weiter. Tacroy blickte Christopher jedes Mal ohne eine Spur von Wiedererkennen an. Immer wenn Tacroys Antwort Christopher in Gefahr gebracht hätte, log Tacroy und versteckte die Lüge hinter einer Nebelwand aus anderen Geständnissen, die von der Frage ablenken sollten. Christophers Gesicht erstarrte, so lange bewahrte er schon seine teilnahmslose Miene. Er schaute in Tacroys verbittertes Gesicht und fühlte sich immer schlechter. Wenigstens zweimal war er nahe daran, aufzustehen und ein Geständnis abzulegen. Doch damit hätte er Tacroys ganze Mühe zunichte gemacht.

Das Verhör endete nicht einmal für das Mittagessen. Der Butler schob einen Servierwagen mit belegten Broten herein, die anschließend jeder über seine Notizen gebeugt aß. Unterdessen ging die Befragung weiter. Christopher freute sich, dass ein Lakai auch Tacroy ein belegtes Brot reichte. Tacroy war mittlerweile so blass wie der hellste Milchkaffee, und er wippte nicht mehr mit den teuren Schuhen, sondern zitterte. Er biss in das Brot, als ob er dem Hungertod nahe gewesen wäre und beantwortete die nächsten Fragen mit vollem Mund.

Christopher biss in sein eigenes Brot. Es war mit Lachs belegt. Bei dem Gedanken an die Meerjungfrauen hätte er sich beinahe übergeben müssen.

»Ist dir nicht gut?«, flüsterte Flavian.

»Doch, doch. Ich mag bloß Lachs nicht besonders«, flüsterte Christopher zurück. Es wäre dumm, sich jetzt zu verraten, nachdem Tacroy sich so bemüht hatte, ihn aus allem herauszuhalten. Er hob das Brot wieder zum

Mund, brachte es aber nicht über sich, einen weiteren Bissen zu tun.

»Vielleicht kommt es daher, dass dir ein Leben operativ entfernt wurde«, mutmaßte Flavian.

»Ja, das denke ich auch«, sagte Christopher. Er legte den Imbiss wieder beiseite und wunderte sich, wie gierig Tacroy sein Brot verschlingen konnte.

Das Verhör ging immer noch weiter, als der Butler den Servierwagen wieder aus dem Salon schob. Gleich darauf kam er wieder zurück und flüsterte Gabriel vertraulich etwas ins Ohr. Gabriel dachte nach, fällte eine Entscheidung und nickte. Zu Christophers Verwunderung kam der Butler dann zu ihm und sprach ihn an.

»Master Christopher, Ihre Mutter ist hier und wartet im Kleinen Salon auf Sie. Wenn Sie mir bitte folgen wollen.«

Christopher schaute Gabriel an, doch der beugte sich vor und fragte Tacroy, wer denn die Pakete in Empfang nahm, wenn sie in London ankamen. Christopher stand auf und folgte dem Butler. Tacroys Augen huschten hinter ihm her. »Tut mir Leid«, hörte Christopher ihn sagen. »Ich habe ein Gedächtnis wie ein Sieb. Sie müssen mich das noch einmal fragen.«

Meerjungfrauen, dachte Christopher, während er mit dem Butler den Saal durchquerte. Pakete mit Fischgeruch. Konserven mit Drachenblut. Ich wusste, dass es Drachenblut aus Serie acht war, aber ich wusste nicht, dass der Drache etwas dagegen hatte. Was wird wohl jetzt mit Tacroy geschehen? Als der Butler die

Tür zum Kleinen Salon öffnete und ihn hineingeleitete, wusste er nicht, worauf er sich konzentrieren sollte, auf den elegant eingerichteten Salon oder auf die beiden Damen, die darin saßen.

Zwei Damen?

Christopher sah zwei weite Seidenröcke. Der rosa- und lavendelfarbene gehörte Mama, die blass und bestürzt aussah. Der kaum weniger elegante, in Braun- und Goldton gehaltene Rock gehörte der Letzten Hauslehrerin. Christopher löste sich von dem Gedanken an Meerjungfrauen und Drachenblut und blieb mitten auf dem Perserteppich stehen.

Mama streckte ihm einen lavendelfarbenen Handschuh entgegen. »Mein Liebling«, sagte sie mit gebrochener Stimme. »Wie groß du geworden bist! Du erinnerst dich doch an Miss Bell, Christopher? Sie ist nun meine Gesellschafterin. Dein Onkel hat uns ein hübsches Haus in Kensington besorgt.«

»Die Wände haben Ohren«, sagte Miss Bell mit tonloser Stimme. Christopher erinnerte sich, dass ihre verborgene Schönheit niemals in Mamas Gegenwart zum Vorschein kam. Mama tat ihm Leid.

»Christopher, könntest du dagegen etwas tun?«, fragte ihn seine Mutter.

Christopher nahm sich zusammen. Er zweifelte nicht daran, dass der Salon mit Lauschzaubern versehen war, mindestens so viel wie gold gerahmte Bilder dort hingen. Eigentlich sollte ich der Polizei melden, dass die Letzte Hauslehrerin hier ist, dachte er. Aber wenn sie Mamas Gesellschafterin ist, würde Mama ebenfalls in die Sache hineingezogen werden. Wenn er die Hauslehrerin anzeigte, würde diese ihrerseits alles über ihn berichten und Tacroys Anstrengungen zunichte machen. »Wie seid ihr hereingekommen?«, fragte er. »Über dem ganzen Schloss liegt ein Zauberbann.«

»Deine Mutter hat sich an der Portiersloge die Augen rot geweint«, sagte die Hauslehrerin und zeigte viel sagend auf die Wände. Sie wollte damit Christopher bedeuten, etwas gegen den Lauschzauber zu unternehmen.

Christopher hätte gern so getan, als habe er nichts verstanden, wusste aber, dass er die Hauslehrerin nicht verärgern durfte. Ein Geheimhaltungszauber gehörte zwar zur höheren Magie, was aber für einen Chant-Sprössling keine Schwierigkeit darstellte. Doch wie üblich übertrieb er den Zauber. Er dachte schon, er sei taub geworden. Aber dann sah er, wie Mama sich verständnislos auf die Wange klopfte, und auch die Hauslehrerin schüttelte den Kopf, um die Gehörgänge frei zu machen. Rasch kratzte er die Mitte des Geheimhaltungszaubers aus, so dass sie sich innerhalb der tauben Zone hören konnten.

»Liebling«, sagte Mama mit tränenvoller Stimme, »wir sind gekommen, um dich von hier wegzuholen. Unten wartet eine Droschke. Du kommst mit uns nach Kensington und wohnst bei mir. Dein Onkel möchte, dass ich glücklich bin, und sagt, dass ich das nicht eher bin, als bis du wieder bei mir bist. Da hat er selbstverständlich Recht.«

Noch heute Morgen, dachte Christopher wütend, hätte er bei dieser Nachricht vor Freude getanzt. Doch nun hätte er damit nur wieder Tacroys Strategie zunichte gemacht. Und das Ganze war nur ein weiterer Coup seines Onkels Ralph. Des Kopfes der Diebesbande, dachte er. Er schaute Mama an, und sie blickte flehendlich zurück. Sie meinte es also ernst mit dem, was sie sagte, auch wenn sie sich dabei ganz von Onkel Ralph beherrschen ließ. Das konnte Christopher ihr nicht einmal verargen. Schließlich hatte er sich von Onkel Ralph damals mit einem Sixpencestück verführen lassen.

Er schaute die Hauslehrerin an. »Deine Mutter ist jetzt wieder recht vermögend«, sagte sie in ihrer beherrschten Art. »Dein Onkel hat ihr schon fast die Hälfte ihres früheren Reichtums wiederbeschafft.«

Fast die Hälfte!, dachte Christopher. Was hat er dann mit dem übrigen Geld gemacht, das ich ihm eingebracht habe? Er dürfte mittlerweile mehrfacher Millionär sein!

»Und du kannst durch deine gewohnte Mithilfe dazu beitragen, dass die Summe, die deiner Mutter noch fehlt, in kürzester Zeit wieder beisammen ist.«

Durch deine gewohnte Mithilfe!, dachte Christopher. Er erinnerte sich daran, wie listig die Hauslehrerin vorgegangen war. Erst hatte er die Irgendwos auskundschaften müssen, und dann hatte sie ihn dazu gebracht, genau das zu tun, was Onkel Ralph verlangte. Das konnte er ihr nicht verzeihen, obgleich sie Onkel Ralph noch ergebener war als Mama. Während er solchen Gedanken nachhing, betrachtete er wieder Mama. Ihre Liebe zu ihm mochte ja real sein, aber sie hatte ihn stets in die Obhut von Kindermädchen und Hauslehrerinnen gegeben und würde ihn, waren sie erst einmal in Kensington, wieder der Hauslehrerin überlassen.

»Wir sind auf dich angewiesen, Liebling«, sagte Mama. »Warum schaust du so teilnahmslos? Du brauchst nur aus dem Fenster zu klettern und dich in der Droschke zu verstecken. Dann fahren wir wieder fort, ohne dass irgendjemand etwas bemerkt.«

Ich verstehe, dachte Christopher. Onkel Ralph wusste, dass Tacroy erwischt worden war. Nun sollte Christopher mit dem Schmuggel weitermachen. Er hatte Mama geschickt, um Christopher zu holen, und die Hauslehrerin sollte sie begleiten, damit alles genau so geschah, wie es Onkel Ralph sich wünschte. Vielleicht fürchtete er, Tacroy könnte Christopher preisgeben. Nun, wenn Tacroy lügen konnte, dann konnte das Christopher auch.

»Ich würde ja gern«, sagte er mit trauriger, stockender Stimme, obgleich er in Wirklichkeit jetzt genauso berechnend und listig war wie die Hauslehrerin. »Nichts würde ich lieber tun – aber ich kann nicht. Als mich der Drache in Serie acht verbrannte, war das mein vorletztes Leben. Gabriel de Witt war darüber so erbost, dass er mir mein letztes Leben nahm und es wegsperrte. Wenn ich das Schloss verlasse, sterbe ich.«

Mama brach in Tränen aus. »Dieser schreckliche

alte Mann! In was für eine dumme Lage er uns alle bringt!«

»Wenn das so ist«, sagte die Hauslehrerin und erhob sich, »gibt es für uns hier nichts mehr zu tun.«

»Da haben Sie Recht, meine Gute«, schniefte Mama. Sie wischte sich die Augen trocken und gab Christopher einen parfümierten Kuss. »Wie schrecklich, wenn man über die Leben, die man noch hat, nicht mehr selbst verfügen kann! Vielleicht weiß dein Onkel ja einen Ausweg.«

Christopher schaute zu, wie die beiden davoneilten, und hörte, sobald sie den Bann verlassen hatten, ihre teuren Seidenröcke rascheln. Er löste den Bann mit einer müden Handbewegung. Zwar wusste er, was er von beiden zu halten hatte, doch fühlte er sich immer noch gekränkt und enttäuscht, als er sie in die Droschke steigen sah, die unter den Zedern an der Zufahrt stand. Der einzige Mensch, der nicht versucht hatte, ihn auszunutzen, war Tacroy. Und der war ein Krimineller und Doppelagent.

Und ich auch!, dachte Christopher. Nach diesem Eingeständnis ertrug er den Gedanken nicht, zurück in den Mittleren Salon zu gehen und dort zuzuhören, wie Leute Tacroy mit Fragen quälten. So schleppte er sich bedrückt zu seinem Zimmer, machte die Tür auf und staunte.

Ein Mädchen in einem triefend nassen braunen Gewand saß zitternd auf der Kante seines Bettes. Klamme Haarsträhnen umrahmten ihr Gesicht. In der einen Hand schien sie einen klatschnassen weißen

Pelz zu halten. In der anderen hatte sie ein großes, in Wachspapier eingeschlagenes Paket, das allem Anschein nach Bücher enthielt.

Die hat mir gerade noch gefehlt!, dachte Christopher. Die Göttin war irgendwie hierher gelangt und hatte ihre ganze Habe mitgebracht.

Siebzehntes Kapitel

»Wie bist du denn hierher gelangt?«, fragte Christopher.

Die Göttin schüttelte sich vor Kälte. Ohne ihren Schmuck, von dem sie sich getrennt hatte, sah sie recht unscheinbar aus. »Ich habe mich daran erinnert«, brachte sie zähneklappernd hervor, »dass du gesagt hast, man müsse ein Leben hinter sich lassen, um zwischen den Welten zu reisen. Wenn man die goldene Statue der Ascheth als ein Leben zählt, dann habe ich selbstverständlich auch zwei. Dennoch war es nicht so leicht. Ich musste sechsmal in die Wand an der Ecke meines Zimmers gehen, ehe ich den Bogen heraushatte. Du musst wirklich sehr mutig sein, immer aufs Neue durch dieses schreckliche Zwischenreich zu gehen. Es war entsetzlich – zweimal hätte ich beinahe Stolzfuß losgelassen.«

»Stolzfuß?«, wunderte sich Christopher.

Die Göttin öffnete die Hand mit dem weißen Pelz darin. Der Pelz protestierte miauend und begann ebenfalls zu zittern. »Mein Kätzchen«, erklärte die Göttin. Christopher fiel wieder ein, wie heiß es in Serie zehn immer gewesen war, und dass vor einiger Zeit jemand den Schal, den ihm Mrs Pawson gestrickt hatte, in seiner Kommode verstaut hatte. Nun suchte er danach. »Ich konnte sie doch nicht zurücklassen«, sagte die Göttin in flehendlichem Ton. »Ich habe auch ihr Trinkfläschchen mitgebracht. Und ich musste unbedingt weg, nachdem man mich mit dem ominösen Zeichen allein gelassen hatte. Sie wussten, dass ich wusste, was mit mir geschehen sollte. Ich habe gehört, wie Mutter Stolzfuß sagte, nun müsse man schnellstens nach einer neuen Lebenden Ascheth suchen.«

Und nach Kleidern für die Göttin, dachte Christopher, als er sie mit den Zähnen klappern hörte. Er warf ihr den Schal zu. »Wickle das Kätzchen da hinein. Den Schal hat eine Zauberin gestrickt. Das Kätzchen ist darin bestimmt sicher. Wie hast du bloß das Schloss gefunden?«

»Indem ich in jedes Tal, an dem ich vorbeigekommen bin, hineingeschaut habe«, sagte die Göttin. »Ich kann nicht glauben, dass du nicht den Hexenblick besitzt. Den Spalt in der Wand hätte ich beinahe übersehen, so fein ist er.«

»Versteht man das unter Hexenblick?«, fragte Christopher zerstreut. Er warf einen Arm voll seiner wärmsten Kleidung neben sie aufs Bett. »Geh ins Badezimmer und zieh das hier an, bevor du zu einem Eiszapfen erstarrst.«

Die Göttin setzte das sorgfältig in den Schal gehüllte Kätzchen ab. Es war noch so klein, dass es eher wie eine weiße Maus aussah. Christopher wunderte sich, dass es überhaupt durchgehalten hatte. »Jungenkleidung?«, wunderte sich die Göttin.

»Etwas anderes habe ich nicht«, gab Christopher

zur Antwort. »Und beeile dich. Hier kommen alle naslang Dienstmädchen herein. Du musst dich verstecken. Gabriel de Witt hat mir eingeschärft, nichts mit Ascheth zu tun zu haben. Ich weiß nicht, was er mit dir machen würde, wenn er dich hier fände.« Bei den letzten Worten sprang die Göttin auf und griff nach den Kleidungsstücken. Christopher sah mit Vergnügen, dass sie nun richtig erschrocken aussah. Er eilte zur Tür. »Ich suche dir ein Versteck«, versprach er. »Warte hier.«

Er lief spornstreichs zu dem älteren der beiden Turmzimmer, das einmal als Zauberlaboratorium gedient hatte. Als hätte er nicht schon genug Probleme, hatte er nun auch noch eine ausgebüxte Göttin am Hals. Da war es wahrscheinlich ein Glück, dass alle mit dem armen Tacroy beschäftigt waren. Mit etwas List könnte er die Göttin hier versteckt halten. Er würde einen Brief an Dr. Pawson schreiben und ihn fragen, was er denn auf Dauer mit ihr machen solle.

Er rannte die Wendeltreppe hinauf und schaute sich in dem staubigen Turmzimmer um. Irgendwie war er mit der Möblierung noch nicht sehr weit gediehen. Abgesehen von einem alten Schemel, wurmstichigen Arbeitsbänken und einer rostigen Kohlenpfanne war der Raum leer. Kein Ort für eine Göttin! Hektisch machte sich Christopher ans Zaubern. Zuerst holte er alle Kissen aus dem Kleinen Salon. Dann fiel ihm ein, dass es jemandem auffallen könnte. Also schickte er die meisten Kissen wieder zurück und zauberte andere aus dem Großen Empfangssaal, dem

Großen Salon, dem Kleinen Empfangssaal und von überall sonst, wo er glaubte, niemand würde etwas bemerken. Dann Kohle aus dem Gärtnerschuppen, um die Kohlenpfanne zu füllen. Christopher zauberte auch Feuer herbei, fast zu schnell, um gewahr zu werden, dass er es diesmal richtig gemacht hatte. Er erinnerte sich an einen Topf und einen alten Wasserkessel neben den Stallungen und holte beides. Dazu einen Eimer Wasser von der Pumpe neben der Küchentür. Was noch? Milch für das Kätzchen. Es kam gleich eine ganze Kanne. Er musste einen Teil in den Topf abgießen und die Kanne wieder wegschicken. Die Schwierigkeit bestand nur darin, dass er keine Vorstellung hatte, wo die meisten Sachen im Schloss aufbewahrt wurden. Teekanne und Tee – keine Ahnung, woher die kamen. Trank die Göttin überhaupt Tee? Das musste sie wohl. Was noch? Oh, Tasse, Untertasse und Teller. Er holte sie aus dem großen Geschirrschrank im Speisesaal. Das Porzellan war recht hübsch. Das würde ihr sicherlich gefallen. Dann Löffel, Messer und Gabel. Aber das Silberbesteck passte nicht dazu. Christopher holte mit Getöse den ganzen Besteckkasten herbei und suchte hastig nach etwas Passendem. Den Rest schickte er wie vorher schon die Milchkanne wieder zurück. Die Göttin brauchte auch etwas zu essen. Was gab die Speisekammer her?

Die Lachsschnitten, säuberlich in weiße Servietten eingeschlagen, ließen nicht lange auf sich warten. Christopher würgte es. Meerjungfrauen. Er legte sie dennoch mit allem anderen auf die Werkbank und schaute sich noch einmal im Zimmer um. Die Kohle glühte schon rot in der Pfanne, doch etwas fehlte noch, um das Ganze gemütlich zu machen. Ja, ein Teppich. Der hübsche runde aus der Bibliothek wäre gerade richtig. Als der Teppich angeflogen kam, stellte er sich als doppelt so groß heraus wie angenommen. Christopher musste die Kohlenpfanne anderswo hinstellen, um Platz zu schaffen. So, jetzt stimmte alles.

Er eilte zu seinem Zimmer zurück. Dort kam er gerade in dem Augenblick an, als Flavian die Tür aufmachen und eintreten wollte.

Christopher belegte sein Zimmer mit dem stärksten Tarnzauber, den er bewirken konnte. Als Flavian die Tür öffnete, gähnte ihn die schiere Leere an. Zu Christophers Erleichterung blieb er stehen und schaute nur verdutzt.

»Ähem!«, räusperte sich Christopher hinter ihm. Flavian fuhr herum, als ob Christopher ihn gestochen hätte. In arglosem Ton und so laut er konnte, sagte Christopher: »Mache gerade meine Zauberübungen, Flavian.« Das Rumoren, das von drinnen aus der Leere kam, hörte auf. Die Göttin hatte gemerkt, dass Flavian hier war. Doch Christopher musste sie schnellstens von hier wegschaffen.

»Oh, tatsächlich? Gut, Christopher«, sagte Flavian. »Dann entschuldige bitte, dass ich dich gestört habe, aber Gabriel sagt, ich solle dir jetzt Unterricht geben, denn morgen werde ich nicht hier sein. Auf seinen Befehl hin soll sich eine ganze Truppe aus dem Schloss auf die Jagd nach dem ›Phantom‹ machen.«

Während Flavian sprach, fühlte Christopher mit einem sechsten magischen Sinn, von dem er bisher noch gar nichts wusste, in die Unsichtbarkeit seines Zimmers und ortete erst die Göttin, die neben seinem Bett stand, und dann das Kätzchen, das in den Schal gewickelt auf dem Bett lag. Beide schickte er flugs in das Turmzimmer. Wenigstens hoffte er das. Er hatte vorher noch nie lebendige Wesen an andere Orte gezaubert. Auf jeden Fall hörte er ein deutliches Zischen aus der Unsichtbarkeit, als ob Luft verdrängt würde. Das gleiche Geräusch hatte vorhin auch die Milchkanne gemacht, also dürfte die Göttin nun auch anderswo gelandet sein. Er konnte nur hoffen, dass sie die Situation verstehen würde. Aber schließlich hatte sie bewiesen, dass sie sehr wohl auf sich selbst aufpassen konnte.

Er löste den Tarnzauber. Das Zimmer schien leer. »Ich übe gern für mich allein«, sagte er zu Flavian.

Flavian warf ihm einen strengen Blick zu. »Komm mit.«

Auf dem Weg zum Schulzimmer griff Christopher das Thema auf, über das Flavian gesprochen hatte. »Ihr geht also morgen alle auf die Jagd nach dem ›Phantom‹?«

»Wenn wir ihn nur endlich schnappten«, sagte Flavian. »Nachdem du gegangen warst, hatten wir Mordecai schließlich so weit, dass er ein paar Namen und Adressen preisgab. Wir glauben, dass er die Wahrheit gesagt hat.« Dann seufzte er. »Ich würde mich ja wirklich freuen, sie dingfest zu machen, nur komme ich nicht darüber hinweg, dass Mordecai einer von ihnen ist!«

Was war mit Mama?, fragte sich Christopher besorgt. Er hätte sie gern irgendwie gewarnt, doch wusste er nicht, wo genau sie in Kensington wohnte.

Mittlerweile waren sie am Schulzimmer angekommen. Erst jetzt fiel Christopher ein, dass er zwar den Tarnzauber von seinem Zimmer, aber nicht von der Göttin und dem Kätzchen genommen hatte. Er versuchte sie mit seinem magischen Sinn im Turmzimmer – oder anderswo – zu finden, um sie dann wieder sichtbar zu machen. Doch wo sie auch sein mochte, irgendwie schien sie außerhalb seiner Reichweite zu sein. Das hatte zur Folge, dass er Flavian seit zwanzig Minuten nicht mehr zugehört hatte.

»Ich sagte«, betonte Flavian nachdrücklich, »du wirkst etwas abwesend.«

Das hatte er sicherlich schon mehrmals gesagt, wie Christopher nicht entging. »Ich überlegte mir gerade«, beeilte er sich zu sagen, »was sie wohl jetzt mit Ta-, äh Mordecai Roberts machen werden.«

»Gefängnis, nehme ich an«, sagte Flavian betrübt. »Er kommt bestimmt für Jahre hinter Gitter.«

»Aber für sein Phantom braucht man noch einmal ganz andere Gitter, damit er nicht wieder auf außerkörperliche Reise geht, nicht?«, sagte Christopher.

Zu seiner Überraschung explodierte Flavian daraufhin. »So eine dumme, leichtfertige, gefühllose Bemerkung kannst auch nur du machen!«, empörte er sich. »Von allen hartherzigen, eingebildeten Schnöseln, mit denen ich es zu tun hatte, bist du das Schlimmste! Manchmal frage ich mich, ob du überhaupt so etwas wie eine Seele hast – oder nur ein Bündel nichtsnutziger Leben!«

Christopher starrte Flavian an, dessen sonst blasses Gesicht vor Zorn rosa angelaufen war, und protestierte schwächlich, er habe nicht gefühllos sein wollen. Es müsse doch ziemlich schwierig sein, einen Trance-Reisenden einzusperren. Doch einmal in Fahrt gekommen, schien Flavian nicht mehr zu bremsen.

»Du scheinst zu glauben«, polterte er weiter, »dass deine neun Leben dir das Recht geben, dich wie der Herr der Schöpfung aufzuführen. Darunter tust du es nicht, sonst ziehst du eine Mauer um dich. Wenn sich doch jemand bemüht, freundlich zu sein, hast du für ihn nur hochmütige Blicke, arrogantes Gehabe, wenn nicht ausgemachte Gefühllosigkeit übrig. Weiß Gott, ich habe mich bemüht! Gabriel hat es versucht, Rosalie ebenfalls. Auch die Dienstmädchen. Sie sagen, du würdest sie nicht einmal zur Kenntnis nehmen. Und jetzt machst du auch noch Scherze über den armen Mordecai! Mir reicht's. Ich habe genug von dir.«

Christopher hätte nie gedacht, dass andere Leute ihn so sahen. Er war verblüfft. Was habe ich denn falsch gemacht?, überlegte er. Ich bin doch nett. Als er als kleiner Junge seine Reisen in die Irgendwos gemacht hatte, hatten ihn alle nett gefunden. Alle waren freundlich zu ihm gewesen, Fremde hatten ihm Geschenke gemacht. Christopher hatte in dem Glauben gelebt, man brauche ihn nur zu sehen, um ihn zu mögen, doch das hatte sich als Irrtum erwiesen. Er schaute Flavian an, der schnaufend und vor Zorn funkelnd vor ihm stand. Offenbar hatte er Flavians Gefühle tief verletzt. Er hätte nie gedacht, dass Flavian überhaupt Gefühle besaß, die man verletzen konnte. Dass er gar keinen Scherz über Tacroy hatte machen wollen, machte die Sache nur noch schlimmer. Schließlich hatte Tacroy seinetwegen den ganzen Tag lang Lügen über Lügen erfunden. Christopher hatte doch Tacroy wirklich gern. Nur traute er sich nicht, das Flavian zu sagen. Ebenso wenig getraute er sich, ihm anzuvertrauen, dass er in Gedanken mit der Göttin beschäftigt gewesen war. Was konnte er also überhaupt sagen?

»Es tut mir Leid«, brachte er hervor. »Wirklich.« Seine Stimme klang ganz zittrig. »Ich wollte Sie nicht kränken – jedenfalls diesmal nicht.«

»Also gut«, sagte Flavian. Während die Röte langsam aus seinem Gesicht verschwand, lehnte er sich in seinem Stuhl zurück und schaute Christopher an. »Das ist das erste Mal, dass ich dich um Verzeihung bitten höre – und du scheinst es sogar ernst zu meinen. Das könnte ein Durchbruch sein.« Er kippte den Stuhl wieder auf den Fußboden und stand auf. »Entschuldige, ich habe die Fassung verloren. Aber heute kann ich mit dem Unterricht nicht weitermachen, ich bin zu aufgewühlt. Lauf, ich hole den Stoff übermorgen nach.«

Damit war Christopher frei, die Göttin suchen zu gehen. Mit gemischten Gefühlen eilte er zum Turmzimmer.

Zu seiner großen Erleichterung war sie tatsächlich da. Im Zimmer hing ein starker Geruch nach angebrannter Milch. Die Göttin saß auf bunten Seidenkissen und fütterte das Katzenjunge aus einem Puppenfläschchen. Dank der heimeligen Wärme, die das Kohlenfeuer verbreitete, und dem Teppich, der freilich an der Stelle neben der Kohlenpfanne angesengt war, wirkte das Zimmer nun richtig gemütlich.

Die Göttin begrüßte ihn mit einem denkbar ungöttlichen Gekicher. »Du hattest vergessen, mich wieder sichtbar zu machen! An Tarnzauber hatte ich mich noch nie gewagt. Ich habe Ewigkeiten gebraucht, bis ich wusste, wie man ihn wieder löst, und dabei musste ich die ganze Zeit stillstehen, um nicht auf Stolzfuß zu treten. Danke, dass du das Zimmer so nett eingerichtet hast. Die Tassen sind wirklich hübsch.«

Auch Christopher kicherte beim Anblick der Göttin in Jackett und Knickerbockers. Sah man nur auf die Kleider, dann meinte man einen pummeligen Jungen, ungefähr wie Oneir, vor sich zu haben, schaute man aber auf die schmutzigen nackten Füße und das lange Haar, war man sich plötzlich ganz unsicher. »Du siehst der Lebenden Ascheth nicht sehr ähnlich –«, begann er.

»Pst!« Die Göttin kniete sich hin, ohne Kätzchen und Trinkflasche loszulassen. »Sprich diesen Namen nicht aus! Nicht einmal in Gedanken! Sie ist ich und ich bin sie, und wenn jemand sie an mich erinnert, merkt sie, wo ich bin und sendet den Bewaffneten Arm der Ascheth auf mich herab!«

Das musste wohl so sein, dachte Christopher, sonst hätte die Göttin nicht lebend in seine Welt kommen können. »Wie soll ich dich dann nennen?«

»Nellie«, sagte die Göttin mit fester Stimme, »wie das Mädchen in den Büchern.«

Er hatte geahnt, dass sie dieses Thema bald anschneiden würde. Er versuchte sie durch eine Frage abzulenken. »Warum nennst du das Kätzchen eigentlich Stolzfuß? Ist das nicht gefährlich?«

»Ein bisschen schon«, gab die Göttin zu. »Aber ich musste Mutter Stolzfuß damals im Tempel ablenken und sie war ja so geschmeichelt – obwohl es schon gemein von mir war, sie hinters Licht zu führen. Aber zum Glück gab es noch einen besseren Grund für diesen Namen. Schau.« Sie legte das Fläschchen beiseite und breitete vorsichtig eine Vorderpfote des Kätzchens über ihrer Fingerkuppe aus. Die Krallen waren rosa. Das Pfötchen sah aus wie ein Gänseblümchen, dachte Christopher, der sich zum Schauen hingekniet hatte. Dann merkte er, dass da furchtbar viele Krallen waren – mindestens sieben. »Sie hat einen heiligen Fuß«, verkündete die Göttin feierlich. »Das bedeutet, dass sie das Glück einer goldenen Gottheit trägt. Als ich das sah, wusste ich, dass ich hierher kommen und zur Schule gehen sollte.«

Womit sie wieder beim Lieblingsthema der Göttin waren. Zum Glück ließ sich gerade in dem Augenblick eine kräftige Altstimme vor der Tür vernehmen. »Miau«, machte es draußen.

»Throgmorten!«, rief Christopher. Er stand erleichtert auf und ging die Tür öffnen. »Er wird doch dem Kätzchen nichts tun?«

»Er soll sich hüten!«, drohte die Göttin.

Doch Throgmorten war viel zu froh, alle wieder zu sehen. Er lief mit erhobenem Schwanz auf die Göttin zu, und diese rieb ihm die Ohren und war sichtlich erfreut, auch wenn sie ihn mit »Hallo, schrecklicher Kater!«, begrüßte. Throgmorten beschnüffelte das Kätzchen, als wäre es sein eigenes, und ließ sich dann zwischen Christopher und der Kohlenpfanne nieder. Dort schnurrte er wie ein rostiges altes Uhrwerk.

Trotz der Unterbrechung war es nur eine Frage der Zeit, bis die Göttin wieder zum Thema Schule zurückfand. »Du hast Ärger bekommen, als ich dich so lange in die Wand gebannt hatte, stimmt's?«, sagte sie, während sie genüsslich eine Lachsschnitte aß. Christopher musste wegschauen. »Ich weiß es«, beharrte sie. »Was sind das übrigens für Happen? Es schmeckt nach Fisch.«

»Lachsschnitten«, antwortete Christopher mit einem Schauder. Und um nicht länger an Meerjungfrauen zu denken, berichtete er ihr, wie Gabriel sein neuntes Leben in einen goldenen Ring gesperrt hatte.

»Und das ohne dich vorher zu fragen?«, empörte sich die Göttin. »Jetzt bist du schlechter dran. Aber keine Sorge, wenn ich erst einmal in der Schule bin, überlege ich mir, wie du dein Leben zurückbekommen kannst.«

Christopher wusste, dass die Zeit gekommen war, die Göttin mit den harten Tatsachen des Lebens in

Serie zwölf bekannt zu machen. »Schau«, sagte er mit möglichst sanfter Stimme. »Ich glaube nicht, dass du in die Schule gehen kannst, jedenfalls nicht in so ein Internat wie in deinen Büchern. Die kosten ein Heidengeld. Sogar die Schuluniform ist teuer. Und du hast nicht einmal deinen Schmuck mitgebracht, den du hättest verkaufen können.«

Doch die Göttin machte sich deswegen keine Sorgen. »Mein Schmuck bestand fast nur aus Silber. Ich konnte ihn nicht mitbringen, ohne dir zu schaden«, sagte sie. »Ich weiß, dass ich mir das Geld verdienen muss.« Christopher fragte sich wie. Wollte sie mit ihren vier Armen in einer Kuriositätenschau auftreten? »Und ich weiß, dass ich es schaffe«, behauptete die Göttin zuversichtlich. »Ich habe Stolzfuß' heilige Pfote als gutes Omen.«

Offenbar glaubte sie felsenfest daran. »Ich hatte daran gedacht, an Dr. Pawson zu schreiben«, sagte Christopher.

»Das könnte von Nutzen sein«, pflichtete ihm die Göttin bei. »Als sich der Vater von Nellies Freundin Cora Hope-Forbes bei einem Jagdunfall das Genick brach, musste sie wegen der Schulgebühren einen Kredit aufnehmen. Wie du siehst, kenne ich mich mit diesen Dingen aus.«

Christopher seufzte und zauberte Papier und einen Füllfederhalter aus dem Schulzimmer herbei, um an Dr. Pawson zu schreiben. Das gefiel der Göttin mächtig. »Wie hast du das gemacht?«, wollte sie wissen. »Kann ich das auch lernen?«

»Warum nicht?«, sagte Christopher. »Gabriel sagte, du würdest allem Anschein nach auch über Zauberkräfte verfügen. Die Hauptregel besteht darin, sich die Sache, die sich von selbst bewegen soll, als Ganzes und allein bildlich vorzustellen. In den ersten Zauberstunden mit Flavian habe ich immer auch Bruchstücke aus Wänden oder Teile von Möbeln mit herbeigezaubert.«

Die folgende Stunde verbrachten sie damit, Dinge, die die Göttin brauchte, herbeizuzaubern: mehr Kohle, eine Kiste für das Kätzchen, Strümpfe für die Göttin, eine Decke und mehrere Duftzerstäuber, um Throgmortens strengen Geruch zu bekämpfen. Zwischendurch überlegten sie, was sie wohl Dr. Pawson schreiben könnten, und die Göttin machte sich Notizen dazu in einer schrägen, fremdartig anmutenden Handschrift. Sie waren mit dem Brief noch nicht weit vorangekommen, als der Gong für das Abendessen ertönte. Christopher musste versprechen, dass die Göttin sein Tablett mit dem Abendessen in das Turmzimmer zaubern durfte. »Aber zuerst muss ich ins Schulzimmer zurück«, warnte er, »sonst könnte das Dienstmädchen, das mir das Essen bringt, Verdacht schöpfen. Gib mir fünf Minuten.«

Sie kamen beide zur gleichen Zeit vor dem Schulzimmer an. Da er Flavians Anfall noch gut in Erinnerung hatte, gab er sich Mühe, das Dienstmädchen anzusehen und es anzulächeln. Ein wenig tat er es auch, um sie wegen der Göttin nicht misstrauisch zu machen, doch das Lächeln war jedenfalls echt.

Das Dienstmädchen war offenbar erfreut, wahrgenommen zu werden. Sie lehnte sich über den Tisch und kam ins Plaudern. »Die Polizisten haben die alte Frau mit der Geige vor etwa einer Stunde weggebracht«, wusste sie zu berichten. »Hat die geschrien und getreten! Ich habe mich mit Sally in den Saal geschlichen und zugeguckt. Das war wie im Theater!«

»Und was ist mit Tac-, äh Mordecai Roberts?«, fragte Christopher.

»Der wird für weitere Verhöre in Haft bleiben«, sagte das Dienstmädchen. »Mit Fesselzauber am ganzen Körper. Der arme Mr Roberts. Sally sagte, er sah todmüde aus, als sie ihm das Abendessen brachte. Man hat ihn in das kleine Zimmer neben der Bibliothek gesperrt. Ich weiß, er hat krumme Sachen gemacht, aber ich werde trotzdem weiterhin nach Vorwänden suchen, um zu ihm zu gehen. Ich würde gern ein bisschen mit ihm plaudern und ihn aufmuntern. Bertha war bei ihm, sie durfte das Bett für ihn machen, die Glückliche!«

Christopher wollte so viel wie möglich erfahren, obwohl er andererseits wünschte, das Dienstmädchen würde wieder gehen. »Sie kennen also Mordecai Roberts?«

»Ihn kennen!«, entfuhr es ihr. »Als er noch im Schloss arbeitete, waren wir alle in ihn verknallt.« An dieser Stelle bemerkte Christopher, dass das Tablett mit seinem Abendessen zu klappern begann. Schnell legte er seine Hand darauf. »Sie müssen zugeben«, fuhr das Dienstmädchen fort, ohne das Tablett zu beachten, »dass Mr Roberts ein wirklich gut aussehender junger Mann ist, und dabei so nett. Ich will ja keine Namen nennen, aber wir waren mehrere Mädchen, die es immer so einrichteten, Mr Roberts auf dem Gang zu begegnen. Das war albern! Wo doch jeder wusste, dass er nur Augen für Miss Rosalie hatte.«

»Miss Rosalie!«, verwunderte sich Christopher. Seine Neugierde wurde noch größer, während er das Tablett mit aller Kraft auf dem Tisch festhielt. Die Göttin dachte offenbar, sie hätte etwas falsch gemacht, und versuchte es nun auch mit aller Kraft.

»Aber ja. Mr Roberts war es, der Miss Rosalie Kricket beigebracht hat«, berichtete das Dienstmädchen. »Aber irgendwie waren die beiden nie einer Meinung. Es hieß, Mr Roberts hätte ihretwegen die Arbeit in London übernehmen wollen. Damit hat sie ihm einen schlechten Dienst erwiesen.« Dann, endlich, sagte sie: »Aber ich sollte jetzt wirklich gehen und Sie in Ruhe lassen, sonst wird Ihr Abendessen noch kalt.«

»Ja«, sagte Christopher dankbar und stemmte sich mit aller Kraft auf das Tablett. Dabei versuchte er, möglichst keine strenge Miene zu machen. »Wenn Sie Tac-, äh, Mr Roberts sehen, grüßen Sie ihn bitte von mir. Ich bin ihm einmal in London begegnet.«

»Mach ich«, versprach das Dienstmädchen gut gelaunt und ging endlich. Christopher hatte mittlerweile fast keine Kraft mehr in den Armen. Das Tablett entwich ihm unter den Händen und verschwand. Ein großes Stück des Tisches segelte ebenfalls davon. Christopher stürmte zurück zum Turm.

»Du dummes Huhn!«, rief er, kaum dass er die Tür aufgemacht hatte.

Die Göttin zeigte bloß auf zwei Drittel des Schultisches, der nun auf einer Werkbank stand. Die beiden schüttelten sich vor Lachen.

Das macht ja Spaß, dachte Christopher, nachdem er sich wieder genug beruhigt hatte, um mit der Göttin und Throgmorten zu Abend zu essen. Es war angenehm, mit jemandem zusammen zu sein, der über die gleiche Magie verfügte. Vielleicht war er deshalb immer wieder zum Tempel der Ascheth zurückgekehrt. Wie auch immer, nach dem, was das Dienstmädchen über Tacroy erzählt hatte, ging der ihm nun nicht mehr aus dem Kopf. Während er mit der Göttin lachte, spürte er fast körperlich, dass Tacroy irgendwo am anderen Ende des Schlosses mit einem Zauber gefangen gehalten wurde, der ihn offenbar schwer bedrückte. Tacroy, so schien es ihm, hatte alle Hoffnung aufgegeben.

»Würdest du mir bei etwas helfen?«, fragte er die Göttin. »Ich weiß, ich habe dir nicht geholfen, aber –«

»Hast du doch«, widersprach ihm die Göttin. »Du hilfst mir jetzt, ohne dich über die Umstände zu beschweren, die ich dir mache.«

»Ein Freund von mir wird im Schloss als Gefangener gehalten«, erläuterte Christopher. »Man müsste schon zu zweit sein, um den Zauberbann zu brechen und ihn heil von hier wegzuschaffen.«

»Selbstverständlich«, sagte die Göttin. Sie bot so freudig ihre Hilfe an, dass Christopher klar wurde, dass er ihr wegen Tacroy reinen Wein einschenken musste. Würde er ihre Hilfe annehmen, ohne ihr zu sagen, worauf sie sich dabei einließ, wäre er nicht besser als Onkel Ralph.

»Du wirst sehen«, sagte er, »ich bin genauso schlecht wie er.« Und dann erzählte er ihr vom ›Phantom‹ und dessen Diebesbande, von Onkel Ralphs Experimenten und sogar von den Meerjungfrauen – von allem.

»Mensch Meier!«, sagte die Göttin. Den Ausdruck musste sie aus einem der »Nellie«-Bücher aufgeschnappt haben. »Du steckst aber in der Tinte! Hat Throgmorten wirklich deinen Onkel gekratzt? Guter Kater!«

Sie brannte darauf, Tacroy zu befreien. Christopher musste sich an ihr Jackett hängen, sonst wäre sie gleich losgelaufen. »Nein, hör doch mal«, beschwor er sie. »Morgen werden alle weg sein, um den Rest der Diebesbande hochzunehmen. Wir können Tacroy befreien, während sie fort sind. Und wenn ihnen mein Onkel ins Netz geht, ist Gabriel über den Fang sicherlich so froh, dass er nicht weiter böse sein wird, wenn Tacroy nicht mehr da ist.«

Die Göttin war einverstanden, bis morgen zu warten. Christopher zauberte ihr einen Schlafanzug herbei und ließ ihr die übrigen Lachsschnitten als Imbiss vor dem Schlafengehen. Da er nicht vergessen hatte, dass sie sich über das Omen hinweggesetzt hatte, versiegelte er die Tür hinter sich mit dem stärksten Bann, den er kannte.

Am folgenden Morgen weckte ihn eine Milchkanne, die scheppernd neben seinem Bett landete. Gleich darauf kam der Rest des Schultisches angeflogen. Christopher schickte beides zurück an seinen Platz und eilte dann zum Turm. Unterwegs zog er sich an. Allem Anschein nach wurde die Göttin ungeduldig.

Er fand sie ratlos neben einem Korb mit mehreren Brotlaiben und einem mächtigen Schinken. »Ich habe vergessen, wie man Dinge wieder an ihren alten Platz zurückzaubert«, gestand sie. »Außerdem habe ich diese Packung Tee im Kessel gekocht, aber es schmeckt irgendwie komisch. Habe ich was falsch gemacht?«

Christopher half ihr, so gut er konnte, und hastete dann zu seinem Frühstück ins Schulzimmer zurück. Das Dienstmädchen, das Frühstückstablett in den Händen, stand schon da und schaute ihn komisch an. Christopher lächelte verlegen. Sie grinste und wies mit einer Kopfbewegung zum Tisch hinüber. Alle vier Beine befanden sich an einem Ende, zwei davon ragten in die Luft.

»Oh«, sagte er, »ich, äh –«

»Geben Sie's zu«, sagte sie. »Sie haben auch die antiken Tassen aus dem Speisesaal verschwinden lassen. Ich habe schon dem Butler gesagt, dass das wohl auf Ihr Konto geht.«

»Ja, das stimmt«, sagte Christopher, obwohl er wusste, dass die Göttin gerade frisch gebrühten Tee aus einer dieser Tassen trank. »Ich bringe sie an ihren Platz zurück. Sie sind noch heil.«

»Hoffentlich«, sagte das Dienstmädchen. »Die Tassen sind ein Vermögen wert. Würde es Ihnen etwas ausmachen, den Tisch hier wieder in Ordnung zu bringen, damit ich das Tablett abstellen kann, ehe mir die Arme abfallen?« Während Christopher dem Tisch seine normale Gestalt zurückgab, bemerkte das Dienstmädchen: »Gefallen am Zaubern gefunden, nicht? Überall im Schloss stolperte man heute Morgen über Sachen, die wild in der Gegend herumstanden. Wenn ich Ihnen einen Rat geben darf, dann räumen Sie bis zehn Uhr alles wieder an seinen Platz. Sobald Monsignor de Witt und die anderen aufgebrochen sind, macht der Butler seine Runde im Schloss und schaut überall nach dem Rechten.«

Sie blieb noch eine Weile und aß von seinem Marmeladentoast, schließlich sei es schon zwei Stunden her, dass sie gefrühstückt habe. Sie hieß Erica und erwies sich als eine sehr ergiebige Informationsquelle und obendrein noch als nette Person. Christopher erkannte jetzt freilich, dass er der Göttin nicht das Herbeizaubern hätte beibringen sollen. So würde er sie sicher nicht lange versteckt halten können. Nachdem Erica wieder gegangen war und er in Ruhe über seine Probleme nachdachte, dämmerte ihm, dass er zwei davon auf einen Streich lösen könnte. Dazu brauchte er nur Tacroy zu bitten, die Göttin auf seiner Flucht mitzunehmen. Umso dringlicher war es, Tacroy zu befreien.

Achtzehntes Kapitel

Gabriel de Witt und sein Mitarbeiterstab brachen pünktlich um zehn Uhr auf. Alle versammelten sich in der Halle um den fünfzackigen Stern, die einen mit Lederkoffern in der Hand, die anderen nur in Reisekleidung. Die meisten Diener und zwei Stallknechte gingen ebenfalls mit. Alle legten eine nüchterne Entschlossenheit an den Tag, nur Flavian schien ausnahmsweise richtiggehend nervös. Immer wieder fuhr er sich mit dem Finger unter den gestärkten Kragen. Christopher konnte sogar oben vom Treppenabsatz aus erkennen, dass er schwitzte.

Christopher und die Göttin hatten sich hinter der Marmorbalustrade neben der schwarzen Tür postiert, die in Gabriels Arbeitszimmer führte. In eine mit viel Sorgfalt hergestellte Tarnwolke gehüllt, war von beiden nichts zu sehen, nur Throgmorten schlich zu ihren Füßen umher. Der Kater hatte sich geweigert, nahe genug heranzukommen, um ebenfalls unsichtbar zu werden, doch nichts konnte ihn hindern, ihnen auf Schritt und Tritt zu folgen.

»Lass ihn nur«, sagte die Göttin. »Er weiß, was ich mit ihm mache, wenn er uns verrät.«

Als die Uhr über der Bibliothek zehn schlug, trat Gabriel aus seinem Arbeitszimmer und schritt, angetan mit einem Zylinder, der noch höher und glänzender war als Papas, die Marmortreppe hinab. Throgmorten nahm von ihm gar keine Notiz, was Christopher sehr erleichterte. Allerdings machte er sich Sorgen wegen Mama. Bestimmt würde sie verhaftet werden. Dabei bestand ihr ganzes Vergehen nur darin, die Lügen geglaubt zu haben, die Onkel Ralph ihr aufgetischt hatte.

Gabriel trat in die Halle und inspizierte seine Truppen. Als er sah, dass alle bereit waren, zog er ein Paar schwarze Handschuhe an und steuerte mit eiligen Schritten die Mitte des fünfzackigen Sterns an. Immer weiter ging er und wurde dabei kleiner und kleiner. Miss Rosalie und Dr. Simonson taten es ihm gleich und wurden ebenfalls immer kleiner. Alle anderen folgten ihnen jeweils zu zweit. Kurze Zeit später war von ihnen nur noch eine dünne schwarze Linie in der Ferne zu erkennen. »Ich glaube, jetzt können wir gehen«, sagte Christopher.

Immer noch in ihre Tarnwolke gehüllt, schlichen sie nach unten. Die ferne Linie von Gabriels Truppen war verschwunden, noch ehe sie drei Stufen hinabgestiegen waren. Sie gingen rascher. Doch noch auf halber Höhe änderte sich das Bild schlagartig.

Der ganze Stern stand plötzlich in Flammen. Es waren bösartig ausschauende grün-purpurne Flammen, die die Halle mit einem übel riechenden grünen Rauch erfüllten. »Was ist das?«, stieß die Göttin keuchend hervor.

»Da benutzt jemand Drachenblut«, sagte Christopher. Es sollte beruhigend klingen, doch tatsächlich war ihm beim Anblick der Flammen mehr als unwohl.

Plötzlich schossen drei bis sechs Meter hohe Flammen aus dem fünfzackigen Stern empor. Die unsichtbaren Haare der Göttin knisterten. Noch ehe sie sich nach oben in Sicherheit bringen konnten, teilten sich die Flammen und neigten sich majestätisch nach rechts und links. Aus der Gasse stolperte zuerst Miss Rosalie, die Flavian am Arm zog. Auf beide folgte Dr. Simonson mit einer schreienden Zauberin im Schlepptau – ihr Name war Beryl, wie sich Christopher zu erinnern glaubte, der inzwischen stocksteif stehen geblieben war und die heillose Flucht von Gabriels Truppen beobachtete. Die Streitkräfte des Chrestomanci kamen, kaum dass sie ausgezogen waren, angesengt, geschlagen und wankend durch die Flammengasse und verzogen sich, hustend und die Arme schützend vor das Gesicht haltend, in die Seitenflügel der Halle.

So angestrengt Christopher auch schaute, er erkannte keinen Gabriel de Witt unter ihnen.

Kaum dass Frederick Parkinson und der letzte Lakai in den Saal getaumelt waren, sanken die Flammen in sich zusammen und erstarben. Der rosa Marmor kam wieder zum Vorschein, nur die Kuppel war grünlich gefärbt. Dann glühte das Pentagramm auf einmal in kleinen Feuerzungen auf schwarzem Grund und Onkel Ralph stieg aus den Flammen. Unter dem Arm hatte er ein Gewehr und in einer Hand hielt er eine Tasche. In diesem Aufzug erinnerte er Christopher lebhaft an einen Onkel väterlicherseits, den er zuletzt beim Jagen über ein Stoppelfeld hatte schreiten sehen. Wahrscheinlich lag es an Onkel Ralphs gesprenkeltem Tweedanzug, dass ihm dieses Bild in den Sinn kam. Mit Bedauern wünschte er sich, er hätte schon damals mehr Menschenkenntnis gehabt, als er Onkel Ralph zum ersten Mal begegnet war. Seine ganze Erscheinung hatte etwas Verschlagenes und Falsches. Christopher wusste, dass er einen Menschen wie Onkel Ralph nicht mehr bewundern würde.

»Soll ich ihm ein marmornes Waschbecken an den Kopf werfen?«, flüsterte die Göttin.

»Langsam – schließlich ist auch er ein Magier«, flüsterte Christopher zurück.

»Christopher!«, rief Onkel Ralph so laut, dass die grün gefärbte Kuppel davon widerhallte. »Christopher, wo hast du dich versteckt? Ich spüre, dass du in der Nähe bist. Komm hervor, oder du kannst was erleben!«

Zögernd teilte Christopher die Tarnwolke und trat in die Mitte der Treppe. »Was ist mit Gabriel de Witt passiert?«, fragte er.

Onkel Ralph lachte. »Das hier.« Er warf die Tasche, die er in einer Hand trug, so zu Boden, dass sie aufging und bis an den Treppenabsatz schlidderte. Christopher schaute hinab, wie er einst auf Tacroy geschaut hatte – und sah eine lange, dünne, durchsichtige Gestalt, die allem Anschein nach Gabriel de Witt war. »Das hier ist sein achtes Leben«, erklärte Onkel Ralph. »Das habe ich mit den Waffen gemacht, die du mir aus Serie eins mitgebracht hast, Christopher. Die

Puste hier ist wirklich eine Wucht.« Er streichelte zärtlich über das Gewehr unter seinem Arm. »Seine übrigen Leben habe ich über alle Verbundenen Welten verstreut. Der wird uns nicht mehr ins Gehege kommen. Und die anderen Waffen funktionieren sogar noch besser.« Er verzog den Schnurrbart zu einem verschlagenen Grinsen und schaute zu Christopher hinauf. »Ich hatte sie alle bereitgestellt, um de Witts Leute zu empfangen. Alle haben ihre magischen Kräfte eingebüßt. Keiner kann mehr den kleinsten Zauberspruch, nicht einmal um sein eigenes Leben zu retten. Nichts kann uns daran hindern, wie in alten Tagen zusammenzuarbeiten. Du arbeitest doch noch für mich, Christopher?«

»Nein!«, versetzte Christopher und erwartete, dass nun alle seine noch verbliebenen Leben in alle Richtungen zerstreut würden.

Aber Onkel Ralph lachte nur. »Aber klar doch, du dummer Junge! Du bist enttarnt. Alle Leute, die hier stehen, wissen, dass du mein wichtigster Kurier warst. Du musst für mich arbeiten, oder du landest im Gefängnis. Ich ziehe in dieses Schloss ein und nehme dich an die kurze Leine.«

Plötzlich ertönte ein lang gezogenes Heulen hinter Christopher. Ein rötlicher Blitz schoss neben ihm die Treppe hinunter. Onkel Ralph schaute einen Augenblick verdutzt, erkannte die Gefahr und wollte das Gewehr heben. Doch da hatte ihn Throgmorten schon fast erreicht. Onkel Ralph merkte, dass er keine Zeit mehr zum Schießen hatte und verschwand klugerweise in einem Wirbel aus grünem Dampf. Throgmorten erwischte nicht mehr von ihm als ein Stück Tweed mit ein paar Tropfen Blut darauf. Fauchend vor Wut und den Rücken zum Buckel verzogen, blieb er in dem geschwärzten Pentagramm stehen.

Christopher raste die Treppe hinunter. »Schließt alle Türen!«, rief er den verblüfften Schlossbediensteten zu. »Lasst Throgmorten nicht aus dem Saal. Ich brauche ihn als Wache hier, um Onkel Ralph abzuschrecken.«

»Sei doch nicht dumm!«, rief die Göttin, die, nun für alle sichtbar, hinter ihm herlief. »Throgmorten ist eine Tempelkatze und versteht die Sprache der Menschen. Frag ihn doch einfach.«

Christopher hätte das gern früher gewusst. Aber nun war es zu spät, irgendetwas von damals ungeschehen zu machen, er kniete sich auf den grünlich angesengten Fußboden und fragte Throgmorten: »Kannst du dieses Pentagramm bewachen und dafür sorgen, dass Onkel Ralph nicht durchkommt? Wusstest du eigentlich, dass Onkel Ralph dich verhackstücken wollte? Nun, *jetzt* kannst du ihn in Stücke reißen, falls er noch einmal aufzutauchen wagt.«

»Mau!«, stimmte Throgmorten zu und fegte begeistert mit dem Schwanz. Er postierte sich an einem Zacken des Sterns und starrte auf das Pentagramm, als ob es ein großes Mauseloch wäre. Aus jedem gesträubten Haar seines Fells sprach grimmige Rache.

An Throgmorten würde Onkel Ralph nicht so ohne weiteres vorbeikommen, das stand fest. Als er aufstand, stellte er fest, dass sich die geschlagenen Mitarbeiter des Chrestomanci um ihn und die Göttin versammelt hatten. Die meisten schauten auf die Göttin.

»Das ist meine Freundin, die G–, äh Nellie«, sagte er.

»Angenehm«, sagte Flavian schwach.

Dr. Simonson schob Flavian beiseite. »Was sollen wir nun tun?«, fragte er. »Gabriel ist vertrieben, und wir müssen uns jetzt mit diesem Balg abgeben, der sich als genau der kleine Schurke herausgestellt hat, für den ich ihn immer schon gehalten habe – und keiner von uns kann mehr zaubern. Ich schlage vor –«

»Wir müssen den Minister informieren«, sagte der Bibliothekar Mr Wilkinson.

»Nein, einen Augenblick«, schaltete sich Miss Rosalie ein. »Der Minister ist nur ein Zauberer niederen Ranges, und Christopher sagte, er arbeite nicht mehr für das ›Phantom‹.«

»Der Bengel lügt doch, dass sich die Balken biegen«, versetzte Dr. Simonson.

Wie üblich verhielten sich alle wieder so, als ob Christopher gar nicht da wäre. Er machte der Göttin ein Zeichen und sie zogen sich unauffällig zurück, während die Übrigen sich um Miss Rosalie scharten und heftig diskutierten.

»Was machen wir jetzt?«, fragte die Göttin.

»Wir holen Tacroy aus seinem Gefängnis, ehe die anderen auf die Idee kommen, uns daran zu hindern«, sagte Christopher. »Danach werde ich dafür sorgen, dass Throgmorten Onkel Ralph zu fassen kriegt, und sollte das das Letzte sein, was ich in diesem Leben tue.«

Sie fanden Tacroy in dem leeren kleinen Kabinett reglos am Tisch sitzen. Nach den zerwühlten Laken zu urteilen, die auf dem Feldbett in der Ecke lagen, hatte Tacroy vergangene Nacht nicht viel geschlafen. Die Tür des Kabinetts stand halb offen, so dass man sich auf den ersten Blick wunderte, warum Tacroy nicht einfach fortging. Doch nach der Lektion, die die Göttin Christopher in der Kunst des Hexenblicks gegeben hatte, brauchte er das Zimmer nur damit zu betrachten und sofort erkannte er, warum sich Tacroy nicht vom Fleck rührte. Der Eingang war mit einem komplizierten Zauberbann versperrt, und über den Fußboden zogen sich bis auf Kniehöhe kreuz und quer magische Schlingen. Tacroy selbst war von oben bis unten in Fesselzauber geschlagen, vor allem aber am Kopf.

»Du hattest Recht, dass hier zwei nötig sind«, gab die Göttin zu. »Du kümmerst dich um ihn, und ich suche nach einem Besen und kehre hier aus.«

Christopher schob sich durch die Hindernisse an der Tür und stakste über den Fußboden, bis er Tacroy erreicht hatte. Tacroy schien ihn nicht zu bemerken. Vielleicht konnte er Christopher nicht einmal sehen oder hören. Christopher machte sich daran, die magischen Fesseln eine nach der anderen zu lösen, so wie man ein Gewirr mehrerer Knoten aufdröselt. Und da diese Geduldsarbeit langwierig war, fing er an, zu Tacroy zu sprechen. Die ganze Zeit, während der die Göttin fort war, redete er, und selbstverständlich ging es fast ausschließlich um Kricket. »Du bist absichtlich nicht zu dem Spiel gekommen, stimmt's?«, fragte er ihn. »Hattest du Angst, ich würde dich verraten?« Tacroy gab durch keine Miene zu erkennen, dass er ihn gehört hatte, aber als Christopher berichtete, wie gut Miss Rosalie den Ball geschlagen hatte und was für eine Niete Flavian gewesen war, da schwand allmählich die Müdigkeit aus seinem Gesicht und er verwandelte sich in den Tacroy, den Christopher aus dem Zwischenreich kannte.

»Dank deines Trainings haben wir mit drei Punkten gewonnen«, erzählte Christopher gerade, als die Göttin mit dem Besen wiederkam, den Miss Rosalie stets benutzte, um Throgmorten zu verscheuchen. Sie begann die magischen Schlingen in Haufen zu kehren, als wären es Spinnweben.

Tacroy lächelte schon fast. Christopher erklärte ihm, wer die Göttin war und berichtete dann, was gerade in der Halle geschehen war. Das Lächeln verschwand wieder aus Tacroys Gesicht. Leicht bedrückt sagte er: »All die Mühe, dich aus der ganzen Sache herauszuhalten, war dann also nur Zeitverschwendung?«

»Nicht wirklich«, tröstete ihn Christopher. Er mühte sich gerade mit einem Zauberknoten über Tacroys linkem Ohr ab.

In Tacroys Gesicht erschienen wieder bittere Züge. »Glaube nur nicht, ich sei ein weißer Ritter«, sagte er zu Christopher. »Ich wusste, was sich in den meisten Paketen befand.«

»Auch von den Meerjungfrauen?«, fragte Christopher. Es war die schwerwiegendste Frage, die er je gestellt hatte.

»Davon habe ich erst im Nachhinein erfahren«, schränkte Tacroy ein. »Aber selbst als ich genauer Bescheid wusste, habe ich nicht aufgehört. Nach unserem ersten Treffen hätte ich dich ohne Bedenken bei Gabriel de Witt angezeigt, wenn du nicht so klein gewesen wärst. Außerdem wusste ich, dass Gabriel eine Falle in Serie zehn aufgestellt hatte, damals, als du ein Leben eingebüßt hast. Freilich hatte ich nicht erwartet, dass die Falle so tödlich sein könnte. Und –«

»Schon gut, Tacroy«, winkte Christopher ab.

»Tacroy?«, wunderte sich Tacroy. »Ist das mein Seelenname?« Als Christopher, der mit einem Knoten beschäftigt war, nickte, murmelte Tacroy: »Das bedeutet einen Haken weniger, mit dem sie mich festhalten.« Dann kam die Göttin mit dem Besen zurück. Sie war mit den Schlingen fertig und schaute jetzt, auf den Besen gestützt, Tacroy an. »Sie durchschauen mich, nicht wahr?«

Die Göttin nickte. »Sie sind wie Christopher und ich. Ein Teil von Ihnen ist irgendwo anders.«

Tacroy errötete plötzlich. Christopher spürte, wie Tacroy ins Schwitzen geriet, und fragte ihn, wo denn seine andere Hälfte sei.

Tacroys Augen wandten sich Hilfe suchend an ihn. »Welt elf – aber bitte stell keine weiteren Fragen. Unter diesen Zauberbannen müsste ich dir alles sagen, und dann wären wir bald alle in Gefahr!«

Es klang so verzweifelt, dass Christopher keine

weiteren Fragen stellte und weiter an der Lösung des Knotens arbeitete. Nur mit der Göttin tauschte er einen bedeutsamen Blick. Schließlich bekam er den Hauptknoten auf und sogleich fielen die Fäden des Zaubers neben Tacroys maßgefertigten Stiefeln zu Boden. Tacroy erhob sich steifbeinig und streckte sich.

»Danke«, sagte er. »Das tut gut! Du kannst dir nicht vorstellen, was für ein scheußliches Gefühl das ist, ein Netz von Zauberknoten um den Kopf zu tragen. Aber was nun?«

»Fliehen Sie, solange Sie noch können«, riet ihm Christopher. »Soll ich den Bann um das Schloss brechen?«

Tacroy hielt mitten in einer Dehnübung inne. »Jetzt lass es aber gut sein!«, sagte er. »Wenn ich recht verstanden habe, gibt es außer euch beiden Kindern und mir niemanden im Schloss, der über nennenswerte Magie verfügt. Dein Onkel kann jeden Augenblick wiederkommen, und da soll ich mich aus dem Staub machen?«

»Na ja«, begann Christopher.

Doch im gleichen Augenblick kam Miss Rosalie mit Dr. Simonson herein, gefolgt von den übrigen Mitgliedern aus Gabriels Stab. »Ja wie, Mordecai!«, rief sie munter. »Habe ich mich verhört oder haben Sie tatsächlich gerade einen edlen Vorsatz geäußert?«

Tacroy nahm die Arme herunter und verschränkte sie. »Das war eine rein praktische Erwägung«, sagte er. »Sie kennen mich doch, Rosalie. Wollen Sie mich wieder fesseln? Ich weiß zwar nicht, wie Sie das ohne

Magie zu Stande bringen wollen, aber bitte, versuchen Sie es nur.«

Miss Rosalie richtete sich zu ihrer ganzen imposanten Größe von einem Meter zweiundfünfzig auf. »Ich bin überhaupt nicht Ihretwegen gekommen. Wir haben Christopher gesucht. Christopher, wir möchten dich fragen, ob du bereit wärst, das Amt des Chrestomanci zu übernehmen, wenigstens für eine Übergangszeit. Die Regierung wird wohl am Ende einen anderen Magier ernennen, aber wir stecken jetzt mitten in einer Krise. Meinst du, dass du das schaffst?«

Alle schauten Christopher erwartungsvoll an, sogar Dr. Simonson. »Ich kann wohl schwerlich nein sagen«, begann er. »Ich werde es unter zwei Bedingungen tun. Erstens verlange ich, dass Mordecai Roberts freigelassen und auch später nicht wieder verhaftet wird. Zweitens möchte ich die G –, äh Nellie als meine Chefassistentin, und sie soll später zur Belohnung auf ein Internat geschickt werden.«

»Alles, was du willst, mein Lieber«, versprach Miss Rosalie hastig.

»Schön«, sagte Christopher. »Dann sollten wir zurück in die Halle gehen.«

Dort warteten immer noch die Schlossbewohner unschlüssig unter der grün gefärbten Kuppel. Der Butler war da, ebenso zwei Männer mit Kochmützen, ferner die Wirtschafterin und die meisten Dienstmädchen und Lakaien. »Die Gärtner und die Stallknechte sollen ebenfalls hierher kommen«, ordnete Christopher an und ging dann zu dem Pentagramm hinüber, an dem Throgmorten immer noch Wache hielt. Unter Aufbietung seiner ganzen Kunst des Hexenblicks erkannte er eine kleine runde Öffnung in der Mitte des fünfzackigen Sterns – ein geisterhaftes Mauseloch –, die Throgmorten nie aus den Augen ließ. Der Kater besaß beeindruckende magische Kräfte. Nichts wünschte er sich sehnlicher, als dass Onkel Ralph erneut auftauchen würde. »Wie können wir verhindern, dass jemand hier durchbricht?«, fragte Christopher.

Tacroy eilte zu einem Schrank unter der Treppe und kam mit einem Arm voller merkwürdiger Kerzen in sternförmigen Haltern zurück. Er zeigte Christopher und der Göttin, wo sie sie aufstellen und welche Formeln sie dazu sprechen sollten. Dann bedeutete er Christopher, einen Schritt zurückzutreten und mit einem Zauberspruch alle Kerzen gleichzeitig zu entzünden. Wie Christopher bei dieser Gelegenheit feststellen konnte, erwies sich Tacroy als voll ausgebildeter Zauberer. Als die Kerzen mit einem Mal brannten, zuckte Throgmortens Schwanz verächtlich.

»Der Kater hat Recht«, sagte Tacroy. »Vor diesem Zauber würden die meisten Menschen zurückweichen, aber mit dem Vorrat an Drachenblut, über den dein Onkel verfügt, stellt das für ihn kein ernsthaftes Hindernis dar. Er könnte hier jederzeit durch.«

»Dann schnappen wir ihn eben, wenn er es versucht«, entschied Christopher. Er überlegte, was er selbst tun würde, wenn er wüsste, dass Throgmorten auf ihn lauerte, und er war sich ziemlich sicher, dass Onkel Ralph das Gleiche tat. Wenn er mit seiner Vermutung richtig lag, würde Onkel Ralph eine Weile brauchen, bis er so weit war.

Unterdessen war eine große Schar Bediensteter durch die große Eingangstür in die Halle gekommen. Viele hatten vorher mit der Münze in der Hand vor dem Eingang gestanden und verlegen Gartenerde von den Schuhsohlen gestreift. Christopher war ein paar Stufen die Treppe hinaufgestiegen und schaute von oben erst auf die schmalen, durchsichtigen Überreste Gabriel de Witts und dann in die ängstlichen, mutlosen Gesichter der Versammelten, die halb vom grünlichen Tageslicht aus der gefärbten Glaskuppel und halb von den Flammen der seltsamen Kerzen erleuchtet waren. Er wusste genau, was zu tun war. Und er war überrascht, wie viel Spaß es ihm machte.

»Wer zaubern kann soll die Hand heben«, rief er.

Die meisten Gärtner und einige von den Stallknechten hoben die Hand. Von den Bediensteten im Haus waren die Hand des Butlers und die eines Kochs oben. Ferner streckten der Schuhputzjunge, der die Anschreibetafel beim Kricket geführt hatte, und drei Dienstmädchen, darunter auch Erica, ihre Hände hoch. Tacroys Hand war oben und selbstverständlich die der Göttin. Alle anderen Anwesenden sahen betreten zu Boden.

Darauf rief Christopher: »Nun soll jeder die Hand heben, der Holz oder Metall bearbeiten kann.«

Viele von denen, die eben noch betreten zu Boden geschaut hatten, hoben überrascht die Hand. Dr. Simonson war einer von ihnen, ebenso Flavian. Alle

Stallknechte hoben die Hand und die Gärtner ebenfalls. Sehr schön. Jetzt bedurfte es nur noch ein paar aufmunternder Worte.

»Gut«, sagte Christopher. »Wir haben zweierlei zu tun. Erstens müssen wir meinen Onkel von hier fern halten, bis wir in der Lage sind, ihn zu fangen. Und zweitens müssen wir Gabriel de Witt heimholen.«

Bei der letzten Ankündigung ging ein Raunen durch die Versammlung, das erst Verwunderung und dann Hoffnung zum Ausdruck brachte. Christopher merkte, dass es richtig war, davon zu sprechen, auch wenn er gar nicht sicher war, ob das Unternehmen gelingen würde. Was ihn persönlich betraf, so könnte Gabriel ruhig für die Dauer ihrer beider Leben in acht durchsichtigen machtlosen Stücken weiterexistieren. Im Übrigen genoss er seine Rolle mehr denn je.

»Mein Onkel«, erläuterte er, »hat Gabriel nicht getötet, sondern seine Leben nur in verschiedene Welten zerstreut. Wir müssen sie wiederfinden und dann zusammensetzen. Doch zuerst« – und sein Blick ging hinauf zur grün gefärbten Glaskuppel und dem Lüster, der an einer langen Kette herabhing – »brauche ich einen Käfig, der das Pentagramm bedeckt und der dort oben befestigt ist, so dass er auf ein Zauberwort hin heruntersaust und sich über jeden stülpt, der versucht, hier durchzukommen.« Er deutete auf Dr. Simonson. »Sie übernehmen die Leitung. Holen Sie sich alle Männer, die sich auf Holz- und Metallarbeiten verstehen, aber achten Sie darauf, dass einige auch zaubern können. Der Käfig soll magische Kräfte haben, die jeden daran hindern, auszubrechen.«

Dr. Simonson hob stolz sein bärtiges Kinn zum Zeichen, dass er sich seiner Verantwortung bewusst war. Dann machte er eine leicht ironische Verbeugung. »Jawohl, Sir.«

Christopher war der Ansicht, dass ihm das zustehe. Mit seinem jetzigen Betragen hätte er sich bei der Hauslehrerin sicher den Vorwurf der Aufgeblasenheit eingehandelt. Doch allmählich kam ihm der Verdacht, er arbeite immer dann besonders gut, wenn er sich wichtig vorkam. Er nahm es der Hauslehrerin übel, dass sie ihn daran gehindert hatte, dies schon früher zu erkennen.

»Bevor wir die Arbeit am Käfig beginnen«, fuhr Christopher fort, »müssen wir den Bann, der um das Schloss gelegt wurde, verstärken, sonst könnte mein Onkel versuchen, seine Leute auf diese Weise einzuschmuggeln. Ich möchte, dass jeder hier mit Ausnahme von Ta-, äh Mordecai und der G-, äh Nellie die Zäune, Mauern und Hecken abgeht und mit allen Abwehrformeln belegt, die ihm einfallen.«

Die Anordnung fand ein geteiltes Echo. Gärtner und Dienstmädchen sahen sich fragend an. Einer der Gärtner hob die Hand. »Mr McLintock, Obergärtner«, stellte er sich selbst vor. »Ich zweifle nicht an Ihrem Scharfsinn, junger Mann, möchte aber zu bedenken geben, dass unser Fach Gartenbau und Pflanzenzucht ist, also eher der grüne Daumen, und nicht unbedingt Festungsbau.«

»Aber ihr könnt doch Kakteen und Sträucher mit langen Dornen und meterhohe Nesseln und anderes mehr wachsen lassen, oder?«, sagte Christopher.

Mr McLintock nickte und grinste dazu. »Zu Befehl. Und Disteln auch, und Giftsumach.«

Darauf nahm sich auch der Koch ein Herz und hob die Hand. »Je suis chef de cuisine«, sagte er. »Nur ein Koch. Ich kann nur gute Speisen zaubern.«

»Dann bitte ich Sie, es einmal andersherum zu probieren«, versetzte Christopher. »Vergiften Sie die Mauern. Und wenn das nicht geht, dekorieren Sie sie mit madigen Steaks und schimmeligen Soufflés.«

»Seit meiner Lehrzeit habe ich nicht –«, empörte sich der Koch. Doch dann schien ihn die Erinnerung einzuholen. Er lächelte. »Ich versuche mein Bestes«, versprach er.

Nun hob Erica die Hand. »Verzeihung«, begann sie, »aber ich und Sally und Bertha, wir können wirklich nur kleine Sachen machen – Sprüche, um etwas zu verhexen und dergleichen.«

»Nun, warum nicht – so viel wie möglich«, ermunterte sie Christopher. »Eine Mauer wird aus vielen Steinen gebaut.« Der Satz gefiel ihm besonders. Er schaute zur Göttin hinüber. »Welcher Zauber am besten wirkt, weiß meine Assistentin Nellie. Sie ist nie um Ideen verlegen.«

Die Göttin lächelte. Auch der Schuhputzjunge freute sich. Man sah ihm an, dass er schreckliche Sachen auf Lager hatte und schon darauf brannte, sie auszuprobieren. Christopher schaute zu, wie er mit den Gärtnern, dem Koch und den Dienstmädchen loszog und beneidete ihn ein bisschen.

Dann machte er Flavian ein Zeichen. »Flavian, den größten Teil der Zauberkunst kenne ich immer noch nicht. Würde es Ihnen etwas ausmachen, mir im Bedarfsfall die nötigen Sprüche beizubringen?«

»Tja, ich –«, Flavian warf einen verlegenen Seitenblick auf Tacroy, der unten am Treppenabsatz am Geländer lehnte. »Mordecai könnte das genauso gut.«

»Ja, aber ich brauche ihn, damit er in Trance nach Gabriels verschiedenen Leben sucht.«

»Bist du sicher?«, fragte Tacroy. »Gabriel wird in Freudentränen ausbrechen, wenn er mich sieht, keine Frage.«

»Ich begleite Sie ja«, sagte Christopher.

»Ganz wie in alten Zeiten«, sagte Tacroy. »Gabriel wird vollständig zu Tränen gerührt sein, wenn du auch noch dabei bist. Welch ein Gefühl, geliebt zu werden!« Er zwinkerte zu Miss Rosalie hinüber. »Wenn ich nur meine junge Dame hätte, die dazu Harfe spielte –«

»Werden Sie nicht übermütig, Mordecai«, sagte Miss Rosalie. »Sie bekommen alles, was Sie brauchen. Aber was sollen wir übrigen machen, Christopher? Mr Wilkinson und ich, wir verstehen nichts von Holzarbeiten, und Beryl und Yolande ebenso wenig.«

»Sie können mir als Beraterinnen dienen«, entschied Christopher.

Neunzehntes Kapitel

Die folgenden vierundzwanzig Stunden waren die geschäftigsten, die Christopher je erlebt hatte. Ein Krisenrat trat in Gabriels dämmrigem Büro zusammen. Christopher hatte entdeckt, dass sich manche Wandpaneele öffnen ließen und so ein Durchgang zu den Räumen zur Rechten und Linken entstand. Er ließ die Tische mit den Schreibmaschinen beiseite schieben und verwandelte das Büro und die angrenzenden Zimmer in einem einzigen großen Raum. Der war nun viel heller und füllte sich immer mehr, während die Handlungspläne im Rat durchgesprochen wurden.

Christopher erfuhr, dass es verschiedene Wege gab, durch Divination herauszubekommen, ob ein lebender Mensch sich in einer bestimmten Welt befand oder nicht. Mr Wilkinson besaß eine ganze Liste mit unterschiedlichen Methoden. Man einigte sich darauf, mit Hilfe dieser Liste Tacroys Suche nach Gabriel einzugrenzen. Jede Methode sollte ausprobiert werden, doch da keiner wusste, ob Gabriels verstreute Leben noch lebendig waren, mussten alle Methoden mit einem Höchstmaß an Energie betrieben werden. Dabei stellte sich heraus, dass neben Christopher nur noch die Göttin über hinreichend Magie verfügte, um hellseherische Kräfte zu aktivieren und von Weltenreihe zu Weltenreihe zu springen. Doch alle konnten bei der Auswertung mithelfen. Das Hauptquartier wimmelte bald von Helfern, die in Glaskugeln, Spiegel, Schalen mit Quecksilber oder Tinte und ersatzweise auch auf Scheiben aus Flüssigkristallen starrten, während die Göttin die magischen Kräfte dirigierte und die Ergebnisse mit fremdartigen Schriftzeichen in einer Tabelle festhielt.

Miss Rosalie bestand darauf, dass der Krisenrat auch darüber entscheiden solle, wie die Regierung von den Ereignissen in Kenntnis zu setzen sei. Doch zu einem Entschluss kam es nie, weil Christopher immer wieder weggerufen wurde. Zuerst rief ihn Dr. Simonson in die Halle hinunter, wo er ihm erklärte, wie man den Käfig anzufertigen gedachte. Dr. Simonson nahm die Sache sehr viel ernster, als Christopher erwartet hatte. »Unser Vorgehen ist alles andere als lehrbuchmäßig«, erläuterte der Arzt, »aber worauf es allein ankommt, ist doch, dass wir den Vogel fangen.«

Christopher war die Treppe schon wieder halb hinauf, als der Butler kam und fragte, ob Master Christopher einmal schauen wolle, man habe so gut wie möglich versucht, das Schlossgelände durch Hindernisse zu sichern. Christopher folgte ihm und staunte. Der Haupteingang und die Nebeneingänge waren durch Bann und Gift vor Eindringlingen geschützt. Brombeergestrüpp mit über zehn Zentimeter langen Stacheln wucherte entlang der Mauern. Beim Anblick der Hecken fühlte sich Christopher an Dornröschens Schloss erinnert, so hoch und dicht war alles mit Dornen, Nesseln und Giftpflanzen überzogen. Drei Meter hohe Disteln und Kakteen bewehrten die Zäune; außerdem hatte der Schuhputzjunge jeden Schwachpunkt in der Verteidigung mit zusätzlichen geheimen Fallen gesichert. Um Christopher einen Eindruck von der Wirkungsweise zu geben, benutzte er sein zahmes Frettchen. Jeder der in die Fallen trat, würde in eine Raupe verwandelt, in eine abgrundtiefe Jauchegrube stürzen oder von riesigen Hummerscheren gepackt werden. Insgesamt hatte er neunzehn Fallen aufgestellt, eine bösartiger als die andere. Christopher lief zum Schloss zurück und dachte unterwegs, falls sie es schafften, Gabriel zurückzuholen, würde er ihn unbedingt bitten, den Schuhputzjungen zu befördern. Dieses junge Talent war zu schade fürs Stiefelputzen.

Zurück in Chrestomancis Büro stellte er eine Reihe magischer Spiegel auf, die er auf verschiedene Teile der Befestigungsanlage ausrichtete, um sofort erkennen zu können, ob ein Angreifer einzudringen versuchte. Flavian zeigte Christopher gerade, wie die Zauberformeln, die auf der Rückseite der Spiegel standen, zur Wirkung gebracht wurden, als die Wirtschafterin ihn unterbrach. »Master Christopher, das Schloss ist auf Belagerungen nicht vorbereitet. Wie soll ich den Metzger, den Bäcker und den Milchmann ins Schloss lotsen? Hier sind viele Mäuler zu stopfen.«

Christopher musste sich eine Aufstellung machen, wann die Lieferanten gewöhnlich eintrafen, damit er oder die Göttin sie im rechten Augenblick ins Schloss zaubern konnten. Die Göttin hängte die Liste neben die Einteilung für die Spiegelwache, die Tabelle mit den Divinationsergebnissen, den Dienstplan und den Patrouillenplan – bald war die ganze Wand mit Papieren übersät.

Mitten in dem ganzen Treiben saßen zwei Damen, Yolande und Beryl mit Namen (die Christopher immer noch nicht auseinander halten konnte), und tippten an ihren Schreibmaschinen. »Wir sind zwar keine Zauberinnen mehr«, sagte Beryl (falls es nicht Yolande war), »aber das hindert uns nicht, den ordentlichen Bürobetrieb aufrechtzuerhalten. Wir können dringende Anfragen erledigen oder doch wenigstens mit Rat zur Stelle sein.«

Wenig später riefen auch sie Christopher zu sich. »Wir haben ein Problem«, erläuterte Yolande (oder war es Beryl?), »gewöhnlich werden alle Briefe von Gabriel de Witt unterschrieben. Wir sind nicht der Meinung, dass Sie seine Unterschrift fälschen sollten, aber wenn Sie einfach nur mit ›Chrestomanci‹ unterschrieben –?«

»Ehe Sie für uns den Postsack hinunter zum Postamt zaubern«, fügte Beryl (oder vielleicht Yolande) hinzu.

Dann zeigten sie ihm, wie man das Zeichen für einen Zauberer mit neun Leben über das Wort »Chrestomanci« setzte, damit der Name gegen Missbrauch durch Hexerei geschützt wurde. Christopher hatte sein Vergnügen daran, eine möglichst schwungvolle Unterschrift zu entwickeln und sie mit dem besonderen Zauberzeichen zu krönen, so dass sie selbst vor

Onkel Ralph sicher war. Bei der Gelegenheit stellte er fest, dass er sich mehr amüsierte als je zuvor in seinem Leben. Papa hatte also doch Recht gehabt. Er war wirklich zum Chrestomanci geschaffen. Aber wenn es nicht so gewesen wäre?, dachte Christopher, während er seine flotte Unterschrift unter ein Schreiben setzte. Er hatte eben einfach Glück gehabt. Deshalb brauchte er auch nicht länger das Gefühl zu haben, in der Falle zu sitzen.

Wieder wurde er fortgerufen, diesmal zum anderen Ende des Zimmers. »Das beste Los habe wohl ich gezogen«, sagte Tacroy lachend, als er es sich auf der Couch bequem machte, von wo aus er in seine erste Trance starten sollte. Der Plan sah vor, Tacroy eine Folge kurzer Trancereisen unternehmen zu lassen, um möglichst viele Welten zu erkunden. Und Miss Rosalie hatte sich bereit erklärt, für ihn Harfe zu spielen, obwohl sie über keine Magie mehr verfügte. Sie saß an einem Ende der Couch. Als Christopher an ihnen vorbeilief, schloss Tacroy gerade die Augen, und Miss Rosalie schlug ein paar sanft fließende Akkorde an. Tacroy riss die Augen wieder auf. »Das ist ja zum Auswachsen! Wollen Sie mein Phantom in einen Sahnebonbon einschließen? Kennen Sie keine vernünftige Musik?«

»Soweit ich mich erinnern kann, mäkeln Sie immer, egal was ich spiele«, erwiderte Miss Rosalie. »Also kann ich gleich etwas spielen, das ich mag, einerlei, ob es Ihnen gefällt!«

»Ihr Musikgeschmack ist grauenhaft!«, knurrte Tacroy.

»Beruhigen Sie sich, sonst geraten Sie nie in Trance. Ich will mir nicht für nichts und wieder nichts die Finger wund spielen!«, versetzte Miss Rosalie.

Die beiden riefen bei Christopher Erinnerungen wach – aber an wen? Er schaute sich auf dem Weg zur Tintenschale noch einmal um. Tacroy und Miss Rosalie warfen sich giftige Blicke zu; jeder wollte dem anderen deutlich zeigen, dass seine Gefühle verletzt waren. Wen habe ich schon einmal solche Blicke werfen sehen?, fragte sich Christopher. Im Geheimen, so ahnte er, sehnten sich Tacroy und Miss Rosalie danach, mit dem Angiften aufzuhören, doch waren beide zu stolz, den ersten Schritt zu tun. Wer benahm sich so?

Als sich Christopher über die Schale mit Tinte beugte, wusste er es plötzlich. Papa und Mama! Sie waren genauso!

Nach einem Blick auf Welt C in Serie acht, die sich in der Tintenschale spiegelte, machte sich Christopher wieder auf den Rückweg, vorbei an Miss Rosalie, die zornig geradeaus schaute und eine Gigue spielte, während Yolande und Beryl dazu Maschine schrieben. »Kann ich jemandem einen amtlichen Brief schreiben?«, fragte er.

»Diktieren Sie einfach«, bot Yolande (oder auch Beryl) an, die Finger schon auf den Tasten.

Christopher gab ihr Dr. Pawsons Adresse. »Sehr geehrter Herr Doktor«, begann er. »Die Behörde des Chrestomanci wäre Ihnen sehr verbunden, wenn Sie den Aufenthaltsort von Mr Cosimo Chant, zuletzt in Japan, mit Ihren hellseherischen Fähigkeiten herausfinden und seine Adresse an Mrs Miranda Chant, zuletzt wohnhaft in Kensington, schicken könnten.« Leicht errötend fragte er: »Geht das so?«

»Bei Dr. Pawson«, sagte Beryl (oder vielleicht Yolande), »müssen Sie hinzufügen: ›Das übliche Honorar wird Ihnen überwiesen.‹ Dr. Pawson arbeitet nie ohne Honorar. Ich gebe die Zahlungsanweisung an die Buchhaltung weiter. Mr Wilkinson braucht Sie jetzt an der Quecksilberschale.«

Während Christopher durch den Raum eilte, fiel der Göttin ein, dass das Kätzchen Stolzfuß womöglich schon halb verhungert war. Sie zauberte es zusammen mit Schal, Fläschchen und allem anderen aus dem Turmzimmer herbei. Ein Helfer wurde Milch holen geschickt. Das brauchte eine Weile. Dem Kätzchen dauerte es aber zu lange. Es riss ungeduldig seine Saphiraugen auf und warf empörte Blicke in die Runde. »M-i-l-ch!«, verlangte es aus einem erstaunlich weiten rosa Mäulchen.

Schon wenn ein gewöhnliches Kätzchen zum ersten Mal die Augen aufmacht, ist das ein besonderes Ereignis. Da Stolzfuß aber eine Tempelkatze war, wirkte es elektrisierend. Mit einem Schlag zeigte sie mindestens so viel Persönlichkeit wie Throgmorten, nur dass sie sein genaues Gegenteil zu sein schien. Sogleich wurde sie von Hand zu Hand gereicht, jeder bekundete sein Entzücken und wollte sie hätscheln. Besonders Flavian war so in sie vernarrt, dass er sie gar nicht mehr loslassen wollte. Erst als er Tacroy sah, der niedergeschlagen aus der Trance kam, weil er keine

Spur von Gabriel gefunden hatte, gab ihm Flavian das Kätzchen, um ihn aufzumuntern. Tacroy hielt es hoch und schnurrte es an, doch Miss Rosalie nahm es ihm gleich wieder fort, drückte ihm stattdessen eine heiße Tasse Tee in die Hand und spielte die nächste halbe Stunde selber mit Stolzfuß.

Eine solche Vernarrtheit erschien Christopher ungerecht gegenüber Throgmorten. Er ging hinaus zur Treppe, um nach dem Kater zu sehen. Dort blieb er eine Weile verblüfft stehen, weil die Halle kaum wiederzuerkennen war. Die grüne Färbung, die das Drachenblut verursacht hatte, verblasste allmählich, nur das Licht, das durch die Glaskuppel einfiel, spielte noch ins Grünliche. Unten sah er Dr. Simonson, Frederick Parkinson und eine Schar von Helfern, alle in Hemdsärmeln, sägen, hämmern und schweißen. Auf dem Boden lagen kreuz und quer Hölzer, Werkzeuge und Metallstangen, während weitere Helfer immer noch mehr Holz und Werkzeug durch die große Eingangstür hereinbrachten. Andere saßen auf der Treppe, tranken Tee und warteten darauf, dass sie bei den verschiedenen Divinationsvorrichtungen an die Reihe kämen. Hätte irgendjemand Christopher eine Woche zuvor gesagt, Schloss Chrestomanci werde bald wie eine unaufgeräumte Werkstatt aussehen, so hätte er ihn nur ungläubig angeschaut.

Die Kerzen brannten noch und flackerten im Luftzug, der von der offenen Eingangstür her kam. In der Mitte des schwarzen Pentagramms saß Throgmorten wie eine Sphinx und starrte unbeirrbar auf das Mauseloch, durch das Onkel Ralph verschwunden war. Christopher stellte mit Vergnügen fest, dass Throgmorten mit allem umgeben war, was eine Katze sich wünschen konnte: Eine Schale Milch sowie Untertassen mit Fisch und Fleisch waren zwischen den Kerzenhaltern sternförmig aufgestellt worden. Doch der Kater schenkte den Leckereien keine Beachtung.

Offenbar hatte sich noch niemand um Gabriels achtes Leben gekümmert. Es lag noch immer schlaff und durchsichtig an derselben Stelle auf dem Boden, an die es Onkel Ralph geschleudert hatte. Irgendjemand hatte es mit einem schwarzen Seil abgesperrt, das um vier Stühle aus der Bibliothek gespannt war. Christopher schaute es sich an. Wenn alle anderen Leben auch so aussahen wie dieses hier, war es kein Wunder, dass Tacroy nichts gefunden hatte und keine divinatorische Methode irgendein Ergebnis brachte. Er hing noch seinen Gedanken nach, als ein Gärtner von draußen hereinstürzte und ihm aufgeregt zuwinkte.

»Könnten Sie einmal gucken kommen?«, keuchte er. »Wir wissen nicht, ob es die Bande des ›Phantomes‹ ist oder nicht. Sie stehen zu hunderten in Faschingskostümen um das Schlossgelände herum.«

»Ich schaue es mir im Spiegel an«, rief Christopher. Er hastete ins Büro zurück, zu den magischen Spiegeln. Der Spiegel, der auf den Haupteingang ausgerichtet war, zeigte ein klares Bild der merkwürdig aussehenden Soldaten, die durch die Gitter starrten. Sie trugen kurze Tuniken und silberne Masken, und alle waren mit Speeren bewaffnet. Christopher hatte ein flaues Gefühl in der Magengegend. Er drehte sich um und schaute die Göttin an. Sie war kreidebleich.

»Das ist der Bewaffnete Arm der Ascheth«, flüsterte sie. »Sie haben mich gefunden.«

»Ich gehe hin und sorge dafür, dass sie nicht hereinkommen«, versicherte ihr Christopher. Er stürmte die Treppe hinunter und eilte durch die Halle und dann hinaus in den Schlosspark. Auf dem Rasen stand McLintock und musterte die restlichen Gärtner, ob auch jeder mit einer Hippe oder einer scharfen Hacke bewaffnet war.

»Keiner dieser Heiden kommt mir in *unseren* Park«, stellte er fest.

»Gut, aber die Speere sind tödliche Waffen«, sagte Christopher. »Achten Sie darauf, dass keiner Ihrer Männer in Wurfweite gerät.« Allein bei dem Gedanken fühlte er einen durchdringenden Schmerz in der Brust.

Zusammen mit McLintock machte er eine Runde durch den Park, ohne den Zäunen und Mauern zu nahe zu kommen. Die Krieger der Ascheth standen in einiger Entfernung draußen, so als ob der Bann sie zurückhielte. Um aber auf Nummer Sicher zu gehen, verdoppelte Christopher den Bann nochmals. Der Anblick silberner Masken und Speerspitzen genügte, um ihm Übelkeit zu bereiten.

Auf dem Rückweg ins Schloss merkte er, dass er sich inzwischen nicht mehr amüsierte. Im Gegenteil, er fühlte sich klein, schwach und verängstigt. Onkel Ralph war eine Sache, doch er wusste nicht, was er mit dem Bewaffneten Arm der Ascheth tun sollte. Wenn doch nur Gabriel hier wäre!, dachte er. Gabriel wusste alles über den Tempel der Ascheth. Wahrscheinlich hätte er die Krieger mit einem einzigen knappen Befehl zum Teufel geschickt. Aber danach, so überlegte Christopher, hätte er mich sicherlich dafür bestraft, dass ich die Göttin hier unerlaubt versteckt gehalten habe. Aber das hätte ich in Kauf genommen.

Beim Gang durch die Halle sah er, dass der Käfig vorerst nur ein Stapel zugesägter Hölzer und gebogener Metallstäbe war. Ihm wurde klar, dass die Arbeit bis zum Einbruch der Dunkelheit nicht fertig würde, und Onkel Ralph würde sicherlich noch in dieser Nacht wiederkommen. Vorbei an Gabriels schlaffem Leben ging er nach oben ins Büro, wo Tacroy gerade wieder aus einer Trance erwachte, ebenso mutlos wie beim letzten Mal. Die Göttin war blau und zitterte, und auch alle anderen machten enttäuschte Gesichter, weil sich hinter all den Schatten und dem Geflacker in den Divinationsapparaten kein Gabriel verbarg.

»Am besten zaubere ich ein Telegramm an die Regierung, damit man uns Militär schickt«, sagte Christopher entmutigt.

»Das werden Sie nicht tun!«, pfiff ihn Miss Rosalie an. Sie drängte Christopher und die Göttin, sich neben Tacroy auf die Couch zu setzen, und nötigte ihnen den heißen süßen Tee auf, den Erica gerade servierte. »Hör mir gut zu, Christopher«, begann sie. »Wenn du die Regierung darüber informierst, was mit Gabriel passiert ist, wird man dort darauf bestehen, dass ein erwachsener Zauberer kommt und das Amt des Chrestomanci übernimmt. Der wird aber keineswegs besser sein, denn seine Magie ist bei weitem nicht so stark wie deine. Du bist der einzige noch lebende Zauberer mit neun Leben. Und der Arm der Ascheth kann doch nicht auf das Schlossgelände kommen, oder?«

»Nein – ich habe den Bann verdoppelt«, antwortete Christopher.

»Schön«, sagte Miss Rosalie. »Dann sind wir nicht schlechter dran als vorher. Ich habe doch nicht wie wild mit Dr. Simonson diskutiert, nur damit ich dann von *dir* hängen gelassen werde, Christopher. Wir werden Gabriel sicher bald finden und dann klärt sich alles, du wirst sehen.«

»Mutter Stolzfuß sagte immer, die dunkelste Stunde ist die vor Tagesanbruch«, flocht die Göttin ein. Doch der Ton, in dem sie das sagte, ließ Zweifel an ihrem Glauben.

Wie zur Bestätigung von Mutter Stolzfuß' Sinnspruch, rief Flavian plötzlich: »Ah, jetzt verstehe ich!« Flavian saß an Gabriels großem dunklen Schreibtisch und versuchte einen Sinn in den hin und her huschenden Schatten auf den Kugeln, Schalen und Scheiben vor ihm zu erkennen. Alle, die schon ganz mutlos herumgesessen hatten, richteten sich auf und schauten ihn erwartungsvoll an. »Gabriels Leben haben einfach sehr lange gebraucht, um sich zu setzen«, erläuterte Flavian. »Aber nun gibt es klare Anzeichen, dass eines in Richtung auf Serie neun treibt und ein anderes zu

Serie zwei, doch keines ist bisher tatsächlich in eine Welt eingetreten. Ich glaube, alle übrigen schweben immer noch am Weltenrand entlang. Wir brauchen nur unsere Divinationsapparate dorthin auszurichten.«

Tacroy sprang auf und lugte über Flavians Schulter. »Damit könnten Sie Recht haben!«, sagte er. »Das eine Mal, als ich meinte, einen Hauch von Gabriel zu erwischen, war ich am Weltenrand in der Nähe von Serie eins. Gibt es dort irgendetwas zu sehen?«

Mit dem Weltenrand ist das Zwischenreich gemeint, dachte Christopher, während er mit der Göttin eilig die Divinationsapparate neu ausrichtete. »Ich kann hingehen und sie einsammeln«, bot er an.

Ein einhelliger Aufschrei war die Folge. »Nein«, sagte Flavian. »Ich bin immer noch dein Mentor und verbiete es dir.«

»Wir brauchen dich hier, nur du kannst deinem Onkel Paroli bieten«, sagte Tacroy.

»Du kannst mich doch nicht mit dem Arm der Ascheth hier allein lassen!«, rief die Göttin. »Außerdem, was passiert, wenn du ein weiteres Leben verlierst?«

»Genau«, knüpfte Miss Rosalie an. »Dein letztes Leben ist im Tresor weggesperrt und mit einem Bann belegt, den nur Gabriel brechen kann. Du kannst es dir also gar nicht leisten, noch ein Leben zu riskieren. Wir müssen jetzt warten, bis sich Gabriels Leben gesetzt haben. Dann können wir ein geschütztes Zaubertor öffnen, durch das du gehen kannst, um sie einzusammeln.«

Da sogar die Göttin gegen ihn gesprochen hatte, musste Christopher einlenken. Er wusste, dass er sich jederzeit heimlich in das Zwischenreich schleichen konnte, wenn er wollte. Doch jetzt war Onkel Ralph wichtiger als Gabriel und wahrscheinlich sogar gefährlicher als der Arm der Ascheth.

Gemeinsam mit Tacroy und McLintock teilte er die Wachen und Patrouillen für die Nacht ein. Zum Abendessen ließ man sich in der Halle unter dem Gerüst aus Leitern und Brettern nieder, das Dr. Simonson errichtet hatte, um den Lüster abzuhängen. Zu diesem Zeitpunkt war der Käfig immer noch eine Ansammlung aus Metallreifen und Hölzern. Die Köche brachten Dr. Simonsons Mannschaft das Essen in Kesseln und Töpfen, so dass sie weiterarbeiten konnten, bis es dunkel wurde. Dennoch erkannte Christopher, dass sie bis dahin mit der Arbeit nicht fertig würden. Throgmorten verließ für kurze Zeit seinen Posten, um sich mit einer Schale Kaviar für die Nachtwache zu stärken. Das Kätzchen Stolzfuß brachte man zur Sicherheit in die Küche, wo es weiter gehätschelt wurde. Dann bereitete sich jeder auf eine unruhige Nacht vor.

Christopher hatte die Wachen so eingeteilt, dass jeweils Personen, die über Körperkraft beziehungsweise über Magie verfügten, zusammen Dienst taten. Er selbst übernahm die erste Wache, die Göttin die darauf folgende. Christopher hatte sich gerade in der Bibliothek neben Frederick Parkinson schlafen gelegt, als ihn die Göttin während ihrer Wache weckte. Ganz außer sich berichtete sie, dass sie sicher sei, dass Onkel

Ralph versucht habe, durch das Pentagramm einzudringen. »Aber ich habe ihn durch Gegenzauber daran gehindert«, wiederholte sie immer wieder. Auf jeden Fall hatte Throgmorten ein wildes Spektakel veranstaltet. Doch bis Christopher an Ort und Stelle ankam, sah er nur noch Dampf zischend aus dem unsichtbaren Mauseloch aufsteigen, während Throgmorten unruhig im Kreis herumging wie ein Tiger, dem die Beute entwischt war.

Merkwürdigerweise roch es gar nicht nach Drachenblut. Es hatte den Anschein, als habe Onkel Ralph nur die Verteidigungsanlagen testen wollen, oder er wollte sie über seine eigentlichen Pläne täuschen. Der wirkliche Angriff kam dann kurz vor Tagesanbruch, als Tacroy und der Schuhputzjunge Wache hielten. Außerdem kam er von außerhalb des Schlossgeländes. Überall im Schloss schrillten die Alarmglocken, weil der Zauberbann berührt worden war. Als Christopher über den taufeuchten Rasen lief, dachte er, die Schlossbewohner wären sicher auch ohne die Glocken durch das Geschrei und Geklirr jenseits der Mauer geweckt worden. Wieder kam er zu spät. Er sah nur noch, wie Tacroy und der Schuhputzjunge hastig Zauberformeln sprachen, um zwei Lücken in Mr McLintocks Dornenhecke zu schließen. In der Dunkelheit konnte er vor den Lücken nur ungenau zwei Gestalten in silberner Rüstung ausmachen. Christopher sammelte seine ganze magische Kraft, um den Bann wiederherzustellen.

»Was ist denn passiert?«, keuchte er ganz außer Atem.

»Die Banditen scheinen mit dem Arm der Ascheth zusammengestoßen zu sein«, sagte Tacroy, der im Frühnebel vor Kälte zitterte. »Ein garstiger Wind.« Während die Gärtner mit Kakteen herbeikamen, um die Lücken zu schließen, und der Schuhputzjunge seine Falle wieder aufstellte, berichtete Tacroy, dass ein Teil der Banditen versucht habe, auf das Schlossgelände zu gelangen. Der Arm der Ascheth musste glauben, dass der Angriff ihnen galt, worauf sie ohne es zu wollen das Schloss verteidigten. Auf jeden Fall hatten die Angreifer ihr Heil in der Flucht gesucht.

Christopher erkannte den eigentümlichen Geruch von Drachenblut im Nebel und dachte, dass Tacroy sicherlich Recht hatte.

Bis er wieder im Schloss war, hatte sich die Dunkelheit so weit verzogen, dass sich Dr. Simonson und seine Männer wieder an die Arbeit machen konnten. Flavian kam blass und gähnend nach einer durchwachten Nacht in das Hauptquartier getaumelt. »Ich hatte Recht mit meiner Vermutung über Gabriels verschiedene Leben!«, jubelte er. »Alle haben sich in den Verbundenen Welten niedergelassen. Sechs habe ich mehr oder weniger genau orten können, nur beim siebten tappe ich noch völlig im Dunkeln. Ich schlage vor, du gehst die sechs Leben holen, sobald die Männer mit dem Vogelkäfig fertig sind.«

Der Vogelkäfig, wie jetzt alle den Käfig nannten, wurde gleich nach dem Frühstück stolz über das Pentagramm gehievt. Christopher sprang selbst in den Stern, um ihn zu testen. Der Zauber wurde wie vorgesehen ausgelöst, und der Käfig stülpte sich mit Getöse über ihn. Throgmorten sah verärgert nach oben. Christopher grinste und versuchte, den Käfig wegzuzaubern. Doch der bewegte sich nicht. Er rüttelte an den dünnen Stäben und wollte das ganze Gestell an einer Seite heben, doch auch so bewegte er ihn nicht von der Stelle. In einer Anwandlung von Panik erkannte er, dass aus dem Käfig kein Entkommen war, obwohl er doch die meisten Zauberformeln selbst gesprochen hatte.

»Dein Gesicht war sehenswert«, kicherte die Göttin. »Du hättest sehen sollen, wie erleichtert du warst, als die Arbeiter den Käfig wieder hoch hievten.« Die Göttin war jedoch alles andere als fröhlich. Sie war blass und nervös und zwang sich zum Scherzen.

Sie hat nur ein Leben, dachte Christopher, und der Arm der Ascheth wartet draußen auf sie. »Begleite mich doch, wenn ich Gabriels Leben einsammeln gehe«, schlug er ihr vor. »Der Arm der Ascheth käme aus dem Staunen nicht heraus, wenn er dich von einer Welt zur anderen springen sähe.«

»Oh, darf ich wirklich?«, fragte die Göttin aufgekratzt. »Ich fühle mich auf einmal so wichtig.«

Über die Frage, wie Gabriels Leben zurückzuholen seien, hatte es große und zum Teil sehr akademische Diskussionen zwischen Flavian, Beryl, Yolande und Mr Wilkinson gegeben. Nie hätte Christopher gedacht, dass es so viele Methoden geben könnte, Menschen in andere Welten zu senden. Miss Rosalie entschied die Sache schließlich mit ihrer forschen Art:

»Wir errichten ein Zaubertor hier in diesem Raum und schicken Mordecai mit einer spirituellen Markierung auf die Trancereise. Auf diese Weise können wir das Tor direkt auf ihn ausrichten, sobald er eines von Gabriels Leben gefunden hat. Dann gehen Christopher und Nellie ebenfalls hindurch und überzeugen Gabriel, dass er dringend im Schloss gebraucht wird. So einfach ist das.«

Nun, ganz so einfach war es dann doch nicht. Diesen Eindruck gewann Christopher, als er mit der Göttin nach Flavians komplizierten Anweisungen die vertrackte Magie des Tores errichtete. Ohnehin arbeitete er widerwillig und langsam. Obwohl ihm nur Gabriel sein neuntes Leben zurückgeben konnte und obwohl Gabriel so dringend gebraucht wurde, wünschte ihn sich Christopher nicht so bald zurück. Mit ihm hätte der ganze Spaß ein rasches Ende. Im Schloss ginge alles wieder seinen geordneten erwachsenen langweiligen Gang. Nur weil er solche Magie liebte, die etwas ganz Praktisches bewirkte, arbeitete Christopher weiter an dem Tor mit.

Als es endlich fertig war, sah es eigentlich ganz simpel aus. Es bestand aus einem hohen rechteckigen Rahmen aus Metall mit zwei Spiegeln, die sich so neigten, dass auf der Rückseite ein Dreieck entstand. Wer das fertige Ergebnis sah, wäre nie auf die Idee gekommen, wie schwierig die Herstellung gewesen war.

Dann verließ Christopher Tacroy, der mit einer blauen Markierung auf der Stirn in Trance lag, und eilte, um den Lieferkarren des Bäckers in den Schlosshof zu zaubern. Das ist das letzte Mal, dass man mich das tun lässt, dachte er, während die Krieger der Ascheth wütend ihre Speere gegen den Bäcker schwangen.

Als er zurückkam, lag Tacroy blass, regungslos und in weiße Decken gehüllt auf der Couch, während Miss Rosalie sanft auf der Harfe spielte.

»Jetzt ist er im Tor«, sagte Flavian.

Die beiden Spiegel waren zu einem leicht dunstigen Bild einer Gegend irgendwo in Serie eins verschmolzen. Christopher erkannte eine Staffel der hohen Pylone, über die die Ringzüge fuhren, und die sich in der Ferne verloren. Tacroy stand unter dem nächst gelegenen Pylon. Er trug den grünen Anzug, den Christopher so gut kannte. Offenbar trug ihn Tacroy immer auf seinen außerkörperlichen Reisen. Tacroys Gestalt breitete enttäuscht die Hände aus.

»Irgendetwas ist schief gelaufen«, sagte Flavian.

Alle sprangen auf, als der Körper auf der Couch plötzlich mit merkwürdig heiserer Stimme zu sprechen begann. »Ich hatte ihn!«, sagte Tacroys Körper. »Er schaute den Zügen zu und sagte mir gerade, er könnte einen besseren konstruieren. Und dann verschwand er einfach! Was mache ich jetzt?«

»Such in Serie zwei nach ihm«, sagte Miss Rosalie und ließ eine einschmeichelnde Melodie auf der Harfe erklingen.

»Das wird eine Weile dauern«, krächzte Tacroys Körper.

Das Bild im Tor verschwand. Christopher stellte sich vor, wie Tacroy durch das Zwischenreich kletterte. Alle Anwesenden fragten sich, was wohl schief gegangen sein könnte.

»Vielleicht haben Gabriels Leben einfach kein Vertrauen zu Mordecai«, gab Flavian zu bedenken.

Die Spiegel zeigten ein neues Bild. Diesmal konnten sie alle Gabriels Leben sehen. Da stand er auf einer buckligen Brücke und starrte in den Fluss unter ihm. Sein Leben schien überraschend zerbrechlich, gebückt und alt. Christopher merkte erst jetzt, dass der Gabriel, den er kannte, durchaus nicht so ältlich war, wie es ihm vorgekommen war. Tacroys Phantom war ebenfalls zu sehen, wie er vorsichtig den Buckel der Brücke hinaufging, ganz wie Throgmorten, wenn er sich an eine große Amsel heranschlich. Gabriel schien Tacroy gar nicht zu bemerken, er schaute sich nicht um. Doch plötzlich war seine krumme Gestalt nicht mehr zu sehen. Tacroy war allein auf der Brücke und schaute auf die Stelle, an der Gabriel eben noch gestanden hatte.

»Auch das ist weg«, ließ sich Tacroys Körper auf der Couch vernehmen. »Was bedeutet das nur?«

»Warte!«, flüsterte Flavian und eilte zum nächsten Divinationsapparat.

»Warte einen Augenblick, Mordecai«, sagte Miss Rosalie mit sanfter Stimme.

In den Spiegeln lehnte sich Tacroy mit den Ellbogen über die Brückenbrüstung und versuchte, sich in Geduld zu fassen.

»Das kann ich nicht glauben!«, rief Flavian aus. »Schnell, kommt her und seht selbst. Alle Leben scheinen zu verschwinden! Rufen Sie lieber Mordecai zurück, Rosalie, sonst verschwendet er seine Kräfte für nichts und wieder nichts.«

Alles stürzte sich auf die Kristallkugeln, Schalen und Spiegel. Miss Rosalie strich mit beiden Händen über ihre Harfe, und innerhalb des Zaubertors blickte Tacroys Phantom plötzlich erstaunt auf und verschwand dann genauso wie vorher Gabriels Leben. Miss Rosalie schaute besorgt, als sich Tacroys Körper bewegte. Sein Gesicht bekam wieder Farbe. Dann schlug er die Augen auf. »Was ist denn los?«, fragte er und schob die Decken beiseite.

»Wir haben keine Ahnung«, sagte Miss Rosalie. »Gabriels Leben verschwinden –«

»Nein, das tun sie nicht«, widersprach Flavian ganz aufgeregt. »Sie sammeln sich und kommen hierher!«

Die folgende halbe Stunde war für alle Beteiligten ein Wechselbad der Gefühle. Da sich Christophers Hoffnungen und Befürchtungen genau in umgekehrter Richtung zu denen aller übrigen Anwesenden bewegten, wusste er nicht, wie er die halbe Stunde ohne das Kätzchen Stolzfuß überstanden hätte. Erica brachte Stolzfuß mit, als sie ein Tablett mit einer Tasse Tee für Tacroy hereintrug. Stolzfuß zeigte sich bei ihrem ersten längeren Spaziergang sehr unternehmungslustig. Das dünne Schwänzchen ausgestreckt, um die Balance zu halten, kroch sie unter Gabriels dunklen Schreibtisch. Sie war jedenfalls ein erfreulicherer Anblick als die merkwürdigen Verklumpungen und Wirbel, die Gabriels verschiedene Leben auf ihrem steten Zug in Richtung Serie zwölf verursachten. Während Christopher Stolzfuß beobachtete, rief Flavian »Oh mein Gott!« und wandte sich erschrocken von der Kristallkugel ab.

»Was ist passiert?«, fragte Christopher.

Flavian ließ die Schultern hängen. Er nahm seine Krawatte ab, zerknüllte den Kragen und warf beides auf den Boden. »Die Leben haben ihre Wanderung beendet. Sie sind zwar nur schwach, aber doch sicher erkennbar. Alle sind nun in Welt elf. Das siebte Leben dürfte die ganze Zeit schon dort gewesen sein, fürchte ich. Damit sind sie also für uns verloren.«

»Aber wieso denn?«, fragte Christopher.

»Weil niemand dorthin gehen kann«, sagte Miss Rosalie. Sie sah aus, als würde sie gleich losheulen. »Wenigstens ist niemand von dort je wieder zurückgekommen.«

Christopher schaute zu Tacroy hinüber. Tacroy war zum Fürchten blass, blasser sogar, als wenn er sich in Trance befand. Sein Gesicht hatte die Farbe von Milch mit einem kleinen Schuss Kaffee.

Zwanzigstes Kapitel

Hier bot sich die beste Entschuldigung, nicht mehr weiter nach Gabriel zu suchen. Christopher hätte gedacht, dass er erst noch mit sich ringen müsse. Er wunderte sich selbst, wie rasch er das Ruder herumwerfen konnte und seinen Handlungsplan fasste. Die Göttin und er kannten ein wichtiges Detail aus Tacroys Leben, nämlich dass sich ein Teil seiner Person in Welt elf befand. »Tacroy«, sagte er. Er wusste, dass es wichtig war, ihn bei seinem Seelennamen zu nennen. »Tacroy, kommen Sie doch für einen Augenblick in das unbenutzte Büro. Ich möchte etwas mit Ihnen besprechen.«

Tacroy erhob sich langsam. »Mordecai«, mischte sich Miss Rosalie ein, »Sie sehen krank aus. Soll ich Sie nicht lieber begleiten?«

»Nein!«, sagten Tacroy und Christopher wie aus einem Mund.

In dem unbenutzten Büro setzte sich Tacroy an einen Schreibtisch und stützte das Gesicht in die Hände. Er tat Christopher Leid. Christopher musste sich erst selbst wieder vor Augen halten, dass er und Tacroy diejenigen waren, die Onkel Ralph die Waffe besorgt hatten, mit der dieser Gabriels Leben in alle Winde verstreut hatte, bevor er sagte: »Ich muss Sie fragen.«

»Ich weiß«, sagte Tacroy.

»Was hat es mit Welt elf auf sich?«

Tacroy hob den Kopf. »Lege erst den strengsten Geheimhaltungszauber um uns«, verlangte er. Christopher tat wie geheißen. Der Zauber fiel sogar noch stärker aus als damals für Miss Bell und Mama. Anfangs war er völlig taub und hatte Mühe, einen freien Raum in der Mitte des Zaubers zu schaffen, damit er und Tacroy sich überhaupt hören konnten. Nachdem ihm das gelungen war, hatte er die Gewissheit, dass selbst jemand, der unmittelbar neben ihm stand, kein Wort von ihrer Unterredung mitbekommen hätte. Doch Tacroy zuckte nur mit den Achseln. »Wahrscheinlich hören sie doch alles«, sagte er. »Ihre Magie ist ganz anders als unsere. Und außerdem haben sie meine Seele. Daher wissen sie über das meiste Bescheid, was ich tue, und für das, was sie auf diese Weise nicht erfahren, bestellen sie mich zum Rapport ein. Du hast mich einmal gesehen, als ich auf dem Weg zu ihnen war in ein Haus in der Nähe von Covent Garden.«

»Ihre Seele?«, fragte Christopher.

»Ja«, bestätigte Tacroy mit Bitterkeit. »Gerade das, was einen Menschen erst zur Person macht. Bei dir ist es das, was dich von einem Leben zum anderen begleitet. Meine Seele aber wurde gleich nach meiner Geburt von mir abgetrennt, wie bei allen Leuten aus Welt elf. Man hat sie dort behalten, als man mich als Baby hierher nach Zwölf geschickt hat.«

Christopher schaute Tacroy genau an. Mit seiner

kaffeebraunen Haut und dem lockigen Haar hatte sich Tacroy immer schon von anderen Leuten unterschieden. Christopher hatte sich deswegen nie Gedanken gemacht, weil er in den Irgendwos vielen merkwürdigen Leuten begegnet war. »Weshalb hat man Sie denn hierher geschickt?«

»Um ihnen als Versuchskaninchen zu dienen«, sagte Tacroy. Der Truhtin, ihr Oberhaupt, schickt hin und wieder einen Untertanen in eine andere Welt, wenn er wissen will, was dort vorgeht. In diesem Fall wollte er wissen, was Gut und Böse ist. Also erhielt ich den Befehl, erst für Gabriel zu arbeiten und dann für den übelsten Schurken, der sich finden ließ – und das war eben dein Onkel. In Elf kennt man weder Gut noch Böse. Sie betrachten sich selbst nicht als Menschen. Oder genauer gesagt, sie halten sich für die einzigen richtigen Menschen und betrachten den Rest der Menschheit wie Tiere im Zoo.

Christopher erkannte an Tacroys Stimme, wie sehr dieser die Leute aus Elf hasste, und er verstand wieso. Tacroy war noch schlechter dran als die Göttin. »Wer ist der Truhtin?«

»Ihr König, Priester, Obermagier –« Tacroy zuckte mit den Achseln. »Nein, alles das ist es nicht wirklich. Er wird der Hohe Vater des Stamms genannt und ist mehrere tausend Jahre alt. Er lebt so lange, weil er sich von den Seelen anderer ernährt – das darf er nach ihren Regeln. Alle Leute aus Elf gehören ihm samt ihren Seelen. Auch ich gehöre ihm.«

»Was sagt ihr Gesetz dazu, dass er sich alle Leben

von Gabriel angeeignet hat?«, fragte Christopher. »Das hat er doch getan, oder?«

»Ich wusste, dass er es war – sofort, als Flavian ›Elf‹ gesprochen hat«, sagte Tacroy. »Ich weiß, dass er schon immer jemanden mit neun Leben studieren wollte. In Elf kann man keine neun Leben haben, weil Elf nur eine einzige Welt ist, keine Serie. Der Truhtin duldet nur eine Welt, damit er keine Rivalen fürchten muss. Und du weißt ja, deine neun Leben sind entstanden, weil all die Doppelgänger, die du in anderen Welten von Serie zwölf hättest haben können, aus irgendeinem Grund nie geboren worden sind.«

»Ja, aber was sagt das Gesetz von Elf dazu, einem Zauberer fast alle seine Leben zu rauben?«, bohrte Christopher hartnäckig weiter.

»Ich bin mir nicht sicher«, gestand Tacroy, »ob sie in Elf überhaupt solche Gesetze haben, wie wir sie kennen. Wahrscheinlich darf sich der Truhtin das erlauben. Für ihn und seine Leute gelten nur Stolz und Ansehen und was die Gewohnheit diktiert.«

Christopher nahm sich vor, zu verhindern, dass der Truhtin ungestraft davonkam. »Ich vermute, er hat abgewartet, wie viele Leben frei umherstreunen und sie dann eingesammelt«, sagte er. »Erzählen Sie mir alles, was Sie über Elf wissen.«

»Tja«, begann Tacroy, »ich bin seit meiner Geburt nicht mehr dort gewesen, aber ich weiß, dass sie alles mit Magie machen. Sie beherrschen das Wetter und können es sich leisten, draußen im Wald zu leben. Auch das Wachstum der Bäume und ihrer Früchte beherrschen sie. Bei ihnen kommen die Speisen, wenn sie danach rufen. Sie benutzen auch kein Feuer. Sie halten euch für Wilde, weil ihr Feuer benutzt und verachten ebenso die Magie, die in anderen Welten Verwendung findet. Das Einzige, was ihnen bei anderen imponiert, ist unbedingte Treue zu einem König oder Häuptling oder dergleichen. Sie bewundern solche Menschen besonders dann, wenn sie aus Treue und Verbundenheit auch noch lügen und betrügen …«

Tacroy redete eine halbe Stunde lang. Es schien, als würde es ihn erleichtern, endlich darüber sprechen zu können, doch Christopher merkte auch, dass es ihn sehr anstrengte. Nach der Hälfte seines Berichts zeigte Tacroys Gesicht Zeichen von Müdigkeit, deshalb ließ ihn Christopher eine Pause machen. Er selbst schlüpfte aus dem Geheimhaltungszauber und ging vor die Tür. Wie er erwartet hatte, stand Miss Rosalie draußen und machte eine noch strengere Miene als sonst.

»Mordecai hat sich für dich halb umgebracht«, fuhr sie ihn an. »Und was machst du jetzt mit ihm?«

»Nichts, aber er braucht eine Stärkung«, sagte Christopher. »Könnten Sie vielleicht –?«

»Als ob ich nicht schon längst daran gedacht hätte!«, zischte Miss Rosalie. Im gleichen Augenblick kam Erica mit einem Tablett vorbei, auf dem Tee und Kuchen sowie ein Fläschchen Brandy bereitstanden. Christopher trug das Tablett ins Innere des Geheimhaltungszaubers. Tacroys Blick fiel zuerst auf den Brandy. Er grinste und genehmigte sich einen kräftigen Schuss davon in seinen Tee. Ihm schien der Brandy genauso gut zu tun wie Christopher der Kuchen. Während sie das Tablett leerten, fielen Tacroy weitere Dinge ein, die er zu berichten hatte: »Wer Leute aus Elf zum ersten Mal sieht, könnte sie für edle Wilde halten, doch das wäre ein gewaltiger Irrtum. Sie sind nämlich sehr raffiniert. Was ihren Edelmut betrifft –« Tacroy schob sich ein großes Stück Kuchen in den Mund.

»– vergessen sie ihn jederzeit für eine gute Mahlzeit«, kam ihm Christopher zuvor.

Tacroy grinste über den Scherz. »In euren Welten weiß man auch einiges über sie«, sagte er. »Sie sind der Ursprung der Sagen um Elfen und Trolle. Sieht man sie als solche kalten, unirdischen Wesen, die ihren eigenen Regeln folgen, bekommt man eine angemessene Vorstellung von ihnen. Ich verstehe sie nicht richtig, obgleich ich unter ihnen geboren wurde.«

Christopher war mittlerweile klar geworden, dass Gabriels Heimholung zum Schwierigsten gehörte, was er bisher in seinen verschiedenen Leben unternommen hatte. Vielleicht würde es sich als unmöglich herausstellen. »Können Sie mit mir in Elf gehen«, fragte er Tacroy, »und mir helfen?«

»Sobald die merken, dass ich alles ausgeplaudert habe«, sagte Tacroy, »holen sie mich so oder so zurück.« Er sah wieder sehr blass aus. »Durch dein Wissen bist du jetzt auch in Gefahr.«

»Wenn das so ist«, versetzte Christopher, »sagen wir es allen im Schloss. Außerdem beauftragen wir Yolande und Beryl, einen Bericht an die Regierung zu tippen. Der Truhtin kann schließlich nicht alle umbringen lassen.«

Tacroy sah nicht so überzeugt aus, ging aber dennoch mit Christopher zurück ins große Büro, um ihren Plan darzulegen. Selbstverständlich schlug ihnen helles Entsetzen entgegen. »Elf!«, riefen alle. »Das ist unmöglich!« Die Schlossbewohner strömten zusammen, und jeder nannte Christophers Plan, Gabriel aus Elf zurückzuholen, töricht und undurchführbar. Dr. Simonson ging gleich wieder, um an der Zugvorrichtung des Käfigs zu arbeiten, nachdem er Christopher verboten hatte, das Schloss zu verlassen.

Das hatte er erwartet. »Unsinn!«, sagte er. »Das ›Phantom‹ könnt ihr auch ohne mich fangen.«

Nicht erwartet hatte er freilich, dass die Göttin, kaum dass sich das allgemeine Stimmengewirr gelegt hatte, mit der Ankündigung herausplatzte: »Und ich gehe mit dir!«

»Wieso?«

»Aus Kameradschaft«, erklärte die Göttin. »In den «Nellie«-Büchern lässt Nellie ihre Klassenkameraden auch nie im Stich.«

Über ihre fixe Idee ließ sich mit der Göttin nicht reden, das wusste Christopher. Er vermutete, dass dahinter auch die Furcht steckte, dem Bewaffneten Arm der Ascheth allein ausgeliefert zu sein, doch das behielt er für sich. Wenn die Göttin mitkäme, würde sich die Magie, über die sie zusammen verfügten, verdoppeln.

Darauf suchte er sich mit Tacroys Rat die passende Reisekleidung aus. »Felle«, empfahl dieser. »Je mehr einer trägt, desto höher wird er angesehen.« Christopher zauberte den Vorleger aus Tigerfell aus dem Mittleren Salon herbei, und die Göttin schnitt eine Öffnung für seinen Kopf hinein. Miss Rosalie besorgte ihm einen prächtigen Gürtel mit Messingbeschlägen und die Wirtschafterin gab ihm einen Fuchspelz, den er sich um den Hals schlang, und für die Göttin eine Nerzstola. »Schmuck würde sicherlich Eindruck machen«, sagte Tacroy.

»Aber bitte kein Silber«, rief Christopher den nach allen Seiten Davonstürmenden nach.

Am Ende hatte er drei goldene Halsketten und eine Perlenschnur. Yolandes gesamten Vorrat an Ohrringen hatte man an das Tigerfell geheftet, dazu Beryls Broschen. Um den Kopf trug er Miss Rosalies goldenen Abendkleidgürtel, vor der Stirn die Trauerbrosche von Ericas Mutter. Bei jedem Schritt, den er tat, klimperte es wie früher bei der Göttin im Tempel. Die Göttin hatte nur einen Busch Straußenfedern an der Stirn und goldene Armreife. Jedem sollte klar sein, dass Christopher der Wichtigste der drei war.

Tacroy zog sich gar nicht um. »Die kennen mich sowieso«, gab er als Erklärung, »für sie bin ich ein Nichts.«

Sie schüttelten jedem im Hauptquartier die Hand und stellten sich dann vor das Zaubertor, das von Flavian und Tacroy so gut sie es konnten auf Nummer elf ausgerichtet worden war. Miss Rosalie betonte noch einmal, dass wahrscheinlich all ihre vereinte magische Kraft nötig sein würde, um den Zauberbann um Elf zu durchbrechen, und selbst dann sei der Erfolg noch ungewiss. Christopher schritt also schmuckbehängt voran und schob mit aller Kraft; hinter ihm ging die Göttin, ihr magisches zweites Paar Arme unter dem anderen; den Schluss bildete Tacroy, der eine Zauberformel murmelte.

Wider Erwarten ging es leicht. Verdächtig leicht, wie ihnen schien. Einen Augenblick lang herrschte ein Wirrwarr der Formen wie im Zwischenreich. Dann befanden sie sich plötzlich in einem Wald, wo sie ein Mann, der genau wie Tacroy aussah, anstarrte.

Der Wald sah aus wie ausgefegt, kein Gestrüpp verunzierte den mit weichem Gras bedeckten Boden. Nur hohe, schlanke Bäume wuchsen hier, alle von der gleichen Art. Unter all den glatten, ein wenig glänzenden Stämmen stand der Mann, wie ein erschrockener Hirsch auf einem Bein balancierend, und schaute über die nackte Schulter zu ihnen hinüber. Er hatte die gleiche kaffeebraune Haut und das gleiche gelockte Haar wie Tacroy, nur etwas heller. Doch bei der Kleidung endete die Ähnlichkeit. Er war nackt bis auf einen kurzen Fellschurz, der ihm das Aussehen einer hypereleganten griechischen Statue gab, sah man vom Gesicht einmal ab. Der Gesichtsausdruck des Mannes erinnerte Christopher an ein Kamel: arrogant und dämlich.

»Sprich ihn an«, flüsterte Tacroy. »Und denk daran, was ich dir gesagt habe.«

Zu Elfern musste man grob sein, andernfalls wurde

man von ihnen nicht ernst genommen. »He, du!«, rief Christopher in möglichst herrischem Ton. »Bring mich sofort zum Truhtin!«

Der Mann tat so, als habe er nichts gehört. Er starrte noch einen Augenblick, dann machte er den Schritt, bei dem er innegehalten hatte, und ging weiter.

»Hat er nichts gehört?«, fragte die Göttin.

»Wahrscheinlich schon«, sagte Tacroy. »Aber er wollte zeigen, dass er bedeutender ist als ihr. Er gehört zu einer niederen Kaste im Stamm. Aber selbst die Niederen in Elf denken von sich, sie seien besser als alle anderen in den Verbundenen Welten. Gehen wir weiter, dann sehen wir, ob etwas dabei herauskommt.«

»Wo entlang?«, fragte Christopher.

»Ganz gleich wo«, entgegnete Tacroy lächelnd. »Sie beherrschen hier auch Entfernung und Richtung.«

Sie gingen also geradeaus weiter. Die Bäume sahen alle so gleich aus und standen alle im gleichen Abstand, dass sich Christopher nach zwanzig Schritten fragte, ob sie überhaupt vorwärts kamen. Er schaute sich um und stellte erleichtert fest, dass der rechteckige Torrahmen in weite Ferne gerückt war. Ob wohl alles in Elf von Wald bedeckt war? Falls ja, war es nicht verwunderlich, dass ihre Bewohner kein Feuer benutzten, denn sie liefen sonst Gefahr, den ganzen Wald abzubrennen. Dann schaute er wieder nach vorn und sah, dass sie auf einen Zaun zugingen.

Der Zaun erstreckte sich, soweit sie sehen konnten, auf beiden Seiten in den Wald hinein. Er bestand aus hübsch lackierten, aber oben böse zugespitzten Holzpfählen, die im Abstand von einem Fuß in den Boden gerammt waren. Die Spitzen reichten Tacroy nur bis zur Taille. So gesehen schien es kein wirkliches Hindernis. Doch als sie sich schräg davor stellten, um zwischen den Pfählen hindurchzuschlüpfen, war der Abstand zwischen diesen so eng geworden, dass an ein Durchkommen nicht zu denken war. Tacroy zog seine Jacke aus und wollte sie auf die Pfähle legen, um dann hinüberzuklettern. Die Jacke fiel aber immer auf der Seite des Zauns zu Boden, auf der er stand. Als Tacroy zum sechsten Mal seine Jacke aufhob, schaute die Göttin nach links, während Christopher nach rechts schaute. Beide entdeckten, dass der Zaun sie nun von allen Seiten einschloss. Hinter ihnen war das Tor nicht mehr zu sehen, sondern nur noch eine Reihe Pfähle, die den Rückweg versperrten.

»Er hat uns doch gehört«, sagte die Göttin.

»Ich glaube, man hat uns erwartet«, vermutete Christopher.

Tacroy breitete seine Jacke auf dem Gras aus und setzte sich darauf. »Wir müssen alles geduldig hinnehmen«, sagte er bedrückt. »Aber nicht du«, sagte er zu Christopher, als dieser sich auch hinsetzen wollte. »Die wichtigen Leute hier stehen immer. Wie ich gehört habe, soll sich der Truhtin schon seit Jahren nicht mehr gesetzt haben.«

Die Göttin ließ sich neben Tacroy nieder und rieb

ihre nackten Zehen im weichen Gras. »Dann will ich nicht bedeutend sein«, sagte sie. »Das habe ich sowieso satt. Nanu? War der schon vorher hier?«

Ein unsicher wirkender Junge, der ein schmutziges Schaffell wie ein Handtuch um die Hüften trug, stand auf einmal neben Tacroy. »Ja, ich war hier«, sagte er schüchtern. »Ihr scheint mich bloß nicht bemerkt zu haben. Ich bin schon den ganzen Vormittag von diesem Zaun eingeschlossen.«

Der Zaun schloss ein grasbewachsenes Geländestück von der Größe des Turmzimmers ein, in dem Christopher die Göttin versteckt hatte. Christopher war es schleierhaft, wie sie den Jungen hatten übersehen können, doch in Anbetracht der anderen Merkwürdigkeiten in dieser Welt war es wohl möglich. Der Junge war schlaksig und hellhäutig und hatte glattes blondes Haar, gehörte also nicht zu den Einheimischen in Elf.

»Bist du ein Gefangener des Truhtin?«, fragte die Göttin.

Der Junge rieb sich verlegen die krumme Nase. »Ich weiß es nicht. Ich kann mich nicht daran erinnern, wie ich hierher gekommen bin. Und was macht ihr hier?«

»Wir suchen jemanden«, teilte ihm Tacroy mit. »Du hast nicht zufällig einen Mann – oder mehrere – gesehen, die Gabriel de Witt heißen?«

»Gabriel de Witt?«, rief der Junge. »Aber so heiße ja ich!«

Sie starrten ihn an. Vor ihnen stand ein schüchterner, schlaksiger Junge mit sanften blauen Augen. Er gehörte zu der Sorte Jungen, die Christopher – und vielleicht auch die Göttin – in den nächsten fünf Minuten herumkommandiert hätte. Sie hätten ihn herumkommandiert, selbstverständlich ohne grob zu werden, weil man ihm ansah, wie leicht man ihn hänseln konnte, so ähnlich wie Fenning in der Schule. Christopher erinnerte der Junge zunächst sehr an Fenning, nur dass er hoch gewachsen und dünner war. Doch jetzt, da er wusste, mit wem er es zu tun hatte, erkannte er an dem Jungen die gleiche markante Silhouette wie bei Gabriel.

»Wie viele Leben hast du denn?«, fragte er ungläubig.

Der Junge schien in sich selbst hineinzuschauen. »Komisch«, sagte er. »Eigentlich habe ich neun. Aber ich kann nur sieben finden.«

»Dann haben wir alle seine Leben«, stellte die Göttin fest.

»Unter Vorbehalt«, bemerkte Tacroy. »Sagt dir der Titel des Chrestomanci irgendetwas?«, fragte er den Jungen.

»Ist das nicht so ein langweiliger alter Zauberer?«, fragte der Junge seinerseits. »Wenn ich mich nicht irre, ist sein richtiger Name Benjamin Allworthy.«

Gabriel war wirklich wieder zum Kind geworden. Benjamin Allworthy war der vorletzte Chrestomanci gewesen. »Kannst du dich nicht an Mordecai Roberts oder mich erinnern?«, fragte ihn Christopher. »Ich bin Christopher Chant.«

»Sehr erfreut«, sagte Gabriel de Witt mit einem höflichen scheuen Lächeln. Christopher starrte ihn an und wunderte sich, wie Gabriel in seinem späteren Leben zu diesem Furcht einflößenden Erwachsenen hatte werden können.

»Zwecklos«, sagte Tacroy, »von uns war noch keiner auf der Welt, als er ein Junge war.«

»Da sind noch mehr Leute«, sagte die Göttin.

Es waren insgesamt vier, drei Männer und eine Frau, die in einiger Entfernung unter den Bäumen standen. Die Männer trugen Felltuniken, die nur eine Schulter bedeckten, während die Frau ein längeres Gewand anhatte, das mehr wie ein Kleid aussah. Die vier standen den Rücken halb zum Zaun gekehrt und plauderten miteinander. Hin und wieder warf einer verächtliche Blicke über die nackte Schulter in Richtung Zaun.

Tacroy sackte ganz in sich zusammen. Sein Gesicht verriet tiefen Kummer. »Beachte sie nicht, Christopher, auf keinen Fall«, flüsterte er. »Das sind die, denen ich gewöhnlich Bericht erstatten musste. Die gehören zu den Bedeutenden.«

Christopher blieb stehen und schaute hochmütig über alle Köpfe hinweg. Langsam taten ihm die Füße weh.

»Die benehmen sich immer so hochnäsig, dieses Pack!«, empörte sich Gabriel. »Ich habe sie um etwas zu essen gebeten und sie tun so, als hätten sie mich nicht gehört.«

Fünf Minuten verstrichen. Mit jeder Sekunde verstärkte sich in Christopher das Gefühl, dass seine Füße breiter, heißer und müder wurden. Er fing an, Elf zu hassen. Hier schien es weder Vögel noch andere Tiere zu geben, auch keinen Wind. Nur Reihen schöner schlanker Bäume, die alle gleich aussahen. Die Temperaturen waren nie anders als gerade angenehm. Und die Bewohner waren schrecklich.

»Ich kann diesen Wald nicht ausstehen«, sagte Gabriel. »Alles ist so eintönig.«

»Die Frau da«, sagte die Göttin, »erinnert mich an Mutter Anstey. Hinter vorgehaltener Hand kichert sie alle naslang über uns, das weiß ich.«

Die Frau nahm die Hand vor den Mund und lachte höhnisch.

»Was habe ich euch gesagt?«, triumphierte die Göttin. »Na, die sind wir los.«

Tatsächlich war das Kleeblatt plötzlich verschwunden.

Christopher stand abwechselnd auf dem rechten und auf dem linken Bein, ohne dass dies den Schmerz gelindert hätte. »Sie können von Glück sagen, Tacroy«, philosophierte Christopher, »dass sie Sie in unsere Welt katapultiert haben, sonst hätten Sie hier leben müssen.«

Tacroy schaute unglücklich lächelnd auf und zuckte nur mit den Achseln.

Kurz darauf tauchte der Mann, den sie zuerst gesehen hatten, in einiger Entfernung unter den Bäumen wieder auf. Tacroy nickte Christopher zu. Dieser rief mit lauter, zorniger Stimme: »He, du! Du solltest uns doch zum Truhtin bringen! Was fällt dir ein, mir nicht zu gehorchen?«

Der Mann verriet mit keiner Miene, dass er verstanden hatte. Er kam näher, lehnte sich über den Zaun und starrte sie an, als wären sie Tiere im Zoo. Um seinen Arm auf die Pfahlspitzen aufstützen zu können, hatte er ein hölzernes Brett hervorgezaubert. Christopher konnte sich nicht erklären, wie er das gemacht hatte. Doch die Göttin war auch hier wieder schneller von Begriff als Christopher. Sie schaute stirnrunzelnd auf das Holzbrettchen und schien den Trick dabei erkannt zu haben. Sofort segelte das Holzbrettchen fort in die Bäume, wodurch der Arm des Mannes schmerzhafte Bekanntschaft mit den Pfahlspitzen machte. Gabriel konnte sich ein Glucksen nicht verkneifen. Der Mann sprang empört zurück, rieb sich den Arm und schien sich dann daran zu erinnern, dass er vor niederrangigen Wesen keinen Schmerz zeigen durfte. Er drehte sich um und schritt von dannen.

Christopher ärgerte sich, sowohl wegen des Mannes als auch wegen der Göttin, die so viel schneller begriff als er. Beides zusammen machte ihn so wütend, dass er die Arme hob und den Mann emporschleudern wollte, so wie er in Dr. Pawsons Haus alle Möbel hatte schweben lassen. Das aber funktionierte hier nicht. Gewiss, der Mann wurde knapp zwei Meter hoch über den Boden gehoben, kam aber schon im nächsten Augenblick wieder sanft nach unten und schaute, während er abwärts schwebte, höhnisch über die Schulter.

Das machte die Göttin sogar noch wütender als Christopher. »Jetzt alle zusammen!«, kommandierte sie. »Los Gabriel, du auch!«

Gabriel lächelte sie schelmisch an und dann stemmten sie alle zugleich. Offenbar reichte es gemeinsam nur dazu, den Mann einen halben Meter in die Luft zu heben, doch konnten sie ihn in dieser Höhe immerhin halten. Der Mann tat so, als sei nichts geschehen und stolzierte weiter, als wenn er immer noch auf dem Boden wäre, was nun wirklich lächerlich aussah. »Bring uns zum Truhtin«, bellte Christopher.

»Jetzt runter«, sagte die Göttin. Und sie ließen ihn zurück auf den Boden fallen. Er trollte sich und tat dabei immer noch so, als sei nichts passiert. Gabriel bekam einen Lachanfall.

»Hat das etwas genützt?«, fragte Christopher Tacroy.

»Keine Ahnung«, sagte Tacroy. »Sie lassen einen gern so lange warten, bis man zu müde und erschöpft ist, um noch richtig denken zu können.« Er verschränkte die Hände vor den Knien und saß da wie ein Häufchen Unglück.

Sie warteten und warteten. Christopher überlegte sich gerade, ob es die Mühe wert sei, sich in einen Schwebezustand zu bringen, um die Füße zu entlasten, als er bemerkte, dass die Bäume rechts und links vom Zaun zur Seite wichen. Vielleicht bewegte sich das eingezäunte Gelände auch vorwärts, ohne dass die Grasnarbe davon berührt wurde. Egal, wie es sich wirklich verhielt, Christopher fühlte sich dabei unwohl. Er schluckte und hielt den Blick stolz auf die Bäume vor ihm gerichtet. Doch in Sekundenschnelle waren diese Bäume ins Nichts gerollt und hinterließen eine weite grüne Lichtung. In der Ferne zeichnete sich eine Gestalt ab, eine Person von hoher, kräftiger Statur, die langsam auf ihn zugeschlendert kam.

Tacroy schluckte. »Das ist der Truhtin.«

Christopher blinzelte, um seine Augen auf den Hexenblick einzustellen, und beobachtete, wie die Bäume immer weiter fortglitten. Das erinnerte ihn daran, wie er in der Trumpington Road mit den Chausseebäumen gespielt hatte. Er sah nun, wie es der Truhtin machte. Wer in dieser Welt zaubern wollte, musste offensichtlich darauf achten, dass sich sein Vorgehen immer leicht von dem unterschied, das in jeder anderen Welt gefordert war. Die Magie bekam hier etwas Schräges, wie wenn man sich selbst in einer welligen Glaskugel betrachtete. Christopher war sich nicht sicher, ob er auf diese Weise zaubern könnte.

»Ich komme dieser fremden Magie nicht auf die Schliche«, seufzte Gabriel.

Während der Truhtin langsam näher kam, verkniff sich Christopher ein Lächeln bei dem Gedanken, dass er rascher begriff als Gabriel. Unterdessen waren die Bäume fast ganz verschwunden und hatten Raum für eine große, in grünliches Sonnenlicht getauchte Wiese gelassen. Der Truhtin war jetzt so nah, dass man seine Kleidung sah. Er war ähnlich wie Christopher gekleidet, nur dass er wenigstens zwei Löwenfelle auf dem Leib hatte, die mit glänzenden Klunkern übersät waren. Sein gelocktes Haar und sein steifer Bart waren weiß. An den Zehen seiner glatten braunen Füße steckten Ringe.

»Er sieht aus wie einer von diesen bösartigen Göttern, die ihre eigenen Kinder verspeisen«, sagte Gabriel mit klarer, weit tragender Stimme.

Christopher musste sich auf die Zunge beißen, sonst hätte er losgelacht. Gabriel als Junge gefiel ihm immer besser. Kaum hatte er seine Lachlust heruntergeschluckt, stand er plötzlich außerhalb des Zauns dem Truhtin gegenüber. Ungläubig schaute er sich um. Die Göttin und Gabriel waren immer noch als Gefangene hinter dem Zaun und machten ein leicht verdutztes Gesicht. Tacroy saß weiterhin auf dem Boden und tat sein Bestes, unbemerkt zu bleiben.

Christopher hob das Kinn und schaute dem Truhtin geradewegs ins Gesicht. Die glatten braunen Gesichtszüge waren völlig ausdruckslos. Doch Christopher blickte ihn unverwandt an und versuchte die Persönlichkeit hinter der Maske zu ergründen. Die Gefühle, die der Truhtin hegte, waren so verschieden von den seinen und so überheblich, dass sich Christopher für einen Augenblick wie ein Wurm vorkam. Dann erinnerte er sich an den Gletscher, den er mit Tacroy in Serie sieben gesehen hatte. Damals hatte Tacroy gesagt, bei dem Anblick des Gletschers müsse er an zwei Personen denken. Christopher wusste, dass die eine Person der Truhtin war. Wie der Gletscher war der Truhtin kalt und groß und gepanzert mit dem Wissen von Jahrtausenden, so dass gewöhnliche Menschen ihn nicht verstehen konnten. Die andere Person, an die Tacroy gedacht hatte, war Onkel Ralph. Christopher suchte bei seinem Gegenüber nach irgendwelchen Zügen, die ihn an Onkel Ralph erinnerten. Das hohe Antlitz des Truhtin hatte wenig von Onkel Ralphs falschem Talmiglanz, doch seine Züge schienen auch nicht ehrlich. Christopher erkannte daran, dass der Truhtin lügen und betrügen würde, wenn es ihm Vorteil brächte, ganz so wie Onkel Ralph. Die größte Gemeinsamkeit zwischen beiden bestand aber wohl darin, dass sie durch und durch selbstsüchtig waren. Onkel Ralph nutzte andere Menschen aus, und das tat auch der Truhtin.

»Wer bist du?«, sagte sein Gegenüber zur Begrüßung. Seine Bassstimme hatte einen höhnischen Unterton.

»Ich bin der Truhtin«, entgegnete Christopher. »Der Truhtin von Welt zwölf A. Die dortige Bezeichnung ist Chrestomanci, doch in der Sache läuft es auf das Gleiche hinaus.« Ihm zitterten die Knie bei dieser dreisten Erwiderung. Aber Tacroy hatte nun einmal gesagt, das Einzige, was der Truhtin respektiere, sei Stolz. So drückte er die Knie durch und setzte eine hochmütige Miene auf.

Nichts wies darauf hin, dass der Truhtin Christopher glaubte. Er antwortete nichts, und sein Gesicht blieb ausdruckslos. Doch Christopher spürte, dass der Truhtin unsichtbare Antennen ausfuhr und ihm mit kaum merklicher Elfermagie auf den Zahn fühlte, um herauszubekommen, wo Christophers Stärken und Schwächen lagen. Christopher selbst konnte an sich nur Schwächen erkennen. Doch schien es ihm, gerade weil die Magie in Elf so fremdartig war, dass er keinen

Begriff von seinen Zauberkräften hatte, und das wiederum bedeutete, dass es dem Truhtin vermutlich ganz ähnlich ging.

Die Wiese hinter dem Truhtin füllte sich mehr und mehr mit Menschen. Anfangs war sie noch nicht da gewesen, diese Versammlung braunhäutiger, barhäuptiger Elfer in Fellkleidung aller Art, vom knappen Lendenschurz bis zum bodenlangen Bärenfellgewand. Offenbar wollte ihr Stammesoberhaupt damit sagen: »Du magst dich ja Truhtin nennen, aber schau dir einmal die Macht an, über die ich verfüge.« Alle betrachteten Christopher mit Verachtung. Christopher übte sich in der gleichen Haltung und starrte zurück. Dabei wurde ihm bewusst, wie leicht das ging und dass sein Gesicht offenbar an diesen verächtlichen Ausdruck gewöhnt war. Während er im Schloss gelebt hatte, musste er die meiste Zeit über mit solch einem Gesicht herumgelaufen sein. Erschreckt erkannte er, dass er genauso garstig wie die Leute aus Elf gewesen war.

»Warum bist du hierher gekommen?«, fragte der Truhtin weiter.

Schnell verdrängte Christopher die unangenehme Erkenntnis wieder. Wenn ich jemals hier wieder herauskomme, dachte er, werde ich mich bemühen, netter zu sein. Dann aber konzentrierte er sich auf das, was Tacroy ihm an Tipps gegeben hatte. »Ich bin gekommen, um etwas zu holen, das mir gehört. Doch darf ich Euch zuerst meiner Kollegin vorstellen, der Lebenden Ascheth? Göttin, das ist der Truhtin von Welt Elf.« Die Straußenfedern an der Stirn der Göttin flatterten, als sie bis an die spitzen Zaunpfähle herantrat und einen anmutigen Knicks machte. Ein leichtes Zucken in seinem Gesicht verriet, dass der Truhtin von der Anwesenheit der Lebenden Ascheth beeindruckt war, doch trotzdem blieb die Göttin weiterhin hinter dem Zaun. »Und selbstverständlich kennt Ihr schon meinen Gefolgsmann Mordecai Roberts«, teilte Christopher mit großer Geste mit, als hätte er allen Grund zum Stolz.

Der Truhtin würdigte auch dies keines Kommentars. Die Leute hinter ihm saßen nun alle am Boden, so als wäre es nie anders gewesen. Damit wollte der Truhtin wohl zu verstehen geben: »Gut. Du bist mir ebenbürtig, aber ich möchte doch klarstellen, dass du nur einen Gefolgsmann hast, während meine Gefolgschaft Tausende zählt – und sie mir auf den leisesten Wink gehorchen.« Christopher staunte, wie ihm dies gelungen war. Um seine Fassung wiederzuerlangen, beobachtete er die Leute. Manche redeten und lachten zusammen, obwohl er sie nicht hören konnte. Andere kochten etwas über kleinen Kugeln aus bläulichem Hexenfeuer, das hier anstelle des normalen Feuers Verwendung fand. Kinder und Jugendliche gab es nur wenige. Die zwei, drei Kinder, die Christopher sah, saßen still und rührten sich nicht. Wie schrecklich das wäre, in Elf aufzuwachsen!, dachte er. Hier muss es noch hundertmal langweiliger als im Schloss sein.

»Was möchtest du denn zurückhaben, das dir gehört und sich in meine Welt verirrt hat?«, fragte der Truhtin nach einer Weile.

Sie kamen also zur geschäftlichen Seite, obgleich der Stammesführer den Anschein erwecken wollte, Christopher sei sträflich unaufmerksam gewesen. Christopher lächelte und schüttelte den Kopf und gab zu verstehen, dass er das für einen Scherz des Truhtin hielt. »Zwei Dinge«, sagte er. »Erstens muss ich mich dafür bedanken, dass Ihr Gabriel de Witts Leben für mich gesammelt habt. Dadurch ist mir viel Ärger erspart geblieben. Doch beim Zusammensetzen scheint Euch ein Fehler unterlaufen zu sein, denn Ihr habt aus Gabriel einen kleinen Jungen gemacht.«

»Ich habe sie in die Form gebracht, die am leichtesten zu handhaben ist«, sagte der Truhtin. Wie alles, was er sagte, konnte man auch dies in mehrfacher Weise verstehen.

»Wenn Ihr meint, mit Jungen habe man leichtes Spiel«, sagte Christopher, »muss ich Euch enttäuschen. Das ist nicht der Fall. Nicht mit Jungen aus Zwölf A.«

»Und mit Mädchen auch nicht«, bestätigte die Göttin. »Egal, woher sie kommen.«

»Was ist denn Gabriel de Witt für dich?«, fragte der Truhtin.

»Wir haben das gleiche Verhältnis wie Vater und Sohn«, gab Christopher zur Antwort. Stolz darauf, klug vermieden zu haben, wer nun wer in diesem Verhältnis war, schaute er über den Zaun zu Tacroy hinüber. Der saß immer noch eingekugelt da, doch glaubte Christopher zu erkennen, dass sein Lockenkopf zustimmend nickte.

»Du hast einen Anspruch auf de Witt«, räumte der Truhtin ein. »Ob du ihn haben kannst, hängt davon ab, was du sonst noch vorbringst.« Der Zaun um die anderen drei öffnete sich und wich geräuschlos zur Seite, bis er nicht mehr zu sehen war, ganz so wie vorher die Bäume.

Gabriel schaute verblüfft. Die Göttin blieb misstrauisch und tat keinen Schritt. Christopher blickte vorsichtig zum Truhtin hinüber. Das war zu schön, um wahr zu sein. »Das Zweite, was ich vorzubringen habe, betrifft meinen Gefolgsmann dort, der gewöhnlich als Mordecai Roberts bekannt ist. Ich glaube, er gehörte früher Euch, was bedeutet, dass Ihr immer noch seine Seele habt. Da er aber nun mein Gefolgsmann ist, solltet Ihr mir auch seine Seele überlassen.«

Tacroy hob den Kopf und starrte Christopher entsetzt an, doch der beachtete ihn nicht. Christopher war klar, dass er ein riskantes Spiel spielte, doch hatte er sich immer vorgenommen, Tacroys Seele zurückzugewinnen. Er stellte sich breitbeinig hin, verschränkte die Arme vor dem geschmückten Tigerfellgewand und lächelte den Truhtin an, als ob er ihn nach der gewöhnlichsten und vernünftigsten Sache in dieser oder jeder anderen Welt gefragt hätte.

Der Truhtin zeigte weder Zorn noch Überraschung. Das war nicht einfach Selbstbeherrschung oder Stolz. Christopher wusste, dass der Truhtin seine Frage erwartet hatte und es ihm egal war, dass Christopher es wusste. Sein Verstand arbeitete auf Hochtouren. Der Truhtin hatte es ihnen leicht gemacht, nach Elf zu kommen. Er hatte allem Anschein nach Christopher Ebenbürtigkeit zugestanden und ihm versprochen, er, Christopher, könne Gabriels Leben bekommen. Das aber hieß, dass sich der Truhtin bei dieser Angelegenheit etwas für sich versprach, etwas, das er sich sehr wünschte. Aber was?

»Wenn mein Stammesangehöriger behauptet, er sei nun dein Gefolgsmann, solltest du seinen Seelennamen kennen«, bemerkte der Truhtin recht spitz. »Hat er dir diesen Namen verraten?«

»Ja«, sagte Christopher. »Er heißt Tacroy.«

Die Gesichter der auf der Wiese Versammelten drehten sich zu ihm. Alle waren empört. Doch der Truhtin sagte nur: »Und was hat Tacroy getan, dass er nun dein Gefolgsmann ist?«

»Er hat für mich einen ganzen Tag lang gelogen«, verkündete Christopher. »Und man hat ihm geglaubt.«

Der erste wirkliche Laut in dieser Welt rollte durch die Versammlung. Es war ein langes kehliges Murmeln. Des Entsetzens? Der Zustimmung? Gleichviel, was es bedeutete, Christopher wusste, dass er das Richtige getroffen hatte. Wie Tacroy ihm gesagt hatte, logen diese Leute ganz selbstverständlich für ihren Truhtin. Dass jemand einen ganzen Tag lang für ihn log, war für sie ein Zeichen größter Gefolgschaftstreue.

»Dann soll er dir gehören«, entschied der Truhtin, »aber nur unter zwei Bedingungen. Ich stelle zwei Bedingungen, weil du ebenfalls zwei Dinge von mir gefordert hast. Erstens musst du selbstverständlich zeigen, dass du weißt, welches Tacroys Seele ist.« Mit seiner kraftvollen braunen Hand winkte er leicht.

Eine Bewegung in den Bäumen erregte Christophers Aufmerksamkeit. Er schaute und sah, wie die schlanken Stämme geräuschlos zur Seite wichen. Wenig später dehnte sich dort eine grasbewachsene Schneise, die geradewegs zum Zaubertor führte. Der Truhtin zeigte Christopher damit, dass er heimkehren konnte, vorausgesetzt er tat, was der Truhtin von ihm verlangte.

»Der Weg wird von einem mächtigen Zauberbann versperrt«, flüsterte die Göttin.

Gabriel reckte den Hals nach dem Tor. »Ja, das ist die Karotte, die den Esel immer weiterlocken soll«, pflichtete er bei.

Tacroy, den Kopf auf die Knie gestützt, stöhnte nur.

Nun brachten die Leute verschiedene Gegenstände und legten sie in einem weiten Halbrund auf den Boden. Jeder Mann und jede Frau brachten zwei oder drei davon und schauten Christopher spöttisch an, als er oder sie ihre Mitbringsel der immer länger werdenden Reihe hinzufügten. Manche der Gegenstände waren fast schwarz, andere gelblich, wieder andere weiß und glänzend. Christopher war sich nicht sicher, ob es Figürchen oder bloße Klumpen waren, die beim Erkalten eine beliebige Form angenommen hatten. Einige hatten halbwegs menschliche Gestalt. Die meisten Formen sagten ihm gar nichts. Doch der Stoff, aus dem sie gemacht waren, sagte ihm jede Menge. Christopher drehte sich der Magen um und es kostete ihn große Mühe, weiterhin hochmütig zu schauen, als er entdeckte, dass alle Seelen aus Silber waren.

Gut hundert Gegenstände lagen schon auf dem Rasen, als der Truhtin wieder mit der Hand winkte und seinen Untertanen das Zeichen zum Innehalten gab. Dann forderte er Christopher auf, Tacroys Seele aus den vor ihm liegenden herauszufinden.

Die Hände auf dem Rücken gefaltet, schritt Christopher unglücklich die geschwungene Reihe der ausgestellten Seelen ab. Er kam sich wie ein General vor, der die Parade einer Armee von Zinnsoldaten abnahm. Er schritt die ganze Front von links nach rechts ab, ohne dass einer der Gegenstände ihn in irgendeiner Weise angesprochen hätte. Benutze den Hexenblick, sagte er zu sich selbst, als er auf dem rechten Flügel kehrtmachte und die Reihe noch einmal abzuschreiten begann. Es müsste auch mit den Silberfiguren klappen, vorausgesetzt, er berührte sie nicht.

Er zwang sich, die Figuren auf die geforderte eigentümliche Weise anzuschauen. Unter den besonderen Bedingungen der Elfermagie war das keine leichte Sache. Und genau wie er befürchtet hatte, sahen die Gegenstände noch ebenso grotesk und für ihn bedeutungslos aus wie vorher. Doch der Hexenblick wirkte, das erkannte er daran, dass einige Leutc, die dort auf der Wiese lagerten, nicht wirklich anwesend waren. Sie hielten sich in anderen Teilen des Waldes auf und erfüllten andere Aufgaben, die ihr Stammesoberhaupt ihnen gegeben hatte. Was Christopher von ihnen sah, waren ihre Abbilder, die sie in Befolgung der Befehle des Truhtins hierher projizierten. Aber gegenüber Silber blieb der Hexenblick stumpf.

Wie konnte er bloß anders hinter das Geheimnis kommen? Er schritt die Reihe ab und dachte angestrengt nach. Die Leute schauten ihm höhnisch zu, und der Truhtin wandte majestätisch den Kopf, als Christopher an ihm vorüberging. Alle waren so unfreundlich, dachte er, da war es kein Wunder, dass ihre Seelen wie kleine silberne Monster aussahen. Tacroy war der einzig Nette – Ah! Da lag Tacroys Seele! Dort auf der linken Seite. Sie sah zwar nicht menschlicher aus als die anderen, aber irgendwie nett, hundertmal netter als alle übrigen.

Christopher bemühte sich so weiterzugehen, als ob er sie nicht erkannt hätte. Dabei fragte er sich, was wohl geschehen würde, wenn er sie aufhob und alle seine Zauberkräfte verlor. Er würde sich dann ganz auf die Göttin verlassen müssen. Hoffentlich merkte sie es gleich.

Sein Gesichtsausdruck musste sich verändert haben. Der Truhtin hatte jedenfalls gemerkt, dass Christopher Tacroys Seele gefunden hatte. Die Reihe der bizarren Gegenstände dehnte sich plötzlich über gut einen Kilometer aus, so dass sich Tacroys Seele in weiter Ferne befand. Und dann änderten sie plötzlich ihre Form, schmolzen in neue merkwürdige Klumpen und bizarre Gebilde.

Dann gab es einen Ruck und alles war wieder wie vorher. Gott sei Dank!, dachte Christopher. Die Göttin! Er behielt ein wachsames Auge auf Tacroys Seele, die wieder ganz in der Nähe lag. Er sprang vor und hob sie auf. Kaum hatte er sie berührt, da fühlte er sich schwach, schwer und müde. Obwohl ihm zum Heulen zu Mute war, richtete er sich auf und hielt die Seele fest. Tatsächlich starrte die Göttin, die Arme ausgebreitet, den Truhtin unverwandt an. Christopher wunderte sich, dass er auch ohne alle Zauberkraft das magische zweite Paar Arme an ihr sehen konnte.

»Meine Lehrerinnen brachten mir bei, dass es von niedriger Gesinnung zeuge, zu betrügen«, sagte sie. »Ich hätte gedacht, dass Ihr dazu zu stolz seid.«

Der Truhtin blickte abschätzig auf sie herab. »Ich habe keine Regeln ausgegeben«, sagte er. Ohne Zauberkraft zu sein, dachte Christopher unterdessen, war fast wie eine andere Art von Hexenblick zu besitzen. Der Truhtin sah nun kleiner aus und gar nicht so majestätisch. Deutliche Zeichen von Falschheit wie bei Onkel Ralph kamen nun zum Vorschein. Christopher saß immer noch die Furcht im Nacken, doch fühlte er sich besser, nachdem er die Dinge aus einem neuen Blickwinkel gesehen hatte.

Während sich die Göttin und der Truhtin anstarrten, wandte sich Christopher an Tacroy: »Bitte schön«, brachte er schwach hervor und legte die seltsame Figur vor Tacroy hin. Der fiel auf die Knie und schaute, als könne er es gar nicht glauben. Die Hände zitterten ihm, als er die Figur umfasste. Sobald er sie festhielt, verschmolz der Gegenstand mit seinen Händen. Fingernägel und Adern bekamen einen silbrigen Glanz. Im nächsten Augenblick glänzte auch Tacroys Gesicht. Dann verschwand der Silberglanz wieder und Tacroy sah wieder ganz wie früher aus, nur dass er insgesamt strahlte, was ihn dem Tacroy, den Christopher im Zwischenreich kennen gelernt hatte, viel ähnlicher machte.

»Jetzt bin ich wirklich dein Gefolgsmann!«, sagte Tacroy. Er lachte ein Lachen, das eher ein Schluchzen war. »Du siehst, ich konnte Rosalie nicht fragen – Achtung, der Truhtin!«

Christopher drehte sich um und sah die Göttin plötzlich auf Knien und mit verstörtem Blick. Kein Wunder. Der Truhtin hatte schließlich eine jahrtausendealte Erfahrung. »Lasst sie in Ruhe!«, fuhr ihn Christopher an.

Der Truhtin schaute ihn an, und einen Augenblick lang fühlte sich auch Christopher von einer fremdartigen Magie umschlungen, die ihn auf die Knie zu zwingen versuchte. Dann ließ sie plötzlich von ihm ab. Der Truhtin hatte immer noch nicht bekommen, was er von Christopher wollte. »Wir kommen jetzt zu meiner zweiten Bedingung«, sagte der Truhtin ruhig. »Ich bin maßvoll in meinen Ansprüchen. Du kamst hierher und verlangtest sieben Leben und eine Seele. Ich gebe sie dir. Alles, was ich dafür von dir verlange, ist ein Leben.«

Gabriel lachte nervös. »Ich habe mehrere Ersatzleben«, sagte er. »Wenn wir auf diese Weise hier herauskämen …«

Das also wollte sein Gegenüber. Er hatte es auf das Leben eines Magiers mit neun Leben abgesehen, das ihm freiwillig übergeben würde. Hätte Christopher nicht um Tacroys Seele gebeten, hätte der Truhtin schon ein Leben gefordert, nur um Gabriel freizugeben. Einen Augenblick lang erwog Christopher, man könne dem Truhtin doch wirklich eines von Gabriels Leben überlassen. Er hatte schließlich sieben und ein weiteres lag sicher verwahrt im Schloss. Dann aber begriff er, dass es das Gefährlichste wäre, was er überhaupt machen konnte. Denn damit hätte der Truhtin Macht über Gabriel bekommen – die gleiche Macht, die er über Tacroy ausgeübt hatte –, so lange, wie dessen andere Leben dauerten. Der Truhtin hatte es darauf abgesehen, den Chrestomanci zu beherrschen, so wie Onkel Ralph Christopher für sich eingespannt hatte. Daher durften sie nicht darauf eingehen, ihm eines von Gabriels Leben zu überlassen.

»Gut«, sagte Christopher. Zum ersten Mal war er Gabriel wirklich dankbar dafür, dass sein neuntes Leben sicher im Tresor des Schlosses lag. »Ihr seht, dass ich noch zwei Leben übrig habe. Ihr könnt eines davon haben.« Er formulierte sorgfältig, denn er wusste, dass der Truhtin jede Möglichkeit zum Betrug nutzen würde. »Wenn Ihr mehr als eines nähmt, wäre das mein Tod, und das gäbe meiner Welt das Recht, Rache an der Euren zu nehmen. Habt Ihr aber dieses Leben in der Hand, dann sind Eure Bedingungen erfüllt und Ihr müsst uns alle vier durch das Tor nach Zwölf A zurückkehren lassen.«

»Einverstanden«, sagte der Truhtin. Sein Gesicht blieb ausdruckslos wie immer, doch im Innern, das fühlte Christopher, beglückwünschte er sich zu diesem Handel. Er schritt feierlich auf Christopher zu. Christopher straffte sich und hoffte, es würde nicht zu sehr wehtun. Zu seiner Überraschung tat es fast gar nicht weh. Eine Sekunde später trat der Truhtin zurück und hielt eine schlaffe durchsichtige Gestalt in den Händen. Die Gestalt war mit einem gespenstischen Tigerfell bekleidet und trug ein goldenes Band um den durchsichtigen Kopf.

Mit aller Macht, die Christopher zu Gebote stand, beschwor er nun Feuer auf die Gestalt herab. Feuer war etwas, das der Truhtin nicht gewohnt war. Christopher wusste, dass er mit dem Feuer ein Machtmittel hatte, mit dem er vielleicht die jahrtausendealte Erfahrung seines Gegenüber übertrumpfen konnte. Erleichtert stellte er fest, dass die Göttin genauso kalkuliert hatte wie er. Aus den Augenwinkeln sah er, wie sie alle vier Arme ausgestreckt hielt und mit aller Kraft Feuer herbeizauberte.

Um sein siebtes Leben schlugen die Flammen hoch. Der Truhtin hielt es an den brennenden Schultern fest und versuchte das Feuer zu ersticken. Doch Christopher hatte sich nicht getäuscht: Feuer war der schwache Punkt des Truhtins. Zwar probierte er einen Gegenzauber, doch sein Versuch blieb halbherzig und kraftlos. Er hielt die Gestalt so lange an den Schultern fest, bis er loslassen musste, wollte er nicht beide Hände verlieren. Zu dem Zeitpunkt hatte auch schon sein Löwenfell Feuer gefangen. Christopher sah noch, wie der Truhtin mit den Flammen kämpfte. Dann aber brach Christopher hustend vor Rauch zusammen und rollte sich im Gras. Es war schlimmer, als vom Feueratem des Drachen versengt zu werden. Sein Körper war eine einzige Qual. Er hatte nicht gedacht, dass es wehtun könnte, geschweige denn so sehr.

Tacroy hob ihn auf, nahm ihn mit einem Griff über die Schulter und rannte auf das Tor zu. Bei jedem Schritt wurde Christopher durchgeschüttelt, und jedes Mal litt er Qualen. Durch einen Tränenschleier erkannte er, wie die Göttin Gabriels Arm mit mindestens drei Händen ergriff und ihn in einer Mischung aus roher Gewalt und Magie hinter sich herzog. Alle erreichten das Tor und stürzten hindurch. Christopher hatte noch so viel Geistesgegenwart, den Bann zu brechen und dann das Tor hinter ihnen zuzuschlagen.

Einundzwanzigstes Kapitel

Der Schmerz endete, sobald das Tor geschlossen war. Tacroy setzte Christopher sanft zu Boden, schaute, ob ihm auch nichts fehlte und eilte dann zu Miss Rosalie.

»Mensch Meier, schaut euch das mal an!«, rief die Göttin und zeigte auf Gabriel.

Tacroy sah nicht hin. Er umarmte und herzte Miss Rosalie. Christopher aber saß am Boden und beobachtete wie alle anderen Anwesenden im Hauptquartier, was mit Gabriel geschah. Während die Magie des Truhtins den Chrestomanci nach und nach verließ, begann er schubweise zu wachsen. Erst war er ein junger Dachs mit geblümter Seidenkrawatte und versonnenem Blick; ein paar Augenblicke später ein Mann mit kühnem Blick und zerknittertem Anzug. Darauf ein Mann in den mittleren Jahren, bleich und irgendwie verzweifelt, als ob er alle Hoffnung verloren hätte. Schon im nächsten Augenblick hatte sich dieser Mann zusammengerissen und zu einem dynamischen, glänzenden Gentleman gewandelt. Dann stand vor ihnen derselbe Gentleman, nur älter und strenger geworden. Christopher betrachtete diese Verwandlungen mit Scheu und Betroffenheit. Er begriff, dass Gabriel es anfangs gehasst hatte, Chrestomanci zu werden, und dass er sich dann allmählich in dieses Amt gefunden hatte. Gott sei Dank ist es mir leichter gefallen, dachte Christopher, als Gabriel schließlich in der Gestalt des grimmigen alten Herrn vor ihnen stand, den Christopher aus Schloss Chrestomanci kannte. Noch etwas geschwächt wankte Gabriel zu Tacroys Trancecouch und ließ sich auf ihr nieder.

Beryl und Yolande eilten mit Tee herbei. Gabriel trank Beryls (oder Yolandes) Tasse in einem Zug leer. Dann nahm er Yolandes (oder Beryls) Tasse und schlürfte den Tee langsam und mit fast geschlossenen Augen. »Meinen herzlichsten Dank, Christopher«, brachte er hervor. »Ich hoffe, dass der Schmerz aufgehört hat.«

»Ja, danke«, sagte Christopher und nahm die Tasse Tee, die ihm Erica reichte.

Gabriel schaute hinüber zu Tacroy, der immer noch in inniger Umarmung mit Miss Rosalie war. »Wie es aussieht, hat Mordecai noch mehr Grund dir zu danken als ich.«

»Lassen Sie nicht zu, dass er ins Gefängnis gesteckt wird«, sagte Christopher. Und wegen des Schuhputzjungen sollte ich ihn auch noch fragen, dachte er zerstreut.

»Ich werde mein Möglichstes tun«, versprach Gabriel. »Nun kenne ich ja die Umstände. Dieser grässliche Truhtin hat große Schuld daran. Ich gehe wohl auch nicht ganz falsch in der Annahme, dass Mordecai nur deshalb mit dir für deinen nicht weniger grässlichen Onkel weiterarbeitete, weil er wusste, dass jeder andere von deinem Onkel angeheuerte Trancereisende in kurzer Zeit aus dir einen abgebrühten Kriminellen gemacht hätte. Würdest du dem zustimmen?«

»Nun«, sagte Christopher, der aufrichtig sein wollte, »ich glaube, es lag auch an unserer gemeinsamen Begeisterung für Kricket.«

»Tatsächlich?«, sagte Gabriel höflich. Dann wandte er sich der Göttin zu. Sie hatte Stolzfuß gefunden und hielt sie zärtlich in den Armen. Gabriel blickte von dem Kätzchen zu den nackten Füßen der Göttin hinab. »Mein Fräulein«, sagte er, »denn so muss ich Sie wohl anreden. Würden Sie mir wohl die Sohle Ihres linken Fußes zeigen?«

Ein wenig trotzig drehte sich die Göttin um und hielt den gewünschten Fuß hoch. Gabriel erkannte das purpurblaue Mal und schaute dann zu Christopher hinüber.

»Ja, ich bin wirklich Ascheth«, bekannte die Göttin. »Aber Sie dürfen Christopher nicht so vorwurfsvoll ansehen. Ich bin aus eigenem Antrieb hierher gekommen. Ich war dazu durchaus fähig.«

Gabriel kniff die Augen zusammen. »Indem Sie die Göttin Ascheth als Ihr zweites Leben benutzten?« Die Göttin senkte den Blick und nickte. Gabriel stellte die leere Teetasse ab und nahm die volle, die ihm Flavian reichte. »Liebes Fräulein«, sagte er und nahm einen Schluck Tee, »das war wirklich töricht. Sie besitzen doch selbst ganz beträchtliche Zauberkräfte. Sie hätten Ascheth gar nicht nötig gehabt. Stattdessen haben Sie ihr Macht über Sie gegeben. Der Bewaffnete Arm der Ascheth wird Sie bis ans Ende Ihrer Tage nicht loslassen.«

»Aber ich dachte, alles, was ich zaubern kann, käme von Ascheth!«, beteuerte die Göttin.

»Oh, keineswegs«, widersprach Gabriel. »Ascheth hat Zaubermacht, aber sie würde sie nie mit anderen teilen. Die Magie, die Sie haben, gehört Ihnen ganz allein.«

Der Göttin ging vor Staunen der Mund auf. Fast schien es so, als wollte sie losheulen. Wie um sie zu entschuldigen, sagte Flavian: »Gabriel, der Arm der Ascheth hat schon das Schloss umstellt –«

In dem Augenblick rumste es laut unten in der Eingangshalle. Der Vogelkäfig war von der Decke heruntergesaust.

Alle bis auf Gabriel rannten zur Treppe. Gabriel stellte seine Teetasse langsam ab und fragte sich offenbar, was geschehen war. Christopher eilte zur Treppe und tat dann das, was er immer schon einmal tun wollte: Er sauste die elegante Kurve des rosa Marmorgeländers hinunter. Die Göttin folgte ihm. Als sie unten vom Geländer purzelten, stand Gabriel schon unten und betrachtete sein schlaffes durchsichtiges Leben hinter dem schwarzen Absperrseil. Niemand sonst interessierte sich dafür.

Onkel Ralph war in einer eisernen Rüstung und mit einer schweren Keule in der Hand durch den fünfzackigen Stern gekommen. Falls er auch Abwehrzauber gegen Katzen mitgebracht hatte, wirkte der bei

Tempelkatzen nicht. Der Käfig war exakt über dem Pentagramm niedergefahren und hatte sich über Throgmorten und Onkel Ralph gestülpt. Der Kater setzte nun alles daran, Onkel Ralph zu erwischen. Durch den beißenden Drachenblutrauch sah man, wie Onkel Ralph langsam im Käfig umherwanderte, mit schweren Metallschuhen die Schalen mit Katzenfutter zerstampfte und mächtige Keulenschläge gegen Throgmorten austeilte. Der Kater war aber schneller als Onkel Ralph und seine Keule und konnte obendrein die Wände des Käfigs hinaufklettern. Aber durch die Rüstung kam er nicht, er zerkratzte sie nur unter nervenaufreibendem Gekreische. Zwischen beiden herrschte ein Patt.

Christopher schaute sich um und sah Gabriel neben sich stehen. Gabriel zeigte ein höchst boshaftes Grinsen –, kein ungewöhnliches, dachte Christopher, denn es war das gleiche, das Gabriel aufgesetzt hatte, als er gemeinsam mit den anderen den Mann in Elf zum Schweben gebracht hatte.

»Sollen wir dem Kater ein Vergnügen gönnen?«, schlug Gabriel vor. »Nur für eine Minute.«

Christopher nickte.

Onkel Ralph stand plötzlich ohne Rüstung da, jetzt kam sein fuchsroter Tweedanzug zum Vorschein. Throgmorten verwandelte sich im selben Augenblick in eine fauchende, rasende Furie mit sieben Beinen, drei Köpfen und rasiermesserscharfen Krallen. Er griff Onkel Ralph oben, unten und überall sonst an, und das siebenmal in der Sekunde. Das Blut floss reichlich, so dass Christopher schon nach fünfzehn Sekunden Mitleid mit Onkel Ralph empfand. Nach dreißig Sekunden war er fast froh, dass Throgmorten unter Fauchen plötzlich mit einem Sprung verschwand.

Im nächsten Augenblick war Throgmorten wild mit den Pfoten tretend auf dem Arm der Göttin. »Nein, Throgmorten«, sagte sie. »Ich hatte dir doch vorher gesagt: nicht in die Augen! Das ist bös!«

»Bös oder nicht, ich habe es genossen«, bemerkte Gabriel mit einem gewissen Bedauern. Er war dabei, über einer Hand etwas Unsichtbares zu einem Knäuel aufzuwickeln.

»Simonson«, rief er. »Simonson, sind Sie für den Käfig zuständig? Ich habe dem ›Phantom‹ die Magie geraubt, während er mit den Gedanken anderswo war. Sie können jetzt den Käfig fortnehmen und den Missetäter einsperren, bis die Polizei ihn abholen kommt.«

Doch das ging so leider nicht, denn Throgmorten sprang zu der sich öffenden Lücke zwischen Käfig und Boden. Onkel Ralph schrie auf. Am Ende musste ein Stallknecht nach oben klettern und den Käfig von der Lüsterkette lösen. Dann wurde der Käfig mit dem stolpernden Onkel Ralph darin über den Fußboden geschoben, während Throgmorten hinterherschlich und finster fauchte.

Kaum hatte der Käfig das Pentagramm verlassen, stieg ein silberner Pfeiler aus dem blutbesudelten Fußboden. Der Pfeiler hatte zwar menschliche Gestalt, war aber zu groß für einen Menschen, erheblich größer als Gabriel. Was immer höher aus dem Boden wuchs, war eine in Silber gewandete Frau mit einer silbernen Maske und einem Silberspeer.

Die Göttin schrie vor Entsetzen und versuchte sich hinter Christopher zu verstecken. »Silber«, warnte er sie. »Gegen Silber bin ich machtlos.« Er klapperte mit den Zähnen. Zum ersten Mal wurde ihm klar, wie nackt und ungeschützt man sich mit nur einem Leben vorkam.

Die Göttin flüchtete sich hinter Gabriel und hielt sich an seinem schwarzen Gehrock fest. »Es ist Ascheth. Retten Sie mich!«

»Gnädige Frau«, sprach Gabriel die Erscheinung galant an, »was verschafft uns die Ehre Ihres Besuches?«

Die Erscheinung schaute durch die Schlitze ihrer Maske und heftete ihren Blick erst auf Gabriel und die Göttin, die hinter ihm stand, dann auf Christopher und schließlich auf den Käfig und das allgemeine Durcheinander im Saal. »Ich hatte gehofft, eine etwas respektablere Gesellschaft vorzufinden«, tönte es aus der Maske. Es war eine tiefe, melodiöse Stimme. Dann schob sie die Maske hoch und ließ das strenge schmale Gesicht einer alten Frau sehen. Vor diesem Gesicht kam sich Christopher mit seinem Tigerfell und den Ohrringen ziemlich lächerlich vor.

»Mutter Stolzfuß«, rief die Göttin.

»Seit ich dir auf die Spur gekommen bin, Kind«, sagte Mutter Stolzfuß gereizt, »versuche ich einen Weg durch dieses Pentagramm zu finden. Hättest du doch mit mir geredet, statt einfach auszubüxen. Du wusstest doch, dass ich die Regeln für dich sehr weit hätte auslegen können.« Dann wandte sie sich gebieterisch an Gabriel. »Sie machen immerhin einen seriösen Eindruck. Sind Sie der Zauberer de Witt aus Zwölf A?«

»Zu Ihren Diensten, gnädige Frau«, sagte Gabriel. »Bitte entschuldigen Sie die Unordnung. Wir hatten hier einiges Ungemach. Gewöhnlich geht es bei uns sehr gesittet zu.«

»So hatte ich es mir eigentlich auch vorgestellt«, versetzte Mutter Stolzfuß. »Könnten Sie diese Tochter Ascheths für mich in Obhut nehmen? Für mich wäre das ideal, denn ich habe sie in meiner Welt als tot zu melden.«

»Was meinen Sie denn mit ›in Obhut nehmen‹?«, fragte Gabriel vorsichtig.

»Dass Sie dafür sorgen, dass sie auf eine gute Schule kommt und dergleichen mehr«, erläuterte Mutter Stolzfuß. »Sie könnten ja auch gleich ihr gesetzlicher Vormund werden.« Sie stieg majestätisch von dem podestartigen Gebilde. Nun war sie ungefähr so groß wie Gabriel. Beide ähnelten sich in ihrer strengen und steifen Art. »Das Mädchen hier war immer meine liebste Ascheth«, fuhr sie fort. »Gewöhnlich versuche ich das Leben der Ascheths, wenn sie zu alt geworden sind, auf die eine oder andere Weise zu retten, doch die meisten sind nur dumme kleine Kröten, um die ich mich danach nicht weiter kümmere. Doch sobald ich gemerkt hatte, dass diese hier anders war, habe ich für sie immer wieder etwas aus dem Tempelschatz abgezweigt. Ich glaube, das reicht für ihr weiteres Fortkommen.«

Mit einer schwungvollen Handbewegung hob sie die Schleppe ihres Kleides. Das Podest stellte sich als eine Kassette heraus. Mutter Stolzfuß ließ den Deckel aufspringen. Das Innere der Kassette schien mit kleinen glasartigen Quarzkugeln gefüllt, die irgendwie an Kies erinnerten. Doch auf Gabriels Gesicht malte sich Erstaunen. Christopher sah, wie sich Tacroy und Flavian anschauten und dann mit überquellenden Augen gleichzeitig riefen: »Diamanten!«

»Die Diamanten sind leider ungeschliffen«, sagte Mutter Stolzfuß. »Glauben Sie, dass es dennoch reicht?«

»Ich denke, weniger als die Hälfte davon wäre immer noch mehr als genug«, urteilte Gabriel.

»Aber ich dachte an eine höhere Töchterschule in der Schweiz«, betonte Mutter Stolzfuß. »Ich habe Auskünfte über diese Welt eingeholt und dulde keine halben Sachen. Wollen Sie das für mich übernehmen? Selbstverständlich sorge ich dafür, dass Ihnen die Nachfolgerinnen der Ascheth Gefälligkeiten, die Sie von ihnen erbitten sollten, nicht abschlagen.«

Gabriel schaute von Mutter Stolzfuß zur Göttin hinüber. Er zögerte noch. Dann schaute er Christopher an. »Also gut«, sagte er schließlich.

»Sie sind ein Schatz!«, jauchzte die Göttin und umarmte Gabriel. Dann stürmte sie zu Mutter Stolzfuß und warf sich ihr an den Hals. »Mutter Stolzfuß, Sie sind die Beste«, sagte sie, halb verdeckt von den Falten des silbernen Gewandes.

Mutter Stolzfuß schniefte ein wenig, während sie

die Göttin an sich drückte. Doch dann gewann sie rasch wieder ihre Fassung und schaute über den Kopf der Göttin streng zu Gabriel hinüber. »Eine lästige Kleinigkeit bleibt noch zu regeln«, sagte sie. »Ascheth verlangt ein Leben für jede ihrer Verkörperungen.« Christopher seufzte. In allen Irgendwos schienen alle ein Leben von ihm zu wollen. Nun wäre er tatsächlich bei seinem letzten angelangt, das im Schlosstresor deponiert war.

Gabriel raffte sich auf und schaute grimmiger denn je.

»Ascheth ist nicht sehr wählerisch«, sagte Mutter Stolzfuß, noch ehe er den Mund aufmachen konnte. »Ich nehme dazu gewöhnlich das Leben einer Tempelkatze.« Sie zeigte mit ihrem Silberspeer auf den Käfig, den Throgmorten umkreiste und dazu Geräusche wie ein pfeifender Wasserkessel machte. »Der Kater hat immer noch drei Leben übrig. Eines würde mir genügen.«

Der Kessel hörte auf zu pfeifen. Throgmorten zeigte, was er von dem Vorschlag hielt: Er sauste wie ein roter Kugelblitz die Treppe hinauf.

»Das macht nichts«, beschwichtigte Gabriel. »Wenn ich es recht überlege, habe ich noch ein Ersatzleben übrig.« Er stieg über das schwarze Absperrseil und griff nach dem durchsichtigen Abbild seiner selbst. Dann legte er es zuvorkommend über das Ende von Mutter Stolzfuß' Speer. »Bitte sehr. Wäre Ihnen damit gedient?«

»Wunderbar«, sagte Mutter Stolzfuß. »Vielen Dank.« Sie gab der Göttin einen Kuss, dann versank sie neben der Kassette mit den Diamanten langsam im Boden.

Die Göttin schloss die Kassette und setzte sich darauf. »Schule!«, schwärmte sie mit einem Lächeln. »Haferbrei, Vertrauensschüler, Schlafsäle, Mitternachtspartys, sich an die Spielregeln halten –« Sie hielt inne und ihr Lächeln verschwand. »Ehrlich gesagt, Sir, ich glaube, ich sollte doch besser im Schloss bleiben, weil ich Christopher so viel Ärger bereitet habe. Er ist hier so – einsam, wenn Sie wissen, was ich meine.«

»Ich wäre schon ein tumber Mensch, wenn ich das nicht bemerkt hätte«, sagte Gabriel. »Ich stehe mit der Regierung in Verhandlungen über ein Projekt, vielversprechende junge Zauberer hier im Schloss auszubilden. Zurzeit kann ich sie nur als Dienstboten beschäftigen – wie zum Beispiel Jason, den Schuhputzjungen –, aber das wird sich bald ändern. Ihrem Wunsch, in die Schule zu gehen, steht also nichts entgegen –«

»Leider doch!«, sagte die Göttin gequält. Sie errötete und Tränen liefen ihr über die Wangen. »Ich muss ein Geständnis machen, wie in den »Nellie«-Büchern. Ich verdiene es nicht, in die Schule zu gehen! Ich bin ganz und gar nicht nett und lieb. Ich habe gar nicht Ascheth als mein zweites Leben benutzt, um hierher zu kommen. Ich habe eines von Christopher benutzt. Bei Ascheth habe ich es mir nicht getraut, weil ich fürchtete, sie könnte mich zurückhalten. Deshalb habe ich Christopher ein Leben abgenommen, als er in der Wand feststeckte.«

»Und wo ist es jetzt?«, fragte Christopher ganz erstaunt.

»Immer noch in der Wand«, schluchzte die Göttin. »Ich habe es richtig tief hineingestopft, damit es keiner findet, aber seither fühle ich mich ganz schlecht. Ich wollte dafür büßen und es wieder gutmachen, aber bis jetzt habe ich nicht viel gemacht, deshalb meine ich, eine Strafe verdient zu haben.«

»Das ist wirklich nicht nötig«, beruhigte sie Gabriel. »Wir wissen ja jetzt, wo sich dieses Leben befindet. Also können wir Mordecai Roberts beauftragen, es wieder zu holen. Weinen Sie nicht länger, mein Fräulein. Sie werden zur Schule gehen müssen, denn wenn Sie es nicht täten, würde ich die mir anvertrauten Diamanten nicht verabredungsgemäß verwenden. Betrachten Sie das als Ihre Strafe. Sie können ja die unterrichtsfreien Zeiten mit dem Zauberernachwuchs auf Schloss Chrestomanci verbringen.«

Ins Gesicht der Göttin kehrte das alte Lächeln zurück und vertrieb die Tränen. »Sie meinen die Ferien«, sagte sie selig. »In den Büchern reden alle von den Ferien.«

Und damit wäre die Geschichte zu Ende, abgesehen von einem Brief, den Christopher kurz nach Neujahr aus Japan erhielt.

Lieber Christopher!

Warum hast du mir denn nicht geschrieben, dass dein lieber Papa hier in Japan weilt? Japan ist solch ein elegantes Land, wenn man erst einmal die Sitten und Gebräuche kennt. Dein Papa und ich, wir sind beide sehr glücklich hier. Dein Papa hat mit seinen Horoskopen die Aufmerksamkeit einiger Personen geweckt, die das Ohr des Kaisers haben. Wir verkehren bereits in den feineren Kreisen und hoffen, bald zu den allerfeinsten Zugang zu finden. Dein lieber Papa sendet dir seine besten Wünsche für deine Zukunft als nächster Chrestomanci. Alles Liebe auch von mir.

Mama